La lista de las cosas sospechosas

Jennie Godfrey

La lista de las cosas sospechosas

Traducción de
Toni Hill

Título original: *The List of Suspicious Things*

Primera edición: mayo de 2024

© 2024, Jennie Godfrey
Publicado por acuerdo con Rachel Mills Literary Ltd.
© 2024, Penguin Random House Grupo Editorial, S. A. U.
Travessera de Gràcia, 47-49. 08021 Barcelona
© 2024, Toni Hill, por la traducción

Printed in Spain – Impreso en España

ISBN: 978-84-9129-876-2
Depósito legal: B-5998-2024

Compuesto en Mirakel Studio, S. L. U.

Impreso en Rodesa,
Villatuerta (Navarra)

SL98762

En recuerdo del querido Rocco Godfrey

Nota de la autora

Existe toda una generación de habitantes del norte de Inglaterra cuyas infancias se vieron afectadas por los asesinatos de Peter Sutcliffe. Uno de mis recuerdos tempranos más vívidos corresponde al día de su detención, cuando comprendí sin lugar a dudas que mi padre lo conocía. Aún siento la conmoción de ver lo cerca que estuvo de mi familia.

Este libro constituye un homenaje a las víctimas, a los supervivientes y a aquellos niños, ahora adultos, entre quienes me cuento. *La lista de las cosas sospechosas* es mi carta de amor a Yorkshire.

El deseo

1

Miv

Sería fácil decir que todo empezó con los asesinatos, pero en realidad comenzó cuando Margaret Thatcher alcanzó el puesto de primera ministra.

—Una mujer al frente del gobierno, ¿dónde se ha visto? No están hechas para eso —dijo la tía Jean el día en que se anunciaron los resultados electorales—. Como si no hubiéramos tenido de sobra con los últimos. Esa mujer será el principio del fin para Yorkshire, ya te lo digo.

Se hallaba atareada en nuestra pequeña cocina, repasando enérgicamente las superficies que yo ya había limpiado. Yo estaba sentada a la mesa astillada de fórmica amarilla, vestida con el uniforme marrón y naranja del colegio, pelando guisantes en un colador y echándome alguno a la boca sin que ella me viera. Quise señalar que la tía Jean era también una mujer, como Margaret Thatcher, pero ella odiaba que la interrumpieran a media perorata y allí solo estábamos nosotras dos, lo que significaba que no había manera de huir de sus opiniones, que eran abundantes. Tantas que empezó a enumerarlas.

—En primer lugar —dijo, y sus rizos canosos se agitaron al compás del movimiento de la cabeza—, con solo mirarle la cara ya puedes ver lo que el poder le hace a una mujer: la endurece. Se ve a la legua que no tiene corazón, ¿no crees?

Cogió una cuchara de palo del escurreplatos y la sacudió ante mí para dar más énfasis a sus palabras.

—Hum —murmuré.

Por un momento me planteé la posibilidad de asentir de vez en cuando mientras me dedicaba a leer a escondidas el libro que tenía sobre la mesa, con una esquina metida bajo el colador para mantenerlo abierto. Pero, aunque la tía Jean no se distinguía precisamente por tener buen oído, el resto de sus sentidos estaban en plena forma y se habría olido mi estratagema como un sabueso.

—En segundo lugar: ya ha quitado la leche de las bocas de los niños pobres y los trabajos de las manos de los obreros.

Me constaba que al menos parte de eso era cierto. La frase «Thatcher, Thatcher, ladrona de leche» aún se oía en el colegio, años después de que retirara las botellitas de esa asquerosa leche tibia que nos daban de beber allí todos los días.

—Tres. Esos malditos asesinatos que no paran. Por eso se conoce a Yorkshire ahora. Por las chicas muertas.

Dejó la cuchara de palo y abrió la puerta de la vieja nevera, cuyos goznes oxidados emitieron un crujido de protesta. Sin dejar de rezongar sobre lo vacía que estaba, sacó la libretita ajada que llevaba a todas partes, retiró el lápiz gastado de la parte superior y lamió la punta.

—Falta mantequilla, leche, queso.

La vi formar las palabras con los labios mientras las anotaba con aquella caligrafía florida de la que estaba tan orgullosa. A la tía Jean le gustaba arreglar el desorden de la vida, colocar cada cosa en su sitio. A veces yo me preguntaba si era eso lo que intentaba hacer con nuestra familia. Terminó la lista, cerró la nevera y me miró.

—Y no es que sean solo chicas muertas. Es que son de esa clase de mujeres.

Ardía en deseos de preguntarle a qué clase de mujeres se refería, y si eran del mismo tipo que Margaret Thatcher. Siempre me intrigaban las mujeres que suscitaban su desaprobación, y eran muchas, pero la experiencia me había enseñado que ella no esperaba ni deseaba ningún comentario por mi parte, así que preferí no decir nada y acomodarme en la silla mientras la tía Jean retomaba sus opiniones. No me hacía falta preguntarle sobre a qué asesinatos se refería. Todo el mundo en Yorkshire sabía que teníamos nuestro propio loco: uno que llevaba un martillo y que odiaba a las mujeres.

La primera vez que oí hablar del Destripador de Yorkshire fue dos años antes, cuando apenas tenía diez. Yo, mamá, papá y la tía Jean estábamos sentados en el salón. La tía Jean no llevaba mucho tiempo instalada en casa y yo aún tenía que acostumbrarme a su presencia, acomodarme a la nueva forma de ser que se esperaba de mí. Intentaba a todas horas hacerme más pequeña y más callada, pero, pese a mis buenos propósitos, mi personalidad seguía saltando como un resorte.

El pequeño televisor en blanco y negro, situado encima de un estante, emitía el telediario de las nueve. Mamá, papá y la tía Jean se hallaban en el sofá, mirándolo como si estuvieran en la iglesia, atentos al sermón. Yo tenía el pelo mojado tras el baño semanal, así que me habían permitido sentarme en la butaca que quedaba reservada para mamá siempre que bajaba de su cuarto. Estaba junto a la estufa de gas; las barras brillaban con fuerza y me calentaban la cara cuando me volvía hacia ella. El resto de la estancia estaba tan frío que podías ver tu propia respiración. Me entretenía siguiendo con la vista el estampado marrón, naranja y mostaza de la alfombra, porque me recordaba a los patrones que dibujábamos con el Spirograph que me habían regalado en la última Navidad, cuando me percaté de que algo en la sala había cambiado, como si se hubiera quedado sin oxígeno. Tuve la sensación de que todos contenían la respiración, tal y como hacíamos a veces en el colegio, hasta ponernos rojos y rendirnos entre risas y jadeos.

Levanté la mirada y me encontré con un policía de cara solemne, cubierto de condecoraciones, que había aparecido en la pantalla. Me fijé en que papá miraba con intensidad a mamá, como si quisiera detectar en ella alguna señal de vida. Al no encontrar nada, se volvió hacia la tía Jean, enarcando las cejas de una manera que en cualquier otro momento me habría hecho reír. Pero no había nada gracioso en ello. Yo no alcanzaba a comprender qué acababa de cambiar.

«Hoy podemos confirmar que la joven de veinte años Jean Jordan es la sexta víctima del Destripador de Yorkshire. Sufrió una muerte brutal. La golpearon en la cabeza con un objeto contundente y luego la apuñalaron. La víctima era otra prostituta...».

Me erguí en la butaca: esa era una palabra que no había oído nunca. Al mismo tiempo, papá se puso a toser, tapando así el sonido de la televisión, y la tía Jean se levantó a cambiar de canal, aunque no antes de que yo consiguiera preguntar:

—¿Qué significa prostituta?

Papá y la tía Jean volvieron a mirarse. Él se removió en su asiento; ella se quedó paralizada. Mamá seguía con la mirada perdida, puesta en la pantalla; lo único que indicaba que estaba atenta era un atisbo de brillo en sus ojos, un interés que se esfumó con la misma rapidez con la que había aparecido. Ninguno de los tres me miraba a mí.

Por fin papá tomó la palabra:

—Bueno..., es... es alguien que colabora con la policía.

—¿Te apetece un vaso de leche malteada antes de acostarte? —preguntó la tía Jean con una voz que parecía de piedra.

Salió de la sala y me hizo gestos para que la siguiera. Cuando volví, en la tele había algo completamente distinto y todos actuaron como si esa conversación nunca hubiera tenido lugar.

Desde ese día, el Destripador había seguido presente en los márgenes de mi consciencia. En el colegio, el juego de la caza del beso se había convertido en la «caza del Destripador», uno mucho más terrorífico que implicaba que los chicos de la clase se abotonaran sus brillantes parkas solo al cuello, de manera que, cuando corrían, la prenda flotaba tras ellos como las alas de aves de presa. Perseguían por el patio a las chicas más guapas, entre las cuales estaba mi amiga Sharon, y estas huían, sin parar de gritar. Pero nunca presté mucha atención a sus víctimas hasta unas semanas antes de las elecciones generales, cuando Josephine Whitaker, la contable de diecinueve años de una empresa de construcción de Halifax, fue asesinada.

Papá había dejado el periódico en la mesa de la cocina antes de irse al pub y yo lo había cogido para tirarlo. La tía Jean odiaba el desorden. Es la foto de la primera página lo que más recuerdo: la cara sonriente de Josephine, con esos ojos grandes, enmarcados por el espeso cabello oscuro, junto con las fotos de su cuerpo parcialmente cubierto en el parque: le habían asestado veintiuna puñaladas con un destornillador.

Sentí su muerte como si fuera la de alguien conocido. Quizá fuera por su edad —era lo bastante joven para que los hombres de la tele la llamaran «niña»—, relativamente cercana a la mía. Quizá fuera por la forma en que la describían, con palabras como «inocente» y «respetable». No era de esa clase de mujeres, como las llamaba la tía Jean. Yo miré esas fotos una y otra vez, pasando de una a otra, con el corazón latiendo con tanta fuerza que podía oírlo.

El día de las elecciones, papá volvió a casa tarde y yo estaba sentada a la mesa de la cocina, muerta de hambre, esperando que fuera a lavarse las manos y se uniera a nosotras. Aquel olor familiar a sudor y jabón flotó por la estancia cuando se sentó a mi lado y me alborotó el cabello, una de sus escasas muestras de afecto.

—Ya casi está la cena, Austin —dijo la tía Jean mientras asentía con la cabeza y le servía una taza humeante de té, y yo me removí en la silla, ansiosa por ver aparecer la comida—. Estate quieta, Miv —me advirtió—. Eres un culo de mal asiento.

Paré al instante, bajé la cabeza y me mordí el labio con fuerza. Mamá solía llamarme eso todo el tiempo. Con la diferencia de que siempre lo decía con una sonrisa.

—Si de verdad quieres ayudar en algo, puedes llevar esto arriba —dijo la tía Jean, pasándome una bandeja que contenía un plato de sopa de tomate, cuyo olor, fragante y profundo, solo sirvió para abrirme más el apetito. Me volví hacia la salita y me percaté de que la vieja butaca estaba vacía. Debía de haber sido un mal día.

Subí por la estrecha escalera con la vista puesta en la bandeja y el plato, dando cada paso con un cuidado exagerado para no derramar ni una gota. Cuando llegué arriba, dejé la bandeja al lado de la puerta y llamé con suavidad, esforzándome por distinguir el menor movimiento, pero solo oí silencio. Bajé de puntillas y, justo cuando llegaba al último escalón, oí el susurro de la puerta al abrirse y exhalé un suspiro de alivio. Al menos iba a comer. El día no era malo del todo.

De vuelta en la cocina, vi que la tía Jean se había quitado el delantal y debajo tenía el suéter de siempre, gastado en los codos y abrochado hasta el cuello. Opiniones aparte, la tía Jean lo llevaba todo cerrado, desde los rizos que iba a peinarse una vez por semana a la peluquería hasta los gruesos panties color tostado que cubrían cualquier atisbo de piel. En ese momento cortaba un enorme pastel de carne y lo servía en platos. Papá estaba inmerso en las últimas noticias de críquet del *Yorkshire Chronicle*, pero lo cerró en cuanto tuvo la comida delante. Luego los tres comimos, casi codo con codo, en torno a la mesa redonda.

Antes de que la tía Jean se instalara con nosotros, solíamos llevarnos unas bandejas al sofá y cenábamos con la tele puesta. Eran cenas ruidosas en las que de vez en cuando hasta nos reíamos. Incluso durante las huelgas de años atrás, que nos habían dejado sin electricidad ni calefacción, mamá convertía la cena en un juego. Fingía que estábamos de acampada y comíamos a la luz de las velas, con gorros de lana, entonando canciones de esas que se cantan en torno al fuego. A pesar de que teníamos que cenar a oscuras, la vida era alegre, muy distinta al manto de tristeza gris que se posó sobre nosotros cuando mamá se calló y la tía Jean ocupó su lugar.

Carraspeó y colocó la libreta al lado del plato, lo que redujo aún más el espacio entre nosotras. Luego la abrió: había tomado algunas notas, nítidamente numeradas, sobre por qué Margaret Thatcher era «mala para el país, y en concreto para Yorkshire». Las palabras estaban escritas con tanta precisión como si las estuviera diciendo en voz alta.

Papá masticaba en silencio el pastel de carne y riñones con la mirada puesta en el plato. No dio la menor señal de estar escuchándola cuando ella repitió los mismos puntos que me había enumerado antes, y añadió algunos más sobre los peligros de que «las mujeres se tomaran libertades que no les correspondían» y sobre algo llamado «inmigración», que tenía la culpa de que Yorkshire estuviera «yéndose a la porra».

Ella suspiró, y sus rizos se movieron con el gesto.

—No sé, Austin. A veces pienso que quizá sería mejor dejarlo todo ahora y mudarnos al sur.

Paré de comer, el tenedor se quedó suspendido en el aire. ¿Lo decía en serio? En nuestra familia, el sur representaba un destino peor que la muerte. «Somos de Yorkshire hasta la médula —solía decir la tía Jean—. Los páramos y los molinos corren por nuestras venas desde hace generaciones».

Dejé el trozo de pastel en el plato, aún colgando del extremo del tenedor; se me había quitado el hambre. Papá levantó la vista. Las palabras salieron de mi boca antes de que tuviera tiempo de pensarlas.

—No podemos irnos.

El volumen de la frase me sorprendió incluso a mí. Los dos se volvieron a mirarme.

—¿Tú crees? —preguntó papá. Vi algo divertido en su mirada, pero no había la menor señal de diversión en la cara de la tía Jean.

—Tú harás lo que se te diga —replicó ella, y señaló el plato como si quisiera añadir que eso incluía terminarse la cena.

—Pero aquí está TODO —insistí, refiriéndome a mi mejor y única amiga, Sharon. Noté un nudo en la garganta e intenté en vano tragarlo. Llorar era una de las muchas cosas que la tía Jean no consentía.

Papá depositó el cuchillo en la mesa y por primera vez posó la mirada en la tía Jean en lugar de tenerla fija en el pastel de carne y riñones. Cogió un pedazo de pan untado con mantequilla del montón que había en la mesa y lo usó para rebañar la salsa del plato.

—Pues tal vez tengas razón —dijo unos instantes después—. Empezar de cero podría sentarnos bien a todos. Deberíamos darle una vuelta al tema.

Alzó la mirada hacia el techo y hacia el sonido de pisadas lentas que recorrían los suelos de madera. Yo también levanté la vista. Cuando la bajé, la tía Jean nos estaba mirando. En sus ojos distinguí una emoción que no habría sabido describir y que desapareció a la par que los platos de la mesa.

Fue entonces cuando comprendí que eso iba en serio.

Aquella noche permanecí despierta en la cama; la luna, que penetraba por una rendija de las cortinas, iluminaba las sombras del escritorio, los estantes y el pesado armario de nogal. Los ojos de las figuras gastadas y demasiado infantiles para mí ahora de los Wombles del papel pintado parecían estar vigilándome. La familiaridad de las formas me hizo otro nudo en la garganta.

Me agarré a los bordes de la cama, rozando con las manos la tiesa manta, mientras mi mente y mi estómago no paraban de dar vueltas a la terrible idea de abandonar Yorkshire. Recordé la última vez que había estado en el Festival Nocturno de las Hogueras de la ciudad. Mamá había decidido que ya era lo bastante mayor para subir al waltzer y yo había tenido la impresión de que podía salir volando mientras duró el viaje. La única razón por la que no chillé de pánico fue porque la mano de mamá agarraba con fuerza la mía. Aún era capaz de evocar el cálido olor a jengibre del parkin que habíamos comido y que se había adherido a su piel. Ahora sabía que eso no volvería a suceder.

Los últimos dos años me habían enseñado cuánto podían cambiar las personas. Si no era posible confiar en la gente, al menos necesitaba que los lugares y los objetos permanecieran fijos. No podíamos marcharnos.

Me volví hacia lo único en lo que siempre podía confiar. Nunca había hallado consuelo en las muñecas o los peluches, así que cogí un viejo libro de Enid Blyton que mamá me había comprado de segunda mano. Estaba en lo alto de una pila de libros que tenía al lado de la cama, con la cubierta arrugada por los años y las páginas sueltas. Era uno de los libros de los Cinco. Era demasiado mayor para leerlos en público, pero en privado los consideraba algo así como viejos amigos. Adoraba que sus aventuras siempre terminaran con los cuidados de la tía Fanny, atenta a que nunca les faltaran emparedados.

Leer aquellas palabras conocidas me mantuvo ocupada mientras esperaba a mi otro consuelo cotidiano. Desde que mamá cayó enferma, todas las noches papá pasaba por mi cuarto a darme las buenas noches. Era un pobre sustituto de mamá, que solía cantarme hasta que me dormía sin dejar de acariciarme el cabello. Ella nunca cantaba canciones infantiles, solo tristes y melódicas baladas de los Beatles o de los Carpenters, que su preciosa voz endulzaba aún más. Pero como se trataba del único rato que conseguía pasar a solas con papá, se había convertido en un preciado ritual, después del cual él bajaba a la salita a ver la tele con la tía Jean, o salía a tomar una cerveza rápida, algo que sucedía cada vez con más frecuencia. Dejé el libro cuando le vi asomar la cabeza, lista para atacar.

—¿De verdad vamos a irnos? —pregunté.

Él entró y se sentó en el borde de la cama; jugueteó con un hilo suelto de la manta de ganchillo que me cubría.

—¿Sería algo tan terrible? —preguntó con una sonrisa en la cara. Se fijó en el libro de los Cinco que tenía abierto sobre mi regazo—. Pensé que te gustaban las aventuras.

Levanté la vista, sorprendida. Usar los libros contra mí me pareció un golpe bajo.

—¿Y qué pasa con el críquet? —dije—. No puedes seguir al Club de Críquet de Yorkshire si no estás en Yorkshire.

El críquet era el único idioma común que compartíamos papá y yo. Las complicadas reglas y expresiones del juego corrían por mis venas gracias a la obsesión de papá por ese deporte. La historia de que papá y mamá estuvieron a punto de no tener hijos porque eso podría haberle impedido a él viajar por todo el condado para ir a los partidos formaba parte de la leyenda familiar. Sin embargo, al final no fui yo la que se interpuso. Era consciente de que estaba modificando la regla de tener que haber nacido en Yorkshire para jugar en el equipo, pero en cualquier caso no funcionó. Papá miró el reloj, como si la cerveza estuviera esperándole a una hora concreta.

—Yorkshire ya no es lo que era —murmuró antes de levantarse.

Sentí que el waltzer empezaba a girar de nuevo en mi interior.

—¿Por culpa de los asesinatos?

—Sí, bueno…, en parte también —dijo, ya desde la puerta—. Pero ahora no te preocupes por eso.

Me brindó una sonrisa débil, apagó la luz del techo y cerró la puerta despacio.

Busqué la linterna debajo de la cama, la encendí y volví a mi libro. Con solo unas páginas, mi mente y mi cuerpo se tranquilizaron: las palabras realizaron su encantamiento. Sabía que mi personaje favorito, Jorgina, conocida como Jorge por sus pintas de chicarrón y también por su coraje, no tendría miedo de mudarse, ni tampoco del Destripador de Yorkshire. De hecho, lo más probable era que intentase capturarlo con la ayuda de los otros cuatro.

«¿Y si alguien lo atrapase? —me pregunté cuando ya se me cerraban los ojos—. ¿Y si se acabaran los asesinatos? ¿Podríamos quedarnos entonces? En ese caso ya nunca tendría que dejar a Sharon y podríamos ser mejores amigas para siempre jamás».

2

Austin

Austin cerró la puerta principal y salió a la calle, se paró un momento y exhaló un suspiro. Poco a poco irguió los hombros hundidos y estiró el cuerpo, como un minero que emerge del subsuelo. Su casa se había convertido en un lugar preñado de necesidad: la necesidad de que él diera respuestas, proveyera de cosas, arreglara desperfectos. Y, sin embargo, lo único que realmente quería arreglar no estaba en su mano. Fuera se sentía capaz de respirar de nuevo. Caminó hasta el final de la calle, tarareando una tonada infantil sobre los grises adoquines rotos al compás de sus pasos, mientras dilucidaba adónde dirigirse esa noche. Al llegar al cruce se decidió por el Red Lion, ya que era el más cercano y el que probablemente estaría más tranquilo a esas horas tempranas, a pesar de ser viernes. La mayoría frecuentaba los pubs del pueblo al salir del trabajo, y no pasaban a otros hasta mucho más tarde. Lo más importante era que nadie esperaría nada de él, salvo que se tomara una pinta.

Al llegar al pub tiró de la pesada puerta negra. Aún no había anochecido, el sol apenas empezaba a ponerse, pero la moqueta de un profundo color rojo y el estampado borgoña del papel de las paredes producían la impresión de que dentro ya era de noche. Su suposición de que estaría tranquilo había sido acertada. Los clientes habituales ya estaban allí, claro: encaramados a los taburetes de color tostado, frente a la barra de madera de color tostado, con sus cuerpos vestidos de color tostado, inclinados sobre sus respectivas cervezas tostadas... Todo envuelto por una niebla de humo.

Austin pidió su pinta y señaló hacia una pila de periódicos que había al lado de uno de los parroquianos.

—Sí, cógelos —dijo el hombre sin levantar la vista ni quitarse el cigarrillo de la boca para hablar.

Austin revisó los periódicos en busca de alguno local que llevara noticias de críquet. Los de alcance nacional iban cargados de basura y más en un día como aquel. Al menos por un día las portadas no iban llenas del Destripador. En su lugar, los titulares presentaban un tono distinto que dejaba traslucir una idea de triunfo y de optimismo que Austin no compartía. Pasó de uno a otro; todos y cada uno de ellos esbozaban una carta de amor a la nueva primera ministra: «Siempre Maggie», «Maggie lo ha logrado», «Ayuda a la nueva primera ministra a hacer Gran Bretaña grande de nuevo».

—¿Ahogando las penas, Austin?

La interrupción venía de Patrick, el encargado bajito y rechoncho que en ese momento le servía la pinta de cerveza.

—Ahora que va a mandar una mujer vamos a tener problemas de verdad, ¿eh? —añadió, como si se tratara de una noticia divertida en lugar de devastadora.

Al igual que su hermana, Austin no sentía el menor cariño por Thatcher; si uno atendía a la trayectoria política de esa mujer resultaba fácil augurar un mayor declive para las gentes de Yorkshire ahora que la nación estaría en sus manos. Dio un sorbo a la cerveza para evitar responder, pero Pat abordó un tema aún menos agradable.

—¿Cómo va todo en casa? —preguntó, aunque al menos tuvo la decencia de bajar la voz para que los parroquianos no pudieran oírlo.

—Bueno, ya sabes —contestó Austin en el mismo tono vago que se esperaba de él.

Antes de que Pat pudiera añadir nada más, Austin cogió la cerveza y el periódico local y se instaló en la mesa más pequeña del pub, una desvencijada mesita de madera con una única silla. Intentó perderse en las páginas del diario, pero se descubrió preguntándose qué pensaría Marian, la Marian de antes, sobre el hecho de que Thatcher fuera primera ministra. La imaginaba ofreciendo un discurso apasionado sobre los derechos de los trabajadores, con las mejillas arreboladas por la emoción, hasta que él no pudiera aguantar más y se lanzara a besarla mientras ella se reía e intentaba zafarse de él. «¡Estoy hablando en serio, Austin!». Suspiró; el aire fue saliendo lentamente de su cuerpo como si este fuera una rueda pinchada.

No tenía ningún sentido imaginar esas cosas, pero la pregunta de Patrick le había hecho imposible no volver a pensar en su casa. ¿Cómo debía sentirse él con una esposa silenciosa, una hermana cargada de opiniones y, lo más doloroso de todo, una hija de ojos grandes y desatendida? Engulló el creciente sentimiento de culpa con un trago de cerveza.

Paseó la mirada por el pub, decidido a distraerse, y se encontró contemplando a la única persona que había allí aparte de los acodados en la barra, que se habían convertido ya más en parte del mobiliario que en clientes de verdad. El hombre en cuestión estaba inclinado ante su cerveza, sentado en el extremo opuesto del local, como si ambos fueran sujetalibros. Levantó la vista, notando quizá los ojos de Austin puestos en él, y este se apresuró a desviar la mirada al identificar a ese hombre de constitución recia y ojos fríos como Kevin Carlton. Era uno de esos hombres a los que uno no se quedaba mirando. Austin intentaba mantener las distancias y a cambio evitaba meterse en las vidas ajenas, pero la convivencia con su hermana implicaba estar al tanto de los rumores que siempre corrían por una ciudad como la suya. Según Jean, Kevin frecuentaba «malas compañías» y tenía un «puñado de hijos» destinados a tomar «el mal camino», y, aunque había muchos hombres capaces de suscitar la desaprobación de su hermana, él mismo había visto a Kevin arremeter contra alguien con un taco de billar solo por haberle mirado demasiado rato y sabía que la cantidad de cerveza consumida determinaría hasta qué punto se había tomado el contacto visual como una ofensa. Por suerte, era lo bastante temprano para que Austin pudiera salir indemne por aquel despiste momentáneo.

—¿Qué tal, Austin?

Era Gary Andrews, que acababa de entrar. Austin dobló el periódico y apuró la pinta.

—¿Qué tal, Gary? —murmuró Austin, mientras su mirada se cruzaba con la de Pat y ambos ponían los ojos en blanco a la vez.

El ruido aumentó a medida que Gary fue saludando a los clientes por sus nombres, dándoles palmadas en la espalda a todos los habituales, seguido por su pequeño séquito, un grupo de jóvenes que asentía entre risas a todas y cada una de sus palabras. Austin nunca había entendido el éxito de Gary con los chicos. Podía entender por qué hacía reír a las chicas, sin duda se trataba de un guaperas, pero para Austin aquella sobreactuación de compañerismo cordial, su papel de tipo popular, era simplemente eso: una actuación. Sospechaba que Pat opinaba lo mismo.

—¿Te pongo otra?

Pat señalaba la jarra vacía de Austin, retrasando así de manera obvia el momento en que debía ir a servir a Gary y sus colegas. Austin miró la hora. Su mujer estaría en la cama, su hija andaría con la nariz metida en un libro y Jean se habría metido en el salón delantero que él había convertido en dormitorio para ella. La costa estaba despejada. Pero él aún no estaba listo para volver a casa.

3

Miv

Al siguiente lunes, como todos los días, fui a buscar a Sharon.

El camino hasta casa de Sharon me resultaba tan familiar como las páginas de mis libros de los Cinco; me subí la cremallera del anorak para protegerme del frío mordiente de la lluvia y anduve tan rápido como pude hasta ella. En el último trimestre del colegio, cuando estudiamos la Primera Guerra Mundial, la idea de que los hombres vivieran en las trincheras me dejó fascinada. Las casas adosadas de la calle donde yo vivía me hacían pensar en las filas de soldados de uniforme gris y aspecto ajado del libro de Historia, heridas y vendadas tras años de lucha y descuido. Fui pasando de una calle a otra, todas idénticas, hasta que por fin alcancé la zona más amplia y arbolada donde vivía Sharon.

En realidad no tenía ningún sentido que fuera a buscarla. Para ir al colegio teníamos que dar la vuelta y recorrer ese mismo camino, pero me gustaba ir a su casa. Me gustaba su calle, tranquila y limpia, y la promesa de algo que mi hogar no me ofrecía. La diferencia no estaba solo en el tamaño de las viviendas o el espacio que había entre ellas. Estaba en los detalles, en las espesas y pesadas cortinas de terciopelo frente a las desgastadas y ásperas a través de las cuales se veía todo. En los nombres de las casas puestos en placas frente a los números de la puerta. En las ventanas de doble vidrio, siempre recién pintadas, frente a los viejos marcos de madera. Estaba en la calma lenta de la calle de Sharon, solo interrumpida por el sonido de la lluvia, el canto de los pájaros y algún coche de vez en cuando contra el interminable alboroto de chavales jugando en la calle a todas horas, los ladridos de los perros y el contacto repetitivo de un balón sobre una pared mojada.

Sharon me esperaba al final de la calle, con la capucha puesta tapando sus bucles rubios, y ambas nos pusimos a caminar con paso ágil una al lado de la otra. Si yo era una especie de Jorge de los Cinco, entonces Sharon era la dulce Ana. Yo estaba hecha a base de líneas rectas, como las figuras de palo que dibujábamos en el colegio: el pelo corto y liso, estilo ratón, la nariz recta y un cuerpo delgado. Sharon era todo curvas y ondas: bucles de cabello rubio, nariz de botón y vestidos de topos de color rosa. Incluso su letra era redondeada. Siempre pensé que, para cualquiera que nos viera, formábamos una pareja rara. Retomamos la conversación del día anterior casi donde la habíamos dejado, como si nunca se hubiera interrumpido.

Las personas que veíamos de camino al colegio eran como los edificios ante los que pasábamos: previsibles e inmutables. A las ocho y cuarto ambas exclamamos un «¡Buenos días!» al unísono dedicado a la señora Pearson, que paseaba a su inquieto jack russell. Tras ella, sabíamos que nos pararíamos a saludar al hombre de la tienda de la esquina, ya que a esas horas estaría en la puerta, ordenando los periódicos. Nos llamaba el «Dúo Terrible» y siempre nos reíamos, como si fuera la primera vez que lo oíamos.

Justo antes de llegar allí, Sharon me dio un fuerte codazo en las costillas y murmuró «¡Cuidado!» en voz muy baja. Seguí la dirección de su mirada y me topé con otra figura familiar, la única a la que nunca saludábamos, a pesar de que por alguna razón sabíamos que su nombre era Brian. Para nosotras era solo «el chico del mono».

Era joven, no tendría mucho más de veinte años, y nunca había establecido ni siquiera contacto visual con nosotras. Siempre vestía el mismo mono azul marino, completamente manchado de una grasa que se extendía hasta su cara, y un gorro con borla de lana amarillo (de un inesperado color vivo que contrastaba con el resto de su aspecto), y llevaba en las manos una bolsa de plástico de la que asomaba un papel.

Nunca sabíamos si iba a aparecer o no, pero en cuanto lo hacía nos apresurábamos a cruzar la calle para evitarlo. Al principio lo hacíamos porque Sharon sospechaba que olía mal, aunque nunca lo tuvimos lo bastante cerca para comprobar si era cierto. Hubo un tiempo en que lo consideramos inofensivo, pero últimamente nuestro recelo por su suciedad se había transformado en algo más inquietante. Aceleramos el paso para adelantarlo en la acera contraria, con Sharon aferrada a mi brazo y tirando de él, ansiosas de llegar a la tienda de la esquina, donde estaríamos a salvo.

Aún faltaba tiempo antes de que los adultos de nuestras vidas pensaran que debíamos protegernos del Destripador. De momento un asesino en serie estaba matando chicas jóvenes y nosotras íbamos a la escuela solas. Ambos hechos coexistían en paralelo. Pero, aunque los adultos de nuestras vidas no parecían preocuparse por nosotras, el asesinato de Josephine Whitaker había traído la nube del Destripador sobre nuestras cabezas. Empezamos a observar con más atención a los hombres con quienes nos cruzábamos. Inspeccionábamos sus caras, en lugar de decir el «Eh, ¿qué tal?» al estilo habitual de Yorkshire. Las sonrisas aparentemente amistosas de antaño se convertían ahora en muecas perversas cuyas intenciones apenas podíamos comprender, pero que sabíamos que no eran buenas.

Pasada la tienda, tomábamos una serie de atajos que nos llevaban a través del follaje denso de pasajes y campos, donde era posible olvidar que éramos unas niñas de una gris ciudad industrial y en su lugar imaginar que éramos aventureras en pleno descubrimiento de la campiña. La señal de que nos acercábamos de nuevo a la civilización era una gran fábrica rodeada por vallas de espino y provista de ventanas altas que impedían ver el interior. Siempre me estremecía al pasar junto a ella, abrumada por la incomodidad de recordar una de las primeras «aventuras» en la que nos metimos por mi culpa.

El año anterior, la combinación del kit de espía que me habían regalado por Navidad y la visión de mi primera película de James Bond, *Goldfinger*, me habían convencido de que la fábrica era en realidad una guarida de espías rusos. Había discutido sobre el tema con Sharon, que se unió a mis sospechas con entusiasmo, como siempre hacía por aquel entonces. Un día le propuse escalar la valla para echar un vistazo en el interior.

Sharon había puesto los ojos en blanco y se había limitado a llamar a la puerta; al hombre que nos abrió le dijo que estábamos desesperadas por usar el cuarto de baño. Fue mi primer atisbo del ingenio del que hacía gala en momentos de presión y me dejó impresionada. El hombre nos dio indicaciones para llegar a los servicios, teníamos que ir recto hasta el fondo, pero, como es de suponer, nosotras tomamos otro camino por si lográbamos dar con alguna prueba que respaldara mi teoría del espionaje. Terminamos asomándonos a un pequeño despacho, donde un hombre con un traje color camel se sentaba tras una desvencijada mesa marrón. Fumaba, y los años de tabaco habían dejado su huella marrón también en las paredes.

—¿Qué estáis haciendo aquí? —dijo en tono amable, como si toparse con dos niñas de once años a las puertas de su despacho fuera algo normal.

—Esto…, íbamos al lavabo, supongo que nos hemos… —empezó a decir Sharon.

—¿Qué está pasando aquí? —pregunté.

Aún no había aprendido a disfrazar mi curiosidad. El hombre me sonrió desde detrás de la mesa y apagó el cigarrillo en un enorme cenicero marrón invadido por una montaña de colillas de color naranja y blanco.

—Fabricamos cosas. De metal. De chapa de metal.

Señaló el cartel que colgaba sobre su cabeza, que decía «Schofields Sheet Metal». Emprendimos una retirada táctica. Allí no había ningún ruso, solo Kenneth Pearson, un vecino de mi calle que nos saludó con un «Eh, ¿qué tal?» cuando nos cruzamos con él. La aventura no había resultado tal y como esperaba, y desde ese día cuando me acercaba a la fábrica aceleraba el paso porque no quería que nadie me lo recordase.

Cuando doblábamos la esquina de la calle del colegio, las palabras que marcaban el camino normalmente eran «¡*Fuera n*gr*s!*» escritas con letras de grafiti de treinta centímetros de alto en las paredes de la tapia de una vieja fábrica, pero ese día quedaban tapadas por un gran cartel blanco. Me paré a mirarlo. El encabezamiento rezaba «Policía de West Yorkshire» y casi cubría la mitad superior del edificio. Bajo ese encabezado, unas letras negras decían: «AYÚDANOS A IMPEDIR QUE EL DESTRIPADOR COMETA OTRO CRIMEN».

Me sentí como si me estuvieran apelando directamente.

Sharon avanzó unos cuantos pasos, sin dejar de hablar, antes de darse cuenta de que yo me había rezagado. Entonces se paró también.

—¿Qué pasa? —preguntó.

—¿Crees que es alguien que conocemos? —dije en tono dubitativo—. ¿Piensas que le vemos todos los días sin tener la menor idea de que se trata de él?

Sharon me miró fijamente, arrugando la nariz como si descartara la idea.

—No quiero pensar en eso —concluyó—. Camina o llegaremos tarde.

Pero yo no pude dejar de darle vueltas, y aquel llamamiento diario que procedía del cartel empezó a hacer que lo buscara por todas partes, en cada hombre que veía.

La siguiente excursión escolar tuvo lugar poco después; fuimos a la población de Knaresborough, al norte de Yorkshire, cerca de Harrogate. La tía Jean llamaba a Knaresborough «el Yorkshire pijo». Escupía el nombre con el mismo desprecio que solía reservar a las palabras «sur profundo», pero esa mañana, cuando me levanté, me había preparado un almuerzo para llevar y me había dejado detalladas instrucciones sobre todo lo que debía llevarme conmigo ese día. Otra lista. La letra nítida y ornamentada, bajo el «No te olvides» subrayado dos veces en la parte superior de la página amarillenta arrancada de la libreta de siempre, me hizo sonreír.

Cuando íbamos a montar en el autocar, cuya pintura naranja estaba salpicada de óxido, todos esperamos a que Neil Callaghan y Reece Carlton subieran primero. Eran los chicos que habían iniciado la «caza del Destripador» y eran famosos por meterse en peleas. Incluso se les había visto fumando. Se daba por hecho de forma unánime que ambos debían ocupar el asiento trasero. Reece, un chico alto y flaco con ojos de un color azul gélido, lanzó un beso en dirección a Sharon cuando pasaba por nuestro lado. Sharon hizo una mueca y puso los ojos en blanco, pero yo distinguí una leve capa de rubor bajo las pecas. Incluso así seguía estando guapa.

No sabría decir cuándo había empezado a pasar (eso de que los chicos reaccionaran ante Sharon de manera distinta), pero me había dado cuenta de que conseguía atraer una clase de atención que a mí simplemente me estaba vedada. A cambio, yo fingía mirar por encima del hombro a los chicos, y en ocasiones a los hombres, que perseguían con los ojos a Sharon o se pavoneaban ante ella. Pero, a veces, la sensación de ser invisible me formaba un nudo en la garganta.

—Muévete —ordenó Reece a un chico tranquilo llamado Ishtiaq, que estaba a punto de subir por la escalerilla del autocar.

Ishtiaq se hizo a un lado sin decir palabra. Sharon y yo subimos después, molestas por el olor acre a lejía y restos de tabaco. Sabíamos cuáles eran nuestros lugares y ocupamos los asientos en el centro del autocar, mientras que los alumnos más callados, incluido Ishtiaq, hacían lo propio con las filas delanteras, bajo la protección de los maestros, el señor Ware y la señorita Stacey.

Pasé todo el trayecto en silencio, mirando por la ventana, intentando concentrarme para no marearme. Stephen Crowther, que iba en la primera fila, ya había vomitado en un cubo, para disgusto de todos los que se sentaban cerca de él, y, aunque yo odiaba en secreto que los chicos de clase no parecieran verme, sabía que esa no era la clase de atención que me hacía falta.

Sharon parloteaba emocionada con las niñas que iban detrás de nosotras; el volumen del bullicio fue elevándose cuando Neil y Reece empezaron a pelearse en broma y otros se pusieron a cantar la tonada que se había popularizado desde las elecciones. Con un palo fino en la mano, lo elevábamos en el aire y hacíamos con él las cosas que decía la letra:

> *Aquí está Margaret Thatcher*
> *Lánzala al aire y atrápala*
> *Estruja, aplasta, estruja, aplasta*
> *Aquí está Margaret Thatcher.*

La canción terminaba cuando sosteníamos los pedacitos del palo con la otra mano. Margaret Thatcher había quedado reducida a la nada.

Cuando el barullo llegó a oídos de la parte delantera del autocar, el señor Ware volvió la cabeza y se hizo el silencio. Nos observó; sus ojos oscuros parecían atravesarnos a todos mientras él esperaba unos segundos por si a alguno de nosotros le quedaba alguna duda sobre su poder absoluto. Por fin miró una hoja de papel que tenía delante y dijo:

—Bueno, chavales. La vieja Madre Shipton nació en 1488 y se la conoció como la profetisa de Knaresborough. ¿Alguien sabe qué significa esa palabra?

—No, señor Ware —coreamos todos tal y como estaba mandado, salvo Stephen Crowther, que aún tenía la cabeza metida en el cubo.

—Significa que era capaz de predecir el futuro. Vivía en la cueva que vamos a visitar y todo el pueblo la consideraba rara... Un poco como tú, Crowther —añadió mirando al pobre Stephen—. Se dice que su Pozo de la Petrificación está encantado, y hay quien cree que, si lanzas una moneda al interior, tus deseos se cumplirán.

El tono de su voz y el gesto de su cabeza decían a las claras qué opinaba él de la leyenda.

A mí me gustó la historia de la vieja Madre Shipton y su pozo.

Cuando llegamos a Knaresborough, el día era cálido y soleado: un pronunciado contraste con el frío y la oscuridad del pozo y de la cueva, que apestaba a húmedo y a cerrado. El goteo rítmico y lento de líquido del techo levantaba ecos en el espacio hueco, y el aspecto pétreo de juguetes, zapatos, sombreros y teteras que colgaban de la entrada de la cueva evocaba siniestros cuentos de hadas. Pensé que «petrificación» era una buena palabra para esas cosas que había colgadas.

—De acuerdo. Silencio, todos. Escuchad —dijo la señorita Stacey—. Tened las monedas listas y pensad bien vuestro deseo. Cuidado con lo que deseáis. Aseguraos de que es algo que no os importaría que se cumpliera. Y, lo fundamental, recordad que no podéis decírselo a nadie o nunca se hará realidad.

Parada ante el pozo, me planteé varias posibilidades. Miré a Sharon, que arrugaba su nariz pecosa ante aquel pozo maloliente. Desear tener un cabello rubio y largo como el suyo era una opción: mi corte de pelo a lo chico era algo que me causaba bastante vergüenza. También pensé en la posibilidad de pedir que pudiéramos retroceder en el tiempo, a antes del día que mamá cambió. Pero sabía que no era posible que el pozo de los deseos fuera tan mágico. Me pregunté si podía desear que no nos mudáramos al sur profundo, para no tener que abandonar nunca a Sharon.

Al final, sin embargo, me decanté por un deseo que afectaría a las vidas de todos cuantos conocía, un deseo que llegaría a lamentar profundamente.

Mientras lanzaba el penique al pozo, deseé ser la persona que atrapara al Destripador de Yorkshire.

Sharon y yo no habríamos sido amigas de no ser por su madre, Ruby. Un domingo, en la iglesia, se nos acercó a papá y a mí. No había pasado mucho desde el día en que mamá cambió, así que ya no iba a misa, pero papá seguía haciéndolo. Aún conservaba la fe. O al menos venía a oírme cantar con el coro, algo que yo hacía todos los domingos. Era una de mis actividades favoritas porque me recordaba a mamá. Cantar me hacía sentir cerca de ella. Alrededor de un año después él dejó de ir. La tía Jean nunca fue a la iglesia. Solía decir que «la caridad bien entendida comienza con uno mismo».

Fue después del servicio matutino, cuando el vicario había rezado por el alma de Jean Jordan, la última víctima del Destripador, la que había salido en el telediario. Nadie había parecido muy preocupado entonces. El Destripador sonaba a algo muy lejano de nuestra pequeña ciudad. Deambulaba por grandes ciudades, y se hablaba de sus víctimas en susurros cargados de pena. No eran de los nuestros. Nosotros estábamos a salvo en nuestra iglesia, protegidos por nuestra bondad.

Nos quedamos en la puerta y yo miré las lápidas que había frente a mí, agrietadas y cubiertas de moho. Me pregunté si era ahí donde terminaban las mujeres asesinadas. Si se les permitía ser enterradas en el camposanto de la iglesia, dado que se hablaba de ellas en susurros. Iba a preguntárselo a papá, pero él se hallaba enfrascado en una conversación con Ruby, en voz baja, así que esperé. Por fin se fijaron en mí, y Ruby se inclinó para mirarme bien, envuelta en una nube de perfume *Charlie*. Parpadeé mientras ella sonreía y decía: «¿Te gustaría venir un día a cenar a casa? Así papá y mamá podrían descansar».

No entendí por qué yo los cansaba tanto como para que necesitaran reposar de mí, pero Ruby se parecía a Purdey, de *Los nuevos vengadores*: el peinado a lo paje de su cabello rubio enmarcaba una cara sonriente y me sentí atraída por ella y por su dulce sonrisa. De hecho, todos se sentían atraídos por ella, incluido papá.

—Sí, señora Parker, por favor —dije sin hacer el menor intento de disimular el anhelo que se percibía en mi voz.

La primera vez que fui a casa de los Parker, subí el camino casi como si fuera a caerme en cualquier momento. Me moría de ganas de aferrarme a la mano de papá, pero sabía que, a los diez años, era ya demasiado mayor para eso. La casa de Sharon se alzaba alta y aislada, y sus amplias ventanas de guillotina con sus prístinos marcos blancos daban al conjunto un aire de orden y elegancia. Cuando Ruby abrió la puerta, vi a Sharon detrás de ella, cual dibujo animado: distinguí un inmenso ojo azul y aquellos rizos rubios que parecían un halo dorado. Yo ya conocía a Sharon, claro; al fin y al cabo íbamos al mismo colegio. Pero para mí era como un personaje de cuento: una princesa o un hada…, y yo no encajaba precisamente en esa clase de historias. Por fin salió de detrás de su madre y la vi del todo. Me tendió la mano. La observé, perpleja, así que cogió la mía y tiró de ella en dirección a su cuarto, ansiosa por mostrarme el papel de Holly Hobbie y la muñeca a juego. Dejamos a papá y a Ruby charlando en el recibidor. Ni siquiera les dije adiós.

Sharon tenía más ositos y muñecas de los que yo había poseído en toda mi vida, alineados a lo largo de la cama. Daba la impresión de ser una especie de unidad de vigilancia de colorines, así que me senté en un pequeño taburete que había junto a su cómoda, sin atreverme a hacer el menor gesto que pudiera meterme en un lío o provocar que me echaran. Pese a lo incómoda que me sentía, deseaba estar allí con tanta desesperación que casi me dolía. Sentía las mejillas ardiendo, no solo a modo de respuesta de sus miradas inanimadas sino también por el calor procedente del radiador, uno que me resultaba ajeno.

Me mantuve sentada y en silencio. Expectante. Para entonces ya había descubierto cuánto te revela la gente si te quedas callada. En nada de tiempo me enteré de que a Sharon le encantaban los conejillos de Indias y de que su juguete favorito era la muñeca Holly Hobbie, a la que había bautizado, con poca imaginación diría yo, con el nombre de Holly.

—Tú no hablas mucho, ¿verdad? —dijo ladeando la cabeza, como si estuviera delante de una especie rara a la que no llegaba a entender.

—Te estoy escuchando —contesté.

Cuando Ruby nos llamó para que bajáramos a cenar, Sharon seguía sin saber nada de mí, pero yo me deshacía ante la intensa calidez que emanaba de su charla.

Después de haber dado cuenta de los palitos de pescado, de las patatas fritas y de los guisantes (en casa de Sharon incluso la comida tenía colores más brillantes que los grises y marrones de la comida de casa), hice el gesto de levantarme de la mesa.

—¿Adónde vas? Aún no hemos tomado el postre —dijo Sharon.

Desde el día en que mamá cambió, todo lo que podía considerarse un regalo se había esfumado con rapidez de nuestras vidas y yo me había olvidado de los postres. Cuando Ruby colocó los cuencos con el rollo de bizcocho con mermelada y crema, tuve ganas de dar un salto con cada bocado. Me relamía los labios de placer cuando noté los ojos de Ruby y de Sharon fijos en mí; en la cara de Ruby había una dulzura no exenta de dolor.

Era una mirada que percibía a menudo en las madres de otros niños y a la que llegaría a acostumbrarme.

Poco antes de que papá viniera a recogerme, Ruby envolvió un trozo de pastel en papel de cocina, como si estuviéramos en una fiesta de cumpleaños.

—Toma —me dijo—. Así puedes comerlo de postre otra noche.

Me dio un beso en la frente y repitió ese ritual todos los jueves, cuando iba a cenar a su casa, hasta que sucedió todo.

Así que, como veis, Sharon no tuvo más remedio que hacerse mi amiga, pero era tan amable que no le costó nada, y en cierto sentido encajamos tanto que no podías ver las junturas: nuestra amistad se convirtió en una especie de balancín. Yo tenía las ideas y Sharon las llevaba a la práctica. Nos equilibrábamos. Yo no sabía imaginar mi vida sin ella.

Y, por eso, que nos fuéramos de Yorkshire era algo que no podía permitir.

En cuanto hube pensado el deseo, el Destripador empezó a invadir también mis horas de sueño. Sufría la misma pesadilla, noche tras noche, en la que un hombre sin rostro me subía a la parte trasera de una sucia furgoneta blanca. De algún modo era consciente de que me estaba raptando y golpeaba las puertas durante el camino, pero mis esfuerzos no provocaban el menor ruido y sabía que nadie podía oírme.

Durante las horas en que estaba despierta, devoraba las noticias con avidez. ¿Qué se le escapaba a la policía? ¿Cómo podía descubrirlo? En el *Yorkshire Chronicle*, entrevistaron a uno de los agentes que investigaba el caso y este habló de la «complejidad de la investigación y de la necesidad de mantener el rigor y la estructura», y, pese a que no estaba muy segura de qué significaba la mayor parte de todo eso, me aferré a las palabras. Me hicieron pensar en la tía Jean y sus listas, y su esfuerzo por llevar el orden a nuestras vidas.

Había nacido el germen de una idea.

Jugué con la posibilidad de contarle el deseo a Sharon. Recordé la amenaza de la señorita Stacey, que los deseos no se cumplirían si se los decías a alguien, pero me constaba que para encontrar al Destripador me iba a hacer falta ayuda. Al final decidí que mi deseo estaba a salvo, que contárselo a Sharon era distinto a hacerlo a cualquier otra persona: era como compartir algo con una parte de mí misma. Así que la siguiente vez que fui a cenar a casa de los Parker, abordé el tema.

Estábamos en la habitación de Sharon y me había sentado en la cama a hojear un número viejo de la revista *Blue Jeans*. Los peluches y el empapelado de Holly Hobbie habían sido reemplazados hacía poco por un papel pintado en tonos beis y por los pósters de Blondie, a quien Sharon se había aficionado desde que cumplió los doce, aunque a mí me gustaba ver la muñeca Holly Hobbie reclinada en su almohada. Sharon estaba sentada al tocador, haciendo mohínes frente al espejo y sujetándose los rizos rubios en un moño alto, como la chica de la cubierta.

—He tenido una idea —dije—. Una muy importante —añadí, para distinguirla de las propuestas descabelladas en las que la había metido. La fábrica llena de espías rusos había sido la primera, pero ni mucho menos la última. Hubo un proyecto para fingir que éramos brujas y lanzábamos hechizos contra las personas que nos caían mal, seguido por un breve tiempo en el que creímos que uno de nuestros profesores era realmente un robot. A veces, sobre todo últimamente, me preocupaba que Sharon no se uniera a mí en estas excursiones imaginativas. Esta vez me miró a través del espejo, con una ceja enarcada, mientras cogía un bote de desodorante Impulso y se rociaba con él. El dulce olor resultaba tan apabullante que me puse a toser.

—No pienso volver a fingir que somos extraterrestres —dijo ella.

Me sonrojé a pesar del ataque de tos. Me había olvidado de esa, una idea que había tomado cuerpo después de haber visto *La guerra de las galaxias*.

—No —repuse—. Se trata del Destripador. ¿Y si decidiéramos intentar descubrir quién es?

—¿De qué diantre hablas? —dijo ella—. ¿Cómo vamos a pillar nosotras al Destripador de Yorkshire cuando la policía no lo ha logrado?

Suspiré. Lo de que cuestionara mis ideas se había convertido en un elemento nuevo y no especialmente agradable de nuestra amistad. Pero era una observación válida. ¿Cómo lo atraparíamos? Necesitábamos algo parecido a un plan, una forma de reunir pruebas y ponerlas en orden.

—Haremos una lista —dije—. Una lista de las personas y cosas que nos resulten sospechosas. Y luego… luego las investigaremos.

—¿Y por qué vamos a hacerlo exactamente?

—Bueno, si lo atrapamos podríamos ganarnos la recompensa que ofrece la policía —contesté—. ¡Piensa en la de cosas que podrías comprar! Todos los libros, brillos de labios y chuches que queramos.

Ahora, la cara de Sharon me sonreía desde el espejo.

—Y, si no nos la dan, piensa en todas las prostitutas a las que salvaríamos.

A pesar de que ninguna de las dos sabía qué era una prostituta, pensé que la idea de salvar a otros llamaría la atención de Sharon, una de las personas más amables que conocía.

—Y todo el mundo sabría quién soy…, quiero decir, quiénes somos —añadí.

Se acabó la invisibilidad. Se acabaron las miradas de pena de las madres de los otros.

—Hum —dijo ella—. Lo pensaré.

Al día siguiente, durante el camino al colegio, mi sugerencia sobre el Destripador se cernía sobre nosotras. Intenté hablar de otra cosa para que fuera Sharon quien sacara el tema, pero, como de costumbre, este estaba por todas partes. Desde los carteles pegados a las farolas hasta los titulares del quiosco, era imposible eludir al Destripador ni siquiera queriendo. Para mí cada vez tenía más sentido intentar ir a por él.

Ya a las puertas del colegio, siguiendo una especie de acuerdo tácito, nos paramos un momento y nos quedamos mirando, hombro con hombro, una partida de la caza del Destripador que se desarrollaba en el patio. Reece Carlton volaba sobre el suelo de hormigón, con la cara seria y las piernas largas dando enormes zancadas, en pos de la pobre chica a la que perseguía. Tenía los ojos azules clavados en ella.

Conocí a Reece ya en la escuela primaria. Era mucho más menudo que los demás chicos, pero a pesar de eso aparentaba ser mayor debido a sus mejillas hundidas y a unos ojos que parecían saber cosas de las que el resto no teníamos ni idea. Era tímido, le costaba despegarse de su madre cuando esta lo llevaba al colegio por las mañanas, y luego se sentaba acurrucado en la última fila hasta que llegaba la hora de volver a casa. Fuimos los primeros de la clase en aprender a leer y, por tanto, se nos concedió el privilegio especial de dejarnos con nuestros libros tranquilamente, sin nadie que nos vigilara, algo de lo que yo había estado muy orgullosa en su momento, cuando ser lista aún era aceptable. No había el menor rastro de ese niño en el Reece de hoy. Estaba completamente irreconocible.

La niña a la que perseguía dio un traspié y cayó al suelo; con la cara contraída por el pánico se puso de pie y siguió corriendo. Sentí el corazón dando golpes en el pecho al tiempo que absorbía su miedo, incluso en algo como un juego. Me pregunté qué experimentarían las mujeres perseguidas por el Destripador de verdad. Me estremecí y noté la mano de Sharon en mi brazo.

—Vale —dijo ella—. Hagámoslo. Intentemos atraparlo.

Asentí y me adelanté al cruzar las puertas, mezclándome en la multitud para que no pudiera ver la sonrisa que me invadía la cara.

Las cosas sospechosas

1

Miv

El número uno

Iniciamos la caza del Destripador el día de mayo en que empezaban las vacaciones de mitad de trimestre. Coincidió con otra jornada de temperaturas altas. El sol había llenado los patios traseros de coladas, las sábanas flotaban como fantasmas de dibujos animados mientras avanzábamos hacia la tienda de la esquina, acompañadas por el rumor de las charlas de las mujeres sobre el estado de la nación y sobre cómo todo antes era mejor. Sonaban como un coro de tías Jean.

Sharon y yo habíamos salido de casa corriendo para contar el dinero que teníamos para comprar los últimos periódicos. Aunque había quedado temporalmente sustituido por Margaret Thatcher, el espectro del Destripador seguía dominando las primeras páginas. Incluso el sol de primavera parecía apagarse bajo su sombra.

Cuando juntamos nuestros ahorros, descubrimos que éramos ricas. Entre las dos teníamos cuatro libras con cincuenta. Debo admitir que la mayor parte era de Sharon. Le daban veinte peniques a la semana, mientras que yo me ganaba los míos haciendo tareas en casa, así que la cantidad fluctuaba mucho en función de mi motivación. Además de los periódicos, decidimos comprar una libreta, como la de la tía Jean, para tomar notas de la investigación, y una bolsa de revuelto picante de diez peniques para mantener las fuerzas.

—Aquí está el Dúo Terrible —dijo el tendero cuando abrimos la puerta y repiqueteó el timbre—. ¿Dónde os habéis metido? Mis ganancias han menguado desde que no os veo.

Se rio para sus adentros, complacido de su propio chiste. Nosotras coreamos su risa, como está mandado, e hicimos el pedido; debatimos un rato sobre qué chucherías comprar ante la mirada del tendero que, cuchara en mano, estaba plantado delante de los tarros que se alineaban formando un caleidoscopio de colores. Entró otro cliente y el tendero le lanzó una mirada sonriente.

—No le molesta esperar un momento mientras mis dos clientes más importantes toman sus decisiones, ¿verdad?

El hombre gruñó y se quedó detrás de nosotras, con el periódico que iba a comprar doblado bajo el brazo.

—¿Es tu coche el que está aparcado ahí fuera? —dijo él—. Será mejor que le eches un vistazo, hay una banda de gamberros haciendo de las suyas.

Señaló la calle con la cabeza mientras iba pasando las monedas para el periódico de una mano a la otra.

Pagamos los dulces y la libreta de espiral y salimos de la tienda. Se nos hacía la boca agua con solo mirar nuestras respectivas bolsas de chuches, intentando decidir por cuál empezar, cuando el tendero apareció en la calle y miró a su alrededor de camino a su coche. Seguimos su mirada y distinguimos a tres chicos jóvenes a lo lejos. Desde donde estábamos, sus cabezas casi rapadas les daban aspecto de bebés calvos, lo cual resaltaba más su juventud.

—Apuesto a que son Neil y Reece —susurré a Sharon al reconocer sus andares chulescos. Pero creo que no me escuchaba: los miraba con una expresión que no conseguí descifrar.

El tendero cerró con llave su coche y lanzó a los chicos una mirada de advertencia antes de volver a su establecimiento; nosotras por fin nos fuimos, con las bocas llenas de dulces platillos volantes. De repente tuve una idea y agarré a Sharon del brazo.

—¿Qué coche era? —pregunté—. Ahí fuera..., el que cerró con llave el de la tienda. ¿Te has fijado?

Ella se rio en mi cara y me apartó la mano.

—¿Por qué iba a fijarme?

Di media vuelta y volví al coche de color marrón claro, entrecerrando los ojos por el sol. Abrí la libreta con un ademán melodramático y anoté la matrícula mientras leía en voz alta el modelo que estaba estampado en letras plateadas en la parte trasera.

—Es un Ford Corsair —suspiré, sin hacer el menor intento de disimular lo emocionada que estaba ante el conocimiento sobre el caso.

En uno de los estantes de la despensa, junto con pedazos de cuerda, envases de plástico vacíos de margarina y bolsas finas de plástico, la tía Jean guardaba diarios viejos, por si acaso. Nunca entendí a caso de qué, pero ahora agradecía mucho esa costumbre. Tras pedir el deseo, había empezado a llevármelos a mi cuarto, a leerlos en lugar de repasar los libros de los Cinco, en busca de pistas que pudieran ayudarnos en la búsqueda. No había escasez de material.

De acuerdo con el *Yorkshire Chronicle*, la novena víctima del Destripador, Vera Millward, de cuarenta años, había salido de su casa a las diez de la noche para comprar tabaco. La habían encontrado al día siguiente los trabajadores que se ocupaban de los jardines del Manchester Royal Infirmary cuando llegaron a trabajar. La habían atacado con un martillo y la habían apuñalado repetidas veces. La policía fue capaz de identificar las marcas de los neumáticos del vehículo usado por el Destripador; pertenecían a solo once modelos de coche, uno de los cuales era el Ford Corsair.

Sharon alzó la vista espantada y luego la posó en la tienda.

—No puedes pensar que es el Destripador —dijo en voz baja—. Resulta ridículo, Miv. —Se cruzó de brazos y apoyó todo el peso de su indignación en una sola pierna—. Es el adulto más simpático que conocemos.

Dediqué un momento a considerarlo. Sharon tenía razón. Nunca había visto al hombre de la tienda de mal humor, y era de la clase de adultos que nos escuchaba y nos hablaba como si también lo fuéramos. Constituían una rareza en nuestro mundo, que aún suscribía la idea de que los niños debían ser vistos pero no oídos. Sonreí al recordar que, cuando éramos las únicas clientas de la tienda, él ponía el pequeño tocadiscos del mostrador y fingía tocar el piano como Elton John, al que adoraba.

«No es solo una estrella del pop, es un artista de verdad», solía decirnos.

Pese a todo, descarté esos pensamientos sentimentales pensando que no había espacio para ellos en nuestra investigación. En su lugar, seguí escribiendo en la libreta, anotando las cosas que sabíamos de él y recitándoselas a Sharon, que sonreía cruzada de brazos mientras yo lo hacía, siempre condescendiente ante mi necesidad de tener razón. Por primera vez entendí por qué la tía Jean hacía esas listas. A medida que anotaba mis sospechas me sentí más alta y rebosante de certidumbre y de confianza.

—Uno, tiene el cabello moreno. Dos, lleva bigote. Tres, sus ojos son oscuros. Cuatro, no es de por aquí. Y cinco, conduce un Ford Corsair.

No existía ninguna mención de que el Destripador fuera de tez morena, pero sí multitud de referencias a sus ojos y pelo «negros», así como a su mirada «sombría», sus cejas «oscuras y pobladas» y su piel «morena» en todas las descripciones que había leído de él. La mayoría de la gente que conocía sentía un temor especial ante cualquiera de piel más oscura que la suya. Era algo sospechoso en sí mismo. Sharon me dio un codazo en las costillas y señaló el cartel que había encima de la puerta.

—Mira. Su nombre es señor Bashir. Me pregunto por qué nunca lo hemos sabido… —dijo—. Si vamos a hacerlo bien, será mejor que lo apuntes.

Seguí su mirada; nunca me había fijado en el cartel, y, al dar un paso atrás para contemplar el exterior de la tienda, tuve la impresión de que la estaba viendo por primera vez. A ver, siempre había sido observadora y solía fijarme en detalles que a otros se les pasaban por alto, pero, si quería llevar a cabo esta tarea con éxito, tendría que estar superalerta. Situada al final de la calle, la tienda había estado allí desde antes de que naciéramos, formando parte de un paisaje uniformemente gris al que nunca habíamos pensado en mirar con atención.

Lo que importaba era el interior. El interior era un tesoro de dulces, aperitivos salados y palomitas dispuestos en una serie de colores primarios, siempre bajo la presencia sonriente del señor Bashir. El aroma de la tienda era uno de mis preferidos. Una mezcla curiosa del dulzor del azúcar y del cálido olor a madera del tabaco de pipa que te envolvía como una manta cómoda. Yo lo encontraba embriagador.

Cuando el señor Bashir se instaló en el pueblo, la tía Jean había llegado a casa preocupada por si traía consigo especias raras, y los vecinos habían murmurado sin piedad sobre el hecho de que un forastero hubiera ocupado el trabajo de alguien nacido y criado en Yorkshire. Dos meses después aún había residentes de las calles aledañas que se negaban a entrar en la tienda. Preferían hacer kilómetros hasta la ciudad o esperar al día de mercado antes que tratar con el hombre de piel oscura.

Sin embargo, y por amplia mayoría, la gente había aceptado la presencia del señor Bashir con una indulgencia algo suspicaz. «La necesidad obliga», como decía la tía Jean con un suspiro, y, al fin y al cabo, nuestros vecinos tenían que comprar el pan y la leche en algún sitio. El tema era que, aunque Sharon tuviera razón y él fuera uno de los adultos más simpáticos del pueblo, yo también sabía que el señor Bashir no era exactamente lo que aparentaba ser. Que bajo la superficie había algo más, algo firmemente enroscado y bajo control.

Apenas unas pocas semanas atrás, un día que estaba en la tienda sola, mirando los estantes y decidiendo en qué me iba a gastar los diez peniques que había ganado haciendo la colada, oí la voz de Kenneth Pearson, un hombre de mi misma calle que trabajaba en Schofields, hablando con el trapero del pueblo, Arthur, sobre la invasión de «pakis» y sobre como «pronto habrá calles enteras llenas de gente como ellos».

Yo me había quedado parada, sin atreverme a mirar al señor Bashir por miedo de que lo hubiera oído. Había notado que las mejillas empezaban a arderme, aunque no había sido yo la que lo había dicho. Había algo en esa palabra y en el tono que se usaba al decirla, normalmente a gritos por parte de los peores chavales del colegio, o entre dientes por parte de los adultos, como si fuera una amenaza. Incluso Arthur pareció sorprendido, y el silencio se alargó hasta alcanzar cotas insoportables. «Por supuesto, a usted no lo incluyo —había dicho Kenneth en un tono innecesariamente alto mientras llevaba sus cosas al mostrador—. Usted es distinto».

«Sé perfectamente lo que ha querido decir» dijo el señor Bashir, marcando las sílabas de cada una de las palabras. Kenneth pareció tomárselo como una señal de que todo iba bien, pero yo sabía, por el tono del señor Bashir, que no era así. En mi experiencia, los adultos solían hacer cosas así: decir una cosa cuando querían decir otra, dejando la verdad en una nube entre ellas. Vivir con la tía Jean me había enseñado a traducir el significado que subyacía a las palabras, y por el apenas perceptible frunce de sus cejas y la mandíbula apretada, podía decir que el señor Bashir estaba furioso. Cuando los dos hombres se hubieron marchado, llevé la bolsa de patatas que había decidido comprar hasta la caja.

«¿Por qué no ha dicho nada?», pregunté, y me llevé una mano a la boca en cuanto me di cuenta de que las palabras se me habían escapado.

No tenía previsto decirlas, pero el consejo que me dio la tía Jean el día en que le hablé del acoso que sufría en el colegio me zumbaba en el oído. «Plántales cara», me dijo, aunque a mí me daba demasiado miedo hacerlo y en su lugar había optado por fundirme con el fondo del colegio, hablando cada vez menos hasta que me dejaron en paz. Eso fue antes de tener a Sharon. Pero el señor Bashir era un adulto. No me gustaba la idea de que los adultos tuvieran miedo.

Él me miró con una expresión imposible de descifrar.

«Porque en ese caso no me quedarían clientes», dijo apretando los dientes; el control de sus emociones lograba que su ira pareciera más peligrosa.

Ese momento volvió a mí cuando valoraba la posibilidad de que el señor Bashir fuera el Destripador, junto con todo lo que sabíamos de él.

Y por eso fue el primer sospechoso que anoté en la lista.

1. El hombre de la tienda de la esquina

    - Tiene el pelo moreno
    - Lleva bigote
    - Tiene los ojos oscuros
    - No es de por aquí
    - Conduce un Ford Corsair

2

Miv

He estado pensando —le dije a Sharon mientras íbamos hacia la tienda a la mañana siguiente.

El día volvía a ser espléndido, y ambas nos habíamos quitado los anoraks que la tía Jean nos había obligado a ponernos y los llevábamos atados a la cintura. Era otra de las órdenes de la tía Jean, otro de sus «por si acaso», en esta ocasión por si acaso lloviera aunque no se veía ni una nube en el cielo.

—Tenemos que averiguar más cosas sobre el señor Bashir —continué.

—¿Como cuáles? —preguntó Sharon, enredándose un mechón de pelo en torno a un dedo mientras caminábamos.

—Por ejemplo, si está casado. Y, de no ser así, ¿por qué no? —dije. Los hombres solteros eran algo casi inaudito en nuestro mundo, y por lo tanto directamente sospechoso—. Y a qué se dedica cuando no está en la tienda.

Había llegado a la conclusión de que era improbable que el Destripador estuviera casado. No lograba entender cómo alguien podía ocultar unos crímenes como esos de la persona con la que convivía. En mi casa estábamos siempre uno encima del otro, y, aunque nadie hablaba nunca de nada, todos veíamos y oíamos lo que pasaba. De hecho, a juzgar por las miradas de compasión, toda la calle estaba al tanto de lo que ocurría en mi casa.

—Pero es mejor si haces tú las preguntas —dije volviéndome hacia Sharon y contemplando su perfil casi angelical. Ella también me miró, y en su frente se dibujaba una pregunta que respondí así—: Caes siempre bien a todo el mundo.

Me abstuve de añadir que caía mejor que yo.

Así que, cuando estábamos pagando las bolsas de chuches y Sharon, sin dejar de jugar con el mechón de pelo, con los ojos muy abiertos y con la voz clara y cantarina, preguntó: «Señor Bashir, ¿de dónde vino cuando llegó aquí?», supe que había acertado. De haber hecho yo la pregunta, es decir, si me hubiera atrevido a ello, esta habría salido de una forma mucho más brusca.

A modo de respuesta, el señor Bashir se rio, fue una risa profunda y cargada de sabiduría.

—De Bradford —dijo, para sorpresa nuestra, y una expresión más seria le invadió las facciones. Aguardó unos segundos mientras lo mirábamos y de repente empecé a sentirme rara, hasta que continuó—: Pero mi familia procede originalmente de Pakistán… —Esbozó una sonrisa y guiñó un ojo.

Señaló a su espalda, hacia la puerta que conducía al almacén y a la casa donde vivía y en la que había clavadas pequeñas fotos cuadradas de parientes, casas y paisajes que nos resultaban ajenos a las dos. Levantó el mostrador para que pasáramos a verlas más de cerca. Yo me resistí, pero Sharon me instó a que la siguiera. Al acercarnos al señor Bashir, inhalé el olor de su piel cálida, levemente picante, un olor típico de los padres, y deseé estar tan cerca de él como fuera posible. Sharon fue señalando todas y cada una de las fotos, preguntando quién aparecía en ellas o dónde estaba ese lugar, y el señor Bashir respondió a todas las preguntas con su voz suave y melodiosa. En un momento dado, me miró y preguntó frunciendo el ceño:

—¿Y a ti qué te pasa? ¿Se te ha comido la lengua el gato?

Sharon intervino antes de que yo pudiera responder.

—No se preocupe, señor Bashir, ella solo está callada porque está pensando. —Y luego, en un susurro cómplice, añadió—: Mi mamá dice que piensa demasiado.

Me aparté de ambos; de entrada la observación de Sharon me confundió, pero luego me encogí de hombros para mis adentros y me dije que probablemente fuera verdad. El señor Bashir me miró con expresión también pensativa.

—Entiendo —dijo, asintiendo con la cabeza, y le imité porque tuve la sensación de que reconocía algo en mí que yo no habría sabido nombrar.

En ese momento se abrió la puerta del fondo de la tienda y por ella salió un chico riéndose a carcajadas, todo brazos y piernas, sobresaltándonos a los tres. En cuanto se percató de nuestra presencia, se paró y pareció encogerse. Sharon y yo seguimos mirándolo.

—¿Ya conocéis a mi tranquilo y obediente hijo? —preguntó el señor Bashir poniendo los ojos en blanco—. ¿A Ishtiaq?

Sharon y yo bajamos la vista y negamos con la cabeza, aunque claro que lo conocíamos. Alto y flaco, con el pelo y los ojos negros como ala de cuervo, Ishtiaq iba a nuestra clase. Su expresión me dijo que también nos reconocía, pero no hizo ningún comentario al respecto.

—Tira para adentro —dijo el señor Bashir, regañándolo en tono afectuoso—. Te he dicho muchas veces que es peligroso cruzar la puerta corriendo así.

El chico regresó hacia el interior de la casa en silencio, y, sintiéndonos un poco fuera de lugar, decidimos irnos con nuestras bolsas de chuches a cuestas.

Más tarde me pregunté por la diferencia entre el tímido y silencioso Ishtiaq que venía a clase y el bullicioso y alegre chaval que había visto en la tienda. Me pregunté si simplemente sería un chico pensativo, como yo. Como si me estuviera leyendo los pensamientos, Sharon también lo comentó.

—En el colegio no le he visto ni siquiera sonreír.

3

Omar

Omar Bashir vio alejarse a las niñas; en su cara se dibujaba la sonrisa con que recibía a los clientes. Cuando la pesada puerta se cerró y sonó el timbre, se volvió hacia el conjunto de fotografías desvaídas que había colgadas de ella, embargado por un sentimiento de atracción y repulsión hacia la foto que amaba y evitaba mirar en igual medida.

Fue el retrato obligatorio que se habían hecho para enviar a casa, a la familia que habían dejado atrás, como prueba de éxito y prosperidad. Por aquel entonces su pelo aún era negro, sin rastro de las canas que brillaban ahora, y se le notaba incómodo ante la cámara, a pesar de la expresión de alivio de su rostro al posar vestido con el uniforme del transporte público de Bradford.

Como todos los jóvenes sanos de su pueblo, había llegado para trabajar en las fábricas textiles. Enseguida había buscado una vía de escape a una tarea monótona capaz de destrozarte la espalda y había conseguido uno de los codiciados empleos en los autobuses, gracias principalmente a su facilidad para aprender el idioma: su amor por las palabras y los libros habían supuesto una ventaja inesperada en esta nueva vida. El alivio procedía de que, debido a ello, Rizwana había conseguido reunirse con él mucho antes de lo esperado. En la foto aparecía a su lado, con los ojos puestos en él, sonriente y relajada, en contraste con la rigidez torpe de su porte. Resplandecía, vestida con un *salwar kameez* de color turquesa.

Como siempre, el dolor fue visceral, como una patada rápida en la boca del estómago, y le obligó a apoyarse en el mostrador, abrazándose a sí mismo a la espera de que remitiera. Se incorporó despacio, meneó la cabeza y fue hacia la trastienda a ver a Ishtiaq. Al verlo en la puerta, Ishtiaq miró hacia él; sus ojos oscuros eran tan parecidos a los de Rizwana que Omar sintió que la visión se le empañaba.

—¿Estás bien, papá? —preguntó el chico, con voz tranquila pero teñida de preocupación.

—Por supuesto —respondió Omar, y se adelantó hacia el sofá donde su hijo estaba sentado para revolverle el pelo.

Cuando Ishtiaq devolvió su atención a los dibujos animados de la tele, Omar siguió observándolo. Era un chico tan sensible que Omar no podía dejar de preocuparse por él en todo momento. A menudo le cegaba el alcance del profundo amor que sentía por su hijo y le costaba equilibrar las ansias de protegerlo con la libertad de la que él y Rizwana siempre habían querido que disfrutase.

—Ten cuidado si sales a la calle.

Ishtiaq se volvió al notar la seriedad de su voz.

—Andan unos chicos por ahí fuera, con el pelo rapado y pintas de brutos…

Ishtiaq asintió. Resignado.

El resto de la mañana lo pasó detrás del mostrador, ocupado con pedidos y clientes, con «Goodbye Yellow Brick Road» sonando a todo trapo en el radiocasete cada vez que la tienda se quedaba vacía. Al principio de instalarse aquí, le había sorprendido lo rutinarios que podían llegar a ser los días. Había sido exactamente lo que necesitaba: el ritmo hipnótico y balsámico de las mismas personas, a las mismas horas, comprando las mismas cosas, le había acompañado en los primeros días de dolor.

Como la primera hora de la tarde solía ser tranquila, la aprovechaba para rellenar estantes y poner orden en la tienda. A esta hora su único cliente regular era Brian, un joven que vivía a dos calles de distancia con su madre, Valerie, que trabajaba en la fábrica de galletas. Ella y sus amigas habrían dado sopas con honda a las viejas de Bradford: estaban al tanto de las idas y venidas de todos los habitantes de la ciudad. Omar se preguntaba a menudo si el silencio de Brian se debía a que jamás había logrado meter baza en casa, ni por casualidad, y se le habían atrofiado las cuerdas vocales por la falta de uso.

Sospechaba que Brian escogía esa hora porque sabía que la tienda estaría tranquila. A veces lo veía plantado fuera, vestido con el mono azul grasiento y aquel gorro amarillo con borla, observando la tienda, probablemente esperando que se vaciara del todo antes de entrar en ella. Con el tiempo había llegado a la conclusión de que Brian prefería evitar el contacto visual, de manera que preparó su pedido, un paquete de cigarrillos Mayfair y un ejemplar del *Yorkshire Chronicle*, y se lo dejó en el mostrador.

Cuando sonó el timbre de la puerta, anunciando la entrada de Brian, hizo lo que hacía siempre y bajó el volumen del radiocasete. Había notado enseguida que Brian se estremecía cuando la música estaba alta; sus hombros se alzaban como si intentaran protegerle los oídos. Omar se concentró en rellenar los estantes, tragándose su tendencia natural a charlar, mientras Brian recogía su compra y dejaba el importe exacto en el mostrador; la única señal de su presencia allí fue el sonido de la puerta al cerrarse.

Valerie había acudido en una ocasión a recoger la compra de Brian, y, al salir, le había dado las gracias a Omar en tono ronco por «cuidar de mi chico». Fue la primera vez que hablaba con él más allá del intercambio comercial propiamente dicho y había supuesto una nueva fase en el proceso de aceptación por parte de la comunidad, una integración que a menudo él no estaba del todo seguro de querer. Desde entonces ella había traído a sus amigas a la tienda y a menudo se paraba a charlar un rato, siempre para preguntar por Ishtiaq.

Unas cuantas horas más tarde, Ishtiaq asomó la cabeza por la puerta; era el recordatorio cotidiano de que ya era hora de cerrar la tienda y preparar la cena. Cuando Rizwana enfermó, había insistido, pese a las protestas de su marido, en enseñarle a cocinar los platos favoritos de Ishtiaq; no quería dar sus recetas secretas a las mujeres que rondaban a su alrededor. Era algo por lo que él le daba las gracias en silencio todos los días, consciente de que el sabor familiar de la comida suponía un consuelo para el chico.

Asintió y envió a Ishtiaq a por el expositor de los periódicos que había en la puerta mientras él cerraba. A los pocos instantes oyó un grito estrangulado. La mente de Omar fue enseguida hacia los chicos rapados y corrió hacia fuera. Tuvo que ponerse la mano en la boca para cubrir el grito al ver lo que había escrito en las paredes de su casa. Los ojos de Ishtiaq estaban llenos de lágrimas de ira. Omar sabía que ya era lo bastante mayor como para fijarse en esas cosas, para recordarlas y cargar con ellas en su memoria. Y eran cosas que llevaban pasando toda su vida.

—Esto no puede seguir así, papá —le dijo, y las palabras de reprobación fueron pronunciadas en un tono tranquilo pero a la vez agudo, tan cortante que Omar sintió que le atravesaban la piel.

—No es todo el mundo, hijo —repuso él—. Son solo cuatro ignorantes que gritan más que el resto. Las cosas han mejorado últimamente, ¿no es así?

Era absolutamente consciente de que se trataba de un intento desesperado de aplacar a su hijo, o tal vez a sí mismo. De repente ya no estaba seguro de ello, y bajó los hombros, vencido por un cansancio contra el que había luchado todos los días desde la muerte de Rizwana.

—Dices eso mismo cada vez, papá. Y no, las cosas no van mejor. —Ishtiaq miraba al suelo al hablar, casi en un susurro.

A Omar no se le había pasado por alto que Ishtiaq volvía a menudo del colegio con moratones y arañazos de los que no quería dar explicaciones, negándoles la importancia con un «no sé» siempre que él le preguntaba cómo se los había hecho. En un momento dado, Omar había decidido ignorar la opinión de su hijo y había subido al colegio para hablar de esas heridas cara a cara con el personal docente. Se había encontrado sentado en una salita sobrecargada, frente al maestro de su hijo, cuando ya todos se habían ido a sus casas, envuelto por un olor a tabaco y café. Su silla era más baja que la del maestro y, por un instante, se preguntó si eso estaría hecho a propósito.

El señor Ware, una figura alta e imponente, parecía distraído e impaciente por librarse de él.

—Dado que Ishtiaq no quiere decir qué le ha pasado, no veo qué podemos hacer al respecto. ¿Quién sabe si pasó de veras en el colegio o si tiene algo que ver con nosotros? Me consta que debe de serle difícil vigilar a su hijo, dada su… situación.

La palabra «situación» fue pronunciada con un desagrado tan evidente que Omar hasta lo encontró gracioso. Dicha situación era la de un padre viudo que tenía que trabajar. Sí, sin duda sería mejor si Ishtiaq tuviera a su lado una madre viva que pudiera cuidar de él, pero no podía considerarse algo de lo que sentirse avergonzado. Omar contempló al maestro, esperando que le mirara a los ojos antes de decir:

—Me gustaría que me explicara qué ha querido decir con eso.

Había disfrutado viendo al maestro incómodo en la silla; tuvo la impresión de que el hombre no estaba acostumbrado a que nadie le plantara cara. Pero, pese a todo, había salido de allí sin ninguna solución. A menos que Ishtiaq dijera el nombre de quien le había hecho daño, no había nada que hacer. Se sentía medio enfadado y medio orgulloso de que su hijo no fuera un chivato. Ishtiaq le decía a Omar que eran cosas suyas, que la intervención de su padre solo empeoraría las cosas, siempre que Omar insistía, algo que hacía con frecuencia usando estrategias diversas, desde las más amables y cariñosas hasta las amenazas airadas. Su hijo se parecía cada vez más a su madre y nunca hubo nada ni nadie capaz de hacer cambiar de opinión a Rizwana cuando tomaba una decisión.

—Papá. —La voz de su hijo lo devolvió al presente—. Quizá no deberíamos haber venido aquí.

A pesar del tono tranquilo, las palabras eran claras y precisas. Omar sintió cada una de ellas de manera física y reprimió la tentación de levantar las manos para protegerse de ellas. Miró a su hijo. Su calma vibraba de emoción, una emoción que procedía de un lugar tan profundo que parecía sacudir el interior de la tienda.

—Hijo, ni siquiera habías nacido cuando nos mudamos aquí —dijo Omar, hablando tan bajo como Ishtiaq—, así que no sabes cómo fueron las cosas en Bradford. Tu madre y yo nos sentíamos tan fuera de lugar que creímos que jamás encajaríamos allí. Y no sabría decirte si llegamos a hacerlo, pero lo que sé es que, en algún momento, Bradford se convirtió en nuestro hogar.

No pudo evitar pararse, ya que una oleada de recuerdos le invadió los sentidos: la casita de Bradford que Rizwana había convertido en un espacio precioso, el orgullo que sentían por ella, lo felices que eran cuando Ishtiaq nació.

—Este lugar también será nuestro hogar. Lo será —terminó Omar, intentando inyectar a su voz una convicción que estaba lejos de sentir.

Las facciones de Ishtiaq se suavizaron.

—De acuerdo, papá —le dijo, y aunque Omar sabía que lo decía para contentarlo, que la conversación no terminaba ahí, que quizá no terminaría nunca, de repente se sintió agotado. Apoyó la mano en el hombro de su hijo y lo condujo hacia dentro.

Esa misma noche, después de que el chico se hubiera acostado, Omar se sentó en la butaca raída y vieja que había al lado de la ventana. Una ira en diferido sacudió su cuerpo con tanta fuerza que lo hizo temblar. Se imaginó qué le haría a la gente que pintaba cosas así en las paredes, a los que le hacían daño a su hijo. Era una rabia que a menudo le embargaba en la oscuridad de la noche y constituía una de las muchas razones por las que se aseguraba de estar siempre atareado durante el día. A esas horas no podía permitir darle rienda suelta.

«Nuestro hijo necesita a uno de los dos cerca —le había dicho Rizwana—. ¿Qué crees que les pasa a la gente como nosotros cuando los detienen en este país?».

Le había hecho jurar que nunca se defendería físicamente, por el bien de Ishtiaq, y él era un hombre de palabra.

Al oír un ruido fuera se levantó de un salto, impulsado por la ira y la adrenalina, y atisbó por un lateral de las cortinas de nailon de color naranja, a través de las persianas, en busca de los chicos rapados. Al contemplar el callejón oscuro y las partes traseras de las viejas y pequeñas casas, dispuestas en filas, se dijo que fácilmente podría ser Bradford. En su cabeza resonó la voz del hermano de Rizwana, Masood, cuando Omar le anunció que se mudaban aquí, lejos de la familia y de los amigos. «No se puede huir del dolor, hermano», le dijo.

Pero cuando apareció la tienda en alquiler, Omar se lo tomó como una señal y siguió adelante con su plan, a pesar de las advertencias de Masood, quien le repetía que el lugar no sería como Bradford, en el sentido de que no habría en él tantas personas de piel oscura. Él quería empezar una nueva vida, lejos de todo lo que le recordase a los últimos meses de Rizwana, y, para ser sinceros, también lejos de la familia de su mujer, que la había seguido al completo cuando ella se reunió con él, y de su agotadora cercanía. No quería estar con gente que había crecido con ella, que se le parecía o que usaba las mismas expresiones.

De manera que se vinieron a esta ciudad pequeña, donde la velada segregación de las calles significaba que ellos eran, de hecho, los únicos de piel oscura. De haberse instalado en una calle situada a apenas un kilómetro, se habrían sumergido en una nueva, aunque más reducida, comunidad de amigos, pero eso habría implicado interferencias en sus vidas y él no podía soportar la idea de que nadie que no fuera ella le dijera cómo educar a su hijo. Podían agradecer al sentido práctico de su esposa el hecho de que, tras el diagnóstico, hubieran mantenido interminables discusiones acerca de cómo abordar todos los temas, desde el idioma (debía hablar con Ishtiaq tanto en inglés como en urdu) hasta el matrimonio y las posibles carreras, y habían llegado a la misma conclusión con relación a todos: insistir solo serviría para que el chico se rebelara. Omar no necesitaba ninguna otra opinión.

Poco después de enviudar, Omar había empezado a recibir indirectas nada sutiles que le aconsejaban volver a casarse cuanto antes y le daban instrucciones sobre la crianza de Ishtiaq. A pesar de las discusiones con la familia de Rizwana, él no había dado su brazo a torcer. Rizwana había querido que su hijo disfrutara de libertad y de oportunidades, y le había cargado con la responsabilidad de asegurarse de que eso pasara.

«Somos musulmanes —había declarado Masood—. Tenemos la obligación de cuidarnos los unos a los otros».

«Así es —había replicado Omar—. Y por eso voy a cuidar de mi hijo. ¿Acaso eso no cuenta?».

Por un momento se preguntó si había actuado solo movido por el egoísmo. Lo cierto era que la única persona que le habría podido responder con sinceridad ya no estaba allí.

4

Miv

He tenido una idea —dije a Sharon cuando fui a buscarla a la mañana siguiente—. Creo que sé cómo averiguar más cosas sobre el señor Bashir y decidir si es o no el Destripador.

—Adelante —repuso ella sonriendo, al tiempo que cerraba la puerta y venía hacia mí.

Ansiosa por darle a todo un aire de misterio, meneé la cabeza.

—Ya lo verás. Tú sígueme el rollo cuando estemos allí.

Sharon puso los ojos en blanco, pero aún sonreía cuando la señora Pearson y su jack russell pasaron frente a nosotras. Los saludamos con un alegre hola y seguimos hacia la tienda. A nuestra llegada, el señor Bashir estaba limpiando con vigor la pared exterior y tenía un cubo lleno de agua al lado. Dicha agua, coronada de espuma, se había teñido de un rosa sucio que fluía en forma de riachuelo por las grietas de la acera.

—Buenos días, señor Bashir —gritamos al unísono.

Se volvió a mirarnos, asintió y esbozó una sonrisa fugaz que no se reflejó en sus ojos, que parecían brillar con una ira inesperada. Noté que Sharon se tensaba a mi lado, pero me pudo la curiosidad. Estaba muy enfadado por algo y eso me resultaba de interés, ya que se decía a menudo que el Destripador era un hombre airado. El señor Bashir retomó su tarea. Apenas distinguí el rastro de una «M» y de una «D», rodeadas por un círculo de pintura en espray de color rojo: era lo único que quedaba de lo que alguien había pintado en el muro. Era un símbolo que veía a menudo en paredes y ventanas, y siempre había pensado que se correspondía con las iniciales de alguien. Nunca había visto al señor Bashir con una cara tan seria. Deduje que se habría enfadado por el grafiti. Podía imaginar la reacción de la tía Jean si este hubiera aparecido en nuestra casa. «Hoy en día los críos no sabéis ni cómo habéis nacido», habría dicho con furia fría, como si de alguna manera yo hubiera tenido alguna culpa en ello solo por el hecho de ser pequeña.

Miré a mi alrededor y por primera vez me fijé en que las cortinas de las casas cercanas se movían, señal de que los vecinos observaban al señor Bashir. Valerie Lockwood, de la calle de al lado, estaba charlando tranquilamente con el trapero del pueblo, Arthur, y ambos meneaban la cabeza y miraban hacia la tienda. Daba la impresión de que aquello iba más allá de un simple grafiti, pero no había manera de deducir de qué se trataba.

—¿Está Ishtiaq en casa? —dije, un poco nerviosa, sin saber cómo se tomaría el señor Bashir mi pregunta.

Este se paró y nos miró de arriba abajo esta vez mientras se secaba el sudor de la frente con un pañuelo que había extraído del bolsillo.

—Está ahí dentro, viendo algo en la tele —contestó, y luego añadió—: ¿Podéis decirle que me prepare un té?

Sus facciones se suavizaron al decirlo y yo asentí, sintiéndome aliviada al ver que el señor Bashir que conocía estaba allí de nuevo.

—Claro, señor Bashir —dijo Sharon en tono solemne, y le lancé una mirada rápida—. ¿Hay algo más que podamos hacer por usted?

Negó con la cabeza y nos dirigimos a la trastienda.

Cuando empujamos la puerta y accedimos a ella, me sorprendió ver que el pasillo era igual que el que podías encontrar en cualquier otra casa de la calle. No sabía muy bien qué esperaba, pero sin duda no la misma moqueta con motivos en espiral ni las paredes empapeladas con papel pintado Anaglypta de color beis que teníamos también nosotros. La única diferencia era un aroma delicioso y desconocido que me hizo la boca agua.

Ishtiaq estaba sentado en la salita, a oscuras, con las cortinas corridas, intensamente atento a la televisión. Ni siquiera levantó la vista cuando aparecimos en la puerta. Sharon me propinó un buen codazo e hizo un gesto con la cabeza, señalándole.

—Venga —susurró—, esto ha sido idea tuya.

Me empujó y tropecé al cruzar la puerta, aunque no llegué a caerme. El ruido le hizo volver la cabeza por fin.

—Eh, ¿qué tal, Ishtiaq? —pregunté.

Nos miró a las dos, con el ceño fruncido.

—¿Hola? —dijo, y la palabra contenía un incómodo signo de interrogación—. ¿Qué queréis?

—Hemos..., bueno, hemos venido a saludarte —continué—. Y..., bueno, a preguntarte si..., si te apetecería dar una vuelta algún día.

Sentí que las mejillas me ardían y vi que Sharon abría los ojos, atónita, como si esa fuera la última cosa que esperaba oír. Posé la mirada en el televisor, y, aliviada, vi que estaba viendo un partido de críquet. Era mi oportunidad.

—¿Juegas? —pregunté señalando la pantalla.

Ishtiaq asintió sin apartar la vista de mí, entornando un poco los ojos como si no terminara de fiarse de mis motivos para preguntarlo.

—Yo también —dije irguiéndome, como si eso demostrara de alguna manera mi capacidad para ese deporte. La expresión de Ishtiaq se mantuvo igual de escéptica—. Mi papá dice que aprendí a jugar en cuanto empecé a andar —añadí con orgullo—. Dice que llevo el críquet en la sangre.

Ishtiaq sonrió por fin, aunque no habría sabido decir si estaba relajado o se burlaba de mí.

—Vale, entonces, ¿por qué no jugamos? —dijo Ishtiaq—. Mañana por la mañana, en el parque. Uno lanza, otro recoge, y el tercero puede correr.

—De acuerdo —accedí—. ¿Te pasamos a buscar por la mañana? ¿Cuando abra la tienda?

Él asintió pero volvió a mirarnos con perplejidad, como si aún se preguntara qué nos motivaba a hacer esto. Ya íbamos a salir cuando Sharon se dio media vuelta.

—Oh, tu padre nos ha dicho que le prepararas un té, ¿vale?

Su voz sonó débil, como si llevara tiempo sin ser usada y hubiera perdido práctica. Como cuando te pones a cantar después de un tiempo sin hacerlo. Ishtiaq le sonrió y asintió de nuevo mientras ella bajaba la cabeza.

—Hasta mañana entonces —dije sorprendida ante la súbita timidez de Sharon.

—Preparaos para que os dé una paliza —le oí decir en voz baja mientras salíamos.

—¿A qué ha venido todo esto? —inquirió Sharon cuando ya estábamos en la calle.

—Eso mismo podría decirte yo —repuse, pero las ganas de compartir mi plan con Sharon sobrepasaron la curiosidad sobre su timidez repentina—. Si nos hacemos amigas de Ishtiaq, podremos descubrir más cosas del señor Bashir, preguntarle adónde va y cosas así. También podremos averiguar qué le ha pasado a la señora Bashir —expliqué, satisfecha de mi ingenio—. ¿Te has fijado en que nunca la hemos visto? —pregunté en tono misterioso.

—Esto se te da bien —dijo ella, con una carcajada e incluso con una nota de sorpresa en la voz.

Caminé con la cabeza bien alta hasta llegar a casa, sintiendo el elogio de Sharon en todas las partes de mi cuerpo.

Sin embargo, a la mañana siguiente, cuando íbamos a casa de los Bashir, Sharon se mostró inusualmente silenciosa. Era temprano —yo siempre salía de casa lo antes posible, incluso durante las vacaciones escolares, o quizá sobre todo durante estas—, y el único ruido que se oía en las calles además de nuestras pisadas era el canto de los pájaros y el amable rumor de los camiones de la leche que hacían el reparto. Pero el silencio se prolongó tanto que empecé a plantearme si Sharon habría cambiado de opinión con respecto a lo que íbamos a hacer ese día.

—¿Va todo bien? No has abierto la boca.

—Sí... —dijo ella, y volvió a callarse.

Esperé, a sabiendas de que a Sharon le costaba un poco admitir cuándo las cosas no iban bien.

—Papá me preguntó qué hicimos ayer... Y se lo dije —continuó—. No le hizo mucha gracia saber que íbamos a jugar con Ishtiaq.

No tuve que preguntar por qué.

Shazia Mir había sido la primera chica de piel oscura en asistir a primaria. Llevaba pantalones debajo de la falda del uniforme y fue la primera persona a la que vi con un piercing en la nariz. Quise tener uno al instante. No recuerdo cuándo empezaron los chicos a taparse la nariz al pasar junto a ella o cuándo dejaron todos de sentarse a su lado en las comidas. Sí que recuerdo cuándo empezó a oírse la cancioncilla.

Las rosas son rojas; el cielo, azul,
y Shazia huele como un podrido atún.

Al principio me uní a ellos, sin estar cómoda pero anhelando formar parte de algo. Hasta que un día el sujeto de la canción empecé a ser yo.

Las rosas son rojas; el cielo, azul,
tu madre está loca y también lo estás tú.

Y ya nunca volví a cantarla. Aunque parecía que hubiera transcurrido mucho tiempo, pensar en Shazia siempre me hacía sentir incómoda: la recordaba sentada sola en un rincón del patio hasta que un día desapareció. Nadie nos explicó nunca el porqué. Refiriéndose a su familia, la tía Jean había dicho que estaba segura de que se trataba de unas personas decentes y respetables, pero que era mejor que «se relacionaran solo con los suyos». Y eso parecía resumir los sentimientos de la mayoría de los vecinos del barrio.

Entonces un recuerdo asomó por el borde de mi memoria y me pregunté si los sentimientos del padre de Sharon podían ir incluso más lejos. Antes de que mamá se quedara en silencio, antes de que llegara el señor Bashir, y antes de que Sharon y yo fuéramos amigas, algo había pasado en la iglesia.

Esos días mamá solía cantar en el coro de los mayores, y papá y yo la escuchábamos, él completamente absorto y yo sin saber cómo sentarme en los recios bancos de madera. Ese domingo en concreto nos habíamos sentado por casualidad en la misma fila que los padres de Sharon, Ruby y Malcolm. En ese momento eran apenas conocidos nuestros. El párroco había comentado algo sobre «dar la bienvenida a la ciudad a personas de todas las razas y credos» y Malcolm respondió con un «Ni de coña» en voz tan alta que todos se volvieron a mirarlo.

—¿Quieres que hagamos otra cosa? —pregunté—. Siempre puedo ir a ver a Ishtiaq sola y luego te cuento.

—¡No! —exclamó ella al instante frunciendo el ceño—. Pero, si alguien pregunta, ¿podemos decir que hemos estado jugando solo nosotras? Mamá y papá terminaron gritándose y no quiero que vuelvan a discutir por mí. Papá se ha ido de viaje unas cuantas noches, así que no se enterará. Y al fin y al cabo…

Dejó la frase en el aire y volvió la cara.

—¿Estás llorando? —dije en tono vacilante.

Ella negó con la cabeza despacio, pero siguió mirando hacia otro lado.

Yo sabía que nadie me preguntaría qué había estado haciendo, pero accedí a su petición de todos modos; imaginar a los padres de Sharon discutiendo me provocaba una extraña desazón, como si el suelo se hubiera vuelto inestable o yo hubiera tropezado. Siempre parecían estar contentos y constituían la prueba que demostraba la existencia de las familias felices. Eran la esperanza de que mi familia llegara a ser igual algún día.

Al acercarnos a la tienda vimos que Ishtiaq ya estaba fuera, como si esperase nuestra llegada. Se había peinado con raya y el atuendo que vestía, unos vaqueros y una camiseta blanca, le daba un aspecto de lo más atildado. En el colegio sufría doble marginación, una por el color de su piel y otra por ser listo, pero ese día caí en la cuenta de que además era bastante guapo. Bajé la vista y vi que también llevaba una bolsa de deporte con bates y palos. Enarqué una ceja; se lo estaba tomando en serio.

Estábamos a punto de irnos cuando el señor Bashir asomó la cabeza por la puerta de la tienda. Traía consigo una bolsa grande, con el motivo a rayas de la tienda, y la sacudió en dirección a Ishtiaq.

—Comida —dijo, radiante.

—Gracias, papá —murmuró Ishtiaq, quien cogió la bolsa casi avergonzado.

De camino al parque, Sharon e Ishtiaq andaban por la acera, uno al lado del otro, mientras que yo lo hacía con un pie en el bordillo y otro en la calzada. Ishtiaq y yo debatíamos sobre nuestros equipos de críquet favoritos y sobre quién sería el próximo ganador de los Ashes; Sharon iba callada, no sabía nada del deporte en realidad, pero mantenía la vista fija en Ishtiaq. Entonces recordé lo que se suponía que debíamos estar haciendo. Había anotado una lista de preguntas en la libreta y las había memorizado.

—¿Tu padre siempre está en la tienda? —pregunté—. Siempre que entramos lo vemos allí.

—Pues sí, así es —dijo Ishtiaq, sonriendo un poco.

Tomé nota mental de ello.

—Oye, ¿y qué pasa si se pone enfermo o algo? —pregunté con auténtica curiosidad, y, antes de que pudiera responder, añadí—: ¿Tienes madre? —Y en ese momento recibí un codazo de Sharon y comprendí que había ido demasiado lejos.

La cara de Ishtiaq se ensombreció.

—La tenía, pero murió —dijo con voz inexpresiva.

Su respuesta me dejó tan atónita que me paré en seco. Ni siquiera me había planteado esa posibilidad.

—Oh. Lo siento. —Sabía que era lo que debía decirse, aunque no terminaba de entender de qué me disculpaba.

Ishtiaq también se detuvo y entrecerró los ojos.

—¿A qué vienen tantas preguntas? —Volvía a ponerse suspicaz.

—Soy una cotilla —confesé con sinceridad—. ¿Así que estáis los dos solos? ¿Tu padre no te deja con nadie más? ¿Canguros, parientes…?

—No. Con la familia ya no nos vemos mucho —dijo él, y me percaté de que se encerraba en sí mismo, como las persianas de la tienda, hundiéndose en un lugar interior para convertirse de nuevo en el callado Ishtiaq que conocíamos.

—Bueno, ahora nos tienes a nosotras —dijo Sharon con amabilidad, acariciándole el brazo durante un instante.

Él la miró a los ojos y se decidió a hablar de nuevo, pero con una voz tan baja que tuve que esforzarme para oírlo.

—Desde que mamá murió, siempre estamos juntos. Nos llamamos el Dúo Dinámico. Por cierto, ¡vosotras sois el Dúo Terrible! —Eso pareció hacerle gracia y su risa era tan contagiosa que Sharon y yo nos unimos a ella. Con eso se disolvió la tensión.

No estaba decepcionada por esta revelación de la cercanía constante entre padre e hijo. Con toda seguridad, eso significaba que el señor Bashir era inocente. Si siempre estaba en la tienda o en compañía de su hijo, era difícil que pudiera ser el Destripador. En realidad, deseaba que no lo fuera. Me gustaba el señor Bashir. Miré a Sharon de reojo y nos sonreímos; ella pensaba lo mismo que yo.

Me adelanté a ambos, guiándolos hacia el parque, y poco después me di cuenta de que se habían puesto a charlar. Intenté sintonizar a ver qué decían, pero ella había bajado su voz, normalmente clara y melódica, para no desentonar con el murmullo de Ishtiaq. Al parecer, le estaba resultando fácil hacerlo hablar, y el rumor tranquilo de sus voces flotó en el aire hasta que llegamos al parque, donde montamos la portería de críquet con ayuda de los palos que Ishtiaq había traído y de nuestros anoraks.

El «parque» era en realidad una larga franja de hierba que a duras penas se había ganado ese nombre gracias a un par de viejos columpios y un carrusel oxidado que ocupaban un pequeño espacio en un extremo. Los bordes estaban hechos a base de montañas de basura (paquetes de patatas, latas e incontables colillas), pero había suficiente terreno verde y seco para jugar. Ubicado entre mi casa y la de Sharon, llevábamos jugando allí desde que nos hicimos amigas. Aún lo preferíamos a rondar por las tiendas o sentarnos en las marquesinas del autobús, lugares que frecuentaban otras niñas de nuestra clase en los últimos tiempos con la esperanza de toparse con los chicos. O al menos yo pensaba que Sharon aún era de mi misma opinión.

Un partido dio paso a una liguilla del mejor de tres y luego de cinco. Corrí encantada, de un extremo al otro del parque, perdiendo toda mi timidez por el anhelo de ganar, y radiante de emoción cuando Ishtiaq admitió que de verdad yo sabía jugar. En algún momento fui consciente de que me estaba divirtiendo mucho. Esa idea se encaramó a mi hombro, como si quisiera advertirme de algo, y me sorprendió notarla allí. Por fin, agotados de tanta carrera, nos dejamos caer encima de la hierba para comer sobre la manta de cuadros que habíamos traído. El señor Bashir nos había preparado todo un festín de los Cinco a base de productos de la tienda: sándwiches de queso, latas de refresco y bolsas de patatas de varios sabores que Ishtiaq sacó de la bolsa, junto con una reluciente cámara de fotos.

—Me gusta la fotografía —dijo Ishtiaq, dando una explicación bastante superflua.

Cogí la cámara y la observé con cuidado. La única experiencia que tenía con ellas era la vieja Brownie de papá y la cámara de cine que solía llevar de vacaciones cuando éramos una familia de verdad. No se me permitía tocarlas. Cuando regresábamos de Filey o de Scarborough, pueblecitos marítimos de la costa del norte de Yorkshire que solíamos frecuentar, insistía en que viéramos las películas mudas en las que entrábamos y salíamos del mar, a pesar de que acabábamos de volver y aún lo recordábamos todo perfectamente.

La de Ishtiaq era una cámara pequeña, rectangular y negra, provista de un botón rojo. Parecía a años luz de la de papá. Le pregunté si me dejaba hacer una foto y él asintió, luego me enseñó a sujetarla. Hice una de Sharon e Ishtiaq, mientras se reían. Luego usé la ventanita para seguir a dos figuras en la distancia que se dirigían hacia nosotros. Ishtiaq siguió mi mirada y se irguió, súbitamente alerta, como un animal que olisqueara un peligro.

Al verlo tan rígido, bajé la cámara.

Las figuras estaban más cerca. Eran Neil y Reece, de nuestra clase. Fuera del entorno escolar se les veía distintos. Más adultos. Los dos llevaban cazadoras bomber de nailon de color verde, camisetas blancas, vaqueros con el dobladillo vuelto y botas negras. Iban iguales, como soldados de uniforme.

Una repentina sensación de pánico empezó a atravesarme el cuerpo, como si el azúcar consumido hubiera ido a parar directamente a mis miembros.

Ishtiaq empezó a guardar los enseres de críquet; sus movimientos eran sincopados, tensos. Quise decir que eran dos chicos conocidos, que no nos harían daño, pero descubrí que las palabras habían formado un nudo en mi garganta que no lograba deshacer.

—¿Adónde vas aho…? —empezó a decir Sharon cuando Reece, que ya estaba bastante cerca, la interrumpió.

—¿Qué has estado comiendo, Bashir? ¿Curri? Se huele a kilómetros —dijo en tono burlón.

—Nada —murmuró Ishtiaq con la mirada en el suelo y la cara inexpresiva.

Me descubrí observando lo que pasaba como si no estuviera allí. ¿Era eso lo que vivía Ishtiaq la mayor parte del tiempo?

Reece devolvió su atención a Sharon y a mí.

—¿Y qué hacéis vosotras jugando con él? ¿Acaso no tenéis otros amigos?

Sharon se puso de pie.

—Él es nuestro amigo —dijo casi a gritos mientras recogía la manta del suelo y se ponía a doblarla con vigor.

—Déjalas. Son solo unas crías —intervino Neil. Apoyó la mano en el brazo de Reece, pero este se la sacudió de encima.

—No deberíais jugar con él —continuó, la voz teñida de una amenaza velada—. No es apropiado. Y tú deberías juntarte con los tuyos —añadió en dirección a Ishtiaq.

Me pregunté de dónde habría sacado la palabra «apropiado»; luego recordé al chico que había conocido en primaria, con la nariz metida en un libro a mi lado. Le miré a la cara, intentando evocar a aquel niño del pasado.

—¿Porque tú lo digas?

Casi di un salto al darme cuenta de que las palabras venían de Ishtiaq. Se había erguido, como si así pudiera igualarse en altura a los otros dos, pero lo único que conseguía era enfatizar su delgadez ante ellos.

—Vámonos —dijo Sharon. Acababa de establecer contacto visual con Neil y este le indicó con la cabeza que era mejor que nos moviéramos todos.

Nos dispusimos a marcharnos y lancé una mirada hacia atrás. Reece contemplaba a Sharon sin parpadear mientras Neil lo cogía del brazo: sus nudillos estaban blancos de la fuerza que hacía para contenerlo. La cara de Sharon estaba de un brillante color rojo, pero me sorprendí al darme cuenta de que no se trataba de rubor ni de timidez. Era furia. Cruzamos deprisa el parque y Sharon preguntó a Ishtiaq:

—¿Esto te pasa muy a menudo?

—A todas horas —dijo él encogiéndose de hombros.

Mientras íbamos hacia casa, y a medida que nos alejábamos de Neil y Reece, empezamos a comentar cosas del partido, sobre quién había sido el mejor jugador y quién había pillado más pelotas, como si así liberáramos todo el ruido que nos habíamos tragado en presencia de los chicos. Yo miraba hacia atrás de vez en cuando, con la esperanza de no ver aquellas botas negras a nuestras espaldas.

En la tienda, el señor Bashir nos aguardaba con latas de refresco de cerezas. Engullí la mía tan rápido que tuve un ataque de hipo, lo cual hizo que Sharon se riera tanto que acabó expulsando su bebida por la nariz. El señor Bashir e Ishtiaq pillaron el rollo y los cuatro nos reímos a carcajadas, sin poder controlarnos, hasta que nos dolieron las costillas.

Esa tarde, cuando llegué a casa, esta se encontraba silenciosa y la raída butaca marrón donde mamá se sentaba cuando bajaba de su cuarto estaba vacía: las arrugas de la superficie dibujaban su silueta. El golpe de una ventana al cerrarse me alertó de que corría una brisa fresca por la casa.

Encontré la puerta trasera abierta. Mamá estaba sentada fuera, en nuestro jardincito, vestida con el camisón y tiritando de frío, con la mirada perdida en la lejanía. Observé su rostro hundido. Antes de que pasara todo, lo que ahora parecían líneas rectas habrían sido descritas en uno de mis libros como «rasgos distinguidos». Yo sabía que había sido hermosa, en un sentido frágil, pero ahora se veía demacrada.

Sus ojos de mirada turbia se posaron en los míos y me acerqué a ella despacio, como si se tratase de un animal herido. Me sentí como si desapareciera en mi interior, y la sensación me recordó a la que había experimentado antes en el parque. Era como encontrarse en esa atracción llamada la sala de los espejos, y ver una versión de mí que me instaba a seguir, a animarla con unas manos que no eran las mías, usando el tono de voz que ella siempre usaba cuando yo estaba disgustada. Amable y firme a la vez. Esta versión de mí se impuso y preparé tostadas para las dos, que mamá comió despacio, a bocaditos. Me descubrí diciendo «buena chica, buena chica» para alentarla a que se lo terminara todo y luego la acosté antes de que papá y la tía Jean volvieran de sus respectivos trabajos, como si fuera mi hija en lugar de yo la suya.

No volví a ser yo misma hasta más tarde, cuando papá apareció en la puerta de mi cuarto para darme las buenas noches. Estuve a punto de contárselo todo, desde el incidente en el parque hasta el hecho de haber encontrado a mamá fuera, cuando vi su cara y percibí las ojeras grises que le ensombrecían los ojos.

—Buenas noches, papá —dije en lugar de ello.

—Que duermas bien.

El tiempo cambió al día siguiente y el aroma de la lluvia de primavera invadió el aire. Llovía demasiado para ir a buscar a Sharon, de manera que decidí pasar la mañana acurrucada en el sofá, leyendo, mientras papá acudía a su puesto de supervisor en una empresa de reparto a domicilio y la tía Jean a la Oficina de Empleo, donde trabajaba. Me sorprendió ver que mamá bajaba después del estado en que la había encontrado el día anterior. La vi sentarse en silencio en la butaca, el beis del camisón y la palidez de su rostro se confundían, y ella miraba la tele con el sonido al mínimo.

Como no estaba habituada a pasar esas horas de la mañana en casa, me pregunté si eso era lo que hacía todos los días y si se aburría, aunque, como decía la tía Jean siempre que me oía quejarme de eso, «la gente aburrida es la única que se aburre». Solo me quedaba un recuerdo vago de cuando la casa estaba llena de su sonido, la radio siempre en marcha y ella cantando a coro, a pesar de que habían pasado apenas un par de años. Pensar en lo sola que debía de sentirse hizo que se me irritaran los ojos y que me doliera la garganta. Deseaba acercarme a tocarla, pero daba la impresión de que existía un campo de fuerza invisible rodeándola, como los que salían en *Doctor Who*. No podía soportarlo. Me escocía la necesidad de alejarme de esa tristeza.

En cuanto la lluvia se redujo a una llovizna ligera, me puse el chubasquero sintiéndome culpable y corrí a casa de Sharon, donde la encontré comiendo manzanas y queso con Ruby. Encima de la mesa, rodeándolas, había hojas de dibujo cubiertas de esbozos a bolígrafo. Al mirarlas de cerca, descubrí que eran dibujos de ropa y joyas de una de las mujeres que habíamos visto en las fotos que colgaban de la puerta de la trastienda del señor Bashir. Ruby nos dejó solas después de darnos un beso en la frente a cada una y de recoger los platos para llevárselos a la cocina. Respiré hondo para inhalar su aroma a pan y perfume.

—¿Y si vamos a buscar a Ishtiaq? —propuso Sharon.

Me quedé desconcertada durante un momento.

—Pero ya hemos tachado al señor Bashir de la lista, ¿no? No es el Destripador. Ishtiaq dice que siempre está en la tienda. ¿Para qué tenemos que volver a verlo?

Sharon suspiró.

—No me refería a eso. Me refería a ir a buscarlo para pasar el rato.

—Ah —exclamé, intentando asumir este giro de los acontecimientos—. ¿Por qué?

Sharon frunció el ceño, pero sonreía cuando dijo:

—Porque ayer lo pasamos genial, porque nos reímos mucho, porque te encanta el críquet y porque es simpático. También tenemos que divertirnos, ¿no?

No por primera vez me pregunté si Sharon había sido dotada con el conocimiento de algún secreto de la vida que a mí se me escapaba.

—Vale —dije sin demasiado convencimiento—. ¿Pero luego podemos volver a centrarnos en la lista?

Ella asintió con la cabeza, aún sonriendo.

—Síííí —dijo, en el mismo tono que habría usado con una niña pequeña.

Le di un empujón.

—Vale, pesada —le solté, y ella me devolvió el empujón.

Las dos nos echamos a reír.

—Venga, vamos a ver a Ishtiaq —dije.

Cuando llegamos a la tienda vimos una hoja de papel pegada con celo en la puerta. El texto, escrito con bolígrafo azul en letras temblorosas, rezaba: «Cerrado por limpieza».

Atisbamos por la ventana y vimos al señor Bashir: estaba de rodillas, fregando el suelo con un cepillo, y tenía la mirada perdida, como turbia. Toqué despacio el vidrio para llamar su atención.

—Señor Bashir, ¿puede salir Ishtiaq a jugar?

Él se puso de pie despacio y abrió la puerta; de fondo se oían los acordes de «Rocket Man». En cierto modo, sonaban tan tristes y melancólicos como la expresión de su cara.

—Id por el pasaje que rodea la casa y entrad por detrás —dijo, y cerró la puerta inmediatamente después.

Le hicimos caso, algo intranquilas por su brusquedad. Sharon llamó a la puerta trasera e Ishtiaq contestó.

—¿Te vienes a dar una vuelta? —preguntó.

Mientras él permanecía en el umbral de la puerta, el sol hizo una aparición súbita por encima de una nube e iluminó las marcas de las lágrimas secas.

—¿A qué viene esto? ¿Qué ha pasado? —balbuceé, incapaz de contenerme.

—Alguien ha arrojado una botella de pis en la tienda —murmuró, bajando la vista como si le diera vergüenza—. Cayó por todas partes.

Al principio creí que lo había entendido mal. Pero el respingo de Sharon me indicó que lo había oído perfectamente. Las dos nos quedamos pasmadas, mirando a Ishtiaq con cara de horror. Fue como si a ambas nos hubieran convertido en piedra, como sucede en los cuentos.

—¿Por qué iba alguien a hacer eso? —pregunté con la voz rota—. ¿Habéis llamado a la policía?

Ishtiaq me miró; en su cara había una expresión sombría. Negó con la cabeza.

—Hoy no voy a salir a jugar —dijo, e intentó cerrar la puerta, pero el pie de Sharon se interpuso y no le dejó hacerlo. Él contempló primero su zapatilla blanca y luego subió la vista hasta ella, confundido.

—¿Tienes algún juego de mesa? ¿Para jugar aquí? —preguntó Sharon, como si el resto de la conversación no hubiera existido.

—Tengo el Operation —contestó él, dando la impresión de estar más desconcertado aún.

Sharon y yo nos miramos. El Operation era el juego más codiciado del colegio: un tablero con forma de hombre al que debías irle extrayendo los huesos con ayuda de unas pinzas y que sonaba si alguno de los huesos rozaba los bordes.

—Pues entonces quedémonos aquí a jugar en lugar de salir —dijo Sharon, como si fuera la única conclusión lógica.

Ishtiaq bajó la vista y yo contuve la respiración durante un momento, preguntándome si diría que no, pero al final abrió la puerta del todo y nos dejó entrar.

Mientras Ishtiaq iba a su cuarto a por el juego y Sharon al lavabo, tuve tiempo de echar un vistazo al salón por primera vez. Era un espacio repleto de contradicciones. El televisor estaba apoyado en unas cajas de madera de las que se usan para llevar frutas y verduras, aún se veían los nombres de lo que habían contenido escritos en los laterales, y el sofá marrón estaba gastado y con las costuras abiertas, pero apilado en un rincón estaba el equipamiento de críquet de Ishtiaq y una torre tambaleante formada por libros y las últimas novedades en juegos, cuyas cajas, de colores primarios, resaltaban contra el insulso color de las paredes y del suelo. Justo en la cima de la torre estaba mi juego favorito, KerPlunk, lo cual me hizo gracia, ya que se trataba de un juego de equilibrio y toda la columna parecía a punto de desplomarse si intentabas sacar algo. Al observar la sala en su conjunto supe perfectamente lo que diría la tía Jean: «A esta casa le falta el toque femenino».

Sharon se empeñó en seguir hablando mientras preparábamos el juego y empezábamos la partida, mientras que yo me quedé callada, muda por mi incapacidad de expresar el horror ante lo que les había sucedido a los Bashir. Al ver que Ishtiaq iba animándose, pensé que no me hacía falta decir nada. Quizá bastaba solo con estar allí. Pero al mismo tiempo no podía olvidarlo. No fue hasta la segunda partida del juego (yo había ganado la primera, aunque sospechaba que Sharon intentó que ganara Ishtiaq) cuando me atreví a soltar un «lo siento» que sobresaltó a Ishtiaq mientras intentaba extraer el hueso de la risa del paciente. El sensor del tablero resonó con fuerza.

—¿Por qué lo sientes? Ni que lo hubieras hecho tú.

Parecía enfadado de que hubiera sacado el tema y yo iba a disculparme de nuevo cuando una voz fatigada habló desde la puerta.

—Lo que quiere decir es que lamenta que haya pasado. ¿No es así, cariño?

Levanté la vista y vi al señor Bashir en el umbral, con la frente sudorosa y un trapo en la mano. Asentí.

—Muy bien. ¿Quién quiere un Sherbet Fountain? —dijo él en un tono falsamente alegre mientras se sacaba del bolsillo del delantal tres tubos amarillos llenos de regaliz dulce.

—¡Sí, por favor! —exclamamos al unísono.

El señor Bashir me acarició el pelo cuando me dio el mío y yo me tragué un sollozo sin entender muy bien por qué estaba triste.

Más tarde, acabábamos de despedirnos de Ishtiaq y recorríamos el pasaje en dirección a nuestras casas cuando el chico salió a llamarnos.

—¿Os apetece quedar también mañana? —preguntó—. Papá dice que podéis venir si queréis.

—Sí —respondió Sharon con firmeza antes de que yo tuviera tiempo de respirar.

—Sí —repetí. Al parecer nos estábamos haciendo amigos.

Cuando nos giramos para continuar con nuestro camino distinguí la sombra oscura de una persona que desaparecía en el extremo opuesto del pasaje, dejando en el aire el eco de sus botas al pisar. Me pregunté si alguien habría estado observándonos.

5

Miv

Los números dos y tres

La siguiente vez que vi a Ishtiaq estuve a punto de chocar con él. Era el primer día después de las vacaciones de mitad de trimestre y yo iba andando por el pasillo principal del colegio, absorta en mi libro. Acababa de empezar a leer *Jane Eyre*. Los dos nos sobresaltamos y nos miramos a los ojos. Hubo un momento en que hubiera podido hacer alguna señal de reconocerlo, pero en su lugar seguí andando como si no hubiera pasado nada. Momentos después bajé la vista hacia el libro y me percaté de que este temblaba en mis manos. ¿Por qué no le había saludado? ¿Por qué no había dado alguna muestra de reconocer nuestra incipiente amistad?

Me resultaba imposible concentrarme en las palabras por mucho que lo intentaba: en mi estómago empezó a formarse un nudo de náuseas y culpabilidad. Me giré con la intención de gritar su nombre, pero él ya se había metido en el aula y el tranquilo pasillo empezaba a llenarse de ruido con la entrada de todos los alumnos. Contemplé la posibilidad de correr tras él para explicarme. Para decirle que ignoraba por qué no le había dicho hola. Que lo sentía. No lo hice. En su lugar, observé a la gente que se había congregado delante de mí.

Había un grupo formado por tres niñas muy guapas, ya mayores, tan cerca unas de otras que sus cabezas casi se rozaban. Todas llevaban el mismo pintalabios rosa y unos peinados ahuecados idénticos. No muy lejos había otra chica llamada Janice, a la que yo conocía de vista, con los calcetines arrugados y los zapatos sucios. Al igual que yo, Janice no existía para las chicas como esas. Su olor corporal pedía a gritos un baño y todos la llamaban Cuatroojos porque llevaba unas gafas de las que pagaba la Seguridad Social, de montura azul claro, pegadas en una de las esquinas con una tirita. Janice era un as en matemáticas.

Una de las chicas se percató de que Janice las estaba mirando. Entornó los ojos y, de alguna manera, supe que se avecinaba algo peor que ser invisible. Deseé que Sharon estuviera aquí. Ella sabía encarar esta clase de situaciones. Era lo bastante guapa como para caer bien a las populares y lo bastante friki para tener una amiga como yo. Aún con la mirada puesta en Janice, la chica guio al resto del grupo hacia ella; sus cabezas se agitaban como pájaros que van a devorar a un gusano. Los susurros que le dirigieron llenaron el aire y luego desaparecieron, dejando como único rastro la expresión llorosa en la cara de Janice.

Seguí allí, como si hubiera echado raíces en el suelo, cuando aparecieron cuatro chicos corriendo por el pasillo, sacudiendo las mochilas mientras las niñas guapas gritaban y se pegaban a la pared. Uno de ellos apartó a Janice de un empujón y las guapas se rieron al ver que, bajo la falda, llevaba unas bragas grises, de esa clase de gris que un día fue blanco.

En el fondo de mi mente surgió uno de mis recuerdos más dolorosos. Un verano, cuando estaba en primaria, antes de que Sharon y yo fuéramos amigas, mamá, papá y yo nos fuimos de vacaciones a Filey. Allí trabamos amistad con otra familia del pueblo que tenía una hija de mi misma edad, Joanne. Yo la adoraba. Era casi pija, pronunciaba todas las sílabas y no usaba palabras típicas de Yorkshire como hacíamos el resto. La consideraba una princesa. Pasamos el verano construyendo castillos de arena y explorando juntas el Coble Landing.

Pasadas las vacaciones, cuando volvimos al colegio, corrí hacia ella, ansiosa por contarle mis andanzas del resto del verano. Ella me miró, me saludó con un gesto y se giró a hablar con la amiga que tenía más cerca. Nunca me volvió a hacer caso. Fue la primera vez que pensé que yo debía de carecer de algo esencial, algo que me habría hecho encajar. Simplemente no era alguien de quien poder hacerse amiga. Me dolió tanto como si me hubiera tirado del pelo o me hubiera dado un bofetón con la mano abierta y me sentí aliviada cuando ella se fue a un instituto privado en lugar de asistir al del pueblo, como yo.

Mientras me apartaba del camino de los chicos, me pregunté de dónde habían salido esas reglas. Las reglas que marcaban que las chicas guapas no se relacionaban con las pobres ni con las listas, y que prohibían que las niñas blancas como Sharon o yo jugáramos con niños de piel oscura como Ishtiaq. No sabía decir cómo había interiorizado dichas reglas ni por qué las respetaba. El pasillo fue vaciándose y permanecí allí, escuchando el rumor de las charlas y de las sillas al ser arrastradas sobre el suelo de madera, luego me encaminé a mi primera clase; busqué mi pupitre, que estaba al lado del de Sharon. La sensación de culpa se vino conmigo.

Las normalmente frías aulas del Instituto Bishopsfield estaban llenas de filas y filas de pupitres de madera, arañados y desvencijados tras años de uso y llenos de nombres grabados con compases. Había una gran sala para las asambleas, con un suelo de madera que olía a antiséptico y a sudor, y el patio de recreo era un campo abierto. Fuera estaban también los lavabos, donde las voces hacían ecos y los cuerpos temblaban de frío. Me recordaban al colegio de *Jane Eyre*. Bishopsfield se había construido en la época victoriana, según informaban los carteles que contaban la historia del lugar que había colgados en la entrada del edificio. Daba la impresión de que nada había cambiado desde entonces, pero yo suponía que antaño había alojado a niños mucho más pijos que nosotros.

Al ser el primer día después de vacaciones, parecía que ninguno de los treinta alumnos podía estarse quieto, todos tirábamos de los cuellos de los uniformes, muertos de ganas de que nos dejaran quitarnos el suéter. El tema de esos días era la Revolución Industrial, enseñada a través de las historias imaginadas de los trabajadores de las fábricas textiles del West Riding de Yorkshire. No era especialmente emocionante y todos queríamos irnos a casa. Un pequeño barullo estalló al fondo del aula. Nos giramos para ver qué pasaba y yo ahogué un suspiro. Eran los sospechosos habituales, Neil Callaghan y Reece Carlton. El volumen de la charla y del descontento creció con rapidez.

—Muy bien —dijo el señor Ware, con una nota de amenaza en la voz—. Silencio todo el mundo. Manos en las cabezas.

Hizo falta más tiempo del habitual para que la ola de obediencia alcanzara el fondo de la clase, y finalmente el señor Ware se levantó de su mesa y nos miró con severidad. Hasta su bigote parecía tenso.

—Ya basta —dijo, y el tono airado de su voz hizo que incluso los folloneros del fondo se calmaran de golpe—. Os habéis ganado unos deberes extra. Quiero que busquéis una historia sobre las fábricas de la zona. Podéis sacarla de vuestros padres o de la biblioteca, pero quiero una redacción escrita, y con dibujos, para finales de la semana que viene.

Aunque entoné el suspiro de queja colectivo que siguió a sus palabras, en el fondo estaba contenta. Adoraba hacer deberes. Y también sabía cosas de las fábricas, ya que todas las mujeres de mi familia habían trabajado en ellas. La tía Jean tenía ahora problemas de oído derivados del tiempo que pasó en las ruidosas plantas de las fábricas donde entró con catorce años. La palabra más habitual entre las mujeres de mi familia era «¿qué?» y la tía Jean hablaba siempre a gritos.

—Como oiga otra queja de parte de cualquiera, os voy a dar un motivo de verdad para protestar —dijo el señor Ware, y en ese momento un silencio hosco se apoderó del aula. Yo intenté concentrarme en la tarea, aunque me distraía una idea que había aparecido en mi mente mientras contemplaba el rostro enojado del señor Ware.

Uno de los últimos artículos del periódico se había centrado en un retrato robot del Destripador, según el cual el asesino llevaba un bigote como el del protagonista de la serie *Jason King*. También se había especulado sobre la clase de hombre que perseguía la policía y el periódico afirmaba que podía ser alguien que estuviera «enfadado» con las mujeres. El hombre con bigote que más se enfadaba, hasta donde yo sabía, era el señor Ware.

Si bien la mayoría de los profesores de Bishopsfield llevaban siglos allí, el señor Ware era un recién llegado. Solo llevaba dos años en el colegio, adonde había llegado de alguna otra parte. Tal y como sucedía con el señor Bashir, ese simple hecho ya le convertía en sospechoso. No era «uno de los nuestros». Y no solo eso: en esos dos años se había labrado una reputación temible. El señor Ware era un hombre de metro noventa, de constitución atlética, que no se andaba con chiquitas cuando tenía que administrar castigos.

En cuanto se dio la vuelta para escribir en la pizarra, aproveché para llamar la atención de Sharon y la miré con los ojos muy abiertos. Me encontré con la misma expresión y deduje que ella había tenido la misma idea. Cuando terminó la clase, salimos corriendo hacia el patio a buscar un lugar donde pudiéramos hablar sin ser oídas, a la sombra de un enorme roble.

—¡El señor Ware! —exclamé.

—¡Las fábricas! —dijo Sharon al mismo tiempo.

Ambas nos quedamos paralizadas, mirándonos de hito en hito.

—¿Qué has dicho?

—Las fábricas —repitió ella sin aliento—. Son el lugar perfecto.

Habíamos decidido que, además de buscar a personas sospechosas, también debíamos identificar lugares en los que el Destripador pudiera ocultar un cadáver. Mis investigaciones nocturnas habían revelado que una de las víctimas del Destripador, Jayne

MacDonald, había sido encontrada por unos niños que jugaban cerca de un parque de atracciones. Y a otra víctima, Yvonne Pearson, se la había hallado escondida en un vertedero de Bradford. Un paseante distinguió un brazo por debajo de un sofá abandonado. Al principio pensó que sería un maniquí de sastre. Nosotras razonamos que los lugares acabarían conduciéndonos al culpable. Nuestra ciudad estaba repleta de fábricas abandonadas, los restos de una industria textil antaño floreciente. Sharon tenía razón: eran el lugar idóneo para esconder un cadáver.

—¿Y tú qué decías? ¿El señor Ware? —preguntó ella.

Yo había recortado el trozo del periódico donde se describía al Destripador como alguien enfadado con las mujeres y lo había guardado dentro de una libreta, junto con nuestra lista. La saqué de la cartera y, al hacerlo, otro artículo salió volando y cayó al suelo. Era sobre los cuatro hijos de la primera víctima del Destripador, Wilma McCann. Lo leímos juntas. En silencio. A medida que leía, noté que se me formaba un nudo en la garganta y tosí, intentando deshacerlo, aunque el resultado, en forma de sollozo, me avergonzó. Al levantar la vista, vi que la cara de Sharon también estaba bañada en lágrimas.

—¿Por qué lloras? —preguntó Sharon con una sonrisa débil.

Había algo sobre los que se habían quedado atrás que me provocaba dolor de barriga. Quise decir que lloraba por las mujeres que habían muerto y por las personas que las amaban, pero las palabras se me quedaron en la cabeza, hechas un lío, así que me limité a encogerme de hombros y ella asintió.

Luego escribí «El señor Ware» y «Las fábricas» en la lista.

2. El señor Ware

   - Lleva bigote
   - Tiene el pelo oscuro
   - Siempre está enfadado
   - No es de por aquí

3. Las fábricas

   - Oscuras y terroríficas
   - Lugar ideal para esconder un cuerpo
   - ¿Están embrujadas?

6

El señor Ware

M ike concentró su ira en el cigarrillo, dando una fuerte calada y disfrutando de la sensación de picor en los pulmones, como si estuviera tragándose la rabia y esparciéndola por su cuerpo, antes de expulsarla e infectar con ella todos los rincones de la estancia. Estaba sentado a solas, como siempre, en una de las sillas tapizadas de tela verde oscuro especialmente escogida para esconder los inevitables rastros de nicotina que flotaban en la sala de profesores de cualquier escuela de secundaria. Sus colegas, que charlaban mientras bebían interminables tazas de té, habían dejado un buen espacio a su alrededor, ya que su humor era tan visible como el traje elegante, siempre con corbatas a juego, que llevaba todos los días al colegio, incluso aquellos en que no hacía falta.

Su furia le había seguido desde casa aquella mañana, como una especie de rastro de vapor. Había salido dando un portazo que había hecho retumbar los cimientos, dejando a su esposa hecha un mar de lágrimas en el suelo del recibidor. No había mirado atrás, no quería sentir la menor compasión por ella. Las cortinas de la casa de enfrente se habían movido cuando él subió al coche y salió derrapando con fuerza. Se imaginó a su vecina, una mujer ya entrada en años cuyo nombre él se negaba a aprender, corriendo a ver qué pasaba en cuanto lo perdiera de vista.

Sabía qué pinta tenía todo eso. Sabía qué imagen daba él. La de un hombre malvado y furioso, frente a una esposa que era una víctima hermosa e indefensa. Al menos eso era lo que pensaba todo el mundo.

Vio que una de las profesoras, Caroline Stacey, hacía gestos de querer acercarse a él por su izquierda. Se la veía nerviosa. Eran muchos los que lo trataban así. Ella era una de esas maestras jóvenes, de mirada ingenua y entusiasmo inagotable. Creía de verdad en las posibilidades de todos los niños y ellos la querían.

—¿Qué? —dijo él, con la voz teñida de sarcasmo.

Ella se sobresaltó un poco, como si acabaran de pillarla cometiendo una fechoría.

—Solo quería hablar contigo de uno de tus alumnos, pero si es un mal momento…

Parecía a punto de romper a llorar, y eso tuvo la virtud de aplacarlo al momento. A pesar de su ingenuidad, la apreciaba. Era una persona divertida e inteligente que le había hecho sentir bien acogido cuando empezó en el colegio. Y eso no podía decirse de todo el mundo.

—Lo siento, tengo un mal día —respondió él, e intentó esbozar una sonrisa—. ¿De quién querías hablarme? —preguntó al tiempo que le indicaba que tomara asiento.

—Supongo que ya te lo imaginas —dijo ella, correspondiéndole con una media sonrisa. Se sentó en el borde de la silla, como si pudiera verse obligada a levantarse de un salto en cualquier momento.

Él puso los ojos en blanco.

—¿Cuál de los dos? ¿Reece o Neil?

—Supongo que los dos. Se están comportando muy mal en clase últimamente. Peor de lo habitual, quiero decir. —Hizo una pausa y lo miró a los ojos—. Sin embargo, Reece parece ser el líder.

Mike dio otra calada al cigarrillo, menos intensa esa vez, mientras consideraba la cuestión. Neil era más directo en sus ataques de ira, más desafiante, pero ese era un rasgo con el que

Mike podía lidiar porque lo reconocía también en sí mismo. En Neil no había artificio alguno; sabías a qué te enfrentabas. Pero Reece..., ¿un chico callado que podía sacar sobresalientes sin esfuerzo cuando se aplicaba, algo que hacía a veces? Había algo más inquietante en él.

Mike recordó la última vez que lo pilló fumando. Estaba acostumbrado a que incluso los chavales más rebeldes se acogotaran bajo su mirada, pero el chico ni siquiera había bajado la vista mientras tiraba la colilla al suelo y se alejaba. Mike apagó su propio cigarro.

—Es probable que tengas razón.

—Quizá esté pasando algo en su casa —aventuró Caroline, y su voz se iba haciendo cada vez más firme.

Mike sonrió para sus adentros. Ya estamos. Pero quizá también tuviera razón en eso. ¿Acaso el padre del chico no había perdido el empleo hacía poco? No es que eso fuera una novedad en la zona, pero también había oído rumores de que Kevin, el padre de Reece, era alguien a quien mejor no llevar la contraria. ¿Y si Kevin también era así con su hijo? No sería la primera vez que la ira de un padre se descargaba sobre un hijo sensible y estudioso.

—Me preguntaba si..., bueno, si no sería mejor separarlos. En clase, quiero decir —continuó ella y su voz volvió a teñirse de duda mientras hacía la sugerencia.

¿Era este el efecto que tenía sobre sus compañeros de trabajo? ¿Intimidarlos hasta tal punto que les ponía nerviosos el mero hecho de dar una opinión? ¿Era esto a lo que se refería su esposa? Por un momento surgió en su interior un atisbo de piedad hacia ella, pero se disipó enseguida, dejando solo los rescoldos de la ira que había sentido antes. Sabía que si seguía pensando en ella volvería a enfurecerse, así que devolvió su atención a Caroline, asintiendo despacio. Su respuesta afirmativa supuso tal sorpresa que ella se sonrojó y le regaló una sonrisa fugaz.

—Tienes razón —dijo él—. No se hacen ningún bien el uno al otro. Separarlos puede dar a Neil una oportunidad para hacerse valer por sí mismo, alejarse de la sombra de Reece. Aunque no sé muy bien qué pensar de este último. Es un caso… Hablaré con ellos.

Caroline lucía una expresión de asombro. Era obvio que no esperaba que él estuviese de acuerdo, más bien temía que quisiera emprender acciones de índole más punitiva.

—Gracias, Mike —dijo mientras los profesores iban abandonando la sala para dirigirse a sus siguientes clases.

Mientras avanzaba por el pasillo, Mike pensó en su propio hijo. Qué contento estaba de que no estudiara en un colegio como ese —hecho polvo, abarrotado, emplazado en un barrio duro que generaba chavales igual de duros—, a pesar de que él había escogido trabajar aquí, movido por el deseo de ayudar a personas menos afortunadas. Solía sentirse avergonzado de vivir en lo que los alumnos llamaban una zona pija, aunque ahora agradecía el hecho de poder pagarse una casa allí, gracias a su padre, y poder enviar a Paul a una escuela privada donde no estaba a merced de chavales como Neil y Reece. La idea le hizo estremecer. Había intentado endurecer a su hijo, pero hasta el momento había fracasado estrepitosamente y lo único que había logrado era una relación tensa con Paul y una sucesión de peleas a gritos con Hazel, quien le acusaba de abrumar a su propio hijo, sin comprender que lo único que él intentaba era prepararlo para que se abriera paso en el mundo.

Avanzó entre los grupos de chavales, percibiendo que estos se apartaban para que él pudiera andar sin ser molestado, hasta llegar a la puerta de su aula. Allí vio a uno de los alumnos agachado en el suelo, al parecer devolviendo los libros a la cartera. Supo quién era al instante.

—Vamos, Crowther. No te entretengas a menos que quieras que te pisoteen.

Su voz resonó por el pasillo y fue coreada por las risas de los estudiantes que iban hacia el aula.

—Sí, señor. Lo siento, señor —respondió Stephen Crowther, con la voz casi quebrada por el miedo.

Stephen lo miró, y en aquella piel pálida y aquellos ojos grandes había una ansiedad que dio a Mike ganas de zarandearlo para así sacarle de dentro toda esa debilidad. Pasó por encima del chico y al hacerlo derribó de nuevo la pila de libros, lo que implicó que Stephen tuviera que volver a empezar a guardarlos en la cartera mientras los demás niños pasaban por allí. Ese chico tenía que aprender a dejar de ser una víctima.

7

Miv

Esa noche, sentada con las piernas cruzadas encima de la áspera manta multicolor que había confeccionado la tía Jean, cosiendo entre sí cuadrados hechos a ganchillo, con la linterna en la mano y rodeada de periódicos, me dediqué a revisar las noticias con la libreta sobre mi regazo.

Cada vez que leía sobre el método de ataque (golpeaba a las víctimas en la nuca con un martillo y luego las apuñalaba repetidas veces con un destornillador), me paraba y cerraba con fuerza los ojos, como si evitando ver las palabras lograra que esas cosas no hubieran sucedido. Las imágenes permanecían y a menudo notaba que me temblaban las manos al pasar las páginas.

Devolví mis pensamientos al señor Ware, y a la posibilidad de que hubiera cometido unos actos tan horrendos. Al principio no lograba imaginármelo; luego me planteé que el Destripador andaba por ahí, viviendo su vida, sin que nadie lo considerara tampoco capaz de hacer esas cosas. Era obvio que la policía pensaba lo mismo. En todas y cada una de las páginas que leía se instaba al público a mantenerse vigilante, y se aseguraba que las fuerzas del orden estaban a la caza de ese hombre, que podía aparecer donde menos se le esperase. Decidí que nuestro primer paso para vigilar al señor Ware debía ser cambiar de sitio en el autocar.

Me alegró que papá me interrumpiera cuando entró a darme las buenas noches. Cosa rara, se había tomado el día libre para ver el partido de críquet entre el equipo de Yorkshire contra el Lancashire, «nuestros archienemigos desde la Guerra de las Rosas», según la tía Jean. El derby se había prolongado hasta la noche. Tenía las mejillas sonrosadas y, cuando me besó en la frente, noté que su aliento caliente olía a levadura y que las arrugas de su cara se habían suavizado.

—¿Ha estado bien, papá? —pregunté, contenta de que algo me distrajera de mi lista y de aquel tema macabro por un momento. Me recosté en la almohada a escuchar el relato del partido que me hizo papá y poco a poco me fui quedando dormida al compás del tono hipnótico de su voz.

Las clases de educación física se realizaban en el polideportivo municipal, provisto de piscina y de pista de atletismo, algo de lo que carecíamos en nuestro barrio. Por ello nos desplazábamos en autocar con el señor Ware y el monitor correspondiente. Cuando subimos al autocar para dirigirnos a nuestra próxima clase allí, en lugar de sentarnos por la mitad de las filas, Sharon y yo ocupamos los asientos delanteros, justo detrás del señor Ware y del señor Frazer, para así poder escucharles. Ishtiaq iba justo detrás de nosotras.

—¿Todo bien, Ish? —preguntó Sharon cuando nos sentamos. Habló en voz tan alta que todo el mundo se volvió para mirarnos.

—Hola —dijo él en voz más baja, y posando la mirada directamente en ella, no en mí.

—Hola —dije también, decidida a redimirme ante él.

Ishtiaq me miró y luego volvió a concentrarse en el libro que tenía en las manos. Eso me desalentó, pero la verdad era que no podía echarle la culpa, así que pasé a prestar atención a la conversación que mantenían los de delante para así distraerme de mi incomodidad. Me resultaba difícil imaginar que los profesores existieran realmente fuera de las aulas y esperaba averiguar algo inédito sobre la vida personal del señor Ware. Pero era el señor Frazer quien llevaba la voz cantante, y el tema era su clase.

—Los chavales me dedicaron «Congratulations», ya sabes, la canción de Cliff Richard. Fue muy gracioso y constituyó toda una sorpresa. Luego preguntaron si podían asistir a la fiesta de compromiso. Les dije que debía consultarlo con la señorita Stacey para darles largas… Espero que se olviden.

Aunque no le veía la cara, en sus palabras flotaba una sonrisa de alegría.

—¿Os planteáis un noviazgo muy largo? —preguntó el señor Ware, cuya voz me llegaba más amortiguada debido a que estaba mirando hacia la ventana más que a su interlocutor.

—Oh, sí, aún no tenemos suficiente dinero para casarnos. Necesitamos pasar un tiempo en casa para ahorrar.

—Bueno, pues ten cuidado.

—¿A qué te refieres?

Entonces el señor Ware se volvió hacia él.

—Me consta que ahora todo parece miel sobre hojuelas, pero debes saber que eso no va a durar para siempre, así que harías bien en asegurarte del todo de que vas a dar el paso correcto… No cometas el mismo error que yo y, definitivamente, no te apresures a la hora de tener hijos.

Se produjo una larga pausa. Más allá de lo que acababa de revelarnos el señor Ware, ambas estábamos muy emocionadas con la noticia de que el señor Frazer y la señorita Stacey se hubieran comprometido. Adorábamos a la señorita Stacey, yo aspiraba a ser como ella algún día. Todas nuestras fibras románticas se activaron por la buena nueva. Imaginarlos besándose y cogidos de la mano me dio ganas de reír.

Nos inclinamos hacia delante para enterarnos de más cosas.

—Entiendo que estás pasando una mala época, Mike —dijo el señor Frazer—. Pero ¿te supondría un gran esfuerzo alegrarte aunque sea solo por mí?

Mike. Se llamaba Mike. Rebusqué la libreta en la cartera para anotarlo.

—Lo siento, hombre. No me hagas caso. La edad me está volviendo amargado y cínico. De verdad que estoy encantado por los dos...

Se calló y volvió a mirar por la ventana. Dado que ambos seguían en silencio, escribí una nota y se la mostré a Sharon.

«¿Se referirá a su esposa?».

—No se refería a nada en particular —susurró ella y se encogió de hombros.

Durante la clase de educación física, el señor Ware se mostró de peor humor que de costumbre, y se ensañó con nosotros. Era un día de frío glacial y yo sentía las piernas rígidas y heladas. Hacíamos relevos y se metió conmigo, diciéndome que mi torpeza a la hora de correr ralentizaba a mi equipo. Yo estaba tiritando, al borde de las lágrimas, pero no era la única. También le gritó a Stephen Crowther, que era menudo y delgado, y corría como un pato sobre el terreno desigual, tropezando cada dos por tres.

—Muévete, Crowther, pareces mariquita.

Stephen terminó la carrera y se colocó al final de su equipo. Vi que sus ojos, como los míos, se llenaban de lágrimas y que hacía grandes esfuerzos para contenerlas para que nadie las viera. En ese momento odié al señor Ware. Stephen era a menudo una presa fácil para los chicos mayores. En una ocasión se había olvidado el equipo de gimnasia y le habían obligado a llevar una falda de netball, lo cual abrió la veda para toda clase de insultos. Que el señor Ware también le insultara enfureció a Sharon.

—Ahora todos le llamarán mariquita —dijo ella—. ¿Sabes una cosa? Tienes razón, se merece estar en la lista.

Sus rasgos, por lo general suaves y redondeados, quedaron momentáneamente invadidos por la furia, que brillaba en sus ojos azules. Aplicó esa ira en la carrera y observé cómo movía la coleta y recuperaba la primera posición para nuestro equipo, haciendo gala de una fuerza de voluntad y una intensidad poco habituales en ella. Eso le ganó un elogio a regañadientes del señor Ware, que ella fingió no oír. Cuando volvíamos al colegio en el autocar, se volvió hacia mí y dijo:

—Es un bruto. Tenemos que descubrir más cosas sobre él.

Asentí, con el cerebro bullendo de ideas sobre cómo conseguirlo. Por la manera en que había hablado de su mujer, intuí que ella sería la clave. Pasé el resto del día ensimismada, pergeñando un plan.

Al día siguiente, al llegar al colegio, nuestra atención se posó en el siguiente punto de la lista. Neil y Reece habían entrado en Healy Mill, una antigua fábrica situada en una calle tranquila, y eso nos interesaba. West Yorkshire estaba repleto de esa clase de edificios medio en ruinas, aparentemente imponentes por fuera, vestigios de una época en la que la ciudad vivía tiempos más prósperos.

—Entrar estuvo chupado, y dentro era una pasada —explicaba Neil a sus boquiabiertos compañeros de clase que nos congregábamos a su alrededor.

—Sí —asintió Reece—, y daba la hostia de miedo, lleno de telarañas y cosas así. Había arañas del tamaño de una mano.

Siempre cuentista, corrió hacia las chicas, levantando los brazos en el aire y agitándolos, tras lo cual hubo muchos chillidos y carreras. Sharon y yo no nos movimos.

—Era como si no hubiera entrado nadie en los últimos cien años al menos —continuó Neil—. El polvo apenas nos dejaba respirar, y luego estaban todas esas máquinas.

Reece volvió y añadió, con voz profunda:

—Y entonces lo oímos. Era el sonido de unos pasos.

Bajó el volumen para enfatizar los aspectos melodramáticos y Sharon ahogó un suspiro de exasperación, como si quisiera decirme: «Ya estamos con lo de siempre». Reprimí una carcajada.

—Se oía el cloc-cloc de unos zuecos sobre el suelo de madera, y el crujido de las puertas. —Neil inspiró hondo y su expresión cambió de la falsa seriedad que había adoptado a una cara verdaderamente solemne—. Juro por Dios que lo más raro fue que, cuando subimos la escalera, vimos la silueta de un niño en las sombras de la pared. Y luego oímos un silbido. Una melodía de verdad.

La voz de Neil se perdió cuando Reece le interrumpió:

—Entonces un viejo entró y se puso a gritar: «Voy a por vosotros, gamberros, ¡ya veréis si os agarro!».

Gruñimos ante su voz a lo Scooby-Doo y nos disgregamos, mientras Reece se reía de todos nosotros, pero, al volver la vista, comprobé que Neil no sonreía. Volvimos a clase.

—¿Tú crees en fantasmas? —preguntó Sharon en tono serio.

Pensé en ello. Había dejado de creer en las hadas, gnomos y duendes que aparecían en los libros, pero… ¿seguía creyendo en fantasmas?

—No estoy segura —dije sin comprometerme mucho. Ya tenía bastante de lo que preocuparme en el mundo real—. ¿Por qué lo preguntas? ¿Tú sí?

—Tampoco estoy segura. Pero tuve la sensación de que Neil decía la verdad cuando contó lo del niño.

Yo también. Por supuesto, los rumores de esta clase de lugares encantados se usaban para desalentar a los chavales de explorar estos edificios vacíos, pero, para algunos, las advertencias obraban precisamente el efecto contrario.

Cuando pasé a buscar a Sharon a la mañana siguiente, ella ya me esperaba en la esquina de su calle.

—He estado pensando en Healy Mill —dijo, como si estuviéramos a media conversación—. Le pregunté a mamá anoche y me dijo que está encantada. Por un niño pequeño. —Me miró a los ojos y añadió—: Y eso que ni siquiera le conté que habían visto la forma de un niño.

Una chispa brilló en sus ojos mientras aguardaba a que las palabras hicieran su efecto.

—¿De verdad?

—Sí. Tenemos que investigarlo.

En su voz había una nota de triunfo que me hizo arder en deseos de reír de alegría. Siempre había considerado a Sharon como la niña buena de las dos. El hecho de que tuviera tantas ganas de explorar el siguiente punto de la lista lo convertía en algo aún más emocionante. Cada día estábamos más unidas.

Esa noche, el Destripador dejó paso en mis sueños a la silueta de un niño que acechaba desde los rincones, oculto entre las sombras. La pesadilla me despertó de golpe y miré en derredor, buscando hasta en el último recoveco el menor rastro del niño fantasma. Sin embargo, solo encontré las familiares siluetas de los Wombles. A diferencia del cuarto de Sharon, el papel de las paredes del mío no había evolucionado según mis gustos y seguía condenada a contemplar la decoración que escogí a los cinco años. Al no hallar el menor atisbo de nada sobrenatural, cogí el libro y la linterna, para tranquilizarme, con la intención de quedarme dormida leyendo.

Instantes más tarde, al oír el lento crujido de una puerta, comprendí que en realidad me había despertado alguien que se movía en el piso de abajo.

De repente pasé a estar completamente alerta.

Dado que el cuarto de baño estaba al lado del dormitorio de mis padres, no podía tratarse de ninguno de los dos que se hubiera levantado a usar el retrete o a beber un poco de agua. Además, papá me había contado que mamá tomaba unas pastillas especiales que la sumían en un sueño tan profundo que haría falta un terremoto para despertarla. Me lo dijo poco después de que mamá cambiara. Yo había entrado en su cuarto a jugar como había hecho siempre y no pude despertarla. Había salido de allí muy triste.

También era improbable que se tratase de la tía Jean. Dormía abajo, en la habitación que había en la parte delantera de la casa, y nunca la había oído salir de su cuarto en plena noche. Me senté en la cama y apagué la linterna despacio, poniendo mucho cuidado en que no se oyera el clic. Permanecí inmóvil, como si jugara a las estatuas, pero solo podía oír el latido del corazón resonando en todo mi cuerpo.

No hubo más ruidos. Me pregunté si me habría confundido. Sharon se reiría de mí por ser una gallina cuando se lo contara al día siguiente. La historia del niño fantasma debía de haberme afectado más de lo que pensaba. Pero entonces, cuando me estaba tumbando de lado para volver a dormirme, el sonido de unos pasos en el pasillo me sobresaltó. Me incorporé de un salto.

Sin tan siquiera pensármelo, caminé de puntillas hasta la parte superior de las escaleras, conteniendo la respiración. Desde ahí oí el zumbido que hacía el teléfono cuando alguien marcaba un número, y a papá, que hablaba en voz baja. Me senté en el escalón de arriba, esforzándome por oírle en la oscuridad. Solo conseguía pillar palabras sueltas hasta que una frase llegó hasta mí con claridad: «No sé qué hacer».

El estómago me dio un vuelco. Papá siempre sabía qué hacer. Eso decía todo el mundo: «Pregúntale a tu padre. Él lo sabrá».

Bajé las escaleras poco a poco, parándome en cada escalón para asegurarme de que no me había descubierto. En cuanto pude oírle bien, me senté, agarrada a la baranda.

—No está bien. Y es agotador. —Hubo una pausa—. No sé cuánto tiempo podré seguir con esto. —Se produjo otro silencio y luego dijo—: La verdad, necesito un respiro.

Hablaba con su voz seria de adulto. No me gustó. Se me empezó a formar un nudo en la garganta cuando le oí decir:

—Hemos estado hablando de si un traslado serviría de algo. Alejarnos de Yorkshire. Pero... —Exhaló un suspiro tan fuerte que lo oí con claridad desde las escaleras—. Eso tampoco nos alejará de los asesinatos. Salen por la tele cada cinco minutos.

Por supuesto. Se trataba del traslado. Y de mí. ¿Acaso papá sabía algo de mi lista? ¿Cómo? ¿No comprendía que lo estaba haciendo para que no tuviéramos que irnos? Me sentí como si me hubieran dado un puñetazo en el estómago. Una vez me habían regañado por una falta menor en el colegio y el señor Ware me había mirado con condescendencia antes de decirme: «Tu madre y tu padre tienen ya bastantes problemas sin que tú les añadas más, jovencita». En ese momento no había entendido a qué se refería. Solo comprendí que yo era una especie de decepción para ellos. Esto parecía confirmarlo. Los ojos me escocieron de la vergüenza. Me levanté despacio y volví arriba, conteniendo las lágrimas hasta que pude sollozar a salvo en mi cuarto. Me prometí fervientemente no causar más problemas, lo que significaba que, a todas luces, debía mantener en secreto la «Lista de las cosas sospechosas» hasta que pilláramos al Destripador.

La promesa de portarme bien duró solo hasta que se presentó la oportunidad de descubrir más cosas del señor y la señora Ware. El sábado, Ruby celebraba en la iglesia un desayuno para las madres de la ciudad, con el fin de recaudar fondos para una ludoteca que había montado. Había hecho pasteles para venderlos por encargo y nos reclutó a Sharon y a mí como refuerzo.

—Vale, vosotras dos podéis ocuparos del puesto de pasteles —dijo, y ambas accedimos de buena gana.

La lista nos había dado una buena razón para querer estar con otra gente en lugar de quedarnos encerradas en nuestra pequeña burbuja de amistad. Yo siempre había preferido que fuéramos solo las dos, pero nunca le había preguntado su opinión a Sharon. Ruby nos dejó detrás de una gran tabla de madera, situada sobre un caballete, llena de pasteles y bollos caseros, cuyo estupendo aroma chocaba con el olor acre de la iglesia, que siempre apestaba como si llevara cien años cerrada a pesar de que abría todos los días.

—Tú encárgate de hablar —dije a Sharon—. Se te da mejor que a mí. Yo tomaré notas.

Palmeé la libreta, que llevaba alojada, como siempre, en el bolsillo delantero del pantalón de peto que me había hecho la tía

Jean. Tenía varios, de distintos colores y estampados, todos confeccionados a partir de retales que compraba a un hombre en el mercadillo.

Mientras estábamos detrás de la mesa en el aireado pasillo de la iglesia, observé cómo la gente sonreía a Sharon. Iba muy elegante, con una blusa blanca con volantes de esas que a mí no me durarían ni un segundo limpia, y el cabello recogido en dos flamantes coletas rubias. Contemplé mi camiseta de rebajas y el peto, pensando que no era de extrañar que la gente quedara impresionada por ella y en cambio ni siquiera se fijase en mí.

El interior estaba lleno de grupos de mujeres y de niños, que hablaban cada vez más alto, cuando entró una mujer de aspecto imponente acompañada por un chaval de apariencia hosca y taciturna que parecía una copia reducida del señor Ware. Observé que los grupitos de mujeres se intercambiaban codazos y que las voces bajaban de tono. La atmósfera del espacio cambió, casi tanto como si alguien hubiera mencionado al Destripador.

Observé a la recién llegada. Alta y esbelta, con una larga melena dorada peinada con raya en el centro, iba vestida con unos vaqueros azul oscuro y era la viva imagen de la elegancia informal. Me hizo pensar en la rubia de Abba y me enamoré al instante. Era todo lo que yo quería ser y no era. Parecía inquieta, aunque en un estilo glamuroso, y paseó la mirada por toda la estancia un par de veces antes de dirigirse hasta nuestra mesa, con el chico caminando tras ella. Busqué a Sharon con la mirada, pero se había esfumado, así que no tuve más remedio que atenderla yo. Tartamudeando, le pregunté en qué podía servirla.

—Hola, jovencita —dijo ella sonriendo—. Vengo a por un encargo a nombre de Hazel Ware.

Hablaba sin el acento brusco de Yorkshire, y eso la hacía aún más elegante. Contemplé las cajas de los encargos buscando la que llevara una pegatina con su nombre y, halagada por su simpatía, me atreví a hacerle una pregunta:

—¿Está usted casada con mi profesor?

Ella sonrió y dijo:

—Si tu profesor es el señor Ware, que enseña en la escuela Bishopsfield, entonces sí. ¿Y tú eres...?

—Miv —contesté, extendiendo la mano para estrechar la suya, elegante y con la manicura hecha.

—Miv —repitió mientras me estrechaba la mano, y en sus labios mi nombre sonó exótico—. Qué nombre más bonito.

Me erguí orgullosa.

—Encantada de conocerla —dije, ya que había leído en alguna parte que eso era lo que hacían las personas educadas. No me cabía duda de que Hazel Ware lo era.

—Encantada de conocerte también.

Localicé su pedido y se lo entregué, muriéndome de ganas de encontrar otra pregunta que la mantuviera ahí, charlando conmigo, cuando apareció otra madre y me dediqué a escuchar.

—Hazel..., qué agradable verte. No estaba segura de si vendrías y me alegro mucho de que lo hayas hecho.

La recién llegada sonreía, pero era una sonrisa que parecía congelada, como impresa. Inclinó la cabeza hacia un lado, como si estuviera dándole el pésame a alguien.

—Qué amable de pararte a saludarme —dijo Hazel—. Y claro que he venido. ¿Cómo no iba a hacerlo?

Las palabras sonaban educadas y su voz era tan tranquila y melódica como la que había utilizado al hablar conmigo, pero contenía una nota acerada que yo no había percibido antes. Se volvió a mirar al chico, que estaba ahora prácticamente recostado en la pared y parecía hallarse en otro mundo, con la vista baja y el cabello oscuro cubriéndole los ojos. Debía de ser un par de años mayor que nosotras.

—¿Y cómo van las cosas? —preguntó la mujer, con una voz pegajosa pero que a la vez poseía un borde afilado que yo no terminé de entender.

—Las cosas van bien, muchas gracias por preguntar. Ando tan atareada como siempre.

Yo estaba acostumbrada a que las conversaciones de los adultos dejasen los temas importantes al margen, algo que sucedía en mi familia a todas horas, pero no llegaba a discernir qué estaba sucediendo allí. Hazel señaló al chico con un gesto.

—Hablando de tareas, tengo que llevar a Paul a una cita, así que debería irme ya. —Se giró bruscamente para mirarme, y su cara se suavizó al hacerlo—. Gracias por tu ayuda. Ha sido un placer conocerte, Miv.

Hazel se marchó sin añadir una palabra más, para sorpresa de la señora que había estado hablando con ella. Una sorpresa que no se molestó en disimular, por cierto. Era obvio que Hazel Ware había transgredido una regla no escrita de Yorkshire según la cual uno no debe poner punto final a una conversación de manera tan repentina, y menos si no ha dado suficiente material para dar rienda al cotilleo. Me tragué la sonrisa que pugnaba por dibujarse en mis labios por miedo a añadir más leña al fuego. El chico se irguió despacio, dispuesto a seguir a su madre, pero justo antes de alejarse su mirada se cruzó con la mía y distinguí en su cara el débil rastro de una sonrisa. Algo en mí se paralizó. Me descubrí irguiéndome para parecer mayor mientras una oleada de calor me recorría todo el cuerpo. Antes de que pudiera analizar mi reacción con más profundidad, él se marchó.

Se lo conté todo a Sharon tan pronto como regresó y le pedí que prestara atención a cualquier cosa que oyera sobre los Ware por parte de cualquiera de las señoras presentes. La suerte nos favoreció poco después. La mujer que se había parado a charlar con Hazel Ware se había integrado ahora en un pequeño grupo de señoras que tomaban té y se parecían mucho más a las adultas que yo conocía. Faldas de punto, medias color carne y permanente o marcado en el pelo. Solíamos verlas en la peluquería de High Street, adonde también acudía la tía Jean, sentadas bajo esos cascos que les daban aspecto de Soldados la Guardia Imperial listos para proteger la ciudad de una invasión. Nada que ver con la exótica Hazel.

—Me sorprende que haya tenido el valor de dejarse ver —dijo una.

—Sí..., tiene la cara de cemento armado.

—Se habrán divorciado antes de que termine el año.

—Zorra —dijo una mujer, lo que suscitó un murmullo de aquiescencia que fue seguido por varios «chis» pidiéndole silencio en cuanto vieron que había niños cerca—. Bueno, no es ninguna mentira —insistió ella.

Me percaté de que no era la única que se esforzaba por oír la conversación. Ruby estaba ahí cerca, escuchando a las mujeres con atención. Tenía las mejillas rojas y le brillaban los ojos. Había algo inquietante en su mirada fija.

El divorcio era una idea relativamente novedosa para Sharon y para mí. Casi todos nuestros conocidos tenían padres casados, y hasta hacía poco habíamos asumido que todo el mundo tenía un padre y una madre que estaban casados entre sí. Un día, en la escuela primaria, durante la sección de Noticias (donde escribíamos y dibujábamos sobre lo que habíamos hecho el fin de semana anterior), un niño de clase escribió que había ido a ver el piso nuevo donde vivía su papá. Todos nos reímos de él, convencidos de que se había confundido, y la maestra nos explicó lo que era el divorcio con estas palabras: «A veces las mamás y los papás ya no se llevan bien y deciden vivir separados». Dijo que eran «familias rotas».

Nunca se me había ocurrido pensar que el hecho de que los padres se llevaran bien fuera algo necesario en la vida. Desde que mamá se quedó en silencio, las cosas tan solo se habían reajustado. La tía Jean se ocupaba de la comida, de la limpieza y de darme órdenes, y papá del resto de asuntos prácticos. Yo me limitaba a sobrevivir sin una madre. No podía imaginar que las cosas fueran tan mal que resultara preferible vivir separados. Mi familia quizá estuviera rota, pero la habíamos pegado con una especie de pegamento ficticio, al menos hasta ahora. Me pregunté qué habría pasado para que los Ware se decantaran por esa otra opción.

Curiosamente, lo que acabábamos de oír no arrojaba ninguna sospecha de que el señor Ware fuera el malo de la historia. En su lugar, la culpa parecía recaer en su esposa. La pregunta que nos hacíamos Sharon y yo era si lo que ella le había hecho podía haber provocado en él una ira que necesitara vengar sobre todas las mujeres. Mientras meditaba sobre ello, recordé de repente la palabra «zorra». Sabía que había oído esa misma palabra en relación con las prostitutas, las víctimas preferidas del Destripador. ¿Y si Hazel era «de esa clase de mujeres»? Si era así, ¿podía ser que hubiéramos dado con algo?

—¿Y ahora qué? —preguntó Sharon.

—Déjame pensarlo —dije—. Y mientras tanto hagamos una incursión a la fábrica el jueves que viene, cuando vaya a cenar a tu casa.

Sharon nunca venía a cenar a la mía, era algo que ni siquiera mencionábamos. De algún modo, era consciente de que en nuestra casa no se recibían visitas y era lo bastante considerada para no preguntar el porqué.

El desayuno en la iglesia había terminado, y, dado que habíamos ayudado a Ruby a recoger, el resto del día lo teníamos libre.

—¿Vamos a ver a Ishtiaq?

La propuesta de Sharon me puso nerviosa. Aún no había encontrado la manera de contarle lo que había sucedido en el pasillo del colegio, pero pensé que esta podía ser mi oportunidad para arreglar las cosas.

—Vale —dije, intentando inyectarle un poco de alegría a mi voz para cubrir mis dudas por tener que enfrentarme a él.

Cuando nos acercamos a la tienda, yo tenía todos los nervios en tensión, y el hecho de que el señor Bashir estuviera en la puerta y me acariciara la barbilla me hizo sentir aún peor.

—Si es el Dúo Terrible —dijo, y Sharon se rio abiertamente mientras yo esbozaba una media sonrisa—. Ishtiaq está dentro.

Los ojos de Ishtiaq se iluminaron al ver a Sharon; luego, cuando se fijó en mí, me saludó con un gesto educado, como si acabáramos de conocernos. Yo di un respingo. En el cuarto de atrás, la televisión estaba encendida y en la mesa había un tablero de ajedrez montado, con todas las piezas. Viendo una oportunidad, pregunté:

—¿Sabes jugar?

Me respondió con un suspiro exagerado y un:

—Claro.

—¿Puedes enseñarnos? —dije con fervor.

Otra de las películas de James Bond que me obsesionaban era *Desde Rusia con amor*, en la que uno de los malos había sido un gran maestro del ajedrez. El juego seguía fascinándome, incluso ahora que había descartado las fábricas llenas de espías de Yorkshire.

—Oh, sí, por favor —añadió Sharon.

—De acuerdo —dijo Ishtiaq con una voz seria y exigente—. Sentaos.

Durante la hora siguiente observé, alucinada, cómo Ishtiaq nos revelaba la función de todas las piezas del tablero y nos hablaba de sus movimientos, fingiendo jugar una partida contra las dos. Nunca le había oído hablar tanto rato y lo encontré hipnótico. El silencio de Sharon indicaba lo mismo. Había algo en la suave claridad de su voz y en la intensidad de su mirada que no nos daba más opción que escuchar y aprender.

—Oh, no. —Llevábamos un rato jugando cuando Sharon de repente miró el reloj—. Voy a llegar tarde. —Se levantó de un salto—. Prometí que estaría en casa antes de las cinco. ¿Vienes o te quedas? —me preguntó.

Miré a Ishtiaq y él se encogió de hombros.

—Me quedo.

La marcha de Sharon rompió la magia del ajedrez, así que nos dedicamos a ver la tele, que estaba puesta de fondo. Echaban *Grandstand*, y acababan de empezar las noticias de críquet. Siguiendo un acuerdo tácito, Ishtiaq fue hacia el aparato y subió el volumen. Nos quedamos sentados sumidos en un silencio amistoso hasta que yo dije:

—Lo siento.

Para mi sorpresa, Ishtiaq se echó a reír.

—Quizá en algún momento podamos jugar fuera juntos y así ya no tendrás nada de que disculparte.

Por alguna razón yo también me eché a reír. Las carcajadas me subían por la garganta como burbujas y salían casi en forma de ronquidos. A Ishtiaq le pasaba lo mismo, y se golpeaba los muslos con cada ataque de risa. Hacíamos tanto ruido que, por fin, el señor Bashir asomó la cabeza por la puerta para ver qué pasaba. Sonreía y verlo allí solo sirvió para que riéramos aún más fuerte. Y supongo que fue entonces cuando supe que Ishtiaq me había perdonado y que era mejor persona de lo que yo sería nunca.

Ese jueves, mientras cenábamos en casa de Sharon, llegó Malcolm. Como viajaba por trabajo, estaba a menudo fuera, así que su presencia en las vidas de ambas era algo escaso y preciado. Siempre que llegaba, en cuanto abría la puerta, anunciaba en voz alta: «Hola, cielo, ya estoy en casa», con un acento falsamente americano que nos hacía reír. Besaba primero a Ruby, la abrazaba de manera que la cabeza de ella le quedara por debajo de la barbilla e inspiraba hondo, como si la inhalara. Yo la veía zafarse de su abrazo, medio enfadada, medio riéndose. Luego levantaba a Sharon en el aire, daba vueltas con ella en brazos y la besaba en la frente, diciendo: «¿Cómo está mi niña favorita?».

Se parecía a los padres de las series americanas que a veces nos dejaban ver cuando yo estaba allí, bien afeitados, listos y guapos. Así pues, cuando me guiñaba el ojo, me revolvía el pelo corto y decía: «¿Y cómo está mi segunda niña favorita?», yo me sonrojaba tanto que parecía a punto de entrar en combustión. A menudo me sentía como si Sharon, su casa y su familia fueran la parte en color de *El mago de Oz*, vívida y brillante, llena de vida. Mientras que yo y los míos éramos la parte en blanco y negro, deslucida y gastada, carente de todo color.

Cuando terminamos de cenar, pedimos permiso para volver a salir. No es que yo estuviera acostumbrada a ir preguntando esas cosas: podía entrar y salir a mi antojo, ya que lo que preferían en casa, es decir, lo que prefería la tía Jean, era que me quitara de en medio.

—Vale, chicas. Pero os quiero en casa antes de que anochezca, por favor. Y aseguraos de poneros los abrigos —dijo Ruby.

Eso nos concedía dos horas de margen.

Lo que había empezado como un día soleado había dado paso a una tarde más fresca y ventosa. Nos subimos las cremalleras de los anoraks y Sharon tiritaba cuando se subió la capucha para cubrirse la cabeza del frío. El camino a Healy Mill nos llevó por unas calles menos familiares situadas en la zona más industrial de la ciudad, salpicada de nuevas fábricas grises y almacenes que parecían más desolados que los edificios abandonados originales. Ninguno de los elementos que el mundo moderno había añadido al paisaje lograba embellecerlo. Los mejores rincones de la ciudad eran aquellos que ya estaban allí antes de la guerra. Antes de las dos guerras, en realidad. Todo lo hermoso se había hecho mucho antes de que yo naciera.

A medida que nos acercábamos a la fábrica, el cielo empezó a teñirse de nubes oscuras, y, cuando por fin llegamos a Healy Lane, la imagen parecía una foto en blanco y negro de una calle victoriana, con la siniestra fábrica recortada contra el cielo. Solo le faltaba la columna de humo saliendo del tejado para completar la impresión de los cuadros de Lowry, ese humo que se mencionaba en una nana sobre la vida en las fábricas que mamá solía cantarme.

El edificio era grande, con cuatro pisos de altura, provisto de largas y finas ventanas y una inscripción borrosa en la fachada de ladrillo que rezaba: «Healy Mill - Fabricantes de lana y derivados». Recordé lo que solía decir la tía Jean siempre que sobre nuestras vidas se cernían nubes negras: «Pintan bastos en la fábrica». ¿Quizá fuera por eso que en mi mente las fábricas iban asociadas a cosas malas?

—Bueno, veamos si podemos encontrar la manera de entrar —dije en voz alta, intentando sofocar el temblor de la voz a base de volumen.

—Chis —dijo Sharon llevándose un dedo a los labios con gesto exagerado y mirando a su alrededor.

Rodeamos el edificio. Había grafitis pintados, junto con los carteles que indicaban la prohibición de entrar y prevenían del peligro, y flotaba un olor acre a orina seca. Habían clavado tablas a las ventanas, a todas salvo a una, pero esa estaba demasiado alta para nosotras.

Por fin dimos con un pasaje a uno de los lados de la fábrica que nos llevó hacia su parte trasera, donde encontramos unas escaleras estrechas de hierro forjado que se pegaban a la pared cual negra hiedra venenosa. Al levantar la vista, distinguí una salida de incendios en el primer piso que se mantenía entreabierta por una tablilla de madera. Por ahí tuvieron que entrar Neil y Reece. Yo había ideado una buena excusa para cubrirnos las espaldas y había traído una caja de tizas. Sharon cogió algunas y se puso a dibujar los cuadrados de una rayuela en el suelo de cemento mientras yo daba toda la vuelta a la fábrica, en busca de cualquier señal de vida, antes de decidirnos a entrar. Si nos paraba alguien, declararíamos en tono inocente que solo estábamos buscando una piedra lo bastante grande para usarla en el juego. Los mayores no sabían que ya no teníamos edad para jugar a eso. Mi experiencia me decía que los adultos siempre pensaban que yo era demasiado pequeña para todo lo interesante y demasiado mayor para las cosas que conseguían brindarme consuelo.

En cuanto estuve segura de que no había nadie por ahí, volví con Sharon.

—Creo que estamos a salvo —dije.

Ella miró hacia el cielo, que se iba ensombreciendo.

—¿Entramos juntas?

Asintió y me percaté entonces de que no había dicho ni una palabra desde que llegamos.

—¿Estás bien? —pregunté.

Siguió sin responder, pero encabezó el ascenso por la escalera hasta el primer piso, donde estaba la puerta abierta. Las suelas de los zapatos resonaban sobre el hierro. Saqué la linterna, abrí la puerta y entramos. La escena que teníamos ante los ojos me hizo pensar en un himno que cantábamos en el colegio sobre las oscuras fábricas satánicas. Miraras donde miraras había viejas máquinas cubiertas de telarañas, como finas hebras de ropa sobre un esqueleto. Busqué la mano de Sharon con el corazón en la garganta.

—No tengas miedo —dije, y el temblor de mi voz reveló mi propio pánico.

—¡No lo tengo! —siseó ella, soltándose.

Volví la linterna hacia ella. ¿Cómo no iba a estar tan aterrada como yo? Pero en cuanto vi sus ojos pálidos y muy abiertos a la luz del foco, comprendí que fingía el valor tanto como yo. Busqué su mano de nuevo y esa vez la cogió. Nos agarramos con fuerza.

Para que pudiéramos hacernos una idea del espacio, dirigí la linterna como si fuera un foco por todas las cavernosas paredes y recorrí con ella el techo, donde las tuberías y las vigas se cruzaban en nítidas filas. Imaginé las igualmente nítidas filas de hombres y mujeres que habían trabajado bajo ellas, con la ahora difunta y silenciosa maquinaria. Las filas de gente en las fábricas habían sido reemplazadas por las colas de la Oficina de Empleo, donde la tía Jean trabajaba ahora.

Solo la había visto llorar una vez y ni siquiera podías llamarlo llorar de verdad; fue más como ver a alguien que se debate en silencio con una emoción de la que quiere librarse. Había estado hablando de que papá, mi abuelo, nunca había sido el mismo desde que cerraron las fábricas. La idea de que la tía Jean tuviera emociones me resultó inquietante.

«Es muy duro para la tía Jean —me había dicho mamá—. Ella estaba aquí cuando podíamos enorgullecernos de esta ciudad. Antes de que fuera un lugar vencido que se avergüenza de sí mismo. Duele mucho más verlo así cuando fuiste testigo de su momento de esplendor».

Cualquier sonido de la fábrica se amplificaba, desde los crujidos típicos de los huesos viejos del edificio al rítmico goteo de un líquido sin identificar que resonaba en las paredes. Pensé que podía oír el rumor de ratones o de ratas en algún lugar más o menos lejano, pero descarté la idea y me dediqué a mover la linterna de un lado a otro, como hacen los policías en las series de la tele.

Cada paso nuestro despertaba el correspondiente quejido en el suelo y me debatí entre usar la linterna para iluminar el camino de frente o apuntarla hacia el suelo para asegurarnos de que no estábamos a punto de caernos. Todas las advertencias de los adultos parecieron repentinamente justificadas. Sentí que la mano de Sharon apretaba la mía cuando sonó un ruido fuerte que venía de abajo. Nos paramos, sin respirar, y apagué la linterna. No pasó nada más. Deduje que habría tenido que tratarse del viento, pero recordé la sensación de que alguien nos vigilaba que había sufrido en el exterior de la tienda de la esquina. Era algo físico, como el picor de una mata de ortigas.

Encendí de nuevo la linterna y reemprendimos el camino; la luz flotaba sobre el suelo como el foco de un faro mientras buscábamos cualquier rastro sospechoso. Evité mirar las sombras de las paredes por miedo a que mi mente empezara a crear imágenes terroríficas. Íbamos en busca de cadáveres, no de fantasmas. Avanzamos de puntillas, asegurándonos de cada paso antes de darlo, y nos paramos de golpe cuando un estruendo hizo temblar el suelo.

Ya no cabía ninguna duda. Allí dentro había alguien más.

Todas las historias de los encantamientos volvieron a mi mente. Yo había planeado cómo enfrentarme a un hombre de verdad armado con un martillo, pero no se me había ocurrido pensar qué haríamos si nos encontrábamos cara a cara con un fantasma. Tuve que apretar los dientes para que dejaran de castañetear.

El estruendo se había convertido en unos pasos recios. No parecían los de un niño, aunque entonces oí aquel silbido siniestro. Ignoro por qué no echamos a correr. En lugar de ello, nos quedamos paralizadas en el suelo, escuchando la tonada de «You Are My Sunshine» resonando en la oscuridad. Era otra canción que mamá solía cantarme, pero las circunstancias la volvían aterradora.

A medida que el ruido se acercaba, destellos de luz empezaron a aparecer en el otro extremo del edificio. Lo que al principio parecía un demonio sombrío tomó la forma de un hombre con chaqueta y placa. No era ningún fantasma. Cuando se nos acercó, vi que meneaba la cabeza. Seguí clavada en el suelo.

—Ya hablo yo —susurró Sharon—. Lo sentimos mucho, señor —dijo con la vista baja. Yo seguí sus pasos e hice lo propio.

—¿Qué diantre estáis haciendo aquí? Deberíais saber que no es un lugar seguro —dijo él—. ¡Venga, contestad! —añadió en vistas de que no abríamos la boca.

—Estábamos visitando el lugar por un trabajo del colegio —dijo Sharon, y esa vez lo miró a la cara, con los ojos muy abiertos, como si la mentira que acababa de salir por su boca fuera la cosa más natural del mundo.

—¿Eso es verdad? —dijo él—. ¿Es por eso por lo que pillé también a dos chavales de vuestra edad por aquí la semana pasada?

Neil y Reece, sin duda. Ambas asentimos. Él rezongó algo que sonó a «condenados maestros» y nos apuntó con su linterna a la cara.

—¿De verdad queréis saber lo que pasa en sitios como este? Y no hablo de los condenados cuentos de hadas que os cuentan en el colegio.

El brillo de la linterna nos hizo parpadear y volvimos a bajar la vista. Yo tuve que contener la risa al oír la palabra «condenado».

—Un chaval perdió la vida aquí dentro, ¿sabéis? Preguntad a vuestros maestros por él. Preguntadles sobre John Harris. Murió estrangulado en esta misma sala.

Sharon y yo nos miramos.

—A veces se puede oír el ruido de sus zuecos.

Eso me sobresaltó. Los zuecos eran lo que habían comentado Neil y Reece. Tal vez no fuera una leyenda.

—Y, ahora, ¿me prometéis que no volveré a encontraros rondando por aquí o voy a tener que ir a hablar con vuestros padres? —preguntó él apuntándonos a la cara con la linterna de nuevo.

—No, señor —dijimos al unísono.

—Pues ya podéis iros.

Sharon se fue a su casa, pero yo no estaba preparada para volver a la mía: el drama del día estaba demasiado presente en mi mente. Así que opté por ir a la tienda del señor Bashir, tranquilizarme un poco con una partida de ajedrez con Ishtiaq, para que cuando llegara la hora estuviera lista para afrontar el silencio.

Cuando llegué por fin a casa, hacía ya rato que la tía Jean había vuelto del trabajo, lo que significaba que el ruido de sus diligentes tareas domésticas había reemplazado la quietud habitual. Me sorprendió ver que mamá también estaba levantada, y que incluso se había vestido, aunque el jersey grueso y la falda que llevaba le quedaban demasiado grandes.

Me pregunté cuál sería su reacción si le hablaba de la fábrica y de la canción que silbaba el hombre. Estuve casi tentada de cantarla, para ver si lograba establecer con ella algún tipo de comunicación. Pero la idea de que no se produjera reacción alguna me resultaba demasiado dolorosa para ni siquiera imaginarla, de manera que fui directa a la cocina, donde el aroma de salchichas y rebozado me desveló que me había perdido el budín de Yorkshire con salchichas de la cena.

Había dado un paso sobre el suelo de la cocina cuando la tía Jean surgió ante mí, espátula en mano, cual vaquero mostrando la pistola.

—Ni se te ocurra —dijo ella remarcando cada palabra, y entonces me di cuenta de que a mi izquierda, en la tambaleante mesa amarilla, reposaba un plato con sobras. Estaba a punto de lanzarme a una incendiaria defensa alegando que ni siquiera sabía que estaban allí cuando a ambas nos distrajo el ruido de la puerta al abrirse, y luego cerrarse, y a continuación el de los pasos de papá pisando fuerte en el suelo, a su regreso del pub, probablemente. Entró directo en la cocina también, siguiendo el mismo rastro oloroso que había seguido yo, y en cuanto lo hizo cogió una salchicha, obviando mis protestas y la expresión horrorizada de la tía Jean.

—¡Austin! —exclamó ella—. ¡Eres peor que la niña!

Era algo que la tía Jean le soltaba a papá con relativa frecuencia y siempre me pareció injusto que yo fuera el punto de comparación para las cosas malas. Sin embargo, desistí de discutirlo porque en ese momento nos sentimos casi como una familia de nuevo.

Tras las clases del viernes, y bajo la coartada de los deberes, nos fuimos a la biblioteca a ver si encontrábamos la historia de John Harris. La biblioteca de la ciudad era otro gran edificio victoriano. Yo a menudo me refugiaba entre sus paredes, cuando el tiempo era demasiado malo para dar vueltas o cuando el ambiente en casa se volvía asfixiante. El silencio que se respiraba allí se me antojaba reconfortante en lugar de solitario. Había convencido a Sharon de los encantos del lugar, con lo que ahora a veces íbamos juntas y lo tratábamos con la misma reverencia de la que hacíamos gala en la iglesia.

En esta visita vimos a una persona distinta detrás del mostrador, una chica más joven que la severa bibliotecaria con la que solíamos tratar. Tenía la cabeza gacha y se dedicaba a estampar y compilar libros con expresión concentrada y el ceño fruncido. Levantó la vista al oírnos; su piel, pálida casi azulada, le confería una aspecto fantasmagórico, sobrenatural.

Saludó a Sharon, luego a mí, y sonrió. El gesto transformó sus facciones del todo. Era la viva imagen de los elfos y los duendes que poblaban los cuentos de Enid Blyton, tal y como yo los imaginaba: menuda, con rasgos delicados y ojos de un chispeante color verde, como Audrey Hepburn. Según la placa que llevaba colgada, su nombre era señora Andrews. Me cayó bien al instante; era como una niña que habitara el cuerpo de una mujer.

—¿Qué puedo hacer por estas dos señoritas? —dijo ella.

Di un codazo a Sharon, para que contara la historia que habíamos preparado. Desde lo de la fábrica, habíamos acordado que yo pensaba y ella se encargaba de hablar.

—Tenemos un trabajo del colegio sobre las fábricas y estamos buscando información sobre la historia de John Harris y Healy Mill —dijo ella—. ¿Podría ayudarnos?

La señora Andrews volvió a fruncir el ceño y nos miró como si quisiera hacernos más preguntas, pero en su lugar nos condujo a la sección de historia local. Tras un rato de búsqueda, nos dejó con un libro abierto por una página que llevaba el encabezado de: «Palmer, ahorcado».

—Venid a preguntarme si hay algo que no entendéis —dijo antes de volver a su mesa. Y noté que no nos perdía de vista mientras leíamos.

PALMER, AHORCADO

En 1856, el infame doctor William Palmer (un asesino conocido como el Envenenador de Rugeley) fue ahorcado en la prisión de Stafford. El caso se denominó «el juicio del siglo» y más de treinta mil espectadores se congregaron para presenciar su ejecución. Los recuerdos, canciones e historias que se derivaron de sus crímenes llegaron hasta una pequeña ciudad de Yorkshire y hasta los oídos de cuatro chiquillos, uno de los cuales era John Harris, de doce años.

Los chicos inventaron un juego llamado «Palmer, ahorcado» y lo jugaron una y otra vez en la fábrica donde trabajaban. Durante uno de esos juegos, John representó el papel de Palmer y los otros lo ataron a una grúa de vapor. Sin darse cuenta, alguien puso a funcionar la grúa y John fue estrangulado. Lo trasladaron al hospital pero falleció cuatro días más tarde. Sus tres amigos fueron acusados de homicidio aunque fueron declarados no culpables. Sin embargo, la tragedia ha provocado interminables relatos de terror así como serias advertencias de no jugar en los interiores de las fábricas ni con la maquinaria.

La ironía de que esa tragedia les sucediera a unos chicos obsesionados por un asesino no me pasó desapercibida y decidí no tachar la fábrica de la lista todavía. Daba la impresión de que nuestras pesquisas no habían terminado.

8

Helen

Helen Andrews observó a las niñas mientras consultaban el libro de historia local con una concentración tan absoluta que parecían adultas en miniatura. Esperaba que la noticia no fuera demasiado terrorífica para unos ojos tan jóvenes; no estaba del todo segura de si había sido apropiado permitirles que la leyeran. A los veintitrés años, ella aún se sentía como una niña. Se preguntaba cómo lo hacían los padres para tomar esa clase de decisiones, cómo distinguían lo que estaba bien o mal para sus hijos. Al oír un carraspeo, desvió la mirada de las niñas y comprobó que había una persona aguardando.

—Buenos días, Valerie —dijo a la mujer que tenía delante.

—Buenas, Helen —respondió Valerie Lockwood, al tiempo que dejaba caer sobre la mesa el montón de libros sobre la Segunda Guerra Mundial que llevaba en los brazos.

De su reciente aprendizaje, Helen sabía que existía un máximo de cinco libros para tomar en préstamo y, también, que esa sería una norma que no iba a seguir a rajatabla. Aunque se trataba de un nuevo empleo, comprendió sin necesidad de preguntarlo que estos libros eran para el hijo de Valerie, Brian, que nunca entraba en la biblioteca si había gente en ella. No le cabía duda de que ahora mismo estaba en la puerta, fumando un cigarrillo mientras esperaba a su madre, con el gorro amarillo encasquetado hasta las cejas. Decidió que contaría los libros como si fueran para dos personas. Mientras estampaba el sello con la fecha de retorno, las niñas volvieron y dejaron el libro que les había dado en un lado de su mesa.

—Gracias, señora Andrews —corearon.

Las dos mujeres las vieron salir. Luego Valerie volvió la vista hacia la mesa, negando con la cabeza.

—Pobre criatura —dijo refiriéndose a Miv, y, aunque Helen acababa de conocer oficialmente a la niña, no le hizo falta preguntar a qué venía eso. Todo el mundo estaba al tanto de lo que le pasaba a su madre—. ¿Y tú cómo estás, corazón? —preguntó Valerie, señalando la mesa para indicar que se refería al trabajo—. ¿Va todo bien?

Helen compuso la cara habitual, la que ponía para expresar que todo iba bien, gracias, y asintió con la cabeza. Los cotilleos de la ciudad habían girado en torno a ella en los últimos meses debido a la muerte de su madre y no tenía la menor intención de que se prolongaran, aunque eso implicara ocultar su dolor.

—Me alegra verte haciendo cosas. Cuídate.

Helen exhaló el aire despacio cuando Valerie se fue.

Luego tuvo que dedicar su tiempo a ordenar los estantes y a colocar los libros. Era su parte favorita del trabajo. Aspiraba el aroma a rancio que emergía de las filas de libros y a veces aprovechaba para leer algún fragmento o para tomar nota de un título que le gustaría leer. En ese momento andaba enfrascada con *Carrie*, de Stephen King. La señora Hurst, la encargada de la biblioteca, se había mostrado visiblemente sorprendida cuando la encontró leyéndolo durante un descanso.

—No pareces de esa clase de lectores —había dicho, meneando la cabeza.

Helen estuvo a punto de echarse a reír y de preguntarle a qué tipo de lectores se refería exactamente cuando recordó los cotilleos de la ciudad y optó por asentir con una sonrisa. Escogía a propósito libros que abordaran los horrores del mundo, y, como no tenía muchas oportunidades de leer en casa, aprovechaba los descansos para sumergirse en una vida distinta. Sus colegas preferían pensar que el mundo era un lugar amable y acogedor, tal vez como antídoto a la realidad, o tal vez porque, para ellos, lo era. Pero ella sabía que no era así.

Cuando terminó su turno, caminó hacia casa poseída por una sensación de ligereza poco habitual. Le había costado lo suyo convencer a Gary de que el empleo era una buena idea. Al final, lo que había decantado la balanza había sido la promesa de un ingreso extra muy necesario para complementar el que aportaba él como fontanero, unido a que se trataba solo de un trabajo de media jornada (lo que significaba que ella estaría en casa a tiempo de preparar la cena) y al hecho de que la probabilidad de que conociera a algún chico guapo en la biblioteca resultaba más bien escasa.

Se paró en la tienda de la esquina para regalarse algo dulce como recompensa por haber culminado su primera semana de trabajo y se encontró tarareando la tonada de «Don't Go Breaking My Heart», de Kiki Dee, que sonaba por el radiocasete del mostrador; primero se sobresaltó y luego se echó a reír cuando apareció la cabeza de Omar por detrás, cantando la parte de Elton John. Cogió un paquete de toffees, pero lo devolvió enseguida al recordar que tenía una muela que se movía, y pidió en su lugar una bolsa de gominolas variadas.

—Hoy está de buen humor. Me encanta verla así —señaló Omar mientras ella pagaba.

Helen alzó la vista de las monedas que tenía en la mano temiendo que se estuviera burlando de ella, pero lo único que vio en su cara fue una mirada dulce y una sonrisa afable.

—Sí —dijo, casi sorprendida de sí misma—. Supongo que estoy de buen humor.

Y al decir las palabras en voz alta se dio cuenta de que eran ciertas.

—¿Qué tal el nuevo empleo? —dijo Omar, como si supiera que esa era la causa.

—Oh, Omar, me encanta —repuso ella, y su voz se hizo más fuerte al teñirse de la alegría que sentía—. Es tan agradable ser..., no sé, ¡hacer algo útil! Y todo el mundo ha sido muy simpático. Además, ahí puedo leer y charlar sobre libros, y es estupendo estar unas horas fuera de casa y...

Se calló, por temor a haber hablado demasiado, pero la sonrisa de Omar se había expandido y su cabeza asentía a cada una de sus palabras.

—Me alegro mucho por usted —le dijo.

Ya en la calle, se paró para subir la cremallera del bolso cuando sintió una comezón en la nuca y tuvo la sensación, en absoluto desconocida, de que alguien la observaba. Al recordar al Destripador, y al hecho de que esos días había amenazas fuera de casa, miró en derredor y agarró el bolso con fuerza, por precaución.

La calle se hallaba vacía, así que siguió andando, más pendiente de lo que la rodeaba. Estaba acostumbrada a mantenerse alerta y su cuerpo respondía casi de manera refleja; sus sentidos se agudizaban para que nada le pasara por alto. Al oír unas pisadas, se giró, pero solo distinguió a alguien que llevaba unas botas negras entrando en la tienda, lo que hizo que sonara la campanilla de la puerta. No había nadie más. Con los nervios tan frágiles como la citada campanilla, retomó el camino a casa. Cuanto más se acercaba, con cada nuevo paso, más se encogía.

9

Miv

La semana siguiente trajo consigo las clases de natación mensuales en la piscina municipal, una actividad que me despertaba una intensa aprensión. Odiaba el frío y la humedad de los vestuarios y la vergüenza de ponerme el bañador sobre mi cuerpecillo flaco. Odiaba que me castañetearan los dientes y me preguntaba por qué era la única que parecía sentirse así.

Había intentado zafarme de la natación muchas veces olvidándome a propósito el bañador y levantando la mano cuando el señor Ware preguntaba quién se quedaba fuera, hasta que un día me amenazó con arrojarme a la piscina desnuda si volvía a dejarme el bañador en casa, y todo el autocar se echó a reír. La humillación solo hizo que me cayera aún peor.

Esa semana, mientras me cambiaba, me descubrí jadeando antes de meterme en el agua. Me consolé con la idea de que esto me permitiría al menos vigilar al señor Ware, que ese día estaba callado y parecía distraído, tanto que había pasado por alto varias oportunidades de regañarnos a gritos. Sharon, que adivinó mi ansiedad, me ayudó con la taquilla y la toalla mientras yo lo guardaba todo en la cartera. Éramos las dos últimas del vestuario y mirábamos con angustia la ducha fría que debíamos tomar antes de la clase, otra de las cosas que odiaba con todo mi ser, cuando oímos un fuerte chapuzón seguido de un grito.

Corrimos hacia la piscina y nos encontramos con una escena caótica.

Reece Carlton sujetaba a Stephen Crowther bajo el agua. Su mirada revelaba la misma intensidad que cuando jugaba a ser el Destripador. Noté el puño del miedo atenazándome el estómago. En medio del ruido, amplificado por el eco del recinto de la piscina, la cara de Reece dejaba traslucir una violencia silenciosa. Neil Callaghan le jaleaba, sujetando los brazos de Stephen mientras Ishtiaq y dos chicos más intentaban rescatarlo. De repente un agudo silbido cruzó el aire y vi al señor Ware corriendo hacia la piscina.

—¡Parad ahora mismo!

Reece no se movió y todos los allí congregados parecimos contener el aliento.

Luego lo soltó y levantó las manos en un burdo amago de rendición.

—Solo estábamos haciendo el tonto, señor —dijo Reece, y sus facciones se relajaron de repente hasta esbozar una sonrisa traviesa, como si todo hubiera sido un juego.

Todos esperábamos que Stephen se levantara, pero siguió donde estaba, flotando bocabajo en el agua. Todo sucedía como a cámara lenta: el señor Ware saltó al agua y sacó el cuerpo lacio. Mientras observábamos la escena, horrorizados, tumbó a Stephen en el borde de la piscina y empezó a hacerle el boca a boca. La clase entera permanecía en un silencio absoluto. Noté que la mano de Sharon cogía la mía.

Hubo un balbuceo.

Luego una tos.

La señorita Stacey, que estaba de guardia con el señor Ware esa semana, nos instó a volver a los vestuarios mientras el monitor de la piscina llamaba a emergencias.

Extendí la mano y cogí a Ishtiaq del brazo cuando pasaba ante nosotras.

—¿Estás bien? —pregunté.

Asintió en silencio, mirándonos a las dos, con la cara paralizada por el susto. Sharon alargó la mano que tenía libre hacia él e Ishtiaq se la cogió, solo durante un momento.

Mientras nos alejábamos de la piscina, me volví y vi al señor Ware inclinado sobre Stephen. Tenía la cara llena de lágrimas.

—Lo siento. De verdad. Lo siento tanto... —repetía una y otra vez, y me pregunté por qué se disculpaba.

El trayecto de vuelta al colegio parecía un funeral. Nunca habíamos ido tan callados. Incluso Neil parecía agobiado por lo que casi había sucedido y mantenía la cabeza gacha; Reece, en cambio, iba bien erguido en su asiento, inmune al ambiente. A mi lado, Sharon estaba furiosa: su cuerpo irradiaba una ira tan caliente como las barras de la estufa de la salita de casa. Por fin se dirigió a mí con las mejillas sonrojadas y me dijo:

—Me alegro de que estemos haciendo la lista —dijo con fuerza. No terminé de entender la relación y eso debió de reflejarse en mi cara—. No lo soporto. Que le hagan daño así a alguien, alguien que no puede defenderse. Y esas mujeres...

Nuestras miradas se cruzaron. Y lo entendí.

Al día siguiente, durante la asamblea, el señor Asquith, el director, hizo un anuncio:

—Como muchos de vosotros sabéis, ayer se produjo un incidente desafortunado en la piscina. Me alegra poder decir que Stephen se está recuperando y que está de vuelta con nosotros. —Todos nos volvimos hacia Stephen, que temblaba a todas luces. Sospecho que nunca se había visto sometido a tal nivel de escrutinio—. Por otro lado, Reece Carlton y Neil Callaghan han sido expulsados de manera inmediata. En la próxima asamblea, un instructor os dará una charla sobre seguridad en la piscina para recordaros los riesgos que corréis en ella.

No hubo la menor mención del señor Ware, aunque este se hallaba ausente y lo había reemplazado un profesor sustituto sin ninguna explicación. Por una vez no nos aprovechamos de la circunstancia, los suplentes solían ser carne fresca que espoleaba nuestra peor conducta. Ese día, en cambio, todos en clase parecíamos robots, como si el impacto de lo sucedido nos tuviera hechizados, y nos portamos sorprendentemente bien, aunque eso también pudo deberse a que Neil y Reece tampoco estaban en clase. Stephen pasó a ser más popular que nunca (el drama del incidente había aumentado su valor social) y, durante el recreo, todos fuimos hacia él.

—No podremos preguntarle por el señor Ware —dije suspirando, frustrada. Verlo llorar y disculparse ante Stephen me suscitaba la pregunta de si este podía tener alguna información útil para nosotras sobre el maestro, dado que nunca hubiéramos imaginado que fuera capaz de mostrar tales emociones en público.

—Sí, claro que lo haremos —repuso Sharon, y se abrió paso hasta colocarse en primera fila.

Los ojos de Stephen se iluminaron al verla y él se centró en nosotras, ignorando al resto. Contó lo que había sucedido con el aire de alguien que ha ensayado el discurso muchas veces, completándolo con pinceladas melodramáticas. Le pregunté sobre el llanto del señor Ware.

—Eso no lo recuerdo —respondió él con el ceño fruncido—. ¿De verdad lo hizo? Me acompañó al hospital.

—¿Qué te dijo? —preguntamos las dos a la vez.

—La verdad es que fue un poco raro —contestó Stephen—. Dijo que lamentaba mucho lo que me había pasado, casi como si fuera culpa suya. Y luego me dijo que le sabía muy mal haberme insultado. —Se calló y eso me dio tiempo a interiorizar sus palabras. Nunca había oído a un adulto disculparse con un niño así, y sobre todo no a alguien como el señor Ware—. En fin, luego me dijo que debía empezar a plantar cara a la gente como Neil Callaghan y Reece Carlton.

Era mucho más de lo que le habíamos oído decir a Stephen Crowther en los tres años que llevábamos en clase con él. Cuando nos íbamos, él nos detuvo; cogió a Sharon del brazo y añadió:

—Mi madre me ha contado que el señor Ware se va a divorciar porque su mujer le ha dejado para estar con otro hombre, y que está un poco enloquecido por esa causa. Y que es un buen hombre que no se merece algo así. Me ha dicho que el señor Ware se va a marchar porque no soporta la idea de estar cerca de ella.

Apenas había parado para respirar mientras nos proporcionaba este jugoso y sorprendente cotilleo, casi como si hubiera memorizado las palabras de su madre una por una. Su gesto de asentimiento al final del discurso habría enorgullecido a la tía Jean.

Dejamos a Stephen con su grupo de admiradores, atónitas por sus revelaciones, pero no antes de que yo percibiera un sutil intercambio de miradas entre él y Sharon.

—¿A qué ha venido eso? —pregunté mientras nos alejábamos.

—Oh, no tiene importancia —dijo Sharon, moviendo la mano en el aire como si quisiera disipar lo que acababa de suceder—. Me limité a darle unos consejos sobre su estilo de correr después de aquella clase de educación física… Ya sabes, cuando el señor Ware lo llamó mariquita.

¿Cuándo lo había hecho? ¿Mientras yo ensayaba con el coro? ¿Cómo era posible que yo no lo supiera?

Entonces se me ocurrió que, como nuestros sospechosos, Sharon podía llevar una vida secreta de la que yo no sabía nada. Me pregunté qué más cosas haría cuando yo no estaba con ella.

También pensé que mis sentimientos hacia Hazel Ware no estaban claros. Seguía considerándola maravillosa, pero suponía lo que diría la tía Jean sobre su comportamiento. Mis sentimientos hacia el señor Ware eran aún más contradictorios. Eso de que era un hombre encantador y sus remordimientos por como había tratado a Stephen me despertaban dudas sobre su culpabilidad en unos crímenes tan horrorosos como los del Destripador. ¿Debíamos tacharlo de la lista?

Antes de irse del colegio, había puntuado nuestro trabajo de la fábrica. El mío era el resumen de la historia de John Harris. La última nota que obtuve de él estaba escrita en mi libreta de ejercicios y señalaba, con preocupación, mi «constante, y probablemente insano, interés por la muerte».

No se equivocaba, pero el señor Ware no entendía que había más cosas que temer de los vivos que de los muertos.

10

El señor Ware

Tiene a alguien ingresado?

El hombre sentado junto a Mike daba largas y profundas caladas a un cigarrillo mientras se cogía al gotero que llevaba prendido al brazo. Mike sospechaba que era más joven de lo que aparentaba. Los embates de la enfermedad, y también del tabaco, le habían añadido años a la cara, pero sus ojos seguían siendo los de alguien joven. Los dos se hallaban en un inestable banco de madera que había a la entrada del hospital. Desde el «incidente», a Mike le había dado por pasar por allí todos los días a pesar de que Stephen había recibido el alta hacía ya tiempo. No se le ocurría otro sitio adonde ir.

La primera vez, cuando llevó a Stephen, había permanecido con él hasta que la madre del chico apareció y luego había vuelto al colegio donde él y el director se reunieron con los padres de Reece y de Neil. El encuentro había resultado bastante desolador. Aunque los padres de Neil habían obligado al chico a disculparse, su discurso estaba lleno de excusas para su conducta y podía resumirse en el clásico «son cosas de críos». Reece, en cambio, no había pronunciado disculpa alguna, y Mike había presenciado de primera mano a qué se debía la reputación de Kevin Carlton. El hombre no había dicho ni una palabra, se había limitado a observar fijamente al director, que pareció achicarse e incluso llegó a tartamudear durante la reunión. Fue su esposa quien tomó la palabra y vino a decir que el incidente había sido un «malentendido». La única señal de vulnerabilidad que Mike había detectado en el chico había sido su constante atención a la expresión de su padre, buscando su aprobación cada vez que hablaba. Mike se estremeció al reconocer un gesto que le resultaba tan familiar.

Desde ese día había pedido la baja en el colegio; todas las mañanas se vestía con traje y corbata y acudía al hospital, donde pasaba las horas sentado, mirando y pensando. Pero eso era algo que no pensaba explicarle a ese hombre.

—No del todo. Solo he venido a visitar a alguien. A un alumno mío —mintió volviéndose hacia su interlocutor y dedicándole una breve sonrisa.

—Ah, ¿es usted maestro? Será mejor que vigile mi gramática, en ese caso. —El hombre se rio; las carcajadas le provocaron un espasmo de tos que sacudió todo su cuerpo esquelético, y Mike asintió—. Bueno, es todo un detalle por su parte —dijo el hombre cuando se hubo recuperado de la tos—. Venir a ver a un alumno. No me imagino a ninguno de mis profesores preocupándose así. Cabrones.

Mike volvió a asentir sin saber muy bien qué decir.

—En mi época lo más probable era que un maestro te enviara al hospital y no que viniera a visitarte —continuó el hombre, meneando la cabeza—. Me fui a casa cubierto de moratones en más de una ocasión. Ahora las cosas quizá sean distintas.

Tiró el cigarrillo al suelo y lo pisoteó con la suela de la zapatilla. Luego se puso de pie y cruzó despacio las puertas del hospital, lo cual le ahorró a Mike la necesidad de añadir algún comentario.

Pensó en lo que había dicho el hombre y se alegró de no haber tenido que responderle. ¿Qué habría podido decir?

¿Que no era muy distinto de los abusones que le dieron clase?

¿Que en parte era responsable de que el chico hubiera terminado ahí?

En los días que siguieron a la agresión contra Stephen, Mike se había sentido obsesionado por el recuerdo de su padre. Recordaba el siniestro vestíbulo del hogar donde creció, el frío suelo de damero. Iba vestido con el uniforme del colegio, pantalón corto y blazer, y tenía las rodillas raspadas y el pelo revuelto después de haberse quitado la gorra. No lograba recordar por qué lloraba, solo la amenazadora presencia de su padre cerniéndose sobre él.

—Basta de llanto —le había ordenado, poniendo en su tono toda la severidad del militar que había sido. Mike había alzado la vista despacio con los ojos llenos de lágrimas—. Llorar es cosa de maricas —le había gritado entonces, lo cual solo hizo que se avivara el llanto, y luego le había obligado a permanecer en el rincón hasta que se le acabaran las ganas de llorar.

Más tarde, su madre lo había abrazado mientras él le contaba lo sucedido.

—Trata de no enfrentarte a papá —le había dicho ella al tiempo que le acariciaba el pelo.

Según su madre, había sido la guerra lo que cambió a su padre, aunque Mike no conseguía recordar al hombre que fue antes. Ese día había tomado la decisión de no convertirse nunca en alguien como él. Había rechazado la carrera militar para ser profesor de la enseñanza pública, para disgusto y desdén de su padre.

Recordaba el miedo que lo atenazaba siempre que su padre entraba en cualquier habitación. Y cómo las tazas vibraban sobre los platitos cuando su madre ponía la mesa para el desayuno. Y las pastillas que ella empezó a tomar, «para los nervios», tantas que también ella empezó a temblar. ¿Y ahora? No estaba muy seguro de cuándo o cómo había pasado, pero de alguna manera, pese a sus esfuerzos, era exactamente el hombre que había jurado que nunca sería.

Esa tarde, al llegar a casa, estaba a punto de meter la llave en la cerradura cuando fue consciente de lo que estaba haciendo y en su lugar llamó a la puerta. Observó con cuidado la reacción de Hazel cuando abrió y sintió un escalofrío al notar que se sobresaltaba cuando él fue a besarla en la mejilla.

—Pasa —dijo ella, y él la siguió hasta la cocina, donde estaba preparando la cena. Habían acordado que él iría a verla para hablar con calma mientras Paul estuviera en el ensayo del coro o de la orquesta, o la actividad que le tocara ese día. Mike nunca había prestado la menor atención al horario de extraescolares de su hijo.

—¿Ha ido bien el día? —preguntó él con la esperanza de que sonara informal. Ella se giró con una mirada de asombro en los ojos. ¿De verdad hacía tanto tiempo que no se lo preguntaba?

—Hum... Sí. Gracias —dijo ella—. ¿Y el tuyo?

La cara de Hazel estaba arrebolada por el calor de la cocina. Iba sin maquillaje y descalza, y eso le recordó a cómo era cuando la conoció.

Él apretó los dientes mientras sacaba una silla de debajo de la gran mesa donde solían comer en silencio.

—Siéntate —le dijo amablemente y señaló la silla de delante.

Ella la ocupó, mirándolo como si creyera que había perdido la chaveta del todo, algo que quizá fuera cierto.

—Yo... Bueno. Solo quería decir que lo siento —comenzó él, consciente de que sus palabras sonaban rígidas—. Que lamento todo esto. Sé que no ha sido fácil vivir conmigo. Desde hace algún tiempo.

Hazel lo contempló durante unos instantes.

—Vale —repuso ella, como si no estuviera segura de haberle oído bien.

—Solo me preguntaba si es demasiado tarde. Para nosotros, quiero decir.

Él miró hacia la mesa, no quería ver la expresión de la cara de su esposa ni leer la respuesta en sus ojos. Las manos de Hazel abandonaron su regazo y fueron a encontrarse con la suya, apoyada en la mesa; él se aferró a ellas, aún incapaz de levantar la vista. La oyó respirar, tensa e insegura.

—Mike. Gracias por lo que acabas de decir. Por disculparte. —La voz se le rasgó por la emoción—. Significa más de lo que nunca llegarás a saber. —Respiró hondo—. Pero la respuesta es sí. Ya es demasiado tarde.

11

Miv

El número cuatro

Las vacaciones de verano no podrían haber empezado mejor, con una suculenta cena a base de *fish and chips* el día en que terminamos las clases. Cuando llegué del colegio, flotando por la sensación de libertad, la tía Jean me estaba esperando.

—Estoy demasiado cansada para cocinar —dijo sin tan siquiera saludarme, antes de sacar la vieja libreta—. Bien, hagamos una lista. ¿Qué queremos pedir?

Después de que unos cuantos días malos se hubieran convertido en unas cuantas malas semanas, mamá se había ausentado para llevar a cabo uno de sus «reposos», de manera que en casa estábamos solo papá, la tía Jean y yo. Sabía que debía echar de menos a mamá, pero no era así. Siempre que se iba, tenía la sensación de que una válvula de presión invisible se hubiera liberado. Se podía respirar mejor. Incluso la tía Jean adoptaba una versión ligera de sí misma.

Sí que echaba de menos a la persona que mamá había sido. Incluso aunque esa persona se dedicara a incordiarme y a darme órdenes a todas horas («lávate la cara, cepíllate los dientes, arréglate el pelo, no comas con la boca abierta»), eso me parecía bien, porque era lo que hacían todas las madres y ella tenía una manera de decir las cosas que sonaba ligera, melódica, como si cantara. Ahora tenía a la tía Jean diciendo lo mismo, aunque su voz era distinta: áspera y poco armoniosa.

Cuando llegamos al local de *fish and chips*, ya estaban en la cola la señora Pearson, con su travieso jack russell atado a un poste en la puerta, y Valerie Lockwood, que realizaba un pedido para ella y para su hijo Brian, el hombre del mono. Esto dio a la tía Jean la oportunidad de solazarse con su pasatiempo favorito: una charla muy indiscreta y en voz muy alta sobre la gente de la ciudad. El puesto de la tía Jean en la Oficina de Empleo implicaba que sabía mucho más que la mayoría sobre los asuntos privados ajenos, pero sospecho que habría descubierto la información de todos modos: era muy aficionada al cotilleo y, sobre todo, a saber más que nadie.

—He oído que los hermanos Blackburn se han metido en líos —dijo la señora Pearson.

La tía Jean cerró los ojos y meneó la cabeza, en un gesto de lástima condescendiente.

—Sí. Haciendo chapuzas por su cuenta mientras cobraban el subsidio de desempleo... Es algo lamentable —sentenció.

—Tienen una cara muy dura —intervino la señora Lockwood—. Cuando una piensa en todos los hombres honrados que intentan llevar comida a la mesa... ¿Fue uno de los Howden el que los denunció?

Los Howden eran una familia adinerada que poseía el depósito de chatarra de la ciudad. Eran una especie de realeza de Yorkshire, lo que significaba que tenían dinero pero les faltaba distinción. La tía Jean torció la boca, ya que los Howden tampoco merecían su aprobación. La conversación se interrumpió por la llegada del pedido de la señora Pearson (bacalao con patatas con una salchicha rebozada para el perro). Se marchó y la señora Lockwood no tardó mucho en seguir sus pasos.

Nos atendió el dueño en el mostrador, alguien que imaginaba se llamaba Barry, puesto que el nombre del local era *Barry's Fish and Chips*.

—He puesto algunas sobras para esa pobre cría —dijo, señalando en mi dirección, como si no estuviera allí delante, oyéndolo. Adoraba esas «sobras», que no eran más que trozos de rebozado que quedaban sueltos en la sartén.

Me empezaron a picar los ojos, y estaba segura de que era por culpa del olor a vinagre. Mientras aspiraba el aroma, recordé cómo mamá y yo preparábamos los sándwiches de patatas fritas juntas. Ella untaba pan blanco con margarina y kétchup y yo lo espolvoreaba con sobras del rebozado antes de que añadiera las patatas. Trabajo en equipo.

—No estoy segura de que Marjorie haga bien pidiendo esa salchicha rebozada para el perro —comentó la tía Jean de camino a casa. Aunque era una noche cálida, se ajustó la parte alta de la chaqueta para expresar su disgusto—. ¿Has visto lo grande que era? Bueno, la verdad es que tampoco estoy segura de que tanto frito le siente bien a ella.

En la mente de la tía Jean, cuanto más ancha era la cintura, más débil era la moral. Mientras yo cargaba con la cena, envuelta en papel de periódico, con las manos manchadas de aceite y vinagre e intentando ignorar el rugido de mis tripas, ella siguió hablando sobre los hermanos Blackburn, sobre los Howden, y sobre su pésima opinión de cualquiera que intentara «engañar al sistema». Estaba tan animada como cuando hablaba sobre Margaret Thatcher, y tan distraída como cuando hablaba sobre «cómo eran antes las cosas», de manera que dejé que mi mente divagara hacia el Destripador y hacia la lista.

Sus opiniones sobre los Howden (unos ordinarios) y sobre el elemento criminal (los rufianes a los que atraían) me habían dado una idea sobre la naturaleza sospechosa del depósito de chatarra. Me vino a la cabeza una imagen del amplio terreno lleno de coches para el desguace y máquinas viejas. Si Sharon y yo investigáramos el Depósito Howden, otro lugar perfecto para ocultar un cadáver, y desveláramos otras malas praxis al hacerlo, existía la posibilidad de que eso me granjeara la aprobación de la tía Jean.

Había encontrado el siguiente punto de la lista.

Al día siguiente fui a casa de Sharon para contarle lo del desguace. Abrió la puerta mientras yo aún subía por el sendero y se quedó en el umbral, casi bailando.

—Venga, venga… —me dijo, indicándome que debíamos subir corriendo a su cuarto.

Antes de que tuviera oportunidad de hablarle del depósito de chatarra de los Howden, se sentó al tocador y apretó la pestaña de «play» en una pequeña grabadora.

—Papá me lo dio para que grabara *Top 40*, y en su lugar lo usé para grabar esto de la tele —me informó.

—¿Es la cinta del Destripador? —dije, asombrada, y ella me hizo callar.

El aparato se puso en marcha y reprodujo las palabras que ya nos sabíamos de memoria, ya que las habían estado emitiendo por todas partes. Era la voz de Wearside Jack, el hombre que declaraba ser el Destripador y que había enviado una cinta con su voz a George Oldfield, el ayudante del inspector jefe, y hombre al cargo de la investigación.

«Soy Jack. Veo que aún no habéis tenido la suerte de pillarme. Siento el mayor de los respetos por ti, George, pero, por Dios, no estás más cerca de atraparme de lo que lo estabas hace cuatro años, cuando empecé».

El acento extraño, del nordeste, daba un tono más terrorífico a la voz, si cabe. Después de escucharla, se hizo el silencio. Sharon volvió a poner la cinta.

—¿Crees que es él de verdad? —dije yo—. ¿Crees que realmente estamos escuchando su voz?

Desde el primer momento en que la cinta salió a la luz, la gente andaba por el mundo con la oreja atenta para identificar esa voz. Si emitían la grabación por la radio de la tienda del señor Bashir, la gente paraba lo que estuviera haciendo, todo quedaba suspendido hasta que terminaba. Cada vez que Sharon y yo nos cruzábamos con alguien que no tenía acento de Yorkshire, un hecho nada frecuente, nos preguntábamos: ¿será él? ¿será él?

Incluso la tía Jean se había quedado en silencio al oírla por primera vez, mientras que papá había movido la cabeza con gesto pesaroso y se había preguntado en voz alta adónde estaba yendo a parar el mundo. Eso constituía una excepción a sus costumbres, ya que solía reservar todas sus opiniones para los resultados del críquet. Me pregunté si mamá lo había oído, dondequiera que estuviera, o si estaba a salvo del Destripador. Ni siquiera tenía muy claro que supiera quién era.

La publicación de la cinta vino acompañada por los avisos en fábricas y otros lugares de trabajo de que las mujeres no debían volver a casa solas. Estábamos empezando a asumir que Yorkshire había cambiado para siempre de maneras que no llegábamos a comprender del todo, algo que quedó claro el día que papá cerró con llave la puerta trasera antes de que nos acostáramos. Tuvo que buscar por todos los cajones de la cocina para encontrar la llave.

También había, por supuesto, un cierto alivio ante el hecho de que el acento no fuera el de alguien de Yorkshire, pero eso solo reforzó la desconfianza general que sentíamos por aquí ante cualquiera que no fuera de los nuestros. Las miradas de reojo mientras pensábamos que el Destripador podía ser uno de nosotros se habían esfumado, y ahora teníamos todas las excusas que nunca creímos necesitar para mantener a los extranjeros a distancia, sin ninguna gana de aceptarlos entre nosotros.

—Sabía que no podía tratarse de alguien de Yorkshire —había dicho la tía Jean.

—¿Eso significa que nos quedaremos? ¿Que no tendremos que mudarnos? —había preguntado yo al instante. Pero una mirada entre la tía Jean y papá me hizo comprender que se estaban produciendo conversaciones de las que yo no sabía nada.

Aún no le había contado a Sharon la amenaza de ese traslado, y, mientras estaba sentada en su cama escuchando la cinta, contemplé su cara llena de vida y decidí posponerlo para otro día.

En su lugar le hablé del desguace, le recordé que el cuerpo de Jayne MacDonald había sido hallado por unos niños y que el de Yvonne Pearson estaba escondido entre la basura. Sharon me miró con la boca abierta y me percaté del horror que escondían mis palabras. Acordamos que el desguace debía ser el siguiente punto de la lista.

4. El desguace

- Un lugar ideal para ocultar un cadáver
- Está vacío por las noches y es de fácil acceso
- Ese tipo de sitios atraen el delito (según la tía Jean)

12

Austin

Siempre que estaba en la sofocante caseta prefabricada que apestaba a humo y a café rancio, Austin se sentía como en un búnker. Todo el mundo la llamaba «la cabaña», pero se suponía que era una oficina donde él y los otros encargados podían ocuparse del papeleo mientras controlaban las entradas y salidas de los vehículos, y, sobre todo, la actividad de los hombres. Les, su jefe, la había instalado allí a propósito para disfrutar de una vista inmejorable de la zona de carga. Austin siempre ponía la radio a todo volumen cuando trabajaba en la caseta, ya que el silencio le recordaba demasiado a su casa; a veces, sin embargo, tenía que bajarlo cuando ponían una canción de las que Marian solía cantar. Nunca dejaba de cantar o tararear, y aquel súbito cambio hacía que el silencio fuera insoportable. Él anhelaba el ruido.

En los últimos tiempos, no obstante, y más aún desde que Marian había vuelto al hospital, se había descubierto a sí mismo mirando por la gran ventana de enfrente de su mesa, sin hacer el menor caso a los papeles. Así lo pillaron, con el bolígrafo en la mano, cuando llegaron: las líneas planchadas de sus uniformes mostraban un nítido contraste con el polvo y la mugre de la empresa de reparto y de sus operarios. Él se levantó y fue abrir la puerta de manera mecánica, y, al hacerlo, percibió el peso del silencio. De costumbre lo que se oía era el estruendo de una radio, y los gritos, risas e insultos de los hombres, pero la visión de los dos policías había acallado todas las voces.

—¿Puedo hacer algo por ustedes? —preguntó Austin, sorprendido de la formalidad que traslucía su voz.

—Sí. ¿Podemos pasar un minuto? —dijo el mayor de los dos policías, y Austin se relajó un poco al percibir un tono informal.

Les indicó que entraran en la caseta. Despejó un par de sillas de carpetas y movió los ceniceros y las tazas de la mesa, dejando a la luz una serie de círculos oscuros. Al cerrar la puerta, oyó que el rumor exterior empezaba a crecer de nuevo, el ambiente se llenaba de las inevitables especulaciones sobre a qué venía aquella visita oficial.

—Soy el sargento Tanner —continuó el más mayor al tiempo que se sentaba—. Y él es el agente Radcliffe.

—Austin Senior. —Saludó a los dos hombres con un gesto y observó que Radcliffe tomaba asiento y dejaba una grabadora pequeña encima de la mesa.

—Venimos en nombre del grupo de investigación del Destripador —dijo Tanner, y su mirada se clavó en la de Austin por un momento, es de suponer que para dejar que su interlocutor procesara las palabras. Austin se descubrió conteniendo la respiración, notando que el corazón le latía más rápido.

—Supongo que ha oído hablar de la cinta... —dijo Radcliffe, y prosiguió sin dejarle tiempo para responder—. Bueno, pues estamos haciendo una ronda por todas las fábricas y lugares de trabajo para poner la grabación y ver si alguien lo reconoce.

Por razones que no podía explicar, ni siquiera a sí mismo, Austin exhaló un suspiro de alivio al enterarse de que no estaban allí por él.

—Muy bien. ¿Quieren que la oigan todos a la vez o prefieren hacerlo uno por uno? —preguntó.

Tanner miró hacia la zona de carga y descarga, asintiendo con la cabeza mientras contaba el número de hombres que había allí.

—Uno por uno —repuso—. Y podemos ir empezando con usted.

Austin notó que el corazón se le aceleraba de nuevo y se removió en la silla, intentando zafarse de la tensión que sentía.

—Claro, no hay problema. Adelante.

El sonido de la voz que salía de la grabadora le resultaba tan familiar que estuvo a punto de recitar el discurso, pero en su lugar se concentró en componer una expresión que mostrara a esos hombres que escuchaba con atención sin demostrar un exceso de ansiedad ni dar la impresión de que tenía algo que ocultar.

—Y bien, ¿reconoce usted la voz? —preguntó Tanner inclinándose hacia delante con expresión seria.

—No —dijo Austin con firmeza. Y era cierto. Los dos hombres asintieron.

Durante las dos horas siguientes, Austin se unió al resto de los trabajadores, ocupando su puesto a medida que estos iban pasando por la cabaña uno a uno. Notaba sus expresiones pálidas y serias cuando entraban y el ruidoso alivio de los que los recibían fuera al salir, con gritos de «¿Ya te han pillado esta vez?» para romper la tensión.

—Suerte que Jim no trabajaba hoy —oyó decir a alguien a quien no logró identificar de camino a la sala común, entre risas y voces que imitaban el acento de Jim Jameson, el único camionero procedente del nordeste de Inglaterra.

Austin se preguntó cómo debía de sentirse un hombre como Jim ahora mismo: observado, víctima de las bromas y quizá también de las sospechas de los crímenes más atroces que se habían cometido nunca en Yorkshire.

Observó a todos los hombres cuando salían: los resueltos y confiados, como Andy y Geoff, siempre los primeros en meterse con los otros y en hacer bromas de pésimo gusto a la menor oportunidad; a los callados y discretos, como Stanley y Peter, que pasaban tan desapercibidos que a veces uno se olvidaba de su presencia; los padres de familia y sus hijos, apenas salidos de la adolescencia, que trabajaban allí siguiendo los pasos de sus mayores. ¿Eran todos como él, más allá de las apariencias? ¿Tenían todos historias que contar? ¿Secretos que nunca adivinarías a simple vista? Nadie entendía mejor que Austin la capacidad que tenían algunos hombres para dividir su vida en cuartos estancos para poder así seguir viviendo.

¿Era eso lo que hacía el Destripador?

¿Miraba a sus seres queridos a la cara y les mentía?

Igual que hacía Austin.

13

Miv

Las vacaciones de verano eran mi época favorita del año. La única regla, incluso para Sharon, era estar en casa antes de que anocheciera, y cuando acabó el mes de julio ya habíamos aprovechado al máximo esa libertad, jugando al críquet con Ishtiaq muchos días o saliendo de pícnic con nuestros libros a cuestas.

Esperamos hasta la Wakes Week para investigar el desguace. La Wakes Week conmemoraba la fecha del cierre anual de las fábricas textiles de West Riding, que concedía una semana de vacaciones a los trabajadores y que a su vez implicaba el cierre temporal del resto de los comercios. Aunque las fábricas textiles eran ya cosa del pasado, la Wakes Week seguía siendo una tradición en Yorkshire e incluso el señor Bashir había cerrado la tienda y se había llevado a Ishtiaq a Bradford, a ver a la familia. Sabíamos que Howden tampoco abriría, y aunque eso significaba que la verja estaría cerrada a cal y canto, éramos lo bastante menudas para deslizarnos por debajo. Era nuestra oportunidad de echar un vistazo.

Siempre iba a buscar a Sharon a primera hora, para así disfrutar del máximo de tiempo juntas. Hacía un día radiante, pero fresco, el que escogimos para acercarnos hasta el desguace de Howden, vestidas con vaqueros y camisetas, con las chaquetas que Ruby nos había obligado a coger atadas a la cintura. Situado al final de un estrecho y frondoso sendero flanqueado por ramas oscuras en forma de arcos, el Depósito de Chatarra Howden era inmenso: tía Jean decía que hacía daño a la vista. Estaba formado por montañas y montañas de coches en equilibrio precario, recambios, ruedas, tuberías, vías y toda clase de objetos metálicos; era, por tanto, un lugar peligroso para los niños y el sitio perfecto para esconder un cuerpo.

Sharon fue la primera en arrastrarse debajo de la verja, y, cuando me disponía a seguirla, me tocó la pierna con la mano en señal de advertencia. Me paré a mirar hacia donde señalaba. Saliendo de la caseta, normalmente ocupada por uno de los hermanos Howden, siempre fumando y bebiendo interminables termos de té, había un hombre mal afeitado, vestido con ropa oscura y con un gorro de lana en la cabeza. Estaba demasiado lejos para que pudiéramos verlo bien, pero había algo familiar en sus andares. Se dirigió hasta un gran barril de plástico, se quitó el gorro y empezó a lavarse la cara.

Mientras el hombre se dedicaba a eso, Sharon y yo nos arrastramos hacia una montaña de desechos y nos ocultamos detrás. Yo temblaba de la emoción.

Luego el hombre se despojó de su chaqueta, un tres cuartos recio de color azul marino con refuerzos impermeables en los hombros. Al ver la prenda le di a Sharon un codazo en las costillas y asentí, boquiabierta. Ella frunció el ceño, preguntándome con la mirada, y meneé la cabeza, para decirle que no tenía importancia. Para horror nuestro, el hombre siguió desnudándose, prenda por prenda, para lavarse. Ninguna de las dos habíamos visto a un hombre desnudo antes, y nos debatimos entre mirar y taparnos los ojos con las manos ante la visión de su pecho blanquecino y lacio. Nos agachamos para cuchichear.

—¿Has visto? ¿Has visto? —exclamé, y lo que quería ser un susurro alcanzó un volumen más alto debido al pánico.

—Chis, baja la voz. Sí, lo he visto —susurró ella.

—¿La chaqueta?

Ella pareció confundida de nuevo. Respiré hondo y solté el aire en forma de suspiro en un intento de calmarme; luego dije:

—¿Recuerdas cuando leímos sobre el aspecto del Destripador? Ponía que usaba una chaqueta como esa.

Además de las víctimas a las que había matado, el Destripador también había atacado a un número de mujeres que habían logrado sobrevivir. Una de ellas había descrito al atacante diciendo que llevaba una chaqueta exactamente igual que la que se había quitado aquel hombre. Nos quedamos paralizadas hasta que el sonido del agua se paró y se cerró la puerta de la caseta, y entonces salimos corriendo, gateamos por debajo de la verja y no nos detuvimos hasta llegar al final del sendero. Allí nos miramos, medio riéndonos y medio impresionadas por el hecho de que nuestra investigación se hubiera convertido en algo tan real.

—¿Y ahora qué hacemos? —preguntó Sharon, jadeante.

—Espera un minuto —dije. Me debatía entre el enfado conmigo misma por haber huido y el alivio de haberlo hecho.

Nos sentamos en la hierba a recuperar el aliento mientras yo meditaba sobre lo que habíamos presenciado.

—¿Cómo te acuerdas de todos esos detalles? —dijo Sharon—. Como lo de la chaqueta…

—No lo sé.

Pensé que era una pregunta rara, ya que nunca se me había ocurrido poner empeño en recordar esa clase de cosas. Solo me fijaba en ellas y las retenía en la mente.

—¿Crees que es un vagabundo? —preguntó.

—No lo sé, no pude verle lo bastante bien para asegurarlo…, pero… ¿no tuviste la impresión de que te sonaba de algo? —Sharon entornó los ojos al darse cuenta de que yo tenía razón y asintió—. Tenemos que volver. Necesitamos verlo más de cerca —dije fingiendo un coraje que estaba lejos de sentir.

Sharon negó con la cabeza.

—Creo que no puedo. No me parece una buena idea. ¿Y si…?

Su voz quedó sofocada por el ruido de un vehículo que avanzaba por el sendero procedente del desguace. Corrimos hacia los árboles y nos tumbamos en el suelo para que no nos viera. Incapaces de atisbar nada, aguardamos hasta que el vehículo se alejó. No nos movimos hasta que el lugar quedó en silencio. Quienquiera que fuese se había marchado.

—Tenemos que volver ahora —dije con decisión—. No hay nadie más allí.

—¿Y qué pasa si regresa?

—Bueno, ¿por qué no te quedas de guardia mientras yo echo un vistazo? Te prometo que nos iremos en cuanto veamos a alguien. ¡Podría ser nuestra única oportunidad!

—Vale —cedió Sharon encogiéndose de hombros.

Volvimos a arrastrarnos por debajo de la verja y fui directa a la caseta. Estaba cerrada, así que miré desde fuera mientras Sharon vigilaba. El interior estaba lleno de trastos. Había una pila de ropa encima de una silla y, bajo la mesa, distinguí un saco de dormir y una almohada, junto con un hornillo y algunas latas de comida vacías. Era evidente que alguien estaba viviendo allí. Curiosamente, sobre una caja volcada, en una especie de lugar privilegiado junto a la improvisada cama, había también una foto en un marco dorado, en blanco y negro, de unos novios; el aspecto antiguo y hollywoodiense de la foto contrastaba con el penoso interior de la caseta. Lo anoté todo en la libreta.

Volvimos caminando a casa envueltas en un extraño silencio. Yo imaginaba teorías sobre qué podía llevar a alguien a vivir en el desguace. No encontré ninguna buena razón. Si en verdad se trataba del Destripador, ¿cómo íbamos a probarlo y a atraparlo sin correr peligro? Lejos del desguace, yo era la heroína valiente de la historia.

Sospeché que Sharon estaba siguiendo razonamientos más sensatos, ya que, cuando llegó el momento de separarnos para ir a nuestras respectivas casas, bajó la vista y dijo:

—Creo que deberíamos contárselo a un adulto.

Me resistí a ello.

—¿Podemos esperar un poco antes de hacerlo? Por favor, Shaz. Por favor. Solo quiero intentar averiguar de quién se trata primero. Podría no tener importancia. Podría no ser nadie. —No estaba nada convencida de eso y esperaba que ella no se percatara de la mentira—. Te prometo que, si pasa algo que nos dé miedo, lo haremos. Te lo prometo.

Uní las manos, como si rezara, y le rogué con los ojos que me concediera ese margen.

—Vale —murmuró ella—. Lo pensaré.

Solté un suspiro de alivio.

Las investigaciones sufrieron un alto al día siguiente, porque Ruby, Sharon y yo fuimos a nadar. A Sharon le había costado bastante convencerme de que fuera con ellas a la piscina municipal.

—No habrá nadie de clase, ni estará el señor Ware gritándonos —había dicho—. Y mamá nos pagará un chocolate caliente a la salida.

Cuando Ruby me dejó en casa aquella tarde, papá ya había vuelto del trabajo y estuvo un rato charlando en voz baja con ella mientras yo recogía mis cosas y salía del coche. Los vi por el rabillo del ojo: caras solemnes y tono preocupado. Esperé que no tuviera nada que ver conmigo.

—Ven por la mañana, así podremos trazar un plan sobre Howden —dije a Sharon, aunque con la vista puesta en papá y Ruby.

Nos miramos cuando oímos que Ruby decía a papá: «No es justo, Austin». Hablaba con una emoción estrangulada en la voz que ninguna de las dos supo identificar. Por su parte, mi padre la miraba fijamente. La intensidad de la expresión de Ruby me recordó al momento en que la vi observando a las demás madres el día que cotilleaban sobre Hazel Ware. Entonces comprendí que la conversación no giraba en torno a mí, de manera que tenía que tratarse de algo referente a mi madre. Papá ponía una cara que yo solo había visto en los momentos en que bajaba la guardia, cuando lo pillaba mirando a mamá, en busca de algún vestigio de la mujer que había sido. Sharon tosió y el hechizo se rompió. Los dos nos miraron, y en sus caras reaparecieron las sonrisas. Luego Ruby y Sharon se marcharon.

A la mañana siguiente, Sharon vino a buscarme y decidimos volver a Howden. Cuando tomábamos la calle donde estaba la tienda del señor Bashir, llegó hasta nosotras un grito familiar:

—¡El trapero! ¡El trapero! ¿Algo para tirar? ¡El trapero!

Cogí a Sharon del brazo en el mismo momento en que la oí contener el aliento. Entonces comprendimos dónde habíamos visto al hombre del desguace antes. Era el trapero, Arthur, cuya cantinela mientras pasaba por las calles de la ciudad recogiendo los trastos que nadie quería era tan familiar para nosotras como el canto de los pájaros.

Todo el mundo conocía a Arthur. Daba la impresión de haber vivido aquí desde tiempos inmemoriales. Yo no sabía su edad, ni tampoco su apellido. Siempre fue solo Arthur. Nuestros padres lo recordaban ya de cuando eran pequeños. En una ocasión pregunté a la tía Jean qué hacía un trapero y ella me dijo que era una profesión honorable, lo cual no me aclaró mucho las cosas. Mamá me explicó que Arthur había empezado recogiendo retales para venderlos a las fábricas textiles, que aprovechaban el tejido; luego, cuando estas cerraron, empezó a recoger electrodomésticos viejos y, al final, cosas de metal. Antes de quedarse en silencio, mamá solía acercarse a él siempre que lo veía en la calle, para dar un terrón de azúcar al caballo y un beso en la mejilla a Arthur, con lo que la cara de él, siempre roja, enrojecía aún más. Uno de sus clientes principales era el depósito de Howden, claro.

Aún usaba un carro con un caballo, y todos los niños lo adoraban, incluidas Sharon y yo, ya que siempre nos permitía acariciar a Mungo y darle una zanahoria de las que llevaba en la bolsa. Arthur y Mungo formaban parte del paisaje de la ciudad. La tía Jean lo llamaba «un hombre de Yorkshire de la cabeza a los pies». No podía ser el Destripador, ¿verdad? No había duda de que la voz de la cinta no era la suya. A menos que estuviera fingiendo el acento...

Sin pensarlo dos veces ni hablarlo entre nosotras, nos dirigimos hacia él y esperamos pacientemente a que llevara a cabo sus negocios con la gente de la calle.

—Hola, señoritas —dijo él al vernos—. ¿Cómo estáis en este día tan bonito?

Señaló el cielo azul. Siempre nos hablaba así, como salido de la antigüedad, algo que en parte era cierto. Su acento era tan marcado que a veces nos costaba entenderlo. No lograba imaginarlo poniendo acento del nordeste, pero, como dicen, eso nunca se sabe...

—Estamos bien, gracias, Arthur —respondió Sharon—. De vacaciones —añadió a modo de aclaración.

—¡Ya! Se nota que es verano —dijo él sonriéndonos.

—El otro día fuimos al depósito Howden —le solté de pronto. Sharon me miró, atónita ante mi valor—. Y te vimos allí.

La sonrisa de Arthur se mantuvo en su lugar, pero algo en su expresión cambió. Se produjo una pausa antes de que dijera:

—No deberíais andar jugando por ahí. Es peligroso.

—Sí. Pero ¿por qué estás viviendo allí?

—Ah... —Arthur se calló un momento, meditando la respuesta; luego esbozó una sonrisa condescendiente—. Decidí que necesitaba un cambio de aires. Ya sabéis lo que dicen, a veces un cambio es tan bueno como un descanso. —Y con eso se apartó de nosotras y se dispuso a irse—. Ahora saludad a Mungo. ¡Hasta la vista!

Mientras le veía alejarse, sentí la mano de Sharon, que volvía a cogerme del brazo.

—Mira quien hay —dijo en un murmullo, como si no quisiera que nadie adivinara que hablaba en voz baja.

Me volví a mirar, y me encontré al hombre del mono enfrente de la tienda del señor Bashir. Primero observándola, luego con la mirada puesta en Arthur y Mungo, mientras el pompón amarillo del gorro se movía como una pelota con el gesto de su cabeza. Era como si no pudiera terminar de decidirse a quién prestar atención. Por fin, ganó Mungo y, cuando Arthur se acercó, el hombre del mono hizo el gesto de acariciar el hocico del caballo. Sus facciones se suavizaron y su cara adoptó una expresión casi infantil.

—Vamos a volver a Howden mañana a primera hora —dije a Sharon—. Aunque sea para descartar del todo a Arthur.

Aún no estaba preparada para mirar con atención al hombre del mono.

Esa noche soñé que un extraño me perseguía y me metía en su furgoneta. La furgoneta se transformaba en el carro de Arthur, pero, ni aun así, la cara del extraño se parecía a la suya. Ni siquiera en sueños podía convertirle en el malo de la historia.

Al llegar a Howden a la mañana siguiente, recorrimos el sendero algo nerviosas, preguntándonos si Arthur estaría allí y qué haríamos en el caso de que estuviera. Yo me debatía entre creer que Arthur no podía ser una mala persona y la idea cada vez más sólida de que detrás de cada adulto siempre había una historia de la que no sabíamos nada. ¿Quién me aseguraba que Arthur no era de verdad un asesino? Mientras nos deslizábamos bajo la verja, notamos un olor a beicon frito procedente del patio, donde un pequeño transistor emitía «Waterloo», la canción de Abba. Arthur estaba sentado en una silla plegable delante del hornillo. Mi estómago reaccionó al buen olor, y Sharon y yo intentamos ahogar la risa sin conseguirlo.

—Hola a las dos. ¿Os apetece una tostada con beicon hecha por mí?

Arthur no pareció sorprendido de vernos allí. Sin duda, nuestra evidente curiosidad del día anterior nos había delatado.

—Sí, por favor —dijo Sharon sin dudarlo.

Yo no estaba segura de que debiéramos aceptar comida de Arthur, por si era un asesino, pero la visión del beicon y de la salsa bastó para convencerme. Asentí con la cabeza y Arthur sirvió tres bocadillitos de beicon con cuidado.

—No tengo más platos, así que tendremos que apañárnoslas —dijo.

Le dio la vuelta a una lata de aceite, sacó una alfombra de la caseta y nos indicó que nos sentáramos antes de darnos los emparedados. Comimos con satisfacción durante un rato hasta que, en pleno bocado, Sharon le formuló la misma pregunta que le habíamos hecho el día anterior.

—¿Y por qué estás viviendo aquí?

Arthur respiró hondo.

—No es algo permanente. Solo mientras el sitio está cerrado y los Howden están de vacaciones. Han tenido problemas con algunos vándalos de la zona —nos explicó.

Sentí una agradable oleada de alivio, serena como una brisa.

—Oh, ¿es por eso?

Sharon me indicó que me callara con la mirada, dándose cuenta de que Arthur tenía más cosas que contar.

—Bueno…, hay…, es que… —Se paró, mirando al cielo como si buscara en él el ánimo de una fuerza invisible—. ¿Conocisteis a mi mujer, Doreen?

Le miramos, sorprendidas ante el cambio de tema. Nunca habíamos tratado con ella, pero sabíamos de su existencia porque constituía una imagen tan familiar en la ciudad como la de Arthur: una mujer fuerte, de pelo plateado, que siempre parecía estar barriendo la puerta de su casa con una escoba. Como el propio Arthur, era otro vestigio de un tiempo que pronto sería historia.

—Bueno…, pues falleció. —Hablaba en voz tan baja que tuvimos que inclinarnos y dejar de masticar para oírle—. Hace unos meses.

Se levantó despacio y entró en la caseta. Nos quedamos sentadas en silencio.

Cuando volvió traía consigo la foto en blanco y negro de los novios que yo había visto. Nos la mostró para que la viéramos.

La belleza de pelo azabache de la foto no guardaba el menor parecido con la Doreen que recordaba, pero algo en el porte erguido y orgulloso del hombre que posaba junto a ella hacía pensar inconfundiblemente en Arthur.

—Después del funeral, volví a casa y me di cuenta de que ya no era el lugar de antaño. Los hijos ya se marcharon hace tiempo, tienen sus propios hogares y sus propias familias, así que allí estaba solo yo. No me sentí bien. Es…, bueno, la verdad es que no quería estar allí.

—¿Por qué no te fuiste a casa de alguien? —preguntó Sharon con los ojos brillantes.

Arthur la miró con una dolida amabilidad.

—Mira, señorita, no quería ser una molestia para nadie. Se me ocurrió instalarme aquí. Tengo las llaves del sitio y de la furgoneta, de cuando traigo los trastos, y Mungo siempre ha dormido aquí. Decidí darme unas cortas vacaciones, hasta que vosotras dos me descubristeis.

Nos sonrió.

Un fuerte sollozo nos hizo girarnos hacia Sharon.

—¿Qué te pasa? —pregunté perpleja.

Arthur apoyó una mano en mi brazo.

—Deja que llore —me dijo en voz baja.

Los tres seguimos sentados en silencio, salvo por el llanto de Sharon. Arthur movía la cabeza siguiendo las tonadas de la radio y yo me terminé el bocadillito de beicon. Cuando por fin dejó de llorar, Arthur le ofreció un pañuelo que sacó del bolsillo.

—Venga, suénate los mocos, flor.

Sharon lo miró y sorbió, pero luego se sonó con fuerza.

—Mi abuela murió, y la echo tanto de menos —dijo con la voz quebrada, a punto de estallar de nuevo en sollozos—. Aunque ya ha pasado mucho tiempo, sigo echándola de menos todos los días.

Arthur le cogió la mano y yo contemplé el dolor que ambos compartían, con la esperanza de no tener nunca que sentirme así. Entonces me acordé de mamá.

Aquel día también volvimos a casa en silencio, hasta que llegó el momento de despedirnos.

—Yo… no sabía lo de tu abuela —dije. Me sentía fatal: ¿cómo no me había enterado?

Sharon suspiró.

—Ya lo sé. Pasó cuando las cosas se pusieron mal con tu madre. Antes de que fuéramos amigas —dijo ella. No respondí. Nunca hablábamos de lo que le había pasado a mamá.

Me debatí con un fuerte sentimiento de desazón durante el camino hasta mi casa. En la iglesia nos decían que prestáramos atención a los demás siempre que hacíamos algo y que fuéramos amables con nuestros vecinos. De verdad quería ser una buena persona, y el hecho de no haber sido consciente de la tristeza de Sharon me hacía dudar de serlo. ¿Era por eso por lo que mamá y papá necesitaban descansar de mí? Sharon parecía saber cómo cuidar de los otros de manera instintiva. Lo había hecho conmigo, con Stephen Crowther, con Ishtiaq. Decidí observarla más de cerca para aprender a ser una buena persona. Ella era la mejor que yo conocía.

Durante el resto de la Wakes Week fuimos a ver a Arthur casi todos los días. Nuestro tiempo con él llenó nuestros días de cosas más inocentes. Nos daba una taza de té de su termo y hablaba sobre Doreen y sobre los niños, y nosotras le contábamos nuestras cosas, excepto todo lo relativo a la búsqueda del Destripador. Nos planteamos llevarnos a Ishtiaq a ver a Arthur cuando volviera de Bradford, pero no lo hicimos. Aún éramos prudentes a la hora de confesar nuestra amistad con un chico de color a un adulto.

Una mañana, cuando llegamos, nos sorprendió ver las cosas de Arthur tiradas por el patio, y la puerta de la caseta casi sacada de sus goznes. El propio Arthur estaba sentado en la silla, con los ojos cerrados y la piel macilenta. En sus manos estaba la foto de él y Doreen.

Extendí la mano para evitar que Sharon se le acercara.

Nos miramos.

—¿Está muerto? —susurró Sharon.

Anduvimos de puntillas hacia él, con un nudo en la garganta, y nos alegró ver que se movía, aunque fuera solo un poco.

—¿Arthur? —probé a llamarlo.

—Buenos días —dijo él con la voz ronca, abriendo los ojos.

—¿Qué ha pasado? —inquirió Sharon en tono alarmado.

—Esos vándalos... Vinieron... —Las palabras parecían atascársele en la boca.

Recorrí el desorden con la vista mientras él se levantaba de la silla, despacio, como si cada movimiento le doliera.

—¿Te encuentras bien? —dije, y corrí a cogerle del brazo.

—Sí, niña. —Consiguió enderezarse—. No me hicieron daño. Solo querían aprovecharse de un viejo. Ahora vamos a ver si encuentro el hornillo y pongo el agua a hervir, ¿vale?

—¿Se llevaron algo? —pregunté.

—No gran cosa —dijo él—. Cuatro tuberías y poco más.

—¿Reconociste a alguno de ellos? —dijo Sharon con voz más fuerte y decidida que antes. Pero Arthur se limitó a encogerse de hombros y se negó a seguir hablando de lo que había sucedido, de manera que nos dedicamos a ayudarle a ordenarlo todo y él volvió a colocar la puerta en su sitio.

Sharon fue la primera en ver el expositor de los periódicos a las puertas de la tienda.

—¡Han vuelto! —exclamó esbozando la primera sonrisa de verdad desde el día anterior.

Entramos corriendo y pedimos veinte peniques de chucherías.

—Son para Arthur —aclaró Sharon al señor Bashir—. ¿Usted sabe cuáles prefiere?

—Claro que sí —dijo el señor Bashir, y llenó una bolsa con pastillas de menta, caramelos de fruta y regalices. Chucherías de viejo, las llamábamos Sharon y yo—. Sois muy amables de invertir vuestro dinero en cosas como esta.

Antes de que pudiera detenerla, Sharon le contó al señor Bashir todo lo de Arthur, el desguace y el asalto. Yo no estaba muy segura de que Arthur quisiera que corriera la voz, pero también supuso un dulce alivio no cargar con el secreto. El señor Bashir la escuchó con atención.

—Ishtiaq está en la trastienda —nos dijo, y abrió el mostrador para que pasáramos—. Se alegrará de veros.

Fuimos hasta el cuarto de atrás, donde hallamos a Ishtiaq leyendo un libro tan de cerca que daba la impresión de que hubiera enterrado la cabeza en él. No nos oyó entrar, así que le di un codazo a Sharon y lo llamamos a la vez, a todo volumen. Dio tal salto que el libro se le cayó de las manos, pero en su cara apareció enseguida una gran sonrisa.

—¿Qué tal Bradford? —pregunté.

Ishtiaq se encogió de hombros.

—Demasiadas tías metiéndose conmigo —contestó, y se estremeció al recordarlo—. Me alegro de estar en casa de nuevo.

—Nosotras también nos alegramos de que estés aquí —dijo Sharon en un tono inusualmente bajo. La miré para ver si le pasaba algo, pero tenía los ojos fijos en Ishtiaq.

—¿Operation, cartas o ajedrez? —pregunté, y nos pasamos el resto de la tarde jugando a las familias, gritando tan alto que el señor Bashir tuvo que entrar a hacernos callar.

—No todos los clientes están interesados en quien ha ganado la partida —nos dijo, pero su sonrisa delataba a las claras lo contento que estaba al vernos pasarlo bien.

14

Omar

Omar dejó pasar a las niñas y luego volvió al mostrador; no lograba quitarse de la cabeza la historia de Arthur. Lo primero que pensó fue si los que habían agredido a Arthur podían ser los mismos que lo habían estado molestando a él. Estaba seguro de que eran los responsables del acto vandálico que había sufrido en la tienda, sobre todo porque, mientras él estaba limpiando el grafiti, uno de ellos había pasado por delante y, «accidentalmente», había chocado con él con tanta fuerza que los derribó al suelo, a él y al cubo, lo que llenó la acera de agua jabonosa. Él corrió en pos del chico cuando se recuperó, pero los otros tenían a su favor la juventud y una cabeza de ventaja. Tuvo que parar, jadeando, y ver cómo sus cazadoras bomber verdes y los vaqueros con vuelta en el bajo desaparecían a lo lejos.

Mientras empezaba a desempaquetar una caja de latas de judías y las colocaba con cuidado en el estante, todas con la etiqueta mirando hacia delante, se preguntó si debía hacer algo con relación a Arthur. Era un cliente habitual, como todos los de las calles colindantes, pero no de los que se paraban a dar conversación. Tampoco era de los que le ignoraban o evitaban el contacto visual con él. Aun así, siempre había creído que Arthur era de esos habitantes de Yorkshire de la vieja escuela, alguien reservado para sus cosas y que nunca se quejaba de la vida, y no la clase de hombre que pide ayuda. Y mucho menos a las personas como Omar.

La constatación de que no había vuelto a verlo desde la muerte de Doreen fue como un latigazo que le hizo soltar la lata de judías que tenía en ese momento en la mano. ¿Cómo no se había dado cuenta? Cuando se enteró del fallecimiento de Doreen, todo su cuerpo había reaccionado y había tenido que esforzarse para no desfallecer bajo el peso de la solidaridad. Él y Rizwana habían estado casados solo quince años y la pérdida había provocado una herida en su interior que probablemente no cicatrizaría nunca. El matrimonio de Arthur y Doreen había durado treinta y cinco años.

La puerta de la tienda se abrió y por ella entró la señora Spencer, la esposa del párroco; enseguida se puso a coger artículos de los estantes con actitud impaciente.

—Buenas tardes, señora Spencer —dijo él mientras recogía la lata del suelo, aprovechando el momento para respirar hondo y recomponerse un poco.

—Buenas tardes —respondió ella sin interrumpir lo que estaba haciendo ni volverse hacia él, con una de sus manos, de uñas cuidadas, puesta en las perlas que siempre llevaba al cuello.

Por un momento Omar se planteó la posibilidad de, siendo ella quien era, hablarle de Arthur. Al fin y al cabo, era más lógico que se preocupara de él la esposa del vicario que el dueño de una tienda, ya que cuidar de la comunidad formaba parte de sus obligaciones.

—¿No hay mantequilla? —dijo ella.

—No, lo siento. Hay margarina ahí.

La vio arrugar la cara, se fijó en su cara severa y en su mirada torva, y decidió no hacerlo. No podía decirse que la señora Spencer exudara comprensión o dulzura. Toda ella era afilada, proclive a emitir juicios de valor. Se dijo que esperaría hasta que la hija de Arthur pasara por la tienda y hablaría directamente con ella. La señora Spencer fue hacia el mostrador para pagar y descargó en él el montón de cosas que llevaba en los brazos. Encima de todas ellas dejó el periódico. Omar señaló el titular mientras iba cobrando el resto de productos.

—Hay que atraparlo —dijo señalando el gran titular de la cubierta: «Ayúdennos a encontrar a este hombre. ¿Ya han oído la cinta?».

La señora Spencer respondió con una especie de bufido.

—Es solo otra señal de un país cada vez más alejado de Dios —dijo en voz alta, con la nitidez de quien está acostumbrada a pronunciarse sin que nadie le discuta. Entonces miró a Omar por primera vez—. No iba por usted, desde luego.

Mientras ella sacaba el dinero para pagar, Omar cambió la lata de judías que había comprado por la lata maltrecha que se le había caído al suelo y luego le abrió la puerta cortésmente para que se fuera. La cerró de un portazo, satisfecho, cuando ella se hubo ido.

Más tarde, mientras preparaba la cena para él y para Ishtiaq, le dio por añadir comida. Hizo tanta que colocó una ración entera en un *tupper* que Rizwana solía usar a todas horas y que él siempre había conservado. Después de cenar, dio instrucciones a Ishtiaq de no abrir la puerta a nadie, se metió en el coche y se dirigió hasta Howden, con el *tupper* en el asiento del copiloto y unos chapatis envueltos en papel de aluminio encima. Mientras conducía, con una mano en el volante y la otra manteniendo el *tupper* en su sitio, se planteó llamar a Arthur para asegurarse de que estaba bien. Aparcó junto a la puerta cerrada de la verja y atisbó hacia la oscuridad del patio; la única luz visible era una bombilla solitaria encendida en la caseta. Apenas pudo discernir la silueta de Arthur moviéndose en el interior de la caseta antes de que la luz se apagara. Dejó el *tupper* sobre el poste de la puerta y encendió las luces del coche tres veces. Por fin la bombilla de la caseta volvió a brillar y él se marchó.

15

Miv

Al día siguiente del asalto, fuimos a ver a Arthur y le ayudamos a recoger sus cosas. Volvía a la casa que había compartido con Doreen. Como premio, nos dejó subir al pescante y cruzamos la ciudad saludando a la gente, como si fuéramos la reina. Cuando cruzábamos el mercado, entre esos bulliciosos puestos montados sobre los adoquines, oyendo los gritos que ofrecían fruta y verdura, vi una figura que me resultaba conocida: aquel cabello rubio que brillaba al sol era inconfundible.

—Mira, Shaz, es la señora Ware. Hazel.

Ambas la observamos, fascinadas, como si fuera una estrella de cine que estuviera comprando medio kilo de tomates. Alargué el cuello para seguir mirando cuando nos alejamos y vi que estaba riéndose por algo que había dicho su acompañante, al que llevaba de la mano. No era el señor Ware. Parecían una pareja dorada, rodeados por un halo que los diferenciaba del resto, haciéndolos distintos y bellos. Ella, rubia y elegante; él, alto, moreno, de aspecto algo rudo pero apuesto. Al observarlos me sentí presa de unas emociones que no habría sabido identificar, una mezcla entre atracción y envidia al constatar que nunca sería como ella: yo era demasiado vulgar.

Caminando tras ellos iba Paul Ware; cabizbajo, con el flequillo ocultándole los ojos. Me pregunté cómo se sentiría al ver a su madre cogida de la mano de un hombre que no era su padre.

Sharon saltó del carro en cuanto llegamos a la casa de Arthur, con sus visillos colgando tras las ventanas, y, dirigiéndose al pálido y callado Arthur, dijo:

—Si me das la llave, yo abro.

Su rostro se transformó al esbozar una sonrisa triste. ¿Cómo se le había ocurrido a Sharon entrar la primera?

Él tragó saliva.

—Gracias, flor.

Seguimos visitando a Arthur con regularidad, los sábados por la tarde, mientras él retomaba las riendas de su vida y superaba el dolor. La mayoría de las veces lo encontrábamos en el jardín trasero, atendiendo a las palomas de las que por fin era dueño.

—Doreen nunca me dejó tenerlas. Pensaba que eran muy sucias —nos explicó.

No paraba de decirnos que fuéramos cuidadosas y que miráramos por donde íbamos, de manera que optamos por no contarle nada sobre nuestra búsqueda del Destripador. Pese a ello, un día lo encontramos leyendo el periódico cuando llegamos, sentado en una desvencijada tumbona en el jardín. Vi que el Destripador ocupaba la primera plana del diario y, dándole un codazo a Sharon, pregunté:

—¿Qué opinas de él, Arthur?

Arthur buscó la primera página y miró a qué me refería.

—Eso no es algo que debiera preocuparos —dijo con voz firme y expresión impenetrable.

—¿Por qué no? —insistí—. Dicen que es un peligro para todas las mujeres y chicas de la región —añadí señalando el titular.

—Sí, pero no se refiere a chicas como vosotras. —Se levantó despacio de la tumbona donde estaba sentado—. Voy a poner el agua a hervir para el té.

Y con eso comprendí que, una vez más, el tema había quedado cerrado. Nadie quería hablar con nosotras sobre el Destripador.

16

Helen

Helen habría jurado que le había dicho a Gary que pensaba ir a ver a su padre aquella tarde. Llevaba tiempo arrepintiéndose de no pasar por su casa de la infancia, y ahora que Omar, el de la tienda, le había contado aquella extraña historia del desguace Howden, supo que debía hacerlo. Se dijo a sí misma que la culpa de no haber ido a verlo recaía en su nuevo trabajo, pero sabía bien que no era solo eso.

Estaba en la zona de la cocina del pequeño apartamento donde vivían, tapando la cena de Gary con papel film, cuando él llegó a casa del trabajo.

—¿Qué haces? —preguntó señalando el plato en la mesa—. Oh —exclamó cuando ella le recordó que iba a visitar a su padre. Su voz y su expresión tomaron un aire quejicoso, como el de un niño contrariado.

Ella sabía lo que se avecinaba, sabía que no querría que fuera y ya había pensado sobre eso.

—Puedes ponerlo directamente en el horno para calentarlo, no hace falta que hagas nada más —dijo esforzándose al máximo en no parecer condescendiente, algo de lo que él la había acusado con anterioridad.

—No es eso —replicó él, y ella notó que estaba cambiando de cara, adoptando aquella expresión encantadora, la misma que adoraba todo el mundo, a la que nadie podía decir que no, y menos aún ella—. Solo quería llevarte al pub. Los chicos del trabajo han quedado para tomar unas cervezas y a mí me gusta presumir de una esposa tan guapa.

Se le había acercado y le acarició el hombro, con delicadeza, buscando su complicidad.

Contra su voluntad, Helen se descubrió a sí misma floreciendo ante el elogio. Era un acto casi reflejo. Vio la expresión melancólica de los ojos de él y se echó a reír.

—Si es por eso, de acuerdo —cedió sin darle más vueltas.

Al fin y al cabo, también podía ir a ver a su padre al día siguiente.

Más tarde, cuando estaba en el cuarto de baño, aplicándose el escaso maquillaje que tenía, extendiendo un poco de lápiz labial por las mejillas pálidas, se le escapó un «De hecho, hace siglos que no salimos» sin casi pensarlo. Al instante notó que el aire de la estancia se espesaba por la tensión y supo que no debería haberlo dicho. Se quedó paralizada, con la mano suspendida entre el lavabo y la cara, pero en ese momento por la radio sonaron los acordes del inicio de una canción de Dr. Hook, «When You're in Love with a Beautiful Woman». Gary adoraba a Dr. Hook y el momento pasó.

Salió del baño moviéndose casi con coquetería, como una adolescente que va a su primera discoteca. Había hecho el esfuerzo de ponerse una blusa que a él le gustaba: rosa pálido con encaje en el cuello, mucho más de vestir de lo que ella normalmente se habría puesto. Gary le dedicó una sonrisa de aprobación.

—Hacemos una pareja estupenda —dijo él con orgullo al ofrecerle el brazo para que ella se agarrara a él, como si fueran una pareja cariñosa y normal que está a punto de salir a tomar algo.

Ya era tarde cuando llegaron y el Red Lion estaba abarrotado; se abrieron paso hasta la barra, sorteando a grupos de personas que formaban una especie de laberinto humano. Gary conocía a todo el mundo por su nombre, claro, y su avance se vio ralentizado porque se detuvo a charlar con varios hombres. Les daba palmadas en la espalda, guiñaba un ojo a sus mujeres y soltaba estrepitosas carcajadas a la menor oportunidad. Helen, a rastras detrás de él, cogida de su mano, observaba cómo su marido cambiaba de cara y de tono en función de con quién estuviera hablando, como un camaleón. Sus comentarios se hicieron más vulgares y la voz subió de tono cuando alcanzaron al grupo de amigos del trabajo que estaba en la barra, acompañados por sus novias y mujeres.

—Ya conocéis a mi encantadora esposa —dijo él al tiempo que la atraía hacia sí y la abrazaba por la cintura.

Helen se sonrojó y saludó con un asentimiento de cabeza a todo aquel mar de caras. A los hombres ya los conocía, pero las mujeres eran nuevas para ella.

Gary se apoyó en la barra y pidió a gritos una ronda de cervezas al encargado del pub, Pat. Ella sabía que ese sería un gesto que se repetiría una y otra vez, que pagaría una ronda tras otra para sus amigos, solazándose en su imagen de tipo generoso sin pensar que apenas podían permitírselo. Era algo que la ponía nerviosa, pero los chicos lo adoraban.

—Eh, tío —gritó Gary a uno de los clientes de la barra al tiempo que le palmeaba la espalda con tanta fuerza que el hombre escupió la bebida y se puso a toser.

Los chicos se rieron como hienas (aunque ella era incapaz de verle la gracia) y el hombre volvió su cara juvenil hacia Gary, sonriente (siguiéndole la broma, pensó Helen). Mientras Pat le rellenaba la jarra, Gary contempló su expresión confusa y dijo:

—Jim viene del nordeste. Ya sabes, como el Destripador.

Lo decía como si eso fuera una explicación; ella giró la cabeza hacia la barra y se dio cuenta de que Pat y Jim se miraban enarcando las cejas. Pat se percató de que ella se estaba fijando en ellos y Jim siguió con la mirada el gesto de su amigo. Cuando ambos le sonrieron con amabilidad, Helen se sintió avergonzada al instante, ya que detectó en sus expresiones algo parecido a la compasión. Pat asintió y murmuró un hola. Ella se sorprendió de que la recordara, tampoco es que acompañara a Gary al pub tan a menudo… Estaba a punto de saludarle también cuando notó que Gary se había fijado en la escena. Se limitó por tanto a esbozar una sonrisa fugaz, con la esperanza de que Pat pudiera verla, y se volvió hacia el grupo, donde se unió a las reverencias que todos le hacían a Gary con tanto entusiasmo como pudo, se rio de sus anécdotas y estuvo absolutamente pendiente de todas y cada una de sus palabras.

Más tarde, cuando salieron del pub, ella buscó la mano de él con la suya. Él la cogió y la apretó con fuerza, con tanta fuerza que ella notó que los dedos, aplastados, empezaban a dolerle.

—¿Gary? —dijo ella, con voz amable, dubitativa, intentando enmascarar el miedo.

Pero el hombre encantador que había sido apenas un momento antes ya no estaba allí.

17

Miv

El número cinco

No podré quedar mañana —dijo Sharon una tarde de
agosto cuando nos despedíamos—. Vamos a ir de tiendas para comprar cosas para el colegio…, ya sabes, ropa nueva y
eso —añadió al tiempo que ponía los ojos en blanco, con aire
melodramático.

No se me había ocurrido hasta ese momento lo cerca que
estábamos del final de las vacaciones.

Mientras caminaba hacia casa, dando patadas a las piedras y
gastando aún más mis ya gastados zapatos, me fijé en los vaqueros que llevaba, rotos y deslucidos. Me llegaban solo a los tobi-
llos, lo cual indicaba que se me habían quedado cortos. ¿Cómo
no me había dado cuenta hasta entonces? En cuanto llegué a casa,
entré con la llave que llevaba siempre colgada del cuello, corrí a
mi cuarto y saqué el uniforme del armario. Me quité los vaqueros
y la camiseta, me puse la camisa del colegio y me planté delante
del espejo que había encima de la cómoda.

Tal y como sospechaba, la camisa me quedaba estrecha. Había
optado por no hacer caso a las nuevas curvas de mi cuerpo, hasta hace poco totalmente liso, ni siquiera después de que alguien,
la tía Jean, supongo, dejara un «sujetador júnior» encima de mi

cama unas semanas atrás. Lo había embutido en un cajón sin probármelo, pero entonces me di cuenta de que no podía seguir ignorándolo. De debajo de la cama saqué los zapatos del uniforme y me los calcé: enseguida noté el dolor en las puntas de los pies y me deshice de ellos antes de tumbarme en la cama.

Al oír el ruido de la llave en la cerradura di un salto, volví a ponerme la camiseta y los vaqueros y salí de mi habitación. La tía Jean ya andaba atareada en la cocina. Había puesto la tetera a hervir y sacado unas latas, la sartén y una cuchara de palo de los cajones y armarios. Me quedé en la puerta, observándola, intentando encontrar la mejor manera de sacar el tema del uniforme y de los zapatos.

—¿Qué te ronda por la cabeza? —dijo la tía Jean sin dirigir la vista hacia mí.

Miré al techo, como si tuviera miedo de que algo pesado me cayera encima.

—Ya casi es tiempo de volver al colegio y..., bueno..., mis cosas no me sirven —dije tomando fuerzas para enfrentarme a un discurso que empezaría por «cuando yo tenía tu edad» y que, con toda probabilidad, implicaría que en esos años las niñas iban descalzas o llevaban ropa de quinta mano. En cambio, me encontré con un breve asentimiento de cabeza y un largo silencio.

—Déjalo en mis manos —dijo la tía Jean con tono resolutivo, aún sin mirar hacia mí, y percibí lo incómoda que se sentía, plantada en medio de la cocina, tiesa como un lápiz, hasta que me fui a mi cuarto.

Cuanto más tiempo llevaba mamá fuera, más conversaciones se producían en torno a la mesa de la cocina.

—Ese conductor del que te hablé, Jim Jameson, vino hoy al depósito —comentó papá esa tarde a la tía Jean, entre un bocado y otro de picadillo de ternera.

Aunque ella estaba sentada a mi lado y no le veía la cara, noté que Jim Jameson no era de su agrado por la forma en que cuadró los hombros, pero no habría sabido decir el porqué. Me fascinaba cuánta desaprobación era capaz de expresar la tía Jean con un minúsculo movimiento de su cuerpo o de su cara. Una ceja enarcada de la tía Jean era lo bastante potente para evaluar una personalidad entera.

—¡Le hemos dado tanto la vara! Uno de los chicos no ha parado de citar frases de la cinta. Hubo un momento en que creí que se iba a echar a llorar.

Mientras daba un sorbo al té, me atreví a formular una pregunta:

—¿Quién es Jim Jameson?

—Oh, es uno de los camioneros del trabajo.

—¿Te referías a la cinta del Destripador? —pregunté, tras un momento de duda a la hora de decir su nombre por miedo a que me hicieran callar.

Papá se atragantó, luego dejó la taza en la mesa y me miró con preocupación.

—¿Qué sabes tú de la cinta del Destripador, jovencita?

—Todo el mundo ha oído hablar de esa cinta —respondí, convencida de que era literalmente cierto.

—Ya. Bueno. —Se calló un momento como si se dedicara a pensar sobre la veracidad de mi declaración y debió de decidir que tenía razón—. Pues, de hecho, sí. Jim es de Newcastle, así que no solo carga con la vergüenza de ser del nordeste, sino que para colmo ahora tiene que aguantar todo esto de la cinta. —Al ver que yo abría mucho los ojos, se echó a reír y añadió—: No te preocupes, cariño. No es el Destripador. Tiene menos arrestos que una niña como tú.

Pero la semilla había quedado plantada y se dedicó a crecer durante los días siguientes.

Papá controlaba la carga y descarga de vehículos y a los hombres que trabajaban en ello. Estaba orgulloso de su puesto, alcanzado tras años de paro y contratos temporales. Había empezado como camionero y aún se consideraba uno de los chicos a pesar de ostentar el imponente título de supervisor. Siempre se aseguraba de que la gente supiera que él había empezado desde abajo y ascendido poco a poco. Yo nunca había estado en su trabajo, pero después de esa conversación comencé a idear motivos para ir a visitarlo y de paso echar un vistazo a Jim Jameson, el hombre del nordeste... Sin embargo, pensar en su trabajo provocaba en mi cerebro imágenes que no quería evocar. Imágenes de aquel día. El día que prefería olvidar. El día que lo cambió todo.

Fue durante las vacaciones de verano y papá se había ido al trabajo, como siempre, pese a los acontecimientos de la noche anterior: unos hechos que yo solo había oído desde mi habitación, ya que no me habían permitido salir. «Quédate en tu cuarto, Miv», había gritado papá cuando abrí la puerta solo un poco porque había oído que mamá llegaba del bingo. Al día siguiente, al volver a casa después de estar jugando en la calle, me encontré a mamá tendida en el suelo del cuarto de baño, con un rastro de vómito saliéndole de la boca. Intenté despertarla sin éxito, con mi propio estómago dando vueltas como si estuviera montada en el waltzer.

Por suerte, el número del trabajo de papá estaba pegado en la pared, al lado del teléfono, y lo marqué. A la persona que contestó le pedí: «¿Puede decirle a mi padre que venga a casa? Mi mamá se encuentra mal». Enviaron una ambulancia y todo eso. La tía Jean vino a cuidarme, en principio mientras papá se iba con mamá, pero ya nunca volvió a su casa.

Esa fue la primera vez que mamá realizó uno de sus «reposos», una palabra que conjuraba imágenes de viajes a Bridlington y Whitby, pero que yo sabía que tenía un significado bien distinto. No había vuelto a oír su voz desde entonces. Aquel día comprendí que la vida puede cambiar en una sola noche, que debías estar atenta al peligro. Que debías estar en guardia.

Cuando terminé la cena, me pregunté qué razón podía encontrar para ir a la empresa a investigar a Jim Jameson. Me dispuse a quitar la mesa cuando me percaté de que la tía Jean movía las cejas y me miraba, intentando llamar mi atención. Con un rápido movimiento de cabeza me indicó que saliera de la estancia y, pese a no entender nada, obedecí, aunque no me fui muy lejos; me instalé en el sofá desde donde podía oír lo que decían sin ser vista.

—¿No puedes ocuparte tú? —oí que decía papá.

A lo cual la tía Jean contestó:

—A la niña le iría bien que al menos uno de sus dos progenitores notara su existencia. Y a mí no se me dan bien los críos.

—¿Qué te hace pensar que a mí sí?

—Si usaras los ojos para ver lo que está pasando en tu casa en lugar de concentrarte en otras cosas, a lo mejor te enterarías —repuso la tía Jean, con una voz tan gélida que incluso yo me quedé helada, a pesar de que no iba dirigida a mí.

—¿Qué has querido decir con eso? —dijo papá en un tono que no reconocí.

—No creas que no me he dado cuenta de dónde tienes puesta la atención, Austin —respondió la tía Jean.

Noté que se me cerraba la garganta, deteniendo así el montón de sentimientos que me recorrían el cuerpo, emociones que prefería no afrontar. En su lugar intenté pensar en el Destripador y en la lista. Cuando se iba al pub, papá pasó junto al sofá donde estaba yo y me dijo:

—Al parecer este fin de semana nos toca ir de compras.

No sin pesar me preparé para ir de tiendas ese sábado. En parte, porque eso me robaba las pocas vacaciones de verano que me quedaban, pero sobre todo porque de los suspiros y ojos en blanco de papá se deducía claramente que era algo que no le apetecía en absoluto.

—¿Vamos a pie o cogemos el autobús? —preguntó papá, para sorpresa mía. Había creído que preferiría zanjar el tema lo antes posible.

—Mejor andar —dije con decisión, y nos marchamos en dirección a la zona comercial.

Avanzamos por interminables y monótonas calles de casas idénticas, calles que se conectaban unas con otras, como los nervios y las venas que estudiábamos en clase de biología, sin prisas porque el sol del verano no animaba a correr. En un momento dado nos metimos en un callejón, al final del cual se abría un atajo que llevaba directamente a High Street. Era un pasaje estrecho lleno de garajes y aparcamientos. Fue allí donde papá se paró y contempló un pequeño camión en una esquina, fuera del paso.

—Hum —murmuró—, esto es interesante.

Tuve la sensación de que hablaba consigo mismo, pero, ansiosa de ganarme sus simpatías, decidí ser educada y demostrar que le estaba escuchando.

—¿Qué es interesante?

—Ese es el camión de Jim Jameson —dijo él—. Pensaba que se había ido a pasar el fin de semana a casa. Me pregunto qué estará haciendo aquí. —Dio un paso adelante y continuó—: Al parecer fue detenido e interrogado estos días, mientras trabajaba. Me da en la nariz que creen que el Destripador podría ser un camionero.

En ese momento yo le prestaba ya toda mi atención.

—¿Te refieres a la policía?

—Sí —dijo él, distraído, y luego volvió a mirarme, como si hubiera recordado de golpe que estaba allí.

Ansiosa por tener la oportunidad de anotar la matrícula en la libreta, dije:

—¿Por qué no te acercas a ver si está allí y si le pasa algo?

—Sí, buena idea. Espérame aquí.

Mientras se dirigía al camión, gritando «hola», me apresuré a tomar nota de la matrícula. Nadie respondió a su llamada y no parecía haber nadie tampoco por ahí, así que proseguimos nuestro camino hacia las tiendas. Papá parecía distraído, pero yo estaba tan entusiasmada por el descubrimiento del siguiente punto de la lista que, después de comprar el uniforme nuevo, acepté el primer par de zapatos, prácticos y profundamente feos, que papá sugirió, lo cual supuso un gran alivio para él.

En cuanto volvimos a casa, salí de nuevo para hablar con Sharon sobre Jim Jameson, su camión y la policía, y obtener su aquiescencia para añadirlo a la lista. Opté por ir pasando por la tienda del señor Bashir y me paré ante el expositor de periódicos, a ver si había alguna mención sobre la teoría del camionero. La puerta de la tienda estaba abierta del todo, supongo que para ventilarla con la poca brisa que corría, y miré hacia el interior, libreta en mano, sonriendo ante la voz desafinada del señor Bashir, que tarareaba «Saturday Night's Alright for Fighting» desde detrás de los estantes. Iba a dar un paso más cuando me paré bruscamente.

—¿Shaz?

Sharon había aparecido por la puerta de la trastienda y se dirigía a la salida. Su expresión se quedó congelada al verme.

—Oh, hola, solo he venido a…

—¿Salir con Ishtiaq? —Terminé la frase por ella al ver que no encontraba las palabras.

—Sí —murmuró bajando la vista.

Yo seguí su mirada. Llevaba puestas sus mejores sandalias, las de las tiras azules que solía reservar para las fiestas de cumpleaños y la discoteca del colegio. Cogí un periódico, lo pagué y le dije a Sharon, con una voz trémula a juego con la suya:

—¿Nos vemos mañana?

Cuando ya salía, volví la cabeza solo un momento y vi que Sharon me observaba. Ishtiaq estaba un paso por detrás de ella, asomando la cabeza por encima de su hombro. Ni siquiera me paré a contarle lo de Jim Jameson. Siempre había visto a Sharon como una parte de mí; la idea de que fuéramos dos personas distintas, capaces de hacer cosas por nuestra cuenta, no me gustó.

Sharon estaba en la puerta a primera hora del día siguiente.

—Ya sé que es domingo y que te veré en la iglesia —dijo ella precipitadamente—, pero quería venir a explicarme.

—No pasa nada. No tienes por qué explicar que has ido a ver a Ishtiaq sin mí —dije, bastante avergonzada de la reacción que había tenido el día anterior. No hacía falta que ella supiera cuánto la necesitaba.

—Sí, sí que pasa —repuso ella con énfasis—. Vine a buscarte, y, como no había nadie, me fui a ver a Ishtiaq.

Su mirada buscó la mía.

Asentí despacio, admitiendo la posible verdad de todo aquello y la confirmación de que ella no lo prefería a él antes que a mí.

—¿Quieres saber cuál es el siguiente de la lista? —dije cogiéndola del brazo para ir a la iglesia juntas.

Su gesto de asentimiento fue casi imperceptible, pero yo insistí: saqué la libreta y seguí hablándole de Jim Jameson y de su camión, pasando por alto su silencio, que tal vez indicaba que su interés por la lista se desvanecía.

5. El camionero

- Es del nordeste
- Conduce un camión
- Ha sido detenido por la policía
- Incluso mi padre parece recelar de él

18

Miv

Le he dicho a Jim Jameson que vimos su camión —dijo papá durante la cena un día de la semana siguiente, mirando hacia mí—. Le comenté que quizá debería aparcarlo en un lugar un poco más tranquilo si pretende instalarse en él.

No tenía muy claro qué había cambiado después de la excursión de compras con papá, pero algo había pasado. Había empezado a hablarme casi como si fuera una adulta.

—¿Quieres decir que está viviendo en el camión? —pregunté, incapaz de disimular mi interés.

En ese momento la tía Jean explotó.

—¿Por qué diablos hace eso? A ver, yo soy la primera que defiende el trabajo duro, y Dios sabe que hay poca gente responsable estos días, pero ¿en serio?

—Lo sé, lo sé —dijo papá, meneando la cabeza como si tampoco él lo entendiera—. Según parece, la mujer lo ha echado de casa. Me dijo que sería algo temporal, así que le aconsejé que aparcara en el callejón que hay cerca de Wilberforce Street en lugar de allí.

Al oír esto, mi interés aumentó todavía más. Wilberforce Street era la misma calle donde vivía Arthur.

Lo que había empezado como un día fresco y radiante se había convertido en una jornada bochornosa cuando nos dirigimos a Wilberforce Street, con las chaquetas atadas a la cintura. Era sábado por la tarde.

—Oh, hace tanto calor como en 1976 —dije imitando a la tía Jean.

Sharon se rio y repuso:

—Hay calores y calores.

Todos los adultos que conocíamos tomaban el verano de 1976 como el barómetro de tiempo cálido y eran capaces de pasar horas hablando de eso. Era una broma común entre las dos.

Encontramos a Arthur en la parte de atrás de la casa, con las palomas. Lo saludamos desde el sendero y, cuando él levantó la vista, vimos la alegría reflejada en su cara.

—Vaya, vaya, vaya. Mira quién está aquí.

Nuestra visita se desarrolló con la afabilidad de siempre. Arthur nos mostró sus últimos añadidos a los parterres de flores y nos habló de sus hijos y nietos. Tenía dos hijos que vivían en el exterior, lo que en realidad significaba fuera de Yorkshire, y una hija que acababa de casarse a la que veía poco.

—Por culpa de ese marido que tiene. Es un inútil —dijo mientras señalaba una foto de boda que había en una mesita cerca de la puerta de la cocina.

La foto mostraba a un hombre alto, increíblemente guapo, con una mata de pelo rizado, de pie junto a una mujer menuda, casi una niña, que llevaba una gran pamela que prácticamente le ocultaba la cara. Apenas se adivinaban sus rasgos, pero me resultaban vagamente familiares.

—¿Son ellos? —pregunté.

—Sí —dijo Arthur con expresión dolida.

Cuando nos marchamos, después de prometerle a Arthur que volveríamos a verlo pronto, nos pareció que era buena idea investigar en las calles aledañas en busca del camión de Jim Jameson y, con un poco de suerte, tal vez ver al hombre aunque fuera de lejos. Me disponía a abrir la libreta mientras andábamos para revisar el número de matrícula cuando oí que Sharon decía:

—Hola, señora.

Levanté la vista y me encontré con la señora Andrews, la bibliotecaria.

—Hola, niñas —dijo sonriente.

19

Helen

La sonrisa de Helen permaneció cuando se alejó de las niñas. Aquellas expresiones tan serias (Sharon mirando en derredor con interés y Miv concentrada en el contenido de la libreta) le recordaron a ella misma a su edad: intensa, siempre con la nariz metida en un libro. Le gustaba la idea de que se tuvieran la una a la otra. Ella solo tenía hermanos y le había costado mucho hacer amigas en el colegio; siempre se mostraba tan agradecida si alguien le hacía caso que todas acababan dándole de lado.

Respiró hondo al acercarse a la casa, debatiendo consigo misma si debía llamar a la puerta en lugar de utilizar la llave. Había pasado tanto tiempo desde la última vez que estuvo allí que casi se sentía como una visita. Al final optó por la llave, a sabiendas de que su padre se sentiría disgustado y dolido si no lo hacía. Lo encontró en la cocina, fregando los platos, y, cuando se volvió hacia ella, alertado por el ruido de su entrada en la casa, la expresión de alegría que le iluminó la cara la hizo sentirse enferma de culpa. Tuvo que esforzarse mucho para aparentar normalidad, como si el hecho de pasar a verlo fuera algo cotidiano.

Horrorizada, cayó en la cuenta de que, de hecho, la última vez que había estado allí había sido después del funeral: daba la impresión de que toda la ciudad, y gran parte de la ciudad vecina, se había congregado en su casa de soltera para presentar sus respetos. Había gente metida en todas las habitaciones, apelotonada en el jardín y haciendo cola con los zapatos llenos de barro en el mismo umbral que su madre había pasado tanto tiempo fregando. Su padre se había instalado en el salón, contando anécdotas y actuando como el perfecto anfitrión, como siempre hacía, pero, en cuanto se hubo marchado todo el mundo, se había hundido en el sofá, como si el peso de la pérdida hubiera caído sobre él de golpe. En ese momento pareció reducirse. El hombre enérgico y vital que ella conocía se transformó en un anciano.

Luego Gary había aparecido a su lado y la había cogido del codo, instándola a volver a casa. Ella había intentado explicarle que debía quedarse para ayudar a su padre a recoger, pero él había insistido en que era hora de que sus hermanos «dieran un paso al frente», como él lo llamaba, y que nadie debía esperar que ella se ocupara sola de su padre, no ahora que estaba casada.

—Hola, papá. Se me ocurrió pasar por aquí, a ver cómo estabas.

Había decidido que le daría la oportunidad de explicarle lo que había sucedido en el desguace antes de preguntarle al respecto.

—No estoy mal. Nada que contar —dijo él al tiempo que se volvía hacia la pila y llenaba la tetera—. Voy a hacer un poco de té. ¿Te apetecen unas galletas?

Él se entretuvo haciendo el té y Helen se sentó en la butaca. Se negó a hacerlo en el sofá, ya que la marca de su madre seguía presente en el lugar que siempre ocupaba. Apenas pudo soportar la visión de la estancia, ver la capa de polvo que se había acumulado encima de todas y cada una de las superficies. En su lugar, miró las fotografías de la mesita, evitando fijarse en la de su boda. Nunca se sintió especialmente cómoda con aquella pamela (habría preferido llevar un velo más tradicional), pero Gary la había convencido de que la favorecía mucho. Era algo que se le daba bien. Convencer a la gente.

Recordó el día que lo vio por primera vez. Ambos asistían al instituto municipal: él a estudiar fontanería y ella a cursar las asignaturas que debían llevarla a la universidad. Gary estaba apoyado en una pared, fumando, y ella había pasado ante él de camino al comedor. Pensó que se parecía a James Dean, y cuando apagó el cigarrillo y aceleró el paso para alcanzarla, para interesarse por todos los detalles posibles de su vida, se sintió interesante y atractiva de una manera que era nueva para ella. Cuando llegó a la cantina con él, todas las chicas estaban verdes de envidia.

Cogió una antigua fotografía y le quitó el polvo con la mano. Sonrió al recordar el día en que se la hicieron y recorrió con el dedo la silueta de la chica que había sido. Era el final de su primer año de instituto, y vestía el uniforme azul marino, que aún le quedaba tan enorme a pesar de meses de uso que parecía perdida dentro de él. No estaba segura de si algún día llegaría a llenarlo, como aseguraba su madre, que se había negado a pagar por un uniforme más pequeño que solo podría aprovechar durante un año como mucho. Helen sostenía con orgullo una brillante roseta azul que había ganado por ser la mejor en la clase de lengua. Había obtenido otra en matemáticas también, pero la azul era la que más anhelaba ganar. Sus hermanos se habían burlado de ella, llamándola empollona, y su padre los había regañado y les había propinado un pescozón a cada uno.

En aquellos días quería ser profesora. Se le antojaba una meta alcanzable para una chica como ella. Tosió para sofocar la súbita oleada de nostalgia. Sus ambiciones, nunca muy grandes, habían ido menguando hasta que ya no pudo mantenerlas. Quizá la biblioteca fuera una oportunidad para reconstruirlas de nuevo.

Fue a buscar a su padre a la cocina. Lo vio de pie, con los hombros hundidos y la cabeza gacha, esperando a que hirviera el agua. También se estaba haciendo más pequeño.

—Papá, ¿cuándo pensabas contarme lo de Howden? ¿Lo del asalto?

Él se volvió para mirarla, a una velocidad que contradecía su edad, pero su cara, gris y arrugada, disipó esa imagen.

—Omar, el de la tienda, me lo contó —continuó ella—. Y, antes de que protestes, lo hizo porque estaba preocupado por ti.

—Ah —exclamó él, como si acabara de recibir la solución a un problema que lo inquietaba—. Entonces debió de ser él quien dejó la comida.

—No es el único que está preocupado. —Ella respiró hondo—. Gary te manda saludos. —Intentó prepararse para algún comentario fuera de tono contra Gary, pero Arthur se limitó a emitir un gruñido.

—¿Y cómo estás tú, cariño? —preguntó él.

Su cambio de tema era tan obvio que casi la hizo reír, pero decidió no insistir por el momento.

—Estoy muy bien, papá. La biblioteca me encanta y ando tan ocupada..., ya sabes cómo son estas cosas —añadió con la esperanza de que él entendiera que era una especie de disculpa por no haber ido a visitarlo muy a menudo.

—Ven a ver el jardín —dijo él.

Le hizo un tour completo por las últimas adquisiciones. El jardín estaba precioso y ella se descubrió asintiendo y admirando por fuera mientras por dentro se debatía en una encrucijada. Por un lado deseaba poder hablar con él en serio —sobre el dolor, sobre el ataque, sobre Gary—, pero por otro sabía que, si lo hacían, se verían obligados a encarar la realidad y la necesidad de hacer cambios.

Cuando se disponía a irse, él le cogió la mano y ella se tensó al notar la caricia de su padre en la zona magullada y dolorida de la muñeca. Esperó que él no notara nada.

—Vuelve pronto, cariño. Siempre me encanta verte.

Estaba a punto de salir por la puerta cuando él volvió a llamarla, con una urgencia que la hizo girarse a mirarle.

—¿Llamarás por teléfono cuando llegues a casa, cariño, para que sepa que has llegado sana y salva?

—Es media tarde, papá —repuso ella sonriéndole.

—Lo sé, lo sé —dijo él—. Pero este hombre... se está volviendo cada vez más atrevido, ya no le importa la hora, ni la persona... No quiero que te suceda nada.

Helen podría haberse echado a llorar ante la ironía de todo aquello, pero en cambio asintió.

—Lo haré, papá.

Miró el reloj al salir y echó a correr al darse cuenta de lo tarde que se le había hecho. Gary había ido con un amigo a ver el partido de los Leeds, y, aunque aún no habría vuelto, ella tenía mucho que hacer, empezando por asegurarse de tener la cena lista para cuando llegara. A él no le importaba que hubiera ido a ver a su padre, eso le constaba. Era solo que le preocupaba que ella diera demasiado de sí misma. Sobre todo ahora que también trabajaba. Gary se limitaba a preocuparse por ella… Eso era lo que él afirmaba siempre. Y eso era lo que ella había escogido creer.

20

Miv

En cuanto vi el abollado camión aparcado casi estuve a punto de soltar un grito. Me obligué a contenerme y se lo señalé a Sharon, dándole un codazo suave. Ella miró hacia donde le indicaba y luego se volvió hacia mí, riéndose.

—¿Qué pasa? —pregunté ofendida.

—Tú. Finges no estar emocionada cuando sé perfectamente que lo estás.

Quise mostrarme indignada, pero no pude evitar sonreír también.

—Bueno, ¿vamos a echarle un vistazo? —añadió ella poniendo los ojos en blanco, y mi sonrisa se hizo más grande.

Wilberforce Street era una de esas calles de casas adosadas que se repetían hasta la saciedad en nuestra ciudad. La única diferencia entre esas y las nuestras era que las de Wilberforce Street se habían construido originalmente para alojar a los directores de las fábricas textiles, lo que significaba que eran de mayor tamaño y tenían jardines de verdad. El pasaje del final de la calle había hecho las veces de paso a otra vía que tiempo atrás había sido remodelada y reconstruida con casas más modernas que parecían una fila de cajas grises idénticas. El pasaje era ahora un callejón ciego del que nadie se ocupaba, invadido por matorrales y musgo, y las casas que había al final de la calle estaban en su mayoría deshabitadas, cerradas y decrépitas, lo que implicaba que un camión como ese, relativamente pequeño, pudiera aparcarse allí sin molestar a nadie.

Al acercarnos oímos el sonido de la radio por la ventana. Ponían «Don't Give Up on Us Baby», de David Soul, y automáticamente aminoramos el paso. Sin embargo, la persona que había dentro nos había visto por el retrovisor y la puerta de la cabina se abrió. Apareció un hombre de baja estatura, con el pelo castaño claro y la cara redonda. Recordaba un poco a un duende con esas mejillas sonrosadas y esa amplia sonrisa. Aunque no era moreno, me fijé en que sí llevaba bigote; al fin y al cabo, el color del pelo era fácil de cambiar...

—¿Puedo ayudaros en algo?

El tono brusco y a la vez melódico del acento del nordeste me confirmó que se trataba de Jim Jameson. Había estado pensando en la manera de abordarlo, y, para sorpresa de Sharon, antes de que ella pudiera decir nada, repuse con seguridad:

—Usted trabaja con mi padre, Austin, en la empresa de transportes, ¿verdad?

Nos miró. Se le arrugó la frente, pero su expresión se mantuvo amable.

—Sí, claro. Conozco a Austin.

—Ya..., bueno..., pues solo queríamos asegurarnos de que estaba bien —dije.

Oí que Sharon bufaba a mi lado: era obvio que mi intervención no había estado a la altura.

—Pues sí, estoy bien —dijo él, frunciendo aún más el ceño.

—Vale.

Tras una pausa breve e incómoda, nos marchamos. Cuando me volví a mirar, Jim Jameson seguía con la vista puesta en nosotras y una expresión perpleja en la cara.

—No es él —dije con voz firme.

Sharon me miró de reojo.

—¿Y cómo puedes estar segura de eso?

—Es demasiado..., no sé..., ¿demasiado normal? —aventuré.

Sharon dejó de andar y me miró a la cara.

—Pero es posible que el Destripador también tenga un aspecto normal. En realidad, debe de ser así, o seguramente ya lo habrían pillado.

Me detuve y pensé en lo que acababa de decir, preguntándome si tendría razón. Si era algo que se notaba a simple vista o si sería alguien como los demás.

—No es justo. No es justo que no se le note —dije, sorprendida por la furia que crecía en mí. Tuve ganas de dar una patada al suelo y empezar a gritar—. ¿Cómo vamos a mantenernos a salvo entonces?

Entrada la semana, papá llegó a casa una tarde mientras yo leía en mi cuarto y me pidió que bajara con el rostro muy serio.

—¿Tú y Sharon fuisteis a ver a Jim Jameson? —preguntó, aunque estaba claro que lo sabía a ciencia cierta.

—Bueno, íbamos caminando por allí y le vimos. —Intenté encontrar una justificación para cubrirnos las espaldas—. Arthur vive en la misma calle.

—Ya. Pues no quiero que volváis. —Su cara seguía muy seria.

Aunque su tono no invitaba a la discusión, no pude evitar preguntarle:

—¿Por qué no?

Él suspiró.

—Mira, cariño, la policía ha vuelto a preguntar por él. Solo… solo creo que deberías mantener las distancias.

Quedé atrapada entre la decepción al ver que mis actividades quedaban coartadas y la inesperada calidez de sentir que alguien se preocupaba por mí. Fue más tarde cuando se me ocurrió que eso significaba que íbamos por el buen camino.

Las noticias seguían emitiendo la cinta una y otra vez. La escuché con atención en busca de cualquier detalle que me hiciera reconocer en ella la voz de Jim Jameson. No habíamos hablado con él el suficiente rato para estar seguras, pero la voz de la cinta sonaba más plana y más ronca que la del hombre que habíamos conocido. Ni siquiera podría afirmar con absoluta certeza que el acento fuera el mismo.

Supe de los distintos acentos por primera vez cuando fuimos de excursión con el colegio al Peak District y nos alojamos en un albergue. Un grupo de niñas de otro colegio se burló de nuestra manera de hablar y me llamaron Hovis. Pensé entonces que su imitación nos hacía parecer idiotas y feas, y fue así como aprendí que yo hablaba con el acento de Yorkshire. Hasta ese momento había creído que todo el mundo hablaba igual que yo. Fue una constatación vergonzante. Me pregunté cómo se sentiría Jim Jameson sobre su habla ahora que le conectaría para siempre con el Destripador.

El primer comentario de Sharon cuando le conté la conversación mantenida con mi padre me sorprendió.

—¿Cuándo volvemos?

No por primera vez me planteé si la reputación de Sharon de ser la chica buena de las dos procedía más de sus ojos azules y de su expresión de inocencia que de su comportamiento real.

Al día siguiente, de camino a Wilberforce Street, nos topamos con Reece Carlton apoyado en una señal en la esquina de la calle donde estaba la tienda del señor Bashir. No le habíamos visto desde el incidente de la piscina, ya que había sido expulsado del colegio. Estaba peleando en broma con otra figura conocida, más alta y mayor de nuestra edad, con el gorro amarillo encasquetado en la cabeza y la mirada huidiza. ¿Desde cuándo el hombre del mono se relacionaba con chavales más jóvenes?

Por alguna razón, Reece también parecía mayor en compañía del otro. Tenía las mejillas más afiladas que de costumbre y sus ojos mostraban unas ojeras tan oscuras que parecían casi golpes. Lo hacían más guapo, más viril, pero también cruel. Apenas me miró cuando nos cruzamos, sus ojos se clavaron en Sharon, que se puso tensa al notarlo. Él husmeó el aire.

—¿Hoy no vas a ver a tu novio indio? —le espetó al tiempo que señalaba la tienda.

Agarré a Sharon del brazo con fuerza al instante y la obligué a seguir andando a pesar de que era obvio que su cuerpo temblaba de furia.

—No te alteres —le dije en voz baja para que ellos no pudieran oírme—. No merece la pena.

Ella se quedó en silencio y, a lo largo del camino, su respiración fue calmándose de nuevo.

Cuando llegamos a Wilberforce Street nos esperaba una decepción: el camión no estaba allí. Con cierta desgana emprendimos un registro del pasaje, en busca de alguna pista, pero estaba tan lleno de basura que resultaba difícil decidir qué podía ser de interés.

Estábamos ya a punto de darnos por vencidas y dirigirnos a la casa de Arthur cuando el camión entró en el pasaje con Jim Jameson al volante. Nos paramos a mirar, sin disimular un ápice, mientras él aparcaba y bajaba del vehículo de un salto. Llevaba un vendaje en la frente y tenía la nariz hinchada y magullada. Soltó un gemido al tocar el suelo y sus mejillas, antes sonrosadas, aparecían ahora pálidas y macilentas.

—¿Se encuentra bien? —preguntó Sharon.

Me llamaron la atención unas palabras escritas en uno de los laterales del pequeño camión: «El Destripador estuvo aquí». Me vino a la cabeza la imagen del señor Bashir limpiando manchas rojas de la pared de su tienda. Y la de los chicos de la esquina.

—¿Qué os parece? —gruñó él, estremeciéndose de nuevo. Al mirarnos más de cerca, esbozó una ligera sonrisa—. Ah, sois vosotras.

Contemplé su cara, sus ojos animados y amistosos. ¿Un monstruo podría tener ese aspecto? En ese momento tomé una decisión rápida.

—¿Podemos ayudarle? ¿Necesita que le traigamos algo? —pregunté ignorando el codazo de Sharon. Me aparté de ella.

—No —dijo él con cara de tristeza—. Y tampoco deberíais andar por aquí. No estoy seguro de que a tu padre le parezca bien.

—¿Por qué no?

Todo su cuerpo pareció encogerse ante la pregunta. Lo vi cansado y triste.

—Los chicos del trabajo —contestó—. Creen que he hecho algo. Algo malo.

Sus ojos empezaron a llenarse de lágrimas y noté un nudo en la garganta. Los hombres no lloraban. Eso no podía estar pasando. Luego tuve la impresión de que se sacudía algo de encima, y, con una carcajada que no sonó en absoluto divertida, dijo para sus adentros:

—Lo más irónico es que no puedo matar ni a una mosca. —Se perdió en sus pensamientos por un instante y luego volvió a fijarse en nosotras—. En cualquier caso, vosotras haríais bien en marcharos. Yo estoy bien.

Obedecimos con desgana, preguntándonos cuál sería el origen de sus heridas.

Lo descubrí unos días más tarde, cuando papá llegó a casa acompañado de Jim Jameson y pidió a la tía Jean que añadiera otro plato a la mesa. Percibí la tensión en ella, pero accedió a la petición con un ligero movimiento de cabeza. A Jim ya le habían quitado el vendaje de la cabeza y se le veía un corte largo y un morado. La hinchazón de la nariz había remitido, pero sus ojos ensombrecidos y hundidos le daban una expresión de calavera andante. Me sonrió y me guiñó un ojo a escondidas de papá y de la tía Jean. Deseé que ese gesto de complicidad significara que no desvelaría que nos había vuelto a ver. No me equivocaba al confiar en él. No dijo ni una palabra.

La cena fue muy animada. Eran tan escasas las veces que teníamos invitados ajenos a la casa que fue casi como si nos convirtiéramos en otras personas. Era como ver a una familia de la tele. Incluso la tía Jean sonrió y llegó a reírse de vez en cuando, un sonido que me sobresaltó cuando lo oí porque me resultaba casi desconocido. Por algún motivo, Jim Jameson la hechizaba. Era un hombre locuaz y exudaba buen humor, lo cual pareció contagiársele a papá. La tía Jean sirvió de todo e hizo patatas fritas, y luego nos sorprendió a todos con un crumble de postre.

—Venga, come un poco más —le dijo a Jim después de servirle un plato hasta arriba del postre, con la cuchara en la mano dispuesta a añadirle más mientras se servía a sí misma un pedazo minúsculo—. Hay que mantener las fuerzas —continuó, usando una frase que a menudo le decía a mi padre.

Pensé que era gracioso que animaran a los hombres a ser fuertes cuando eran las mujeres las que estaban amenazadas. Me serví una porción extra de crumble sin que ella me viera.

Me enteré de que Jim tenía dos hijos, ambos varones. También me enteré de que su mujer y él se habían separado, y de que por eso vivía en el camión, aunque esperaba que ella le dejara volver pronto a casa. Con el tiempo comprendí que Jim Jameson era de esas personas que parecen ver siempre el lado bueno de las cosas, por mal aspecto que tengan. Cuando la tía Jean y yo empezamos a recoger la mesa, la conversación entre él y papá se tornó más seria. Hablaban en voz baja.

—¿Me dejas que te diga de nuevo lo mucho que lo lamento, Jim? —dijo papá.

—Ah, no le des más vueltas. Ahora ya está y tampoco es como si tú lo hubieras alentado, hombre.

—No, pero tampoco lo paré. Y debería haberlo hecho. Los chicos nunca...

—Mira, al final no ha pasado nada..., bueno, aparte de esto —dijo Jim sonriendo y señalándose la nariz.

—Eres mucho más generoso de lo que lo sería yo.

—Ya... Bueno, supongo que me considero afortunado, así en general, tío. —La voz le temblaba un poco—. A ver, no me molesta que la poli sea concienzuda. Prefiero eso a que pasen de todo. Lo que es una pena es que todo el mundo se enterara de que me habían detenido.

Hizo una pausa y ambos bebieron un sorbo de té.

—Por cierto, ¿te he dicho que la carta la firmó el propio jefe, George Oldfield? —Jim sacó un sobre del bolsillo y, con un florido gesto, extrajo el papel que había dentro y se lo tendió a papá para que lo leyera, como si estuviera mostrándole el autógrafo de alguien famoso.

—Debe de ser un alivio contar con esto —dijo papá al tiempo que se lo devolvía después de haberlo leído.

—Sí, tío. No me cabe duda de que me detendrán alguna otra vez antes de que acabe todo esto y al menos tendré algo que enseñar. Lo que espero que es que lo agarren de una puta vez. Es la primera vez en mi vida que me alegra tener unos pies tan grandes. —Jim se rio—. Y a lo mejor vale algo algún día —añadió agitando la carta en el aire, como hacía Charlie con su tíquet dorado.

Cuando se iba me acarició la barbilla y se despidió de mí con un:

—Nos vemos, niña.

Gracias a papá descubrí luego que, en una especie de parodia macabra de *Cenicienta*, Jim Jameson había quedado libre de sospechas debido a sus botas de trabajo, que eran demasiado grandes en comparación con las huellas halladas en la escena del crimen de Josephine Whitaker.

Desgraciadamente eso fue después de que los chicos del trabajo le propinaran la paliza, pero le protegía una carta firmada por el mismo George Oldfield en la que se afirmaba que había dejado de ser «persona de interés» para la policía. Me senté en el sofá, boquiabierta, mientras papá nos explicaba todo esto a la tía Jean y a mí. Luego papá y yo jugamos al dominó y deseé que la vida fuera siempre así.

Pero al día siguiente volvió mamá y con ella regresó el silencio.

21

Miv

El número seis

El primer día de colegio tardé más de lo normal en arreglarme. Estrenaba ropa nueva y había decidido prestar un poco más de atención a mi aspecto, una decisión que nada tenía que ver con el retazo de información que había llegado a mis oídos gracias a la tía Jean (que a su vez la había sacado de la lavandería, una fuente de comunicación mucho más eficaz que el teléfono) de que Paul Ware estudiaría en nuestro colegio.

—Se acabó el dinero para pagar escuelas pijas —había dicho la tía Jean la noche anterior, sin que yo tuviera muy claro si me lo contaba a mí o a mamá, que había vuelto a instalarse en la butaca y estaba allí, en silencio y con la mirada perdida.

La radio sonaba a poco volumen en la mesita que tenía a su lado y conseguí entreoír los acordes de «Don't Cry for Me Argentina», de Julie Covington, una de las canciones favoritas de mamá. Me pregunté si mamá la escuchaba, a pesar de su estado, y si la cantaba como hacía antes. Casi conseguí verla como solía ser, revoloteando por la casa, gesticulando como loca siguiendo la letra, como si en verdad estuviera actuando, su voz nítida y afinadísima. Las cosas nunca parecían cambiar después de uno de esos reposos y yo a menudo me preguntaba qué sentido tenían.

—No van tan boyantes ahora que se divorcian —había continuado la tía Jean devolviéndome a la realidad.

Aunque la noticia del divorcio de Hazel y el señor Ware no era inesperada, seguía conservando un cierto impacto y yo solo podía pensar en Paul. Las palabras de la tía Jean habían ido acompañadas por una serie de bufidos, ya que tanto el divorcio como las escuelas pijas eran dos de las cosas que suscitaban su desaprobación.

Esa mañana, frente al espejo, me puse una diadema con una mariposa de plástico en un extremo sobre mi pelo recién lavado, que había crecido por encima de la medida de un cuenco y había alcanzado la longitud de una media melena. Luego me pellizqué las mejillas. La confianza en mí misma quedó, sin embargo, ligeramente tocada al ver a Sharon esperándome al final de su calle. Contemplé su cascada de rizos rubios recogidos en una coleta que le llegaba a media espalda; le había dado por peinarse el flequillo y rociarlo de laca hasta dejarlo tan rígido que se movía en bloque, como el de un Ángel de Charlie. Al acercarme, me percaté de que sus labios relucían. Daban la impresión de estar recubiertos de la purpurina que solíamos pegar a nuestros dibujos, algo desde lo que solo parecían haber pasado unos pocos meses. Me los quedé mirando.

—¿Qué llevas en los labios? —pregunté—. ¿Es uno de esos brillos?

La última moda eran los brillos labiales con sabores que vendía el señor Bashir en la tienda: de mora, fresa o cereza.

—Mamá me dejó comprar uno —dijo ella asintiendo. Noté un pellizco de envidia en mi interior. Del bolsillo de la cartera, Sharon sacó el tubo estampado en rosa y me lo ofreció—. Lo he cogido para que tú también puedas ponértelo.

Cualquier rastro de rencor se desvaneció cuando le quité la tapa y apliqué en los labios con ahínco aquel brillo pegajoso y dulce con sabor a fresa. Nos miramos e hicimos un mohín al unísono, luego nos echamos a reír. Cualquier cosa me parecía posible ahora que llevaba sujetador y usaba brillo labial.

Durante la vuelta a casa, el día tomó un cariz más siniestro. Caminábamos muy despacio, Sharon iba de espaldas para enseñarme el tanto decisivo que había logrado en netball, cuando vi el titular en el expositor de los periódicos de la tienda del señor Bashir y me paré en seco.

—¿Qué pasa? —dijo Sharon antes de seguir mi mirada, fija en las mayúsculas en negrita del titular:

EL DESTRIPADOR ATACA DE NUEVO

Sin decir palabra, nos dimos la mano tal y como hacíamos cuando éramos pequeñas, reforzando nuestra unión y extrayendo fuerzas de ella. De repente fui plenamente consciente de la calle que tenía delante. Todo parecía difuminado y triste, como si alguien le hubiera robado el color. Septiembre había traído consigo un tiempo más fresco y ventoso, y contemplé cómo una bolsa azul de patatas fritas volaba por la calle, atrapada en una nube de polvo gris que me llegó hasta la garganta.

Entramos muy serias en la tienda a comprar el periódico. El señor Bashir pareció notar nuestro humor y se limitó a saludarnos con un gesto, sin esbozar su sonrisa de siempre.

Ya había cuatro mujeres en torno a los estantes de los periódicos, y Valerie Lockwood, la vecina de la calle de al lado, leía en voz alta lo que decía el *Yorkshire Chronicle* para su audiencia:

—«Se ha confirmado que Barbara Leach, de veinte años de edad, ha sido la undécima víctima del infame Destripador de Yorkshire. Han transcurrido ciento cincuenta y nueve días desde su último ataque. Barbara era una estudiante universitaria de Bradford. En lo que se ha convertido como la seña característica del asesino, la joven fue golpeada en la nuca con un martillo y posteriormente apuñalada. Su cuerpo apareció tirado detrás de un muro, entre cubos de basura, cubierto con un trozo de alfombra vieja».

Al oír esto una de las mujeres dio un respingo, otra se tapó la boca con la mano y la tercera meneó la cabeza con fuerza.

—Esta vez ni siquiera se trataba de una prostituta —comentó Valerie con la voz temblorosa por la ira.

Una de sus acompañantes la advirtió de nuestra presencia. Valerie dobló el periódico y se lo guardó debajo del brazo, embutido en un abrigo marrón.

—Me lo llevaré a casa para que lo lea Brian, le gusta estar informado —dijo señalando hacia la puerta.

Nosotras nos volvimos de manera instintiva hacia donde señalaba y distinguimos la silueta habitual del hombre del mono que estaba de pie en el lado opuesto de la calle, mirando hacia la tienda. Me asaltó un estremecimiento. Valerie pagó el periódico y se fue, seguida de las otras, y yo cogí otro ejemplar. El señor Bashir suspiró cuando vio la foto de Barbara en la primera página al pasar el diario por el lector.

La foto mostraba a una chica joven y sonriente, de pelo corto, que llevaba una gorra de tweed. Recordaba a las estudiantes modernas que a veces veíamos saliendo de la facultad de arte, donde también había asistido mi madre a estudiar música, aunque eso resultara difícil de imaginar viéndola ahora. Barbara parecía la clase de persona a la que yo aspiraba a parecerme cuando fuera mayor.

—No es justo —dijo Sharon cuando ya estábamos fuera de la tienda, devorando todas y cada una de las palabras de la multitud de páginas dedicadas al tema—. La tiró como si fuera basura y no lo era. Era una persona.

—Lo sé —repuse, sin saber qué más decir.

—Entonces ¿cuál es el siguiente de la lista? —dijo ella sin la menor vacilación—. Tenemos que encontrarlo. No lo soporto.

El corazón me dio un salto al pensar que Sharon volvía a sentir interés por la lista…, aunque enseguida le siguió un arrebato de vergüenza. ¿Cómo podía alegrarme en un momento así? Ella me miraba a la cara, con los ojos llorosos y el rostro convertido en una mueca de angustia.

—¿A la policía no le importa? ¿Están haciendo algo?

Yo me había hecho la misma pregunta. Los únicos policías que había visto responder sobre el caso eran mayores que mi padre. Los que no llevaban uniforme vestían traje y hablaban con voz pija, aparentemente solo entre ellos. Era como si estuvieran a un millón de kilómetros de nosotros, y aún más lejos de las mujeres que asesinaba el Destripador. Me pregunté si la distancia importaba. Si cambiaba en algo su interés por el tema y sus posibilidades de atraparlo.

—Descubrámoslo —dije—. Revisemos la investigación policial, a ver qué se les está pasando por alto.

Durante el resto del camino a casa, las propias calles parecían inquietas, como si la noticia se hubiera filtrado en los ladrillos y el cemento de la ciudad. Los susurros sobre el último crimen parecían flotar en el aire: había mujeres a las puertas de las casas, en grupos pequeños, murmurando su nombre, con la mirada alerta por si aparecía en cualquier momento.

La tía Jean me esperaba sentada a la mesa de fórmica amarilla delante de una taza de té. Ni siquiera se había quitado el abrigo, lo que contribuía a la sensación de inquietud que flotaba en el ambiente. No había rastro de mamá; debía de estar arriba, en la cama. La tía Jean señaló el periódico que yo llevaba y luego la silla que tenía enfrente. Me senté.

—Has visto las noticias, ¿no? —preguntó. Parecía casi aliviada de no tener que explicarme que otra mujer había sido asesinada.

Asentí.

Sus bucles grises estaban rígidos.

—Creo que ahora ya eres lo bastante mayor para entenderlo —dijo, como si se estuviera convenciendo a sí misma—, y también que ya podemos hablar de que debes ir por el mundo con los ojos bien abiertos.

—¿A qué te refieres? —pregunté. Me costaba tragar.

—Bueno, a que cuando estés por ahí, deberías mantenerte ojo avizor por si hay algún hombre raro cerca. Sobre todo si no es de por aquí —respondió. Daba la impresión de que le costaba mirarme a los ojos y yo no entendía el porqué—. Y, tal vez, cuando cae la noche, no deberías volver a casa pasando por sitios oscuros —añadió.

Se produjo un silencio en el cual dejé sin formular la pregunta de quién me acompañaría a casa o vendría a buscarme en esos casos.

—Y, si notas que hay alguien andando detrás de ti, cruza la calle. Y, si esa persona también cruza, ¡echa a correr!

—De acuerdo —dije en una especie de graznido, sin saber muy bien cómo sentirme en estas nuevas circunstancias.

—Y ahora dime, ¿qué te apetece para cenar?

La combinación del temor inesperado de la tía Jean y de esa pregunta, que solía reservar solo para los cumpleaños, me hizo echarme a llorar. La tía Jean me dejó hacerlo sin comentar nada; se quitó el abrigo, lo colgó y empezó a revolver en la cocina.

Más tarde, cuando llegó papá, colocó otro ejemplar del periódico en la mesa, sobre el mío. Después de cenar, lo miró de reojo y dijo:

—¿Tu tía Jean ya te ha dicho que vayas con cuidado?

Asentí sin decir nada.

Vimos las noticias juntos, en silencio.

Días más tarde, en la misma semana del asesinato de Barbara Leach, el sol protagonizó un retorno fugaz, como si se riera de nosotros, cual recordatorio cruel de que el verano había terminado y de que ya estábamos de vuelta en el colegio. También parecía fuera de lugar que brillara cuando otra mujer había muerto: unos cielos oscuros y sombríos habrían encajado mejor con el ánimo de la ciudad.

La señora Andrews estaba sentada a su mesa, en la biblioteca, abanicándose con un periódico, y nos saludó al vernos pasar, un gesto al que correspondimos. Habíamos decidido usar la sala de lectura de la biblioteca, que ofrecía ejemplares de todos los periódicos gratis, tanto los principales como los más locales, para realizar nuestra inspección de las investigaciones llevadas a cabo por la policía hasta el momento, pero nos arrepentimos en cuanto entramos en ella. El olor a sudor corporal y al humo de tabaco se concentraban al máximo en aquella sala pequeña y mal ventilada, y a duras penas conseguimos respirar por la boca mientras sacábamos los ejemplares del *Yorkshire Chronicle* de los últimos tiempos. En los artículos más recientes se percibía una frustración creciente ante la falta de progresos a la hora de encontrar al Destripador, sobre todo desde que se publicó la cinta. También nosotras nos frustramos en nuestra búsqueda de huecos en la investigación policial.

Entonces vi un titular que decía: «¿Quiénes son las mujeres de la vida del Destripador?».

Levanté la vista del periódico y se lo mostré a Sharon.

—Quizá esté casado, al fin y al cabo —susurré.

—Quizá, en lugar de buscar a un hombre, deberíamos buscar a una mujer que oculte algo. Podría estar ocultando al Destripador —susurró ella como respuesta.

Nos fuimos de la biblioteca temprano. Ruby había empezado a preguntarle a Sharon adónde iba y a qué hora estaría en casa. Supusimos que obedecía a la misma razón que la charla sobre tener los ojos bien abiertos que había mantenido con la tía Jean, pero Ruby no lo había aclarado. Cuando Sharon y yo nos separamos y emprendí sola el resto del camino a mi casa, recordé las palabras de la tía Jean: miré en todas direcciones mientras andaba y presté atención a los pasos cuando tomaba callejones oscuros.

Pensé en las mujeres que había en nuestras vidas. Aparte de Hazel Ware, todas parecían cortadas por el mismo patrón, una especie de fondo de papel pintado sin nada que las destacase en especial de cara a nuestra investigación. Eran casi como si fueran seres de otra especie. No lograba imaginarlas teniendo la misma clase de vida interior secreta que tenía yo y que debía tener la mujer del Destripador. Me sorprendí al descubrir en mí un sentimiento de tristeza al pensarlo. ¿Era eso lo que nos esperaba al hacernos mayores?

Me pregunté si, desde fuera, las mujeres de mi familia podrían levantar sospechas. No había ninguna otra madre muda. Y el caso de la tía Jean también era único: no había ninguna tía viviendo con las familias. Negué con la cabeza para desterrar la idea antes de que enraizara porque no quería desarrollarla hasta su conclusión lógica. No tenía el menor interés de volver la mirada hacia mi familia. Estaba más interesada en la rareza ajena.

Al día siguiente volvimos a la biblioteca al salir del colegio. Hacía mucho más fresco y la señora Andrews estaba como congelada. Apenas nos miró cuando nos dirigíamos a la sala de lectura, y su rostro pálido y sus ojeras oscuras delataban que apenas había dormido desde que la vimos el día anterior. Uno de sus ojos se veía casi morado. No nos saludó. Cuando ocupamos nuestros asientos habituales, Sharon siguió pendiente de la mesa y de la expresión abatida de la señora Andrews. No teníamos nada que añadir a la lista ese día, así que nos fuimos enseguida, pero, cuando salíamos, Sharon se paró frente a la mesa.

—Hola, señora Andrews —dijo, y yo me giré, sorprendida.

No tenía previsto hablar con ella, ya que se notaba que quería que la dejaran en paz. Era como si, dentro de su cabeza, estuviera en un lugar y una hora distintos, y, aunque me apetecía meterme ahí y sacarla de dondequiera que estuviera, intuía de alguna manera que era mejor quedarse callada.

—¿Señora Andrews? —repitió Sharon, sin haber obtenido respuesta.

La señora Andrews permaneció de espaldas a nosotras, mirando a un punto indeterminado de la pared. Al segundo saludo pareció reaccionar y dio media vuelta.

—Hola, niñas —dijo con voz débil.

—¿Se encuentra bien? —preguntó Sharon—. Hemos notado que no parece usted la misma de siempre.

Buscó mi complicidad mientras decía estas palabras y yo asentí con ahínco, entrando en el juego. En ese momento, el color volvió a las mejillas de la señora Andrews, quien negó con la cabeza y dijo que estaba bien, a pesar de que la emoción claramente visible en su cara afirmaba justo lo contrario.

—De acuerdo —dijo Sharon lanzándome una mirada elocuente.

Tan pronto como estuvimos fuera, Sharon empezó a esgrimir sus razones para añadir a la señora Andrews a la lista.

—¿Recuerdas que el artículo decía que teníamos que estar atentas a los cambios en la conducta? —dijo—. ¿Y lo que aquel policía dijo sobre que el Destripador también tenía que ser familia de alguien? Yo creo que la señora Andrews es sospechosa. Un día está contenta y parlanchina, y al siguiente actúa como si no nos conociera y se la ve toda triste y…, no sé…, derrotada. ¿Te has fijado en su ojo? ¿Y si es cosa de su marido? A ver, no me cabe duda de que oculta algo.

No pude negar la veracidad de todo aquello, así que anoté el nombre de la señora Andrews en la lista.

6. La bibliotecaria

- Cambios de humor
- Actúa de forma sospechosa
- Posible ojo morado
- ¿Oculta algo?

22

Omar

Omar abrió la puerta y permaneció en el umbral. Cerró los ojos, dejando que el sol le bañara la cara, y por un momento se permitió creer que podía estar en cualquier otro sitio.

El último asesinato había despojado a la ciudad de toda esperanza. Apenas se habían recuperado del anterior, el de Josephine Whitaker, y de todas las preguntas y preocupaciones que habían surgido tras su muerte, expresadas durante las charlas en la tienda que concluían que el peligro los acechaba ya a todos, cuando el asesino había actuado de nuevo. El horror se estaba convirtiendo en algo habitual. En parte del paisaje. Después del impacto inicial al conocer la noticia, Valerie y sus amigas habían vuelto, habían comentado el número de puñaladas que presentaba el cuerpo de Barbara casi como si estuvieran discutiendo lo sucias que estaban las persianas de Marjorie Pearson.

Acababa de volver adentro para reponer los estantes cuando unas voces distintas, y más siniestras, le hicieron tensar los hombros. Sabía que, si volvía la cabeza, vería a los chicos rapados al otro extremo de la calle, donde a veces se reunían para fumar y observar a quien pasara. Nunca tan cerca para que pudiera hablar con ellos, o para hacer algún destrozo a plena vista, pero lo bastante para que él fuera consciente de su presencia y se pusiera nervioso.

Salvo que en esta ocasión sí que se acercaban; el ruido de sus botas resonaba rítmicamente sobre la acera, anunciando la amenaza. Se volvió a ver dónde estaban e inspiró con brusquedad cuando se percató de que Brian iba entre dos de ellos: el gorro amarillo, aún en su cabeza pese al día cálido de septiembre, lo delataba. Iban calle abajo, en dirección contraria a la tienda. Omar reconoció al instante a uno de ellos como el bravucón alto que le había volcado el cubo de agua hacía más o menos un mes. Ishtiaq le había dicho que su nombre era Reece y que iba a su clase. El otro, aunque claramente mayor, tenía casi los mismos rasgos que Reece. ¿Sería quizá su hermano mayor?

Omar observó en silencio. Todos sus instintos protectores se hallaban en alerta máxima, casi como si Brian fuera Ishtiaq en lugar de un chico de veintitrés años. Se fijó en su cara, intentando discernir si iba con ellos por voluntad propia o bajo algún tipo de coacción. Caminaba con la cabeza gacha, la cara fija en los adoquines de la acera, lo cual no era nada raro en su caso. Pero había algo disonante en la escena: era casi como si estuvieran tirando de él a través de cadenas invisibles. Brian avanzaba ligeramente por detrás del paso arrogante de los otros. Cuando el mayor de los dos le propinó un empujón que le hizo tropezar, la exclamación salió de la boca de Omar antes de que ni siquiera tuviera tiempo de pensarlo.

—¡Eh! —gritó.

Los chicos se pararon en seco, obviamente sorprendidos. El alto fue el primero en recuperar la compostura.

—¡Joder! —dijo riéndose, antes de mirar a Reece, que dio la impresión de captar la indirecta y se echó a reír a su vez. Brian mantenía la mirada baja.

—Dejadlo en paz.

Brian levantó la vista y por primera vez en sus vidas sus miradas se cruzaron. Luego volvió a agachar la cabeza. En la calle, las puertas empezaron a abrirse: los vecinos se asomaban a ver a qué venían los gritos.

—Hasta luego, Brian —dijo el chico más alto, y ambos se alejaron dejándolo atrás y deteniéndose solo para escupir en el suelo.

Omar notó que empezaba a temblar.

—Entra —dijo a Brian en un tono tan tranquilo y normal como le fue posible, ya que intuía que eso era lo que el chico necesitaba en ese momento—. Tu pedido ya está listo.

Brian le siguió hacia el interior de la tienda y tenía la mano en el bolsillo para sacar el dinero cuando Omar se volvió y apoyó la mano en su brazo para pararlo.

—¿Qué querían de ti esos dos? —preguntó.

La voz de Brian era débil. Apenas audible. Omar tuvo que esforzarse para discernir qué decía.

—Quieren que..., que vaya con ellos —dijo—. Que..., que haga cosas para ellos.

—No son buena gente, Brian. —Omar intentó mantener la voz firme y no dejar que la ira la enturbiara—. Será mejor que mantengas las distancias tanto como puedas.

Brian asintió y Omar percibió lo inútil que era intentar prevenir a ese chico, carente de amigos, de los únicos que habían mostrado algún interés en él. Le tendió el periódico y el tabaco, rechazó sus intenciones de pagarle, y le observó mientras se alejaba de la tienda de camino a su casa. Tal vez debería hablar con Valerie. Ponerla al tanto de la existencia de esos chicos por si ella no sabía nada de ellos. Asegurarse de que era consciente de que tenían a Brian en el punto de mira. Sin embargo, ¿y si se lo tomaba como una intrusión? Los habitantes de Yorkshire tenían poca competencia en todo lo referente al cotilleo, pero eran muy discretos sobre sus propias vidas: se mostraban orgullosos y erróneamente convencidos de que los sentimientos debían mantenerse en privado. Por un momento sonrió al imaginar cuál sería la reacción de sus tías ante esta situación. Quizá ellas tenían razón. Quizá lo que un día él tomó como entrometimiento era en realidad una manera de mantener a la gente a salvo. Quizá fuera eso lo que significaba formar parte de una comunidad. Decidió que hablaría con Valerie.

23

Miv

La siguiente vez que vi a Paul Ware fue al día siguiente, en el colegio, un día en que, para mi desgracia, se me había olvidado pedirle a Sharon el brillo de labios. Lo descubrí a lo lejos, en el extremo opuesto del pasillo. Me paré a mirarlo: el largo flequillo castaño le caía sobre los ojos y soltó un ligero soplido para apartarlo. Estaba apoyado en la pared de una de las aulas, probablemente a la espera de entrar, y sus miembros lacios revelaban una ansiedad que, de algún modo, yo lograba percibir por encima de sus intentos de aparentar indiferencia. Se hallaba solo, los demás pasaban ante él sin prestarle atención, como si fuera un objeto inanimado. Yo no podía dejar de mirarlo. Me sentía como si estuviera en una de las fotonovelas de *Jackie* que Sharon adoraba, salvo tal vez que, en lugar de estremecerme ante su presencia, lo que sentía era como si algo tirara de mí por dentro al pensar que seguía sin tener amigos. Incluso yo tenía una, y más si contaba a Ishtiaq, al señor Bashir y a Arthur.

De hecho, en los últimos días había pasado más y más tiempo con Ishtiaq en el colegio. En la primera jornada de clases, la señorita Stacey había anunciado que ese año nos iban a sentar en clase de acuerdo con nuestras capacidades. Nos había indicado que nos acercáramos a las listas de la pared para averiguar en qué grupos estaríamos en Lengua, Mates y Ciencias. Me horrorizó comprobar que ya no compartiría esas clases con Sharon, ya que yo estaba en los primeros puestos.

—Claro que sí —había dicho ella riéndose de mi cara de frustración—. Eres mucho más inteligente que yo.

—¿De verdad? —dije yo, incómoda ante la idea.

Ella movió la cabeza en una evidente muestra de asombro.

—¡Sí, tontaina! Y nos veremos en el recreo y en la clase de dibujo y tal.

Ese día casi me había arrastrado hasta mi nueva aula y cuando asomaba la cabeza por la puerta vi a Ishtiaq delante de mí, caminando con seguridad hacia uno de los pupitres de la primera fila. Se sentó, con la mirada al frente, sin prestar la menor atención al resto. Le seguí y me senté a su lado, embargada por una extraña mezcla de miedo y orgullo por no haber esperado a ver qué pensaban los otros. Nos sentamos juntos, compartimos los libros y al final de la clase Ishtiaq dijo:

—¿Quieres venir a casa a hacer los deberes conmigo?

Así que luego nos habíamos sentado a la mesa de su cocina mientras el señor Bashir nos preparaba la merienda y cantaba «Benny and the Jets» a todo pulmón, hasta que Ishtiaq le dijo que teníamos que concentrarnos y la voz se convirtió en un tarareo, que era exactamente igual de molesto.

Ishtiaq parecía encontrarse absolutamente a gusto en las nuevas clases. No parecía importarle que la gente supiera que era listo aunque nunca alardeaba de ello. Me percaté de que a menudo se pasaba los recreos leyendo, pero que también se le veía contento jugando al críquet si se terciaba. Hablaba igual con los chicos que con las chicas, y le importaba poco verse incluido o no, lo cual en cierto modo lo volvía más atractivo a ojos de los demás, incluso de aquellos que lo habían insultado en el pasado.

Me sentí como si lo estuviera viendo por primera vez.

Decidí acometer el intento de imitar aspectos de su conducta, convencerme de que no tenías que ser igual que todos para caer bien a la gente. Me esforzaba mucho en dejar de preocuparme si el reducido grupito de niñas populares querían ser mis amigas.

Eso me resultaba útil, puesto que no es que hubiera exactamente cola para pedirme amistad y terminaba sentándome con Ishtiaq de todos modos.

—Afortunada tú —comentó Sharon con cierta nostalgia cuando se lo mencioné—. A mí aún me toca aguantar a Neil y a Reece en clase. —Hizo una pausa—. Reece sigue incordiándome igual.

—¿A qué te refieres con incordiar?

—Bueno, ya sabes. De repente se está riendo de mí, insultándome, y al minuto siguiente me pregunta si quiero pasar el recreo con él. Yo siempre le digo que no, claro.

Asentí con aire circunspecto, como si deshacerme de los chicos fuera algo que me pasara todos los días. Noté que Sharon ponía una cara más seria.

—Me asustan un poco, esos chicos —dijo—. Se están volviendo... duros..., ¿sabes?

Pensé en la última vez que había visto a Neil y Reece, en sus ceños siempre agresivamente fruncidos. Sus expresiones eran casi como el uniforme que llevábamos al colegio. Me pregunté qué les había pasado para volverse así tras haber sido unos niños divertidos y traviesos. ¿Qué había convertido la timidez de Reece en ese silencio hosco?

A mí también me asustaban un poco.

Ese miedo se intensificó el sábado siguiente. Habíamos ido a casa de Arthur y estábamos sentadas en el jardín, contándole todo lo referente a Jim Jameson, al que pensábamos ir a ver después. Me sorprendió descubrir cómo parecía afectarle esa historia. Al ver que sus ojos empezaban a llenarse de lágrimas, me apresuré a calmarlo.

—No pasa nada, Arthur. Le han dejado libre y todo. Tiene una carta.

—Ya, cielo, lo sé. No es eso —dijo él evitando mirarme a los ojos.

—Entonces ¿de qué se trata? ¿Qué sucede? —intervino Sharon mientras las lágrimas de él amenazaban con derramarse por sus mejillas.

—Es solo…, es la idea de que esté viviendo solo en su camión —intentó explicar Arthur ante nuestras caras de perplejidad—. No espero que lo entendáis. Ya sé que soy un viejo chocho. Pero nadie debería estar tan solo.

En realidad eso sí que lo entendí.

—Podría acompañaros cuando vayáis a verle —dijo Arthur—. Ofrecerle mi casa cuando necesite un baño.

Los tres nos fuimos poco después y bajamos la calle más despacio de lo habitual, debido a la insistencia de Arthur de ir señalándonos quién vivía en cada casa e identificar las distintas flores y aves. Sharon y yo fingíamos admirar uno de los jardines vecinos cuando noté que Arthur daba un respingo: se quedó como paralizado e inspiró con brusquedad.

—¿Pasa algo, Arthur?

Sharon también lo había notado y las dos le miramos a la cara, que tenía fija en un punto lejano. Nos volvimos a ver qué le había llamado la atención y al instante reconocimos a Reece y a Neil, junto con otros dos chicos mayores a los que no conocíamos, ambos tan parecidos de aspecto a Reece que podía asegurarse a la legua que eran parientes.

—No les hagas caso, Arthur —dije fingiendo una confianza que estaba lejos de sentir—. Los conocemos. Son solo unos chicos del colegio y eso.

—Son los mismos que vinieron a la chatarrería —dijo él con voz frágil.

—¿Estás seguro? —preguntó Sharon al tiempo que me miraba alarmada—. Están bastante lejos.

—Yo… yo diría que sí. Bueno, no podría jurarlo, pero… —Oí que su respiración se aceleraba—. Quiero irme a casa —dijo, así que le acompañamos de vuelta.

Noté que Sharon no paraba de volverse hacia el grupo de chicos. Quizá teníamos razón de tenerles miedo si Arthur, que era un adulto, también los temía.

Al día siguiente decidimos pasarnos por Wilberforce Street a la salida de la iglesia para ver cómo estaba Arthur y asegurarnos de que todo iba bien. Para sorpresa nuestra lo encontramos en plena forma y, por una vez, dentro de casa, recogiendo la cocina.

—Jim Jameson se instalará aquí el fin de semana que viene —dijo, dejándonos boquiabiertas—. Al final fui a verlo y estuvimos charlando —añadió a modo de explicación—. Y me apetece que se sienta como en casa... ¿Os importaría echarme una mano?

Cuando miré a Sharon, vi que sus ojos brillaban tanto como los míos.

Nunca había visto a Arthur de tan buen humor. Me quedé abajo, quitando el polvo al montón de paños de encaje que adornaban todos los muebles mientras que Sharon subió a la habitación de invitados y se dispuso a meter enseres en cajas para luego trasladarlas al cobertizo. La habitación estaba decorada en delicados tonos de color rosa, con todo a juego, y suponía un contraste con el resto de la casa y con el propio Arthur.

—Era el cuarto de nuestra Helen —nos explicó con los ojos llorosos—. Era la pequeña y fue la última en irse de casa.

Era algo que nos había contado al menos cien veces antes. Saltaba a la vista que Helen era su favorita y que su marido era el añadido familiar menos favorito de todos.

«Él nunca quiere reunirse con la familia —comentaba Arthur a menudo—, lo cual me importaría un pimiento si al menos dejara que Helen fuera y viniera a su antojo. Pero tampoco le gusta que ella venga sola. Cuando falleció nuestra Doreen ni siquiera le permitió ir al hospital a despedirse de ella».

Y, al decir eso, su mirada solía congelarse en una mezcla de tristeza y de rabia.

Estaba a punto de unirme a Arthur en la cocina para preparar la merienda cuando oí que Sharon me llamaba desde el piso de arriba. No habría podido jurarlo, pero por su tono de voz parecía emocionada con algo. Al llegar al final de la escalera la encontré en la puerta del dormitorio y me hizo señas para que mirara hacia una foto con un marco de bronce que sostenía en la mano.

—Mira —dijo ella con la voz cargada de excitación—, ¿a quién te recuerda?

Contemplé la imagen en blanco y negro de una colegiala. Su cara de duende me resultaba familiar, aunque en esa foto llevaba trenzas en lugar del pelo corto. Lucía una amplia sonrisa y era bonita en un sentido etéreo, infantil. No cabía duda de que se trataba de la señora Andrews. Las dos bajamos corriendo, Sharon seguía llevando la foto en la mano.

—Arthur, ¿Helen trabaja en la biblioteca? —preguntó al instante.

—Sí, así es —dijo él con la cara radiante de orgullo—. Siempre con la nariz metida en un libro, esa niña. ¿Por qué? ¿La conocéis?

—¡Sí! —dije yo—. La vemos a menudo. No puedo creerme que no supiéramos que es tu hija.

Paseé la mirada por las fotos que había abajo, preguntándome cómo se nos había pasado por alto, y luego recordé la foto de la boda en la que apenas se le veía la cara por la pamela. El resto eran de los otros hijos a edades mucho más tempranas.

Arthur notó mi extrañeza.

—Supongo que pensaréis que soy tonto —dijo en tono nostálgico—, pero me gusta recordarlos cuando eran críos, cuando Doreen y yo éramos jóvenes y llevábamos poco tiempo casados.

Ese día, cuando nos despedíamos ya con la casa lista para la llegada de Jim Jameson, accedimos a volver el domingo siguiente para dar la bienvenida al nuevo huésped.

—A ver si convenzo a Helen para que venga a pasar el día, o algo así —prometió Arthur, para alegría nuestra. Estábamos a punto de irnos cuando Arthur volvió a llamarnos, se agachó para que su mirada quedara a la altura de la nuestra y dijo—: Tened cuidado mientras volvéis a casa, ¿me oís?

No nos hizo falta preguntar por qué.

No terminaba de decidir si el descubrimiento de que Arthur era su padre hacía que la señora Andrews fuera más sospechosa o menos. Por un lado, Arthur, que nunca hablaba mal de nadie, no aguantaba a su marido; por tanto, ¿podía ser el Destripador? ¿Ella le estaba protegiendo, tal vez? Por otro, la mujer acababa de perder a su madre, lo cual también explicaba esa conducta extraña… ¿Podía tratarse simplemente de pena? Habíamos sido testigos privilegiados del efecto devastador que la pérdida de Doreen había tenido sobre Arthur. ¿Y si era eso? En cualquier caso, esperábamos tener la oportunidad de descubrirlo el siguiente fin de semana.

Ese domingo, cuando llegamos a la casa a primera hora de la tarde, flotaba en ella un intenso olor a quemado. Arthur había intentado hornear un sándwich Victoria para recibir a Jim, pero el resultado había sido un fracaso espectacular… entre otras cosas porque era la primera vez que cocinaba algo al horno. Las ventanas y la puerta estaban abiertas de par en par y Jim estaba sentado en el frondoso jardín trasero, en una hamaca de madera forrada con una tela de rayas, a pesar de que el tiempo no invitaba a estar al aire libre. Arthur le sirvió una gran taza de té oscuro, «tan espeso que podrías clavar una cuchara en él», como decía la tía Jean, y luego se sentó junto a él en otra silla a juego. Delante de Jim había una caja, del mismo tipo que veíamos a las puertas de la tienda del señor Bashir llena de fruta o verdura; en esta, en cambio, se amontonaban enseres diversos: un despertador, una foto enmarcada, un par de libros y unas prendas de ropa dobladas. Me sorprendió que esas fueran todas las pertenencias de Jim Jameson.

Pese a tener tan pocas cosas, daba la impresión de que llevaba viviendo allí desde siempre y su presencia había dado vida a la casa. El dolor y la dejadez que embrujaban las paredes había menguado hasta convertirse en apenas un murmullo. Íbamos a unirnos a ellos cuando el ruido de pasos en la escalera nos detuvo. Era la señora Andrews.

—Hola, señora Andrews —dijimos las dos a coro.

Ella nos brindó una gran sonrisa.

—Hola a las dos. ¡Qué agradable sorpresa descubrir que sois precisamente vosotras las que habéis estado haciéndole compañía a papá! Creo que es todo un detalle por vuestra parte.

—Oh, estamos encantadas —dijo Sharon devolviéndole la sonrisa—. Es nuestro amigo.

—¿El señor Andrews ha venido con usted? —intervine yo, y la señora Andrews se sobresaltó un poco.

—Pues no... —contestó, en apariencia extrañada por la pregunta—, pero va a venir a recogerme pronto. ¿Y si salimos? Por cierto, ya que estamos, llamadme Helen. No soy tan mayor como para que me llaméis señora Andrews. —Y se rio.

Nos sentamos todos bajo el sol de septiembre y Arthur y Jim compitieron por contarnos la mejor historia de los viejos tiempos; todas empezaban con «cuando era un chaval...», a pesar de que Jim era al menos veinte años más joven que Arthur. Yo, Sharon y la señora Andrews (a la que aún no me acostumbraba a llamar Helen) nos acomodamos como pudimos en una alfombra de cuadros tan áspera que parecía papel de lija y asentimos con aire indulgente mientras bebíamos refresco de diente de león y bardana. La tarde transcurrió de manera apacible y casi llegué a olvidar que la señora Andrews estaba en la lista. Pero luego, en cuanto oyó el ruido de un coche aparcando en la puerta, se levantó y se atusó el pelo.

—Ese tiene que ser Gary —dijo con voz cantarina—. No quiere que vuelva sola a casa estos días. Será mejor que me marche.

Su mirada iba de nosotros a la verja. Antes de que pudiera despedirse de Arthur, apareció una figura alta.

—Hola, hola, hola —dijo el hombre.

No pude evitar quedarme mirándolo mientras él atisbaba por encima de la verja y noté que Sharon se erguía también. Tenía el pelo rizado, que le llegaba a los hombros, llevaba unos tejanos desgastados y sus ojos eran de un brillante color verdiazul. Era guapísimo. Me dejó absolutamente fascinada, y más aún cuando nos sonrió a las dos. Abrió la verja y caminó hacia el grupo.

—Soy Gary Andrews —dijo con fingida formalidad extendiendo la mano. Se la estrechamos y él saludó, sonriendo, a Arthur y a Jim también con un gesto de la cabeza—. Vaya, veo que habéis disfrutado de una merendola fantástica. Debería haber venido antes —añadió, y su voz era encantadora.

Arthur gruñó y me fijé en que la señora Andrews toqueteaba su bolso. Parecía incómoda. Seguí observando hasta que capté una mirada entre ella y su marido. Era de una intensidad que no habría sabido describir.

—Tenemos que irnos, papá. —La señora Andrews fue hacia Arthur y le besó en la mejilla—. Adiós, Jim. Hasta pronto, chicas.

Arthur se quedó callado después de que se fueran y Jim tardó un poco en animarlo, pero al final lo consiguió. Nos fuimos un rato más tarde pensando que Arthur estaba en buenas manos.

—No sé si ella es sospechosa —dije mientras andábamos hacia casa—. Creo que a Arthur no le cae bien el señor Andrews porque se llevó a su hija de su casa.

—Hum, igual llevas razón. Y que ella esté triste tiene sentido. Su madre murió hace poco.

—El señor Andrews no tenía la menor pinta de sospechoso —dije sonriendo al pensar en él.

—No, eso es verdad. —Noté que Sharon se sonrojaba exactamente igual que hacía a veces cuando mencionábamos a Ishtiaq.

—Es guapísimo, ¿no crees? —añadí sin poder evitarlo, junto con una risita.

—Lo es —dijo ella, y nos sonreímos mutuamente.

Pasamos el resto del camino en silencio. No tengo la menor idea de en qué pensaba Sharon, pero yo no podía quitarme de la cabeza al señor Andrews.

Al día siguiente, Sharon dijo que debía ir a casa directamente al salir del colegio porque su madre la necesitaba para algo, así que me fui sola a la biblioteca con la esperanza de encontrar allí a la señora Andrews y de que estuviera de humor para charlar un rato. Estaba de pie detrás de la mesa, de perfil, sellando libros con la misma expresión perdida que le habíamos visto la semana anterior. No tenía muy claro si querría hablar, pero decidí acercarme a su mesa de todos modos. Cuando llegué, ella volvió la cara del todo hacia mí. Retrocedí un paso al verla. La parte derecha de su rostro aparecía hinchada y había un gran moratón justo debajo de su ojo.

—Oh, no, ¿se ha hecho daño? —pregunté, y me sonrojé al instante por haber hecho una pregunta tan obvia.

—No es nada —dijo ella con una sonrisa que pareció costarle la vida—. Me caí de bruces y no me dio tiempo a poner las manos. Ya sé que tiene un aspecto horrible, pero se curará en unos días.

—¿Lloró cuando sucedió? —pregunté.

Miró en derredor, como si estuviera a punto de contarme un secreto.

—No se lo digas a nadie, pero sí, lloré. —Intentó sonreír de nuevo, pero tuve la impresión de que le dolía—. En fin, ¿y tú cómo estás? —preguntó.

La miré. Ningún adulto me había preguntado nunca eso y no estaba muy segura de cómo responder. A pesar de sus heridas, su cara se suavizó mientras observaba la mía. Noté el picor de las lágrimas subiéndome por la garganta sin saber muy bien por qué.

—Miv, ¿sabes que si alguna vez quieres hablar conmigo estoy aquí? De lo que sea —me dijo con una voz tan suave que parecía un murmullo.

Miró el reloj de pared que había a mi espalda y se llevó una mano a la cara.

—Oh, tengo que darme prisa —añadió—. Gary estará esperándome.

Al salir vi al señor Andrews en un coche aparcado enfrente de la biblioteca. Estaba fumando un cigarrillo y el humo dibujaba una línea fina antes de dispersarse en forma de nubes que le ensombrecían la cara. Me pregunté si le habría secado las lágrimas cuando se cayó y le imaginé enjugando las mías cuando lloraba, por las noches, siempre que echaba de menos a mamá.

24

Omar

Omar abrió el mostrador para que Sharon pasara hacia la trastienda, donde la esperaba Ishtiaq, que había tomado prestado el aceite de coco de su padre para fijar el pelo en su sitio. El olor de ese aceite, mezclado con el del desodorante barato con el que Ishtiaq se había rociado el cuerpo en dosis generosas, llenaba la tienda de un aroma pegajoso y dulzón, y Omar había dejado la puerta abierta por miedo de marear a los clientes.

Se había percatado de que las visitas de Sharon en solitario estaban aumentando y se preguntó cómo se sentiría su amiga. Ella y Sharon habían sido siempre como siamesas, y Miv, en particular, le había dado siempre la impresión de que le faltaba una capa de piel: sus enormes ojos parecían absorberlo todo y su rostro expresivo cambiaba en función de las emociones del entorno. Sentía una afinidad con esa niña flaca y de cara seria.

También sentía una mezcla de aprensión y alegría ante la floreciente relación entre Sharon e Ishtiaq. Adoraba ver la sonrisa que asomaba a los labios de su hijo cada vez que pronunciaba su nombre, algo que sucedía a menudo ya que Ishtiaq lograba meterlo en prácticamente cualquier conversación. Pero Omar era consciente de que las cosas solo podían acabar con un dolor equivalente a la felicidad que Ishtiaq experimentaba ahora. Así iban las cosas en la juventud, y el desenlace era aún más probable dado el color de su piel. Omar repasó en su memoria la angustia y el éxtasis que llegaron con su primer amor, años antes de que Rizwana apareciera en su vida.

En el caso de Ishtiaq y Sharon era distinto, claro. Al menos podían pasar tiempo juntos, convertirse en personas reales el uno para el otro. Hubo una época en que él no lo hubiera aprobado. Una época en que le importaban cosas diferentes, y el hecho de que Sharon fuera blanca habría marcado su opinión sobre el primer enamoramiento de su hijo. Pero Rizwana y él habían hablado del tema. De la inevitabilidad de que Ishtiaq quisiera probar cosas nuevas, relaciones incluidas. Habían tenido tiempo de sobra en el hospital para estas charlas, con él sentado en una silla de plástico junto a su cama, acercando mucho su cabeza a la de ella para que no tuviera que levantar la voz mientras hablaban del futuro de su hijo.

—Déjale que viva un poco, que experimente con la vida. Deja que sea él quien escoja la tradición en lugar de imponérsela —había dicho ella, y él había asentido, sobre todo porque llegados a ese punto habría accedido a cualquier cosa que ella le pidiera, aunque más tarde se convenció de que tenía razón. Podía permitirle a su hijo la alegría del primer amor. Tampoco es que fueran a casarse, ¿no? Su mayor preocupación era si los padres de Sharon estaban al tanto de todo ello. Se imaginaba que no tenían la menor idea.

Subió el volumen del radiocasete, pero los acordes tristes de «Rocket Man» le trajeron recuerdos de su mujer, bailando con él en la fría y húmeda cocina de su casita de Bradford al ritmo de esa misma canción. La música solía ser su manera de retornar a esos momentos, pero la añoranza por su mujer le dolía tanto que cogió un ejemplar del *Post* e intentó usar las palabras que leía para que le devolvieran de golpe al presente, lejos de las dolorosas heridas del pasado.

Había páginas y páginas dedicadas al Destripador. Cada vez que se producía otra muerte, se repetían en bucle todos los hechos, las fotos y las citas de los asesinatos previos. Pero de repente su atención recayó en un artículo que aparecía al final de la página cinco. Eran apenas un par de párrafos sobre una gran manifestación en Leeds convocada por el Frente Nacional. Meneó la cabeza, notando que se encendían los rescoldos de la ira. Una foto pequeña mostraba las calles llenas de banderas del Reino Unido y un cartel que rezaba «¡Fuera maleantes!», que se refería a personas como él, a los no blancos, algo que resultaba irónico dado que el país entero vivía en zozobra debido justamente a los actos de un hombre blanco armado con un martillo. En el centro de la foto aparecía un tipo blanco y calvo que blandía el puño hacia la cámara. En ese momento la idea de una relación entre Ishtiaq y Sharon quedó teñida de algo que se parecía mucho al miedo.

El sonido de unos pasos le sacó de sus pensamientos, con cierto alivio, y le alegró ver que se trataba de Helen, lo cual le daba la oportunidad de preguntar por Arthur, cuando se percató de lo que llevaba puesto. Dado el calor atípico de aquel mes de septiembre, el sombrero que le caía casi encima de un ojo era una prenda fuera de lugar, y el jersey de manga larga y cuello alto resultaba casi asfixiante. La joven paseó la mirada por la tienda como si fuera la primera vez que entraba en ella y su cara expresaba una confusión tal que se habría dicho que no sabía dónde se encontraban los productos que quería comprar.

—¿Necesita ayuda? —dijo Omar, y el tono formal que imprimió a la frase lo pilló a él mismo por sorpresa.

Helen levantó la vista, claramente sorprendida a su vez, y luego negó con la cabeza, lo que reveló parte de su cara amoratada. Él contuvo la expresión de horror justo a tiempo. Se preguntó qué haría Rizwana si estuviera allí.

Paralizado por la indecisión, se percató de que ella miraba hacia la puerta y distinguió a su marido al otro lado de la calle, vigilando la tienda, con una expresión gélida en la cara. Había oído hablar sobre Gary Andrews. Había oído hablar de todo el mundo en la tienda, tan a menudo que a veces se preguntaba si la gente caía en que él hablaba inglés, dadas las cosas que soltaban en su presencia. A menudo comentaban que Gary era un «auténtico galán», una expresión que iba acompañada de una especie de mueca y de un suspiro de indulgencia. A Omar nunca se lo había parecido, siempre lo había encontrado frío. Siempre que Gary entraba en la tienda, algo que sucedía poquísimas veces, se limitaba a colocar los productos que iba a comprar en el mostrador y se detenía a contar el cambio sin dejar de mirar fijamente a Omar.

Sus miradas se cruzaron también ahora y Omar creyó ver un atisbo de algo distinto en la cara de Gary. Helen se apresuró a terminar con las compras, se acercó al mostrador, pagó y se fue.

25

Miv

Esa noche, Jim Jameson vino a casa a ver a papá. No se le esperaba y noté la tensión en el ambiente cuando sonó el timbre. En nuestra calle era habitual «dejarse caer» por las casas ajenas, por todas excepto la nuestra. Cuando mamá estaba en casa, las visitas se reducían a la familia, lo que significaba nadie salvo los que ya vivíamos allí. Mamá se levantó en silencio de la butaca y subió al dormitorio mientras papá hacía pasar a Jim Jameson y la tía Jean corría a la cocina a poner la tetera a hervir, haciendo más ruido del que era común o necesario. Parecía sonrojada, su piel se había puesto tan rosa que me imaginé que el color alcanzaba a sus rizos canosos, dándoles ese gracioso tono morado con el que todas sus amigas se teñían el cabello una vez al mes. Por un instante fugaz me pregunté si le gustaría Jim Jameson, idea que descarté horrorizada porque no quería imaginarla albergando aquella clase de sentimientos.

—¿Necesitas algo? —preguntó papá en un tono más bien brusco debido a su sorpresa ante esa visita inesperada.

—Solo pasaba por aquí cerca —dijo Jim cordialmente—, y me pregunté si te apetecería tomarte una pinta.

—No soy mucho de pubs —contestó papá.

Lo miré con severidad, sabiendo que era mentira. Papá señaló hacia arriba con la mirada y asintió con la cabeza.

Jim se puso rojo y trastabilló con las palabras.

—Oh, claro, lo siento, Arthur lo comentó. Debería haberlo pensado mejor antes de aparecer sin más. Bueno, pues te dejo a tus cosas, ¿no?

Vi a la tía Jean asomándose por la puerta de la cocina. Me percaté de que se había quitado el delantal y se había desabrochado el botón superior de la chaqueta. Casi me eché a reír: era tan sorprendente como si hubiera entrado en la salita en ropa interior.

—¿Qué tal, Jean? —dijo Jim mientras se iba, sonrojándose un poco también, es de suponer que por su metedura de pata al presentarse así.

Lo seguí hasta la puerta y así tuve la ocasión de preguntarle:

—¿Arthur ha sabido algo de la señora Andrews?

Él frunció el ceño.

—Desde ayer, no. ¿Por qué? ¿Pasa algo? ¿Está bien?

—Oh, es solo porque se cayó —dije sin saber muy bien por qué se lo contaba—. Está bien, solo un poco magullada.

Él permaneció pensativo durante un momento.

—Se lo comentaré a Arthur. Se preocupa mucho por ella.

Curiosamente, papá salió poco después de que se marchara Jim, a pesar de haber afirmado que no era un hombre de pubs. Dio la impresión de desaparecer por el callejón trasero, sin más explicaciones, cuando nadie miraba.

Compartí mis pensamientos sobre la señora Andrews con Sharon al día siguiente, después de clase, sin comentar nada más sobre los acontecimientos de la tarde anterior. Estábamos hojeando revistas en su cuarto.

—No sé lo que es, pero estoy segura de que pasa algo.

—¿Crees que podría estar enferma? Lo digo por los morados... Cuando murió mi abuela, tenía muchos moratones en la piel debido al cáncer. Nadie me dijo que estaba enferma. Lo hicieron para protegerme, según ellos. Quizá esté intentando proteger a Arthur.

Lo sopesé durante un segundo.

—Quizá tengas razón. ¿Y si vamos a verla? Nos queda tiempo antes de cenar. A ver qué opinas tú de los morados...

Al entrar en la biblioteca noté que la señora Andrews no estaba precisamente encantada de vernos. Me pareció que suspiraba y retomaba su trabajo, esperando que fuéramos directamente a la sala de lectura. Di un codazo a Sharon con la intención de señalar el golpe, pero este parecía haber desaparecido. Sharon fue hacia su mesa de todos modos.

—Señora Andrews —dijo con voz nítida y firme—, ¿podría indicarnos dónde están las enciclopedias médicas?

La señora Andrews levantó la vista y nos indicó dónde podíamos encontrar lo que buscábamos. Con ello, se acercó más a nosotras y, cuando lo hizo, vi que el morado seguía allí, apenas cubierto de manera torpe con el maquillaje.

—Antes de que os vayáis —dijo ella en voz baja pero gélida—. Me consta que le hablasteis a Jim de mi accidente. —Inconscientemente se tocó la parte hinchada de la cara—. Y él se lo contó a mi padre, con lo que ahora está muy preocupado por mí. —Intentó sonreír, pero el gesto se convirtió en una mueca de dolor—. Ya sabéis cómo son esas cosas, no quiero preocuparle. Se supone que soy mayor.

Consiguió esbozar una ligera sonrisa, como si quisiera demostrar que todo eso era sincero aunque resultaba obvio que no era así.

Me pregunté por un instante cuántos años tendría.

—Lo siento —dije bajando la voz igual que había hecho ella—. Fui yo. No lo pensé. —Posé la mirada en el suelo.

—Oh, no, por favor, no te disculpes —repuso ella atropelladamente al ver mi expresión contrita—. Olvidad que os he dicho nada, no quiero que os sintáis mal, yo solo... —Se calló y respiró hondo—. No me hagáis caso. Está claro que cuando me caí me di un golpe en la cabeza que me ha dejado tonta.

Llevó un dedo a la sien y lo hizo girar. Todas nos reímos, y luego nos chistamos al recordar dónde estábamos.

Cuando nos fuimos, Sharon iba en silencio. Parecía enfadada por algo, sus labios dibujaban una línea recta. Parecía estar a punto de decir algo cuando descubrí el mismo coche que había visto el día anterior, aparcado a la puerta. Esa vez, el señor Andrews estaba apoyado en él, fumando. Di un codazo a Sharon. Al vernos, él lanzó la colilla al suelo, la pisó y caminó hacia nosotras.

—Hola, hola, hola —dijo usando el mismo saludo que el domingo, cuando le conocimos—. ¿Habéis ido a ver a mi buena esposa? He venido a recogerla —añadió.

Tuve la impresión de que estaba dando explicaciones de su presencia y se me antojó raro. ¿Por qué iba a dar explicaciones a unas niñas? Asentimos.

—¿Os habéis enterado de su caída? —continuó, mirándonos fijamente. Aquellos ojos que a mí me habían parecido chispeantes eran afilados como cuchillos—. ¿Fuisteis vosotras las que pusisteis nervioso a su padre? —Sonreía, pero había algo distinto en él—. Es mejor que no alarméis a Arthur. Bastante tiene con lo suyo, no le sienta bien —añadió, y nosotras volvimos a asentir en silencio—. Entonces ¿todo claro?

Daba la impresión de que creía que habíamos llegado a una especie de acuerdo. Yo no estaba muy segura de qué acuerdo se trataba, pero las dos dijimos que sí de todos modos.

Mientras nos alejábamos, ambas teníamos claro que había algo muy raro en todo aquello. La señora Andrews permanecería en la lista.

26

Miv

El número siete

El siguiente domingo llegué tarde a misa. El tiempo había empezado a cambiar, y la lluvia incansable que parecía cubrir las calles de una pátina plateada me había ralentizado el paso mientras intentaba correr hacia la iglesia. Me quité el chubasquero mientras avanzaba a toda prisa por el pasillo. Los olores de múltiples colonias de domingo llenaban el aire de una manera sofocante que no me permitía quedarme quieta en mi asiento. A mi lado se sentaba Stephen Crowther, que, como yo, hacía mucho que había encontrado refugio en el coro de la iglesia.

Miré en derredor a los fieles allí congregados. No había ni un solo espacio libre, así había sido desde el último asesinato. Contemplé las caras de mis vecinos, cuyos ojos estaban fijos en el señor Spencer, el párroco. Incluso los Howden de la chatarrería estaban allí, ocupando toda la primera fila, relucientes como si todos hubieran tomado un baño caliente antes de salir de casa.

Dejé de prestar atención en cuanto empezó el servicio religioso. Yo solo estaba allí por el coro. Cantar no solo me recordaba a mamá como era antes; toda mi torpeza parecía desvanecerse cuando lo hacía. Y había una nueva razón para amar el coro: Paul Ware se había unido a él.

El domingo anterior me las había apañado para sonreírle y decirle hola mientras recogíamos un vaso de gaseosa y una galleta Wagon Wheel de la mesa dispuesta en la parte trasera de la iglesia por el tío Raymond y la tía Sylvia. Ambos colaboraban con la iglesia y eran de esos tíos y tías que en realidad no eran parientes de nadie, pero los llamábamos así igualmente.

En cuanto saludé a Paul, con el vaso de gaseosa temblándome en la mano, casi salí corriendo en dirección contraria. Sin embargo, cuando su mirada se cruzó con la mía y él hizo un gesto de reconocimiento, conseguí sonreírle. No pude dormir durante dos noches enteras después de eso. Esa era la parte buena de pertenecer al coro. La mala era la obligación de asistir a más servicios religiosos. Un estruendo en el púlpito me devolvió al presente. La cara del señor Spencer estaba roja como un tomate, como si estuviera a punto de explotar.

—¡Cuidado con los pecados de la carne! —dijo escupiendo cada palabra.

Su esposa, sentada en la primera fila, tuvo que esquivar las gotas de saliva. Y yo tuve que reprimir las ganas de reírme cuando la vi secarse la cara con un pañuelo blanco impoluto. Era obvio que no había logrado esquivarlas. Intenté perderme en mis pensamientos de nuevo, pero el sermón iba subiendo de volumen hasta convertirse en casi un grito constante. Como si quisiera hacer hincapié en los riesgos de que a la mala gente le pasaran cosas malas, el párroco la emprendió contra la tentación y lo que dio en llamar las «calles peligrosas» del «hervidero del vicio», también conocido como el barrio de Chapeltown, en Leeds.

Fue ahí cuando me erguí y empecé a prestarle atención en serio. Era un lugar que había oído mencionar muchas veces en relación con el Destripador. Wilma McCann, Emily Jackson, Irene Richardson y Jayne MacDonald vivían o habían sido asesinadas allí, y dos mujeres habían logrado sobrevivir al presunto ataque del Destripador en Chapeltown. ¿Y si la manera de capturarlo era ir a un lugar que sabíamos que frecuentaba?

Esa noche busqué un artículo que recordaba haber visto después del asesinato de Josephine Whitaker, uno que advertía a las «chicas» de la calle para que no subieran a coches de extraños, y lo leí de nuevo. Estaba tan concentrada en él que, cuando papá subió a darme las buenas noches, yo seguía con las piernas cruzadas y el periódico en mi regazo.

—¿Qué lees? —preguntó él.

—Una cosa de críquet —respondí con un hilo de voz.

—No te acuestes tarde —dijo antes de darme un beso en la frente—. Buenas noches.

—¿Crees que la policía está en lo cierto en lo de que él se equivocó? ¿En que se pensó que Josephine y Barbara eran prostitutas? —fue lo primero que le dije a Sharon a la mañana siguiente, de camino al colegio.

—¿De qué hablas? —preguntó ella arrugando la nariz. Esperé a que procesara mis palabras—. Oh, ¿te refieres al Destripador? —Su cara se ensombreció un poco—. Es posible.

—Anoche estuve leyendo sobre eso —continué—. La policía está convencida de que él debió de tomarlas por prostitutas porque andaban por la calle de noche. Y creo que, si de verdad fue un error, se asegurará de no volver a cometerlo la próxima vez.

—¿Cómo? —dijo Sharon.

—Volviendo al lugar donde sabe que encontrará prostitutas. He decidido qué es lo siguiente de la lista.

—Hum. —Sharon bajó la cabeza—. Deberíamos darnos prisa o llegaremos tarde —dijo acelerando el paso y dejándome plantada. Sin querer preguntarle qué le pasaba, o más bien sin querer oír la respuesta, corrí tras ella para alcanzarla.

Nunca había estado en Chapeltown, ni siquiera en Leeds, pero cuando pensaba en ese lugar lo imaginaba como un bosque oscuro de esos que salían en los cuentos que seguía amando en secreto, pese a ser demasiado mayor para ellos: un lugar prohibido y violento. Las noticias sobre la búsqueda del Destripador solían emitirse desde Chapeltown. Siempre de noche, con grupos de mujeres borrosas de fondo, fumando cigarrillos detrás del hombre de rostro sombrío que hablaba a través del micrófono.

Durante uno de los reportajes, en una noche especialmente oscura y lluviosa, el reportero se sujetaba el cuello del abrigo, como si se defendiera de las mujeres del fondo. Yo ignoraba el significado de «Distrito Rojo», pero no me sonaba bien. Decidí que debíamos ir a ver Chapeltown con nuestros propios ojos, y, mientras ideaba la manera de convencer a Sharon de que me acompañara, ocupaba las tardes en casa haciendo cualquier tarea que fuera necesaria, bajo las órdenes de la tía Jean, para ganar el dinero que costeara el viaje a Leeds.

Si la tía Jean se sorprendió por mi súbito entusiasmo por las labores domésticas, no lo dijo, y se las ingenió para encontrar tareas con las que mantenerme ocupada. Eso significaba que mamá pasaba más tiempo en su cuarto, ya que mis afanes de limpieza parecían perturbarla. Pero, aunque sentía el mordisco de la culpa, mi objetivo estaba claro. Teníamos que ir a Chapeltown.

7. El Distrito Rojo

- Ahí están las prostitutas
- El Destripador atacó a cinco mujeres allí
- Parece un lugar terrorífico y sospechoso en las noticias
- El párroco lo llamó «hervidero del vicio»

27

Miv

No pienso ir a Chapeltown —dijo Sharon la primera vez que se lo propuse—. Mi madre me mataría.

Tuve que admitir que su afirmación no era en absoluto incorrecta. Daba la impresión de que, cuanto mayores nos hacíamos, más se reducían nuestras vidas; todos los adultos que nos rodeaban habían empezado a interesarse por lo que hacíamos y adónde íbamos. Y no era solo con nosotras, sino con todas las chicas. Incluso la tía Jean había dejado de volver sola del trabajo. En su lugar cogía el minibús especial que la ciudad había fletado para las mujeres.

Pero yo tenía demasiado miedo para ir a Chapeltown sola. Unos días más tarde, estábamos en la habitación de Sharon, preparándonos para ir al centro para que pudiera comprarse el último single de los Boomtown Rats, que luego yo grabaría. Mientras ella se hallaba sentada ante el espejo del tocador, le planté la última nota de la policía delante. El periódico la había impreso y contenía fotos de las once víctimas. Esperaba que eso le recordara la verdadera razón por la que habíamos empezado la lista.

«ALGUNAS ERAN ABSOLUTAMENTE RESPETABLES —declaraba en mayúsculas—. NINGUNA MERECÍA UNA MUERTE TAN CRUEL».

Su respuesta no fue la que yo esperaba.

—¿Cómo se atreven? —exclamó con las manos temblorosas por la rabia.

—Oh..., ¿qué quieres decir? —pregunté, confundida, sin saber a quiénes se refería.

—Lo ponen como si algunas mujeres fueran mejores que otras —dijo ella señalando las palabras impresas en mayúsculas. Pasé la mirada del papel a ella y luego al papel de nuevo—. Es como si las despreciaran. Como si no fueran lo bastante buenas. Y ni siquiera las conocían.

Sharon suspiró y su aliento hizo volar el recorte de papel del tocador.

Contuve la respiración para ver si eso significaba que cedería en lo del viaje a Leeds. Se mantuvo sentada, en silencio, tensa de furia, hasta que por fin dijo:

—Vale. De acuerdo. Vayamos a Chapeltown.

Conocíamos todos los rincones y callejones de nuestra ciudad, pero Leeds era un tema distinto y debíamos encontrar la manera de no perdernos por allí. Al final Sharon fue la que resolvió el asunto por las dos. Aquel sábado por la mañana vino a buscarme.

—Trae la libreta —me dijo—. Ya sé cómo llegar a Chapeltown, y además aprovechar para ver cómo está la señora Andrews al mismo tiempo.

Emocionada ante la perspectiva de que Sharon tomara el mando, cogí la libreta y caminamos hacia la biblioteca en silencio. Sharon lucía en la cara una expresión decidida y algo triste, a juego con la taciturna llovizna gris que empañaba el día, y yo no quise decir nada que pudiera molestarla o hacerla cambiar de idea. Nos dirigimos directamente a la mesa de la señora Andrews. Estaba en uno de sus buenos días, a juzgar por la enorme sonrisa que nos brindó.

—En el colegio nos han puesto un trabajo sobre ciudades vecinas —dijo Sharon de corrido— y hemos escogido Leeds, así que necesitamos averiguar todo lo que podamos sobre ella, incluyendo mapas y cosas así.

Como ya estaba familiarizada con nuestras mentes curiosas, la señora Andrews guio a Sharon hacia la biblioteca de referencia mientras yo me quedaba atrás, asombrada por el cuento que había inventado Sharon y por su talento a la hora de representarlo. Siempre me avergonzaba ser consciente de lo mucho que la subestimaba. Salimos de la biblioteca armadas con una guía de Leeds.

Nos pusimos de acuerdo en no decirle a nadie que íbamos a Leeds, y aún menos a Chapeltown. Las cosas andaban muy tranquilas por casa últimamente y yo no tenía la menor intención de causar problemas. Hay que admitir que la calma se derivaba sobre todo de la ausencia. Mamá pasaba cada día más tiempo en su cuarto, papá pasaba cada día más tiempo en el pub y la tía Jean pasaba cada día más tiempo en el trabajo.

Sharon dijo a sus padres que venía a mi casa a pasar el día y yo le dije a la tía Jean que me iba a la de Sharon. Cruzamos los dedos para que su recién estrenada curiosidad sobre nuestro paradero no les llevara a comprobar nuestras historias.

El sábado por la mañana que habíamos escogido para el viaje me desperté a las cuatro de la madrugada, como me sucedía cuando nos íbamos de vacaciones. Papá siempre nos hacía levantar antes del amanecer para no encontrar atascos, pero yo ya llevaba un rato despierta por la emoción y coreaba la voz de mamá cuando venía a despertarme cantando «Oh, I Do Like to Be Beside the Seaside».

Esa mañana la emoción contenía una pizca de temor. Ya habíamos llegado a octubre y el otoño empezaba a hacerse notar. Hacía un día frío y húmedo que nos obligó a ponernos abrigos y bufandas por primera vez desde el invierno. El aliento salía de nuestras bocas en forma de plumas de niebla, así que, de camino a la estación de autobuses, fingimos fumar como hacían las mujeres en los reportajes televisivos del Destripador desde Chapeltown, ensayando el papel para no llamar la atención en esas calles.

La estación de autobuses estaba abarrotada, lo cual nos permitió movernos sin que nadie reparara en nosotras. Había colas de personas que esperaban con paciencia bajo las marquesinas, muchas cargadas con bolsas del mercado cercano o tirando de carritos de la compra revestidos con fundas de cuadros, como el de la tía Jean. El único foco de color procedía de los autobuses rojos de dos pisos, aparcados en la calzada.

Compré el billete antes que Sharon y fui directa a la parte superior del autobús, nuestro lugar favorito, aun contando con la peste a tabaco que se nos pegaba a la ropa procedente de los fumadores que también se sentaban allí. Sharon me siguió instantes después y, cuando se sentó a mi lado, vi que el brillo de sus ojos se había mitigado un poco.

—¿Estás bien? —pregunté con voz temblorosa, temiendo la respuesta.

Sharon miraba por la ventana cuando me respondió.

—Es que no estoy del todo segura de que estemos haciendo lo correcto —dijo ella en una voz tan baja que tuve que acercarme a oírla.

—¿Te refieres a esto? ¿Al viaje a Chapeltown?

—Sí. Bueno, no solo a esto. Hablo de la lista. De todo. ¿Estamos buscando al Destripador o...?

Se había girado para mirarme a la cara mientras lo decía. Yo quería detenerla, sofocar su voz con la mía, hablar de la lista, del colegio, del brillo de labios o de cualquier cosa, en realidad, para que sus palabras no me atravesaran como agujas calientes. Parecía que, al hablar de ciertas cosas, al cuestionarlas o ponerlas en duda, Sharon estaba faltando a una de las reglas no escritas de nuestra amistad. Nosotras no hacíamos eso y yo aún no estaba preparada para ello.

—Solo me preocupa lo que estamos haciendo aquí y por qué —dijo ella—. No sé, da la impresión de que nos lo tomamos como un juego. Y lo que les pasó a esas mujeres no es ningún juego. No lo es.

Me sumí en un silencio horrorizado. ¿Acaso era un juego para mí? Yo no lo veía así. Iba a protestar cuando Sharon levantó la mano.

—Mira, estoy aquí y estamos haciendo esto, pero solo quiero asegurarme de que está bien. De que es lo correcto, quiero decir.

—De acuerdo —susurré.

Sharon se volvió hacia la ventana de nuevo y yo permanecí sentada, otra vez en silencio, intentando hacer caso omiso de la incomodidad que burbujeaba dentro de mí. ¿Y si ella no quería saber nada más de la lista? ¿Cómo seguiríamos juntas si no teníamos la lista? Observé a Sharon de cerca. Había cambiado tanto... Estaba más tranquila, más mesurada, en cierto sentido. ¿Había cambiado también yo? En todo caso, la piel se me había estirado por el crecimiento y las cosas parecían afectarme mucho más que a ella. Si yo renunciaba a eso que nos unía, ¿qué la mantendría a mi lado? ¿Y qué haría yo sin ello?

El segundo autobús llegó a Chapeltown pasado el mediodía. Mientras hacíamos cola para bajar, sentí que los nervios aumentaban con cada paso sobre la escalera metálica. Cuando por fin nos apeamos del autobús, la sensación quedó reemplazada por otra de anticlímax, como un trago de limonada, que casi me hizo reír.

No estaba muy segura de qué esperaba ver, pero las calles que nos rodeaban recordaban mucho a las que teníamos en casa. Fila tras fila de casitas marrones y grises adosadas, niños jugando al fútbol en la calle y ropa tendida en los callejones traseros hasta donde nos alcanzaba la vista. Solo los ruidos eran distintos. Se oía un constante rumor de tráfico y el eco débil del bullicio del centro de la ciudad. Nada de todo eso daba el menor miedo.

Decidimos caminar hasta un parque cercano a comer lo que nos habíamos preparado y a pensar en el paso siguiente. Sentía la necesidad desesperada de dar al viaje algo que mereciera la pena, así que volví a mi libreta en busca de inspiración y, mientras pasaba sus páginas, la idea me vino como un rayo.

—¿Has visto el nombre del parque en el que estamos? ¿Es el parque Roundhay?

Miré a mi alrededor, emocionada, en busca de algún cartel o alguna prueba que confirmara eso. Dos de las víctimas del Destripador habían sufrido ataques en el parque Roundhay. Solo sentarse en él daría sentido al viaje. Sharon se estremeció de manera ostensible y noté su indignación, que cubrió mi entusiasmo con una capa de vergüenza. ¿De verdad podía estar emocionada solo por sentarme en un parque donde un monstruo había atacado a varias mujeres? ¿Y si Sharon tenía razón?

Usamos el mapa para averiguar dónde estábamos y vi que el parque Roundhay se hallaba bastante lejos y que el lugar donde nos encontrábamos era el Prince Philip Playing Fields, una zona verde mucho más pequeña. Sharon pareció aliviada. No fue hasta mucho más tarde, después de que todo hubiera pasado, cuando descubrí que esa zona de juegos era el lugar donde se había encontrado el cadáver de la primera víctima del destripador, Wilma McCann, madre de cuatro hijos. La había golpeado con un martillo y le había asestado quince puñaladas. Nada de ese parquecillo con columpios revelaba el horror que había sucedido allí.

La libreta y la guía nos dieron una idea. En Chapeltown existía un pub llamado Gaiety, a cuyas puertas el Destripador había conocido a un buen número de sus víctimas. No quedaba demasiado lejos y decidí que nos dirigiríamos hacia allí aunque fuera solo para verlo. Era evidente que el entusiasmo de Sharon ante el viaje remitía cada vez más y la entretuve durante el camino con una charla banal, sin dejar de pensar en ningún momento en lo que haríamos si veíamos al Destripador.

La tarde se había nublado, y, a medida que nos acercábamos, Chapeltown adquirió por fin el aire que yo había esperado encontrar. El cielo se cubrió todavía más, y a medida que las nubes se volvían de un tono oscuro y siniestro, las caras de la gente con la que nos cruzábamos se tornaban más duras, más frías y, para nuestros ojos, más sospechosas. Ni siquiera las bonitas casitas victorianas lograban disipar el ambiente sombrío.

Al pasar frente a una parada de autobús, estuve a punto de proponer que volviéramos a casa cuando me percaté de que el hombre que fingía consultar los horarios lo que de verdad hacía era orinar contra el palo que sostenía el cartel. Avanzamos cada vez más juntas por un paisaje que daba la impresión de pasar del color sepia al blanco y negro. El pub, cuando por fin llegamos allí, era un aburrido edificio de ladrillo rojo típico de los sesenta con la palabra GAIETY escrita en mayúsculas de un tono entre rojo y anaranjado que recordaba a la sangre falsa de las películas de terror de la Hammer. Apenas había nada en él que hiciera honor a su nombre, «alegría».

Emily Jackson e Irene Richardson habían estado allí la noche en que las mataron. En el periódico las describían como «prostitutas que ofrecían sus servicios en la zona». Mi comprensión de la palabra «prostituta» había mejorado y ya sabía que eso significaba que vendían sexo a cambio de dinero. Lo que seguía sin tener claro era si esas mujeres debían darme miedo o no, ni qué pensar de los hombres que pagaban por esos servicios.

Era media tarde, así que el pub estaba cerrado, pero había dos hombres sentados en un muro cercano, bebiendo de unas latas de color marrón y verde, de las cuales tenían una buena colección metidas en bolsas que parecían de la tienda de chucherías.

—¿Os apetece un trago? —preguntó uno de ellos con fingida cortesía.

A primera vista se diría que tenía unos veinte años, y era flaco y pálido, con marcas de acné en la piel y un ojo que apuntaba en dirección distinta al otro.

—Estamos esperando a alguien —repuso Sharon con su mejor voz de niña buena, aunque en un volumen algo más alto y agudo de lo habitual. Solo yo era capaz de detectar los nervios que escondía. Nos habían enseñado a ser educadas.

—Bueno, pues va a caer la del pulpo. Nosotros ya nos íbamos —dijo él—. Y diría que vosotras deberíais ir tirando también.

Miró hacia el cielo oscuro y le imité: tenía razón en lo de la lluvia. El segundo hombre se limitaba a mirarnos, imperturbable.

Encendió un cigarrillo y exhaló despacio una bocanada de humo en dirección a nosotras. El áspero olor se me metió en la garganta y me hizo toser. Lo observé con más atención. Era mayor que el otro, y llevaba el pelo, castaño y ya escaso, peinado hacia un lado para cubrir la calva. Cuando notó que lo miraba, una sonrisa perezosa apareció en su cara y me percaté de que le faltaba uno de los dientes superiores. Di un paso atrás.

Su aspecto no tenía nada que ver con el del Destripador, pero eso no me importaba. Todos mis sentidos me indicaban que corríamos peligro; cogí la mano de Sharon y la apreté con fuerza. Ella apretó la mía a su vez. Miré a mi alrededor. Las calles parecían súbitamente vacías de gente.

El eco de un trueno lejano me sobresaltó y nos distrajo por un instante mientras el más joven de los dos se levantaba y andaba hacia nosotras con la mirada puesta en Sharon. Me había quedado paralizada, pero noté la mano de Sharon presionándome el brazo.

—Tenemos que huir —dijo ella en voz baja y apremiante.

Cuando me disponía a dar media vuelta para salir corriendo, él hizo lo propio y en un par de zancadas me tuvo cogida del brazo. Sharon tiraba de mí desde el otro lado, gritándole que me soltara, intentando desasirme de su agarre. Miré hacia la cara del hombre. No había en ella el menor rastro de sonrisa.

—¡Eh!

La voz salió de detrás del Gaiety al tiempo que una mujer aparecía entre los edificios.

—Deja a las chicas en paz, Ron Ainsworth.

Él me soltó al instante y se encogió de hombros, todo sonrisas de nuevo, como si quisiera hacer ver que todo había sido una broma.

—Vale, Mags. No te alteres. Solo queríamos evitar que se mojaran.

—Seguro que sí —dijo la mujer mientras se acercaba hacia nosotras y los espantaba con un gesto—. Venid conmigo.

Nos cogió de la mano y caminó hacia Roundhay Road a paso

tan rápido que teníamos que correr para no quedarnos atrás. En cuanto perdimos de vista el Gaiety se detuvo y se agachó para mirarnos a los ojos. Olía a tabaco y a chicle.

—¿Qué diablos estabais haciendo?

Las dos la miramos en silencio.

—¿Sois lerdas además de idiotas?

Se irguió y meneó la cabeza, luego sacó un cigarrillo del bolsillo del abrigo. Llevaba un vestido cortísimo de nailon con adornos verdes y unas botas altas; entre las botas y la minifalda se veían unos muslos recios, enrojecidos por el frío.

—¿Es usted prostituta?

La pregunta súbita de Sharon me sorprendió tanto que volví a quedarme muda, pero la mujer echó la cabeza hacia atrás y soltó una carcajada ronca y sonora. Yo estaba fascinada. En mi cabeza existía la imagen que debía tener una prostituta, formada en parte por las fotos de las víctimas del Destripador y en parte debido a mi vívida imaginación. Las imaginaba como sirenas rubias de labios muy rojos, o bien con aspecto de vagabundas, mayores y demacradas. La que teníamos delante no se correspondía con ninguno de los dos tipos.

—¿Dónde ha aprendido esa palabra una jovencita como tú? Si parece que no hayas roto nunca un plato —dijo ella mientras miraba a Sharon de arriba abajo—. No es que sea asunto tuyo, la verdad, pero sí. Y así acabaréis vosotras si seguís rondando por aquí. Venga, tirad para casa.

Nos dijo todo eso sin sonreír y acabó señalando la calle con un gesto impaciente para que nos fuéramos. El cielo escogió ese momento para empezar a descargar la lluvia. Grandes gotas de agua fría empezaron a caer sobre la acera y vi que la mujer ponía los ojos en blanco mientras murmuraba para sus adentros:

—Mierda. Venid conmigo.

Nos apresuramos a seguirla; ella corrió calle abajo cubriéndose la cabeza con el abrigo hasta que por fin se detuvo a las puertas de una tiendecita que tenía un toldo rojo y blanco. En la acera había una cabina, empapelada de tarjetas con sinuosas siluetas impresas que ofrecían «servicios personales».

—Esperad aquí —nos ordenó antes de entrar en la cabina. Sacó un monedero del bolso sin dejar de mirar a su alrededor.

Nosotras obedecimos, demasiado asustadas para hacer cualquier otra cosa, y nos quedamos temblando debajo del toldo. En cuanto hubo terminado la llamada nos instó a entrar en la tienda, donde el hombre del mostrador la saludó y le sirvió un paquete de tabaco.

—Cóbrame también esto —dijo ella cogiendo un paquete de caramelos masticables Opal Fruits que nos dio a nosotras—. Así estaréis calladas los próximos diez minutos.

—Gracias —murmuramos las dos, temerosas de decir nada que la hiciera enfadarse con nosotras de nuevo.

Salimos a la calle y nos refugiamos otra vez bajo el toldo, mirando cómo caía la lluvia. Pasaban coches frente a nosotras, salpicándonos, y en alguna ocasión algún conductor tocó el claxon para llamar nuestra atención. Un hombre gritó: «¿Hay un tres por dos esta semana?», y se rio cuando ella le hizo un gesto obsceno con la mano.

Mientras contemplaba la calle con la esperanza de ver al Destripador, capté una cara que me era conocida. Al principio no pude ubicar quién era. La ropa que llevaba, unos tejanos y una cazadora de piel de cordero, me despistó. Se le veía más joven, más moderno. Estaba a punto de señalárselo a Sharon cuando entró en una tienda oscurecida con las palabras «Sex shop» pintadas arriba. Tal vez le estaba viendo fuera del sacrosanto ambiente de la iglesia, pero no me cabía la menor duda de que se trataba del párroco, el señor Spencer. A lo mejor al final no era tan virtuoso.

Antes de que pudiera comentárselo a Sharon, un coche de policía se acercó a nosotras y sentí que el corazón se me encogía del miedo. La ventanilla del conductor se bajó y Mags se inclinó a hablar con él.

—¿Todo bien, Maggie? —dijo él—. ¿Se encuentran bien? ¿Has averiguado sus nombres o algo? ¿De dónde son?

—Eh, yo no soy un puto poli —repuso ella—. Eso es faena tuya. Yo tengo que ponerme con la mía.

El policía suspiró y meneó la cabeza.

—Estás loca. Te he dicho muchas veces que no es seguro rondar por ahí mientras siga libre.

—¿Me vas a pagar tú las facturas? —Ella se calló y el policía bajó la cabeza—. Eso pensaba.

Ella se volvió hacia nosotras y nos indicó que entráramos en el coche.

—Él se asegurará de llevaros a casa. ¡Que no vuelva a veros dando vueltas por aquí! —nos advirtió mientras subíamos.

Se alejó por la calle mojada sin una palabra más y sin mirar atrás.

Cuando el coche arrancó, la enormidad del lío en que nos habíamos metido pareció golpearnos de lleno a las dos; yo me eché a llorar y Sharon hizo lo mismo poco después.

—Venga, venga —dijo el policía—. Esos llantos no hacen ninguna falta. Unas niñas valientes como vosotras no deberían ponerse así. Soy el agente Blakes. ¿Por qué no empezáis por decirme vuestros nombres y domicilios?

Para cuando llegamos a la comisaría, Sharon le había soltado al agente Blakes nuestra ya usada historia del trabajo escolar para explicar nuestra visita a Leeds; añadió que nos habíamos perdido y habíamos acabado en Chapeltown. Le aseguró que nadie se preocuparía por nosotras ya que no nos esperaban hasta el anochecer. Yo permanecí sentada, muda de temor ante la posibilidad de que no la creyera, pero la expresión firme de Sharon pareció ganárselo de una manera que logró despertar mi más absoluta admiración.

Nos sentamos en unas incómodas sillas de plástico, tal y como nos indicó el agente en cuanto llegamos a la comisaría; nos distraíamos de nuestro destino observando con fruición las caras de todos los que pasaban intentando adivinar por qué estaban allí.

A pesar del drama del día, y del temor a las consecuencias que podían esperarnos en casa, tuve la impresión de que volvíamos a estar unidas.

Por fin reapareció el agente Blakes, junto con un hombre alto e imponente de pelo oscuro que llevaba una chaqueta de cuero. Me embargó la sensación de haberlo visto antes mientras el agente Blakes lo presentaba como el sargento Lister.

—Vive cerca de vosotras, así que vais a disfrutar de una escolta policial para llegar a casa.

Durante el trayecto, Sharon volvió a contar la historia del trabajo escolar y cómo nos habíamos extraviado en Chapeltown. Esa vez el relato no fue aceptado con tanta facilidad. El sargento Lister hizo muchas preguntas y al final tuve que darle un puntapié a Sharon para evitar que nos metiera en un lío mayor. Permanecí en silencio hasta que él dijo:

—Entendéis que voy a tener que hablar con vuestros padres.

Ahí me mareé.

La última vez que cometí una travesura, apenas pude mirar a mamá y a papá a la cara durante semanas. No porque hubiera ningún castigo, sino por la sensación de culpabilidad que me provocó el discurso de la tía Jean. «Bastante tienen los pobres sin que tú les amargues la vida», me dijo. Pero eso había sido por llegar tarde al colegio durante la caza de espías rusos, una falta mucho menor que esta. Había aprendido a lidiar con la ira de la tía Jean, pero un problema de esta magnitud supondría probablemente el final de mi libertad. En el fondo, también temía que eso llevara a que se acabara mi amistad con Sharon, algo que, después de lo sucedido aquel día, quizá a ella no le importase tanto.

—Por favor, sargento Lister…, por favor. Mi madre está enferma y si se entera de esto se pondrá peor. Sé que será así. Por favor. Somos buenas chicas, se lo prometo. No lo haremos nunca más. Se lo juro por mi vida.

Las palabras se atropellaban por mis ansias de convencerlo. Sharon asentía con la cabeza, apesadumbrada, y ambas lo miramos implorantes a través del espejo retrovisor.

—Lo pensaré —dijo él, y puso la radio.

Mientras la voz suave y melosa de Karen Carpenter cantaba «Rainy Days and Mondays» por los altavoces, empecé a cabecear y me dormí apoyada contra el hombro de Sharon.

—Venga, despierta.

Al hacerlo me percaté de que Sharon ya no estaba. Me erguí enseguida y me encontré con el sargento Lister de pie en la calle junto a la puerta del coche, ya abierta.

—La he dejado en su casa —explicó—. Me ha prometido que nunca jamás volverá a hacer una tontería semejante. ¿Puedes prometerme lo mismo?

Asentí con la cabeza.

—Sí.

—En contra de lo que debería hacer, no voy a hablar con tus padres. Esta vez.

Me sonrió por vez primera y la sensación de reconocerlo se hizo más fuerte.

—Venga. Sal.

Bajé del coche y él se alejó, dejándome en la acera embargada por una sensación de alivio tan abrumadora que apenas podía sostenerme en pie. Cogí la llave, que llevaba colgada del cuello en una cinta, y abrí la puerta.

Por una vez, el silencio que reinaba en la casa me resultó agradable. Me daba la oportunidad de calmar los temblores que me agitaban el cuerpo. Allí parada, me pregunté si lo que estábamos haciendo seguía siendo correcto. ¿Lo sucedido en Chapeltown significaba que nos habíamos pasado de la raya? ¿Había sido culpa mía? Encendí el televisor y me encontré con la madre de Barbara Leach, a quien entrevistaban en las noticias. Costaba mirar aquel rostro angustiado, abrumado por el dolor. ¿Qué habría pasado si aquella mujer no hubiera interrumpido a los dos tipos de Chapeltown? ¿Sería mi madre quien apareciera en las noticias, martirizada por haberme perdido? ¿De verdad era eso lo que quería?

Como impulsada por ese pensamiento, y por una especie de reloj interno, fui a la cocina a preparar una taza de té fuerte, con un terrón de azúcar. Lo subí con cuidado y lo dejé a la puerta del dormitorio de mis padres.

—Mamá —dije, y la palabra me sonó extraña. Normalmente me limitaba a depositar el té en el suelo y a tocar con los nudillos en la puerta—. Aquí tienes tu taza de té.

Luego me fui a mi cuarto.

28

Helen

Estaba pendiente de que las niñas regresaran a devolver la guía que les había prestado, con la intención de desaparecer detrás de la mesa o correr hacia el cuarto privado que tenían en la biblioteca en cuanto las viera aparecer, pero, para alivio suyo, no acudieron.

Aunque ir a trabajar con magulladuras y ojos morados era incómodo, y embarazoso, resultaba más sencillo manejar el tema entre adultos. Sus compañeros miraban de soslayo las heridas que ella había intentado cubrir y pasaban a otro tema, hablando con ella a toda prisa, muertos de ganas de alejarse. Parecían tragarse cualquier cuento que ella les endosara, asintiendo en plan comprensivo; cualquier cosa antes que verse en la tesitura de formular ninguna pregunta que los pudiera involucrar en algo así. Pese a la charla habitual sobre la importancia de la comunidad y de «mirar por los nuestros», Helen se decía que, cuando llegaba el momento, «esos nuestros» entraban en una definición muy estrecha.

No contribuía en nada el hecho de que Gary cayera bien a casi todo el mundo. Ella lo entendía. Le había sucedido exactamente lo mismo. Se había enamorado hasta las trancas del hombre apuesto y encantador que la trataba «como a una reina», como solía decir cuando empezaron a salir. Ella se había sentido vista de verdad por alguien ajeno a su familia por vez primera y había florecido ante su atención. No había logrado descubrir quién era de verdad hasta que estuvieron casados, y para entonces ya era demasiado tarde. Las mujeres como ella no abandonaban a los hombres como él. Era algo que simplemente no se hacía. Tocaba callarse y aguantar.

Con los niños era distinto. Se quedaban mirando. Hacían preguntas. Y la observaban con perplejidad cuando les respondía, como si pudieran adivinar la verdad oculta tras las excusas. Había visto preocupación en las caras de las dos niñas la última vez. Estaban justo en la fase de aprender las convenciones que regían el mundo de las mujeres: cuándo decir algo y cuándo callarse. En un año más ya habrían aprendido las reglas y no insistirían, pero ella sabía que, si hubieran visto su cara y su cuello ese mismo día, habrían notado que tenía más cardenales y le habrían preguntado qué había sucedido. Ya no se hubieran tragado el «fue un accidente tonto». Era mejor ocultarse.

Entre los adultos, Omar era el único que no seguía las reglas de manera estricta. Eso había hecho el día de la tienda: no había llegado a preguntarle directamente, pero la había mirado con tanta compasión que ella tuvo ganas de contárselo todo. Llevaba días evitando ir, a pesar de que se habían quedado sin leche, y ahora, mientras se acercaba a la tienda, no estaba segura de qué era peor: si ver de nuevo aquella expresión o volverse a casa sin la leche y afrontar las consecuencias.

Su paso se ralentizó al llegar a la esquina, al contrario que el latido de su corazón, que se hizo más rápido. Tal vez hubiera la suficiente clientela como para que no se fijase en ella, o al menos para que no la mirara de cerca. Se paró en la acera e intentó atisbar lo llena que estaba. Se hallaba tan pendiente de eso que, cuando oyó la tos de un hombre, se volvió sobresaltada.

Pero no era más que Brian.

—¡Oh, Dios mío, menudo susto me has dado! —exclamó llevándose la mano al pecho para calmar la respiración.

—Lo siento —dijo él, cabizbajo.

Helen no sabía de dónde había salido. No había oído pasos, y ahora lo tenía allí plantado, como si ya estuviera allí y fuera ella la que hubiera aparecido de repente. Estaba a punto de preguntarle cuando oyó el timbre de la puerta de la tienda y se volvió: Valerie salía, moviendo las dos bolsas de la compra en dirección hacia Brian. Él murmuró algo que Helen no llegó a entender y fue a ayudar a su madre. Libre de las bolsas, Valerie la saludó.

—Hola, Helen, cielo —dijo—. No puedo pararme.

Helen casi lloró de alivio. Aguardó a que su respiración recuperara el ritmo normal y luego dio media vuelta y se encaminó hacia la ciudad. No tenía ánimos para entrar. Tan solo el recuerdo de aquella mirada amable le formaba un nudo en la garganta, y eso provocaba que las marcas en su garganta (las huellas de las manos de Gary cuando intentaba estrangularla que había ocultado bajo un jersey de cuello alto) empezaran a dolerle.

29

Miv

El número ocho

Este es el último año que lo hacemos —dijo Sharon en voz baja—. Recuerda. Lo acordamos. Ya empezamos a ser demasiado mayores para esto.

Estábamos sentadas una al lado de la otra en unas sillitas de madera pensadas para niños más pequeños en la sala polvorienta y de altos techos que había en la parte trasera de la centenaria iglesia.

—Lo recuerdo —repuse, aunque esperaba que no fuera el último año.

Desde lo sucedido en Chapeltown, me habían entrado ganas de aferrarme a los rituales de nuestra infancia. No tenía la certeza de estar preparada para funcionar en el mundo como una adulta, y el Club de la Iglesia, que se celebraba a mediados de octubre, era uno de esos rituales. Incluía juegos y canciones, y muchos menos sermones que la escuela dominical, y ese año se pretendía representar un espectáculo al final para celebrar el día de Todos los Santos.

Había existido una cierta tensión entre nosotras desde lo de Chapeltown. Era como si estuviéramos aprendiendo un baile nuevo sin que ninguna de las dos se supiera los pasos. Sharon se había vuelto más callada mientras que yo subía más la voz, para compensar. La miré fijamente: sus ojos parpadearon y sus mejillas, pálidas bajo el oscuro ambiente de octubre, empezaron a sonrojarse, como si alguien hubiera subido la calefacción. Se la veía torpe, fuera de lugar. Yo, por mi parte, disfrutaba de aquel entorno conocido y del hecho de no tener que fingir ser mayor.

—¿Y qué pasa con el señor Spencer? —pregunté, con la esperanza de que eso despertara su interés por el plan festivo de la semana.

—¿Qué pasa con él? —Me miró frunciendo el ceño.

—Ah, se me olvidó comentarte que lo vi. Cuando fuimos a Chapeltown. Entraba en una de esas tiendas oscuras. —Hice una pausa y dejé que la información se abriera paso—. Me parece raro que anduviera por Chapeltown, dado que no para de advertir a la gente sobre ese lugar. ¿No lo encuentras extraño?

Entrecerró los ojos, señal de que contaba con su atención.

—En fin, pensaba que esta semana puede ser una excelente oportunidad para vigilarlo —comenté en tono ligero, fingiendo que me daba igual.

—Ya sé que no hemos hablado sobre lo que pasó… Me refiero al día de Chapeltown —dijo Sharon con voz seria—. Creo que deberíamos hacerlo, ¿no?

—Claro —accedí, aunque en realidad quería contestar que no tenía ningunas ganas de hacerlo—. Lo hablaremos. Pero dejemos que pase esta semana. No nos hará ningún daño echarle un ojo al señor Spencer, ¿no crees? Y no hay ningún riesgo de que nos metamos en un lío. Al fin y al cabo estamos en la iglesia.

Sharon meneó la cabeza y estaba a punto de añadir algo cuando la puerta trasera de la sala se abrió y el señor Spencer entró por ella. Iba con paso firme y esbozaba una gran sonrisa.

—Buenos días, niños.

—Buenos días, señor Spencer —recité junto con los otros notando que Sharon permanecía callada y con los brazos cruzados.

El párroco empezó a escribir en una gran pizarra negra y me entretuve mirando quién más andaba por allí. Saludé a Stephen Crowther y, de repente, se me ocurrió una cosa.

—¿Por qué no vienen a la iglesia el señor Bashir e Ishtiaq? —susurré a Sharon. Me parecía una pena perdernos una semana de disfrutar de su compañía.

—No seas tonta —repuso ella—. Son musulmanes.

Asentí como si supiera de qué me hablaba y seguí observando al resto del grupo. Anoté mentalmente buscar qué significaba «musulmán», avergonzada de que Sharon supiera algo que yo ignoraba y sin entender muy bien por qué.

La primera tarea del día consistía en decidir qué historia de la Biblia se representaría en el espectáculo a finales de la semana. Media clase votó por «David y Goliat», supongo que porque ofrecía la oportunidad de montar una buena pelea, mientras que la otra mitad, menos agresiva, se decantaba por la parábola de «El buen samaritano». Susurré a Sharon que debería levantar la mano y preguntar si podíamos representar a la prostituta que lavó los pies de Jesús solo para ver qué cara ponía el párroco ante esa palabra. Mi sugerencia pareció animarla por primera vez aquella mañana. Intercambiamos una sonrisa y ella se lanzó a hacer la pregunta.

Contemplé triunfante cómo el señor Spencer se incomodaba de manera ostensible.

—¿Lo ves? —comenté a Sharon, sonriente.

—¿Qué significa prostituta? —preguntó otro.

Daba la impresión de que aquella pregunta poseía el inagotable poder de incomodar a los adultos, y en especial al señor Spencer. Sharon y yo sofocamos la risa.

El rostro habitualmente sereno del señor Spencer adoptó un brillante color rojo y la frente se le cubrió de gotas de sudor, a pesar del frío otoñal que el edificio ni siquiera intentaba contener. Mientras tartamudeaba e intentaba cambiar de tema, lo observé con atención. Era alto, con unos impresionantes ojos oscuros, facciones grandes y unas cejas pobladas y negras, similares a un par de orugas, que parecían tener vida propia. Hacía poco que se había afeitado el llamativo bigote que solía llevar.

No había duda de que merecía pasar a la lista.

8. El párroco

- Estaba en Chapeltown
- Tiene el pelo moreno
- Antes llevaba bigote
- ¿De verdad es tan bueno como aparenta?

30

Miv

Finalmente decidimos que «El buen samaritano» sería la obra que representaríamos al final de la semana. Cuando llegó la hora del descanso, el señor Spencer salió de la sala. Yo estaba a punto de decirle a Sharon lo de su recién afeitado bigote, pero nos vimos envueltas en una revoltosa partida de la peste e incluso Sharon se despojó de su manto de madurez y correteó por los gastados suelos de madera, huyendo y saltando para esquivar a la persona infectada.

De repente se abrió la puerta y apareció la señora Spencer; sus ojos echaban chispas.

—¡Esta… es… la… casa… del… Señor! —vociferó, logrando paralizarnos a todos.

Al contrario que su marido, que siempre estaba de buen humor, la señora Spencer era rígida y arisca. A menudo me había preguntado cómo podían estar casados siendo tan diferentes, luego recordaba lo distintas que éramos Sharon y yo. Quizá para ellos también funcionaba.

La señora Spencer miró a su alrededor, como si buscara a su marido.

—Haced el favor de volver a vuestras sillas hasta que…

Se giró y advirtió que el señor Spencer había aparecido a su espalda. Entonces cerró la puerta, dejando solo un resquicio abierto. Mientras colocábamos las sillas de nuevo en forma de semicírculo, oímos susurros furiosos entre ambos.

Cuando el señor Spencer entró en la sala, respiramos hondo y nos preparamos para otra reprimenda, pero venía con un talante más jovial que nunca y todos nos relajamos escuchándolo contar de nuevo la parábola de «El buen samaritano». Acompañaba el relato con mucha gesticulación y, en un momento dado, derribó un montón de biblias que se aguantaban en equilibrio precario sobre una mesita que tenía cerca. Él se rio mientras una de las niñas corría a recogerlas.

Cenamos en un pequeño edificio contiguo, una especie de centro comunitario prefabricado que se usaba para las funciones de la iglesia, las subastas, y los cumpleaños, bodas y fiestas de jubilación de todos los habitantes de las calles aledañas.

En el interior había varias mesas largas con bancos, que recordaban al comedor escolar. Se había dispuesto una gran mesa a un lado de la sala, con vasos de plástico llenos de refresco de naranja tibio. Sharon y yo llevábamos sándwiches de carne envueltos en papel de aluminio que había preparado Ruby por la mañana y un paquete de patatas para compartir comprado en la tienda del señor Bashir de camino a la iglesia. Mientras yo lo pagaba, Sharon había corrido a la trastienda para saludar a Ishtiaq y me informó de que estaba haciendo deberes en la sombría habitación del fondo.

Me dirigí a un banco alejado de todos para que pudiéramos hablar de la incorporación del señor Spencer a la lista cuando vislumbré una cara conocida. Estaba sentado con un grupo de chicos mayores que formaban parte del club juvenil al que nos uniríamos cuando llegáramos a la adolescencia.

Di un codazo a Sharon.

—Mira, es Paul Ware —dije susurrando las palabras con algo parecido a la veneración.

—¿Y por qué te estás sonrojando? —preguntó Sharon al tiempo que esbozaba una sonrisa irónica.

Nunca habíamos tocado ese tema, pero ella sabía perfectamente a qué venía el sonrojo. Él estaba sentado solo, libro en mano, con el flequillo cayéndole sobre los ojos. Tuve la impresión de que no estaba leyendo de verdad. Tenía la altura imponente de su padre, pero esta se combinaba con los rasgos exquisitos y frágiles de su madre conformando una mezcla sorprendente.

—¿Dónde crees que viven ahora? —me pregunté en voz alta—. No pueden vivir con el nuevo novio, ¿verdad? No está permitido.

A menudo confundía la moral prescrita por la iglesia con la ley y me tomaba las historias de la Biblia y las reglas del cristianismo al pie de la letra.

—Vale, los que son de mi grupo, a la iglesia —gritó la señora Spencer antes de que Sharon pudiera responder.

Vi que Paul se levantaba despacio y seguía los pasos de los demás miembros de su grupo con la vista puesta en el suelo.

El señor Spencer parecía menos enérgico por la tarde y nos dividió en grupos para que ensayáramos las escenas de la historia de «El buen samaritano». Él se quedó sentado a un lado con una taza en la mano. En más de una ocasión vi que daba alguna cabezada y en una de ellas la taza estuvo a punto de caerse al suelo; eso le espabiló de repente y miró a su alrededor para ver si alguien se había fijado.

Al final de la tarde anunció que las pruebas para la obra se harían al día siguiente y que debíamos llegar preparados para «actuar y cantar con el corazón en la mano», una instrucción que acompañó de un florido gesto que casi volvió a derribar las biblias. Cualquier idea sobre la lista quedó olvidada durante el tiempo de la plegaria final, en la que, con los ojos bien cerrados, le rogué a Dios que me diera uno de los papeles principales.

—¿Qué papel quieres? —pregunté a Sharon de camino a casa—. Apuesto a que te dan el del buen samaritano.

Ella se encogió de hombros de manera ostensible.

—La verdad es que no quiero ningún papel. A mí no me gusta tanto como a ti.

—¿El qué?

—Actuar en las funciones y todo eso.

Me sorprendió la ironía de que no le gustaran las candilejas cuando la naturaleza había decidido que sería siempre el foco de atención mientras que yo estaba desesperada por que alguien se fijara en mí. Pero, en realidad, estaba secretamente encantada de que no se presentara a las pruebas. Así tendría menos competencia.

Pasé la tarde en mi habitación, ensayando una canción, hasta que papá tocó a la puerta.

—Creo que ya basta, corazón. Tu mamá está en cama, y la tía Jean y yo…, bueno…, ya hemos tenido bastante. Llevamos horas oyendo la misma canción una y otra vez. —Se rio y me alborotó el pelo para demostrarme que no estaba enojado conmigo—. Salgo un rato —dijo entonces—. No te acuestes muy tarde.

Se giró justo antes de cerrar la puerta de mi cuarto y asomó la cabeza.

—Tienes la voz de tu madre —comentó en un tono tan bajo que apenas pude oírle.

Cuando por fin me acosté, insomne por los nervios y la emoción de la perspectiva del día siguiente, un recuerdo de mamá vino de repente a mi memoria. Me acariciaba el pelo mientras yo estaba tumbada, sin poder dormir por alguna razón, y cantaba la canción que habíamos oído en la fábrica: «You Are My Sunshine». Me envolví en las palabras de papá como si fueran una manta y tararéé la tonada en voz baja para mis adentros hasta quedarme dormida.

Creí que me había confundido cuando, a la mañana siguiente, Ruby abrió la puerta y me dijo que Sharon ya había salido; esperaba ensayar con ella y no lograba recordar que me hubiera advertido de que no me esperaría en su casa como hacía siempre. Tampoco estaba en la iglesia cuando llegué, pero cualquier inquietud que albergara al respecto pronto quedó sofocada por las pruebas. Como siempre, me dieron el papel de narrador, donde al menos la gente me oiría, aunque no me vieran.

Pasé la mañana contenta, aprendiéndome el papel y las canciones que cantaríamos todos, entretenida hasta tal punto que no eché de menos a Sharon y apenas si me fijé en el señor Spencer. Pero al mediodía, cuando paramos para comer y vi que aún no había llegado, decidí ir a buscarla. Pensé en ir primero a la tienda del señor Bashir, a ver si había optado por pasarse a ver a Ishtiaq para evitar las pruebas. Tomé el camino trasero y avancé por callejones y pasajes oscuros mientras iba repitiendo las frases; un vaho frío se me escapaba por la boca al hacerlo. Cuando me acercaba a la tienda, oí el sonsonete de una risa que recordaba al ruido de una cascada y supe al instante que era Sharon.

Me asomé por el extremo del callejón, protegida por los setos, solo para asegurarme, y vi a Sharon saliendo de la tienda con Ishtiaq. Bajaban la calle juntos y, tras echar un vistazo a su alrededor, supongo que para asegurarse de que no había nadie más en aquella silenciosa calle, Ishtiaq la cogió de la mano. Las mías empezaron a temblar, y no solo del frío; las agité, en un intento de recuperar la sensibilidad, sin apartar la mirada de Sharon e Ishtiaq.

Se les veía totalmente absortos el uno en el otro. Ishtiaq hablaba más de lo que yo recordaba y sus ojos brillaban al hacerlo mientras que Sharon asentía y sonreía con los ojos clavados en la cara del chico. Estaba hermosa, radiante. Cuando echó la cabeza atrás y se rio de nuevo, di un paso atrás para asegurarme de que no me veían, y solo volví a asomar la cabeza cuando ya estaban bastante lejos.

Al ver la coleta de Sharon balancearse con cada paso, fui más consciente que nunca de lo mucho que quería ser como ella. Pero sabía que eso significaría ser otra persona por completo. Ser una niña totalmente distinta, haber nacido en una familia distinta y haber tenido una vida distinta. Siempre me había conformado con estar cerca de ella, pero ahora mis dos mejores amigos habían formado una unidad sin mí. Encajaban a la perfección, como las piezas de aquellos puzles a los que ella y yo habíamos dedicado horas. ¿Y si yo no era más que la pieza sobrante, la que no se necesitaba? ¿Y si ya no había lugar para mí? Sería lo mismo que me pasaba en casa. La idea formó un hueco en mi interior que se expandía con cada respiración.

Entre sollozos, di media vuelta y volví corriendo a la iglesia por el callejón; de repente, por el rabillo del ojo, atisbé algo amarillo a mi derecha, en la acera de enfrente, y vi que el hombre del mono me observaba.

Quizá fue el hecho de ver juntos a Sharon e Ishtiaq lo que me decidió a seguir a Paul Ware a su casa al final del día. Me dije que lo hacía para averiguar dónde vivía y para, con un poco de suerte, ver un momento a Hazel. Como si fuera lo más normal del mundo. En cuanto terminaron las actividades, y después de una plegaria que recé a regañadientes porque no percibía que Dios estuviera de mi lado ese día, salí corriendo de la iglesia. Tomé el camino empedrado que cruzaba el viejo cementerio hasta la verja y esperé a que Paul Ware saliera, saltando para aliviar el frío.

Por fin salió de la iglesia, con la mirada puesta en el libro que leía, o fingía leer, mientras andaba. Me escondí detrás de un arbusto a la espera de que bajara y luego le seguí guardando lo que me parecía una prudente distancia, observándole y tomando notas mentales para repetírselas a Sharon, aunque pensar en ella me provocaba un nudo en el pecho.

No pude evitar fijarme en todos los detalles. Sus pantalones eran unos vaqueros pitillo, que estaban muy de moda, y los llevaba con unas zapatillas blancas y negras y una camiseta negra con una foto de Debbie Harry y el nombre de su grupo, Blondie, escrito en letras blancas. A pesar del frío, llevaba el abrigo doblado en el brazo. Su cabello castaño se le rizaba en torno a la cara y el cuello, en un estilo descuidado y moderno. Era un chico guay.

Me sorprendió ver que nos dirigíamos hacia un territorio conocido, las calles que conformaban mi barrio, aunque no conseguía imaginarme a Hazel Ware viviendo allí. Hilera tras hilera de casas idénticas. Filas y filas de caras idénticas. Me parecía demasiado feo y soso para albergarla a ella, y tenía razón. Los adoquines grises, rotos y desiguales entre los cuales crecían los hierbajos dieron paso por fin a unas calles más anchas con setos a los lados cuidadosamente recortados.

Lo mantuve a la vista. Tenía un ojo puesto en él y con el otro me aprendía el camino para poder volver a casa sana y salva. Estaba tan pendiente de todo que no sé cuánto tiempo pasó antes de que fuera consciente de los pesados pasos de unas botas que ganaban terreno detrás de mí.

Estaba en un brete: no quería volverme a ver quién me seguía y perder a Paul, pero tampoco era capaz de quitarme de la cabeza la idea del Destripador persiguiendo a sus víctimas y golpeándolas en la nuca con un martillo. Me paré durante un instante, con todos mis sentidos alerta, y cuando oí que los pasos también se detenían salí corriendo como una exhalación, notando los latidos del corazón en las sienes con cada inspiración. Los pasos aceleraron, ganaron fuerza, y sentí un tirón de la chaqueta cuando quienquiera que fuera me agarró por ella.

Pedí ayuda con un grito débil mientras intentaba zafarme y acabé en el suelo, con las manos golpeando fuerte contra la acera y una raspadura en la rodilla a pesar de los vaqueros.

Levanté la vista.

Plantado ante mí estaba Reece Carlton. Llevaba su atuendo habitual, los tejanos con el dobladillo vuelto y las botas, pero ahora parecía algo gastado, como si fuera parte de él. Cargaba una pesada bolsa de deporte, cuya correa le cruzaba el pecho, de la que habían salido hojas de papel debido a la carrera. Su expresión era extrañamente vacía, como si alguien lo hubiera desconectado del enchufe. A lo lejos distinguí a Neil, que nos miraba y se reía. Fui a decir algo pero por alguna razón las palabras no me salían. Él tiró de la chaqueta de nuevo y me alzó.

—Eres la amiguita de Sharon, ¿no? —dijo, como si nos hubiéramos parado en la calle a charlar.

Asentí.

—¿Tiene novio? —preguntó mirándome fijamente.

La negativa salió sin que lo pensara, aunque en un tono ahogado que me sorprendió. No me había dado tiempo a acostumbrarme al hecho de que sí lo tenía.

—¿Qué está pasando aquí?

Era la voz de Paul. Se aproximaba a nosotros con la vista puesta en Reece. El ruido había debido de hacerle dar media vuelta.

—Nada —dijo Reece con voz indolente—. Ha tropezado y se ha caído.

Vi cómo le cambiaba la cara al sonreír en dirección a Paul. Era la misma sonrisa que lucía en la piscina cuando soltó a Stephen Crowther después de haber estado ahogándolo.

—¿Estás bien? —me preguntó Paul.

Asentí.

—Nos vemos en el cole —dijo Reece antes de dirigirse hacia Neil, que seguía mirándonos con una sonrisa irónica en la boca.

—¿Qué ha pasado? —insistió Paul mientras se agachaba a recoger las hojas de papel que Reece había dejado tiradas en la calle al tiempo que yo me sacudía el polvo de las rodillas y comprobaba con horror que me había hecho un siete en los vaqueros que tendría que explicarle a la tía Jean.

Me mantuve cabizbaja para que no viera mis lágrimas. Experimentaba una dolorosa mezcla de miedo y de vergüenza, junto con una diminuta gota de alegría por el hecho de que hubiera venido a ayudarme.

—No lo sé —dije sin faltar a la verdad. ¿Reece me estaba persiguiendo en serio? ¿Había exagerado yo? ¿Era todo culpa mía?

Paul y yo seguimos andando por la calle en silencio, los dos juntos, hasta que se paró a las puertas de una casa semiadosada de estilo georgiano provista de un gran jardín delantero. A diferencia de la de Sharon, no se veía impoluta: unas botas de agua manchadas de barro reposaban en el umbral y la puerta estaba embadurnada con franjas de pintura de varios colores. Pese a ello, parecía un hogar.

—¿Por qué me seguías? —preguntó él mirándome a los ojos por primera vez.

Sentí el calor de la vergüenza subiéndome por el cuerpo. Tiré del extremo de mi vieja chaqueta, comprada en las rebajas, intentando convertirme en la clase de chica en que los chicos se fijan de una manera distinta a como lo estaba haciendo él entonces.

—No... no es verdad.

—Claro que lo es. Has estado siguiéndome desde que salí de la iglesia. No soy tonto —dijo él, y los bordes de su boca formaron una especie de media sonrisa.

—Bueno..., ¿el señor Ware es tu padre?

Mi mente empezó a pergeñar una posible razón que explicara mi conducta y las palabras habían salido de mi boca antes de que tuviera tiempo de pensarlas.

—Sí —respondió él entornando los ojos.

—Bueno, fue profesor mío y pensé que quizá vivías aún con él, así que te seguía para... —Me paré ahí, consciente de que mi historia no estaba contribuyendo a que dejara de verme como un bicho raro. Me rendí y musité—: Solo quería ver dónde vivías.

Me miraba como si fuera un rompecabezas sin solución.

Entonces se abrió la puerta de la casa y por ella salió Hazel. Me quedé muda al instante. Un pañuelo de seda con estampados de cachemir mantenía sus largos cabellos apartados de sus ojos y llevaba una especie de mono de trabajo lleno de manchas de pintura.

—¿Paul? —dijo ella—. Ya me parecía que te había oído.

Me miró y sus ojos me sonreían.

—Hola. Ya nos conocemos, ¿no es verdad, Miv? ¿Del desayuno de la parroquia?

Asentí emocionada al ver que me reconocía.

—¿Te apetece entrar a tomar un refresco?

Nada me habría gustado más que aceptar. De hecho, justo en ese momento ardía en deseos de correr a sus brazos, echarme a llorar y contárselo todo. Lo de Reece, lo del Destripador, lo de mamá… Pero vi que la cara de Paul adoptaba una expresión de horror.

—No, gracias, señora Ware —contesté, aunque las palabras me salieron entrecortadas.

—De acuerdo. Otro día —dijo ella—. Que sepas que serás bienvenida. No llevamos mucho tiempo viviendo aquí y Paul aún no conoce a mucha gente.

Paul la miró con indisimulada furia y su cuello se puso grana. Pasó ante ella y se metió en casa.

—Despídete, Paul —gritó ella, aunque tenía los ojos, que resplandecían con un punto de diversión, fijos en mí.

—¡Adiós! —le oí gritar desde el interior de la casa. Recordó más a un ladrido que a una voz humana.

—Adiós, señora Ware —dije antes de dar media vuelta y echar a correr.

Mis piernas, temblorosas, tomaron automáticamente el camino hacia la casa de Sharon. Habían pasado muchas cosas y me moría por contárselas. Luego recordé aquello que ella no me había contado y mi cuerpo se frenó. Fui hacia mi casa sin dejar de pensar en la expresión vacía de la cara de Reece y aquella inquietante y falsa sonrisa que le había brindado a Paul.

Me puse a pensar en el Destripador. ¿Tendría también dos caras? ¿Era por eso que no conseguían atraparlo? ¿Parecía alguien normal por fuera, una buena persona? ¿Como el señor Spencer? Me tragué mis palabras y mis sentimientos en cuanto abrí la puerta y me enfrenté al silencio de mamá en su butaca y del resto de la casa vacía.

31

El señor Ware

Mientras subía hacia la casa, Mike distinguió dos siluetas que le eran familiares: una cargada con una gran bolsa de deporte, ambos entregados a lo que solo podría describirse como «deambular». Sentado en el coche, con el motor en marcha, los observó con atención mientras esperaba a Paul. Le había dicho a Hazel que no subiría hasta la puerta para recoger a su hijo dándole al tema un enfoque despreocupadamente práctico cuando lo cierto era que no podía soportar la idea de verla, ni aunque fuera durante unos minutos.

Su primer instinto fue interrogarlos. ¿Qué estaban haciendo aquí? ¿Qué llevaban en la bolsa? Pero la realidad era que, dado que ya no era su profesor, no tenía ningún derecho a pedirles explicaciones. Sin embargo no podía dejar de mirarlos, y al hacerlo descubrió que iban de casa en casa, colgando hojas de papel que sacaban de la bolsa; él sonrió. A lo mejor se habían dado cuenta de que debían empezar un nuevo capítulo. Tal vez incluso tuvieran alguna clase de empleo… Se sorprendió al comprobar lo mucho que habían cambiado en los últimos meses, desde que él se marchó de Bishopsfield. Se les veía más recios, más duros.

El toque en la ventanilla del coche le sobresaltó.

—Hola, papá.

Paul abrió la puerta del coche y ocupó el asiento del copiloto, un batiburrillo de brazos y piernas torpes.

—Hola, hijo —dijo él sintiendo un repentino ataque de timidez, como si estuviera con un extraño.

Partieron en silencio y, cuando pasaron por delante de los dos chicos, Mike se fijó en que Paul se giraba para mirarlos; permaneció así hasta que Neil y Reece se perdieron de vista. Mike puso en marcha la radio para así cubrir el silencio que flotaba entre ellos mientras pensaba algo que decir. Antes de la separación, él y Paul nunca habían pasado tiempo juntos a menos que fuera para terminar los deberes. La conversación entre ellos era algo tan difícil como expresarse en un idioma nuevo.

—¿Te has cruzado con esos dos en el colegio? —preguntó él, incapaz de olvidarse de los chicos.

—Sí —dijo Paul en voz baja.

—No me los imagino como responsables repartidores de periódicos —dijo Mike, consciente de que, como chiste, era bastante malo.

—Hum —repuso Paul con la cabeza vuelta hacia la ventanilla.

Mike se tomó el gesto como la constatación de que la charla había terminado y subió el volumen de la radio para ocultar su incomodidad.

Cuando llegaron al piso, Mike se descubrió deshaciéndose en excusas que lograran preparar a Paul para lo que estaba a punto de ver.

—Es lo mejor que he encontrado. Ten en cuenta que se trata solo de algo temporal —dijo mientras sus pasos resonaban por la vacía escalera.

La incómoda sensación de vergüenza se acrecentó aún más cuando su vecino, Gary, salió de su piso y se quedó apoyado en la mugrienta pared color magnolia para observarlos.

—Hola, hola, hola —gritó, usando un tono de colegueo que Mike detestaba con toda su alma. Se odiaba a sí mismo por su esnobismo, pero aquel joven artísticamente despeinado y rebosante de confianza habría sacado lo peor del talante severo de su padre, ahora reencarnado en él.

—Gary. —Le saludó con un rápido movimiento de cabeza con la esperanza de que eso pusiera fin a cualquier intento de proseguir la conversación.

—Así que este jovencito tan guapo es tuyo. Os parecéis mucho —dijo Gary mirando a Paul.

—Sí, es mi hijo, Paul.

—Gary Andrews —dijo Gary—. Encantado de conocer...

—Tenemos que irnos —le cortó Mike al tiempo que se giraba para abrir la puerta de su piso. Intentaba evitar a Gary tanto como le era posible, con la sospecha de que, a juzgar por los gritos y los golpes procedentes del piso que compartía con su esposa, la máscara cordial de Gary ocultaba un lado más siniestro.

—¡Por supuesto! —exclamó Gary, y su sonrisa solo consiguió disimular la ironía a medias—. Todos sabemos que siempre andas muy, muy, muy ocupado, Mike.

Por el tono de la frase, Mike comprendió que el comentario era una provocación, pero decidió dejarla pasar, sobre todo con Paul delante. Su hijo ya había visto demasiada ira en su padre.

—¡Ja, ja! —soltó antes de meter a Paul dentro de casa.

El vacío del piso se percibía más pronunciado ahora que Paul estaba con él, a pesar de que entre los dos ocupaban más espacio. Paseó la mirada por la diminuta habitación donde residía ahora. A la izquierda había una cocinilla, con una sola placa que apenas había usado, y una nevera vieja y oxidada; a la derecha, una cama individual que hacía también las funciones de sofá; una pequeña mesa cuadrada y dos sillas. El orgullo le había impedido recurrir a su padre: se sentía incapaz de confesarle el desastre en que había convertido su matrimonio.

—He pensado que podríamos pedir unas raciones de *fish and chips* en Barry's para celebrar el día —dijo Mike con voz excesivamente entusiasta.

—Me parece bien —repuso Paul mientras dejaba la cartera en la silla que Mike le acercó.

—Ya te he dicho que es solo algo temporal —repitió Mike—. Aún no tengo tele, pero la compraré...

—Está bien, papá. En serio —dijo Paul, con una sinceridad que le provocó una súbita emoción, tan sorprendente como las lágrimas que pugnaban por asomar a sus ojos—. No me importa. He traído mi libro y los deberes.

Abrió la cartera y sacó un manoseado ejemplar de *Fahrenheit 451* que Mike le había regalado, lo cual hizo que su padre experimentara una oleada de orgullo.

—Buen chico —dijo—. A lo mejor puedo ayudarte con eso.

Se agachó a recoger la hoja de papel que había caído de la cartera de Paul al sacar el libro.

—No es mío... —empezó a decir Paul.

Mike leyó las palabras que tenía delante, escritas en rojo, acompañadas por el llamativo dibujo de una bandera del Reino Unido.

LOS BRITÁNICOS, PRIMERO

DETENER la inmigración

RECHAZAR el mercado común

REINSTAURAR la pena de muerte

HAGAMOS grande de nuevo a Gran Bretaña

Mike levantó la vista y se encontró con la cara pálida de Paul; dos manchas rojas en las mejillas le daban el aspecto de una muñeca.

—¿Qué coño es esto? —preguntó sin poder contener la ira.

—Ya te he dicho que no es mío —respondió Paul con firmeza, y su voz resonó en las paredes vacías.

Mike llevaba años oyendo la misma excusa en las voces de muchos alumnos, así que miró con dureza a su hijo, con la esperanza de que la sinceridad que veía en su cara fuera auténtica.

—Si no es tuyo, ¿de quién es?

—Es una larga historia, papá.

—Bueno, tenemos toda la noche.

Mike detestó el tono regañón que no podía evitar, la frase típica y tópica del maestro.

—Es de Reece, o al menos se le cayó a él. Estuve charlando con él hace un rato. Se le cayó de la bolsa y lo recogí —dijo Paul con la vista puesta en el suelo.

Entonces Mike comprendió lo que Reece y Neil estaban haciendo cuando los vio: encajó de repente las piezas de un puzle que, inconscientemente, llevaba un rato intentando resolver. Se dejó caer en la silla e instó a Paul a que se sentara también.

—Esos chicos no son amigos tuyos, ¿verdad? Lo que se traen entre manos es…

Pensó en lo que diría de ellos su padre. Probablemente algo del estilo de: «No arriesgué la vida luchando contra Hitler para ver que mis conciudadanos se convierten en alguien como él». Incluso podía imaginar su cara, roja de rabia, mientras lo decía.

Paul se había sentado en el borde de la silla, como si se preparase para salir corriendo.

—Es peligroso, además de una muestra de ignorancia —dijo Mike, intentando modular la voz para eliminar de ella los ecos de la de su padre.

—Ya lo sé. En serio. Nunca tendría nada que ver con ellos, de verdad. Estaba echándole una mano a otra persona. A una chica —repuso Paul, y el tono rosado de sus mejillas se le extendió por toda la cara hasta alcanzar el cuello.

—Una chica, ¿eh? —La constatación de que había subestimado a su hijo le hizo esbozar un principio de sonrisa.

—Papá, por favor… —rogó Paul, y el sonrojo se hizo más fuerte.

El alivio al comprender la situación hizo que Mike se echara a reír. La cara de su hijo, enfurruñada y avergonzada, fue cambiando, contagiada por su risa, y terminaron sonriéndose el uno al otro por primera vez desde hacía años.

32

Miv

Ayer te vi —le dije a Sharon al día siguiente, de camino a la iglesia—. Estabas con Ishtiaq.

Le hablaba con la mirada puesta en la acera.

Se produjo un silencio antes de que Sharon contestara:

—Ah, vale. ¿Y por qué no dijiste nada?

—Me sentí rara —respondí, y me encogí de hombros. Entonces, aunque me había prometido no hacerlo, no pude contenerme y pregunté—: ¿Salís juntos?

—Sí. Sí, salimos juntos.

El sonido de su voz nerviosa me llegó acompañada de una sonrisa tímida.

—¿Y por qué no me lo dijiste?

—No quería darte un disgusto. Pensé que podías sentir que te dejábamos de lado o algo así.

—Estoy disgustada porque no me lo contaste —dije, a pesar de que no tenía muy claro que eso fuera exacto. Estaba disgustada porque, si Sharon quería a otra persona, a lo mejor no le quedaba espacio para quererme a mí.

—Lo siento. Es que…, bueno…, también está mi padre. A él no le gustaría verme con alguien así, como Ish. Y ya sé que tú no irías a decírselo, ni a él ni a nadie, pero también sé cómo te van las cosas. En casa, quiero decir. Dios, esto es muy difícil.

Permaneció en silencio durante unos minutos, con una expresión seria y triste en la cara.

—La verdad es que estaba preocupada —continuó—. Por cómo te lo tomarías. No quería hacértelo pasar peor.

Seguimos andando en silencio. Nunca hablábamos del tema de mi casa. Ni siquiera sabía cuánto sabría ella. ¿Acaso me seguía la corriente en cosas como la lista solo por lástima? La idea me cerró la garganta.

—¿Va en serio? Quiero decir que si crees que seguiréis juntos… —Me temblaba la voz: quería saber y no saber a la vez.

Sharon dejó escapar un ligera risa.

—No lo sé —respondió en voz baja y dubitativa—. Lo único que sé es que me gusta mucho. Mucho.

Nos acercábamos ya a la iglesia cuando me cogió del brazo para girarme hacia ella.

—Pero nosotras siempre estaremos juntas. Tú y yo. Siempre seremos amigas.

Asentí con la cabeza porque era incapaz de hablar.

Pasamos gran parte del día separadas, puesto que yo me uní a los ensayos de «El buen samaritano», bajo la batuta del señor Spencer, y Sharon desapareció alegremente en la última fila del coro, dirigido por la señora Spencer. Me concentré completamente en la historia sin apenas prestar atención al párroco.

A la hora de la comida fuimos a sentarnos a nuestro sitio habitual y Paul Ware me saludó con la cabeza al verme pasar. Yo hice lo mismo, tratando de fingir un aire despreocupado, algo en lo que fracasé miserablemente porque me puse como un tomate. Decidí no decirle nada a Sharon de mi aventura de seguirlo hasta su casa. Yo también podía tener mis secretos. Entre bocados de sándwich de jamón y tragos de refresco de naranja tibio, describí a Sharon las escasas observaciones que había hecho de la conducta del señor Spencer y ambas decidimos que debíamos vigilarlo más de cerca. Aunque a esas alturas yo sospechaba que

Sharon solo lo hacía para congraciarse conmigo, después de la tensa charla de esa mañana, no me importaba si eso implicaba que seguiríamos juntas en esto.

Gracias a un tiempo inesperadamente soleado que iluminó el día sin llegar a calentarlo, por la tarde disputamos una partida de British Bulldog en el exterior. Mientras corríamos de un lado a otro, pisoteando hojas y huyendo de los que querían pillarnos, Sharon y yo no perdimos de vista al señor Spencer. Pasó un buen rato sentado en el suelo, apoyado en la pared de la iglesia, con un termo de té a su lado, interviniendo esporádicamente para advertirnos que tuviéramos cuidado o para calmar los ánimos si la partida se ponía dura. A medida que nos acercábamos al final de la tarde, se levantó despacio del suelo, tambaleante, y tuvo que apoyar una mano en la pared para mantener el equilibrio. Recogió el termo y se irguió del todo. Luego dio varias palmadas.

—Muy bien, chicos. ¡Hora de irse a casa!

No fue hasta más tarde cuando caí en la cuenta de que ese día se había saltado la oración final.

A la mañana siguiente retomamos los ensayos. Me había pasado la tarde aprendiéndome el papel para asegurarme de quedar a la misma altura que Stephen, cuya interpretación había ido ganando en intensidad con cada repaso hasta alcanzar cotas impresionantes. El señor Spencer estaba pletórico, elogiaba nuestros esfuerzos con una voz tan potente que acabó dándole ronquera y aplaudía con vigor cada vez que bordábamos alguna escena. Me descubrí notándome tensa sin saber muy bien por qué.

En un momento dado me percaté de que la inestabilidad que habíamos observado el día anterior había vuelto: tras dedicarnos un aplauso exuberante, tropezó y habría terminado en el suelo de no haber sido porque se agarró a un banco en el último minuto. Me pregunté si se encontraba bien.

Discutí esa posibilidad con Sharon a la hora de comer. Aún me seguía la corriente, aunque con un poco menos de entusiasmo que el día anterior.

—No tengo la menor duda de que le pasa algo —dije—. Le cuesta hablar y no se tiene en pie.

—Lo sé —coincidió ella, lo cual me hizo sentir aliviada.

—Y no es solo eso. A ratos está contento, a ratos se duerme y un minuto después se pone hecho una furia —continué—. ¿Entiendes lo que quiero decir?

Paul Ware se inclinó hacia nosotras. Estaba de pie junto a nuestra mesa sin que yo me hubiera dado ni cuenta.

—Yo sí que te entiendo perfectamente —dijo, sobresaltándonos a ambas—. Lo siento, iba a por una bebida y no he podido evitar oíros. A mí también me parece raro. Y no es solo esta semana: cuando le toca llevar el club juvenil está igual.

Antes de tener tiempo para pensarlo, me lancé a preguntar:

—¿No te parece sospechoso?

Sharon puso cara de sorpresa al oírme decir esas palabras delante de otra persona.

—Bueno, la verdad es que creo que está borracho —dijo Paul.

Noté que se me abrían los ojos. La idea me resultaba sorprendente. Luego recordé que todo esto había empezado cuando le vi en Chapeltown. El señor Spencer ocultaba cosas que no se veían a simple vista.

La señora Spencer llamó al grupo de Paul para que volviera a entrar sin darme tiempo a contestarle. Solo tuve oportunidad de darle las gracias antes de que se esfumara. Sharon y yo nos miramos. Yo notaba una doble emoción en mi interior: por un lado, porque quizá habíamos dado con algo importante, y por otro, porque había logrado mantener una conversación más o menos normal con Paul Ware.

Al día siguiente se celebraba el concierto en la iglesia. Esa tarde representaríamos para los padres la función, las canciones y los números que habíamos estado preparando en grupos. Dejé de lado cualquier pensamiento sobre el señor Spencer, sobre el Destripador e incluso sobre Paul Ware, y me dediqué a repetir mis frases una y otra vez hasta decirlas a la perfección sin necesidad de guion, aunque, en mi papel de narradora, se me permitía llevarlo. Quería estar a la altura de Stephen. No esperaba que nadie de mi casa viniera a verme, pero decidí comentarlo de todos modos, por si acaso.

—Mañana hacemos la función y soy la narradora. Solo lo digo porque todos los padres vendrán a vernos…—dije la noche anterior delante de mamá, papá y la tía Jean, sin añadir nada más.

Mamá no reaccionó. La tía Jean asintió con firmeza.

—¿Irá Ruby a ver a Sharon? —preguntó papá.

Asentí.

—Vale. Pues saldré antes de trabajar para pasar a recogeros al final, ¿qué te parece? Podríamos ir a tomar un refresco de helado a Caddy's.

El Caddy's Café era un espacio mágico lleno de manjares deliciosos famoso por sus granizados de frutas del bosque. Por un momento me quedé atónita ante aquella inesperada oferta y todos mis recelos de que nadie viniera a verme se esfumaron. También albergaba la esperanza de que Hazel Ware fuera a ver a Paul, lo que me daría la oportunidad de vislumbrar un atisbo de su elegancia.

La tarde siguiente, mientras los padres iban llegando, Sharon y yo corrimos hasta el coro; me quedé tras las cortinas corridas que dividían los improvisados bastidores del escenario propiamente dicho. Asomé la cabeza por uno de los cortinajes para echar un vistazo al público: movían las cabezas y se acomodaban en los asientos. Stephen estaba allí conmigo, alto y sonriente. Le devolví la sonrisa y pensé en cuánto había cambiado desde aquel niñito asustadizo que era en el colegio. Por fin, los padres y el coro terminaron de sentarse. El tío Raymond, que asumía las funciones de fotógrafo del concierto, tenía la cámara a punto y el reparto entero estaba reunido detrás del telón.

Esperamos a que el señor Spencer abriera el espectáculo.

Y esperamos.

Miré en derredor, cayendo en la cuenta de que no recordaba haber visto al señor Spencer desde hacía un rato y empecé a ponerme nerviosa. En un momento dado, la señora Spencer asomó la cabeza. El tío Raymond miraba por encima de su hombro, tan cerca de la esposa del párroco que, cuando ella dio un paso adelante, él estuvo a punto de caerse.

—¿Dónde está Peter? —murmuró ella mirándonos como si lo tuviéramos escondido en alguna parte.

Intercambiamos miradas y nos encogimos de hombros. Noté que Stephen contenía la risa y tuve que desviar la mirada para que no me la contagiara. Tras una breve discusión, se acordó que sería el tío Raymond quien daría inicio al concierto, ya que la señora Spencer debía dirigir la primera canción.

—¡No puedo estar en dos sitios a la vez! —exclamó ella, hablándole en el mismo tono que usaba con nosotros.

Me dio bastante pena el tío Raymond, al verlo allí, sudando copiosamente mientras balbuceaba unas palabras de bienvenida. Luego la señora Spencer, con la cara contraída en un rictus de furia, dio la orden de comienzo al coro. Mientras la atención del público se centraba en una aguda interpretación de «Cross Over The Road», el tío Raymond se escabulló hasta el fondo de la iglesia y se escondió detrás de la cámara, listo para no perderse ningún detalle.

Al volver a asomar la cabeza por la cortina, vi a Ruby entre la multitud y la saludé con grandes aspavientos. Ella me devolvió el saludo. Dos filas por detrás de ella estaba Hazel, con el mismo pañuelo que le había visto el día que fui a su casa. Cuando nuestras miradas se cruzaron, ella sonrió y también me saludó. Yo me sonrojé, el calor de su atención era para mí como el sol del verano. La emoción de ser observada, aunque fuera por alguien que no mantenía ninguna relación de parentesco conmigo, me llenó el corazón, y, cuando llegó el momento, puse todos los sentidos en mi papel y me gané un aplauso espontáneo después de la introducción.

Tras la obra, el grupo de los mayores cantaba varias canciones y representaba algunos números cortos; en ese intervalo, Stephen y yo fuimos al cuarto trasero a quitarnos las túnicas de toalla que pretendían ser trajes bíblicos. Debido a mi nueva timidez a la hora de cambiarme de ropa, yo me dirigí a un pequeño almacén lateral, que contenía biblias y libros de himnos. En cuanto abrí la puerta, percibí un olor agrio y penetrante.

—¡Ug! Qué asco… —exclamé dando un paso atrás.

—¿Qué pasa? —Stephen se me acercó—. Oh, es asqueroso —dijo tan pronto como percibió el olor.

Ambos nos tapamos la nariz y observamos el cuarto oscuro. En un rincón distinguí un bulto de ropa, de donde parecía emerger aquella peste. Se lo señalé a Stephen y entonces el bulto se movió; los dos nos quedamos inmóviles.

Al oír un gruñido sofocado, mis pensamientos volaron de inmediato al Destripador y di un respingo ante la posibilidad de encontrar a una de sus víctimas. Pero, a medida que el bulto iba tomando forma, reconocí los ojos, que intentaban enfocarnos, y la boca, que aún presentaba un hilo de vómito.

—Señor Spencer —dije—, ¿se encuentra indispuesto?

Recordé las palabras de Paul, pero no tuve redaños para preguntarle si estaba borracho.

—Iré a buscar a la señora Spencer —dijo Stephen apartándose de aquella visión terrible que había aparecido ante nuestros ojos.

El señor Spencer parecía un vagabundo en lugar de un miembro de la iglesia. Supongo que debería haber tratado de ayudarle, pero algo me mantuvo pegada al suelo mientras él intentaba levantarse. Además del olor agrio del vómito, flotaba en el aire un aroma dulzón que yo identificaba con la Navidad y otras ocasiones especiales.

La señora Spencer llegó corriendo, seguida de cerca por Stephen y el tío Raymond. Estaba tan furiosa que, bajo la tenue luz de aquel cuarto oscuro, su cara se veía casi morada.

—¡Por Dios santo, Peter! ¿Qué has hecho? ¿Qué dirá la gente? —susurró mirando a su marido con desprecio.

Nos ordenó a Stephen y a mí que nos apartáramos, y entre ella y el tío Raymond lograron incorporar al señor Spencer. El tío Raymond pasó los brazos alrededor de la cintura del párroco y salieron despacio por la puerta trasera. Tuve la impresión de que eso era algo que había sucedido ya muchas veces: sus pasos parecían los de una danza bien ensayada. Cuando ya salían, el tío Raymond giró la cabeza y, al notar que los miraba, me guiñó un ojo. El gesto me hizo estremecer sin que supiera muy bien por qué. La señora Spencer se volvió hacia nosotros. Tomó aire y, cuando habló, parecía haber recobrado la compostura.

—Mi marido no se encuentra bien —dijo con serenidad. Su pose recordaba a la de un miembro de la realeza. Casi a la reina—. Apreciaría mucho que os abstuvierais de hacer comentarios sobre esto. No querría preocupar a nadie más.

Cada frase salía en tono cortante, como si fueran las órdenes de un general.

—Si alguien os pregunta, podéis decir que tuvo que acudir a la llamada urgente de un miembro de la parroquia.

—Sí, señora Spencer —dijimos los dos, y yo estuve a punto de hacer una reverencia mientras me tragaba las ganas de señalar que, en teoría, mentir era pecado.

Ella se alisó la ropa y el cabello, meneó la cabeza como si así pudiera sacudirse de encima lo que acababa de ocurrir, y todos nos encaminamos al salón principal.

Al final del concierto, después de los últimos saludos al público, un enjambre de padres subió a recoger y felicitar a sus retoños. Yo me quedé a un lado, con la esperanza de que Ruby se me acercara después de haber abrazado a Sharon, cuando vi que Hazel se dirigía hacia mí, abriéndose paso entre el montón de padres que iban apartándose de su camino, casi como si fuese una estrella de Hollywood desfilando por la alfombra roja.

—Buen trabajo —me dijo—. Ha sido toda una revelación.

Yo no tenía ni idea de qué quería decir pero todo mi cuerpo zumbó de placer y de orgullo de todos modos.

—Gracias —contesté con timidez.

Paul apareció detrás de su madre.

—Sí, lo has hecho genial —dijo él. Lo afirmó en voz baja pero clara, y mi orgullo ante el cumplido se transformó en asombro.

—¿Te gustaría venir un día a comer a casa? —preguntó Hazel.

La pregunta me desconcertó tanto que Paul tuvo que intervenir:

—Ven, será divertido.

—Oh, sí…, por favor, puedo ir cualquier día. Quiero decir que no hay ningún problema, que todos los días me van bien —dije embarullándome con las palabras mientras notaba una ola de vergonzoso calor que me subía por todo el cuerpo.

—En ese caso, hablaré con tu padre y pondremos fecha para el encuentro.

Estaba demasiado atónita para señalar que no había ninguna necesidad de hablar con papá, que yo no necesitaba permiso para ir y venir; luego recordé que, debido al Destripador, esos días sí que debía pedirlo.

Apenas me fijé en las risas y charlas de papá, Ruby y Sharon en el Caddy's después de que nos recogiera en la iglesia, pero mi ausencia mental tampoco se notó mucho. Papá estaba en plena forma: hacía reír a Sharon bajo la mirada sonriente de Ruby. Yo no podía pensar en otra cosa que en la cena en casa de Paul y Hazel, aparte de evocar su cumplido por mi actuación una y otra vez.

Cuando dejamos a Sharon y a Ruby en su casa, ya oscurecía y casi no podía mantener los ojos abiertos, agotada de tantas emociones. Estaba a punto de dormirme cuando el ruido de las sirenas me sobresaltó. Papá redujo la velocidad del coche justo cuando pasábamos ante la tienda del señor Bashir: era de allí de donde parecía proceder el estruendo. El cielo se iluminó, como en los fuegos artificiales, y la gente salía a la calle. Todos miraban en la misma dirección. Papá bajó la ventanilla para preguntarle a alguien qué pasaba, pero el penetrante olor a humo lo dejó muy claro y se limitó a volver a subirla.

—Vámonos a casa —dijo.

33

Omar

Los viernes por la tarde, Omar cerraba la tienda temprano y se iba al autoservicio mayorista a comprar suministros para toda la semana siguiente, puesto que el sábado era el día de más venta. Ishtiaq solía acompañarle e iba tachando los productos de la lista que Omar tenía pegada detrás del mostrador, junto con el pequeño libro de cuentas donde constaban las deudas de los clientes, pero ese día había insistido en quedarse en casa, afirmando que tenía muchos deberes. Omar sabía que su hijo tenía la esperanza de que Sharon pasara a verlo después de la función.

Omar era consciente de que el momento en que debería hablar con su hijo sobre esa relación se acercaba cada vez más. Le preocupaban la extrema juventud de él y la extrema blancura de Sharon; le inquietaba la idea de que, con toda probabilidad, los padres de ella no sabían nada y también la posibilidad de que algún comentario de alguien provocara en él una reacción que luego lamentaría.

Sin embargo, la expresión en la cara de su hijo le enterneció. Cuando Rizwana falleció, Ishtiaq ya tenía edad para sentir el vacío que había dejado su madre. La tristeza de su hijo le oprimía el corazón, pero en aquel momento él tampoco era un experto en las demostraciones de amor y afecto que podrían haberlo consolado, así que se limitó a ser un testigo mudo, incapaz de ayudar. Sharon le había sacado de aquel pozo de dolor, y, siempre que Omar los oía reír juntos en la trastienda, su corazón danzaba al ritmo de la vida que resonaba en la voz de su hijo. Omar suspiró y se concentró en la tarea que tenía entre manos. Ya le había dado suficientes vueltas al tema, poco más podía hacer.

Saludó a las caras conocidas mientras empujaba el carrito e iba cogiendo las cajas de chucherías o los envases de detergente y marcándolos en la lista de deseos y necesidades de sus clientes. Cogió los caramelos especiales que Helen compraría para Arthur en su siguiente visita a la tienda y el licor de lima que preferían Valerie y su hijo Brian. Podría ganar premios acertando los gustos y preferencias de cualquiera de los miembros de su clientela, a pesar de que muchos de ellos ni siquiera sabían aún cuál era su nombre de pila.

Estaba cargándolo todo en el maletero del coche cuando oyó el grito procedente de la puerta del autoservicio.

—¡Eh!

Se volvió para descubrir qué pasaba y le sorprendió ver a un empleado del almacén, vestido con el uniforme azul marino habitual, corriendo hacia él. Sintió una punzada de ira. Era de suponer que lo conocían lo bastante bien como para no acusarlo de algún hurto, ¿no? El joven se paró frente a él, jadeante, con las manos apoyadas en las rodillas para recuperarse de la carrera.

—Debería… darse prisa… —dijo el chico—. Acaban de llamarnos. Lo están buscando. La policía.

Omar intentó colocar aquellas palabras en una frase que tuviera sentido.

—Fuego. Hay fuego. En la tienda…

Sin decir una palabra, Omar cerró el maletero, se metió en el coche y salió disparado, dejando el carrito medio lleno en el aparcamiento. Si hubiera sido más consciente de lo que pasaba, se habría sorprendido de los tratos que intentó alcanzar con Alá de camino a casa, aferrando el volante con tanta fuerza que los brazos y las manos le dolieron luego durante días. El músculo de la fe se había puesto en marcha.

Oyó el fuego antes de verlo. El eco de las sirenas cruzaba el cielo a manzanas de distancia. Giró hacia su calle y, dándose de bruces con el gentío y los coches de emergencia que contemplaban la escena como si fuera la noche de Guy Fawkes, abandonó el coche y corrió. Un hombre alto, de uniforme, salió de la multitud, guiado por un vecino que lo señalaba. El aire formal del agente disparó el pánico de Omar, que abrió la boca para formular una pregunta que no logró pronunciar.

—¿Señor Bashir? —dijo, y Omar asintió, escudriñando con la mirada al montón de gente que había ante él—. Su hijo está a salvo.

Al oírlo, las rodillas le cedieron y se desplomó.

34

Miv

El número nueve

M e han dicho que fue una bomba».
«Me han dicho que les explotó la nevera».
«Me han dicho que alguien les metió un trapo empapado en gasolina en el buzón».

La noticia del incendio recorrió el patio del colegio con la misma rapidez con que las llamas habían devorado la tienda del señor Bashir. El trapo empapado en gasolina resultó ser la respuesta correcta. Ishtiaq había escapado, pero había sido ingresado en el hospital por inhalación de humo; cuando le dieron el alta, se trasladó una temporada con la familia de Bradford.

Toda la clase se mostraba inusualmente silenciosa y triste, incluso Neil Callaghan, aunque Reece Carlton, que se había reído al oír la noticia, fue enviado al despacho del director. Avanzada la mañana, a través de la empañada ventana del aula, vi al señor Carlton, que venía a recoger a su hijo. Le recordaba vagamente de las reuniones de padres y las funciones de teatro: era uno de esos padres que se sentaban con los brazos cruzados y las mandíbulas apretadas, demostrando lo poco que deseaban estar allí. Era una especie de bulldog. Por un momento me dio pena Reece, al pensar en la bronca que se iba a llevar, pero entonces su padre le dio una palmada en la espalda, tan fuerte que casi le hizo caer, y luego le sonrió. Me estremecí ante aquella extraña escena.

En casa, la tía Jean estaba en plan zafarrancho de limpieza, fregando con ahínco la nevera y la cocina con la misma rapidez con que empezó a pronunciar las palabras. En apariencia, toda la ciudad estaba asombrada ante la noticia.

—Fue un acto deliberado —nos dijo meneando la cabeza, como si fuera incapaz de comprenderlo—. La policía lo ha calificado de incendio provocado.

Durante días, dos agentes fueron casa por casa, interrogando a los residentes sobre la cáscara ennegrecida que antaño había sido una tienda. Sharon también era una cáscara. Era como el fantasma de sí misma, con una piel casi traslúcida y los ojos llenos de lágrimas a todas horas. No la consolé. No supe qué decirle.

En uno de los recreos, me dirigí a ella; estaba hablando con dos de las chicas guapas y con Neil Callaghan. Parecían estar concentrados en algo, con las cabezas juntas como quien comparte secretos, pero de repente Sharon dio un paso atrás. Cuanto más me acercaba a ellos, más perpleja me sentía. Desde el incendio, Sharon había estado consumida por la tristeza, pero en ese momento percibí una furia devastadora que teñía sus palabras.

—No. No os atreváis a hablar de él en esos términos.

Casi escupió al pronunciar cada una de las palabras, invadida por una ira que apenas lograba controlar. Neil también retrocedió, en son de burla, colocando las manos como escudo, y una de las chicas comentó:

—¿Qué pasa, Sharon? ¿Te gusta el paki?

Vi que su cuerpo se tensaba, y cuando dio un paso hacia delante, tiré de ella.

—¿Qué pasa? —le pregunté.

Vi que tragaba saliva y que las manos le temblaban mientras intentaba dar forma a las palabras.

—Debería haberlo contado —me dijo—. Debería haber demostrado lo orgullosa que estaba de que fuera mi novio.

Esos días empezamos a ir al colegio por otro camino para evitar toparnos con los restos calcinados de la tienda, hasta que un día la tía Jean me pidió que recogiera unos *tuppers* que le había prestado a la señora Weatherby, que vivía a dos calles de distancia. Los *tuppers* cruzaban las calles de nuestra ciudad a más velocidad que el tráfico. Me sorprendía que nadie tuviera claro quién era el propietario original, pero accedí de todos modos.

Mis piernas se movieron de manera automática y, sin Sharon allí para desviarme, me encontré al final de la calle de la tienda del señor Bashir, contemplando aquella cáscara acordonada y preguntándome quién podía haber hecho algo así. El corazón empezó a latirme con fuerza al notar que había alguien más allí. El hombre del mono se hallaba en la esquina de enfrente, inmóvil, con la mirada fija en el escenario del incendio. Contuve la respiración mientras lo observaba. Por una vez llevaba el gorro amarillo en la mano, lo que dejaba al descubierto una mata de cabello negro y rizado que no recordaba haber visto nunca. Iba sin afeitar, con un proyecto de bigote oscuro sobre el labio superior, y sus ojos parecían dos piedras negras.

Mi mente se llenó de imágenes suyas, fogonazos súbitos que iban encajando en su lugar, como sucedía con el proyector de diapositivas francés que habíamos visto en casa de Irene Blackburn. Él caminando por la calle, con la cabeza gacha, sin hacernos el menor caso; él a las puertas de la tienda, vigilando, y decidiéndose a entrar solo cuando no había nadie dentro. Él acompañado de Reece y Neil el día que íbamos con Arthur. No lo había incluido en la lista por razones que no tenía muy claras, pero entonces veía que era el más sospechoso de todos. Daba la impresión de eludir el contacto humano y sin embargo yo no podía olvidar el montón de veces en que lo había visto rondar cerca de la tienda. ¿Y si existía una razón para ello?

De camino a casa, repasé todo lo que sabía sobre él. Sabía que vivía con su madre, Valerie Lockwood, en una calle de casitas adosadas llamada Thorncliffe Road, y que se llamaba Brian (aunque en mi cabeza no podía dejar de llamarle el hombre del mono). En una ocasión había oído que la tía Jean le comentaba a papá que madre e hijo le daban pena, pero no estaba segura del porqué.

Había algo inquietante en su aversión al contacto visual y en su manera desgarbada de andar. Me pregunté si eso se debía a un pasado criminal. ¿Tenía algo que esconder? Decidí enseguida que debía ser el siguiente sujeto a investigar, sobre todo ahora que había sucedido lo del incendio.

Me costó bastante más convencer a Sharon.

—¿Aún estamos con eso? —preguntó—. ¿Con todo lo que ha pasado? Pensé que ya lo habíamos dejado correr.

Era un sábado frío y gris e íbamos de camino al centro. Desde las vacaciones de medio trimestre nos había dado por ir a dar una vuelta por High Street, como hacían las chicas mayores, y Sharon quería ir a Boots a mirar pintalabios. Me puse la capucha del anorak y me subí la cremallera hasta arriba. El viento desmenuzaba la lluvia convirtiendo las gotas en una especie de astillas que dolían al rozar la piel.

—El Destripador sigue libre. No lo han capturado —dije, pero, en cuanto terminé la frase, noté su exasperación.

—Quizá sea así, pero no estamos más cerca de encontrarlo que cuando empezamos —repuso ella—. Y..., mira, no tengo claro que te siente bien. Ni a mí tampoco. No me parece que sea bueno para ninguna de las dos.

Las palabras dolieron como la lluvia y seguimos andando en silencio durante un rato: yo intentaba tragarme las lágrimas que amenazaban con fluir sin medida. No sabía cómo sacar a colación mis sospechas sobre el hombre del mono. El tema del incendio era tan desagradable que intentábamos no tocarlo. Respiré hondo y dije:

—Y luego está lo del fuego.

Sharon se paró y se volvió hacia mí. Con la capucha puesta ocultándole la cuidada melena rubia y la cara sin maquillar, se parecía más a la niña que conocí.

—¿Qué pasa con el fuego? —preguntó—. ¿Crees que tuvo algo que ver con eso?

Asentí despacio y sopesé con cuidado mis palabras, a sabiendas de lo mucho que iba a desazonarla pero al mismo tiempo deseosa de hacerla partícipe de mis sospechas.

—Piénsalo un poco —le dije—. Siempre que lo vemos anda rondando la tienda. Y recuerda que lo vimos con Reece, el día en que dijo cosas feas de ti y de Ish. —Hice una pausa para que tuviera oportunidad de procesar los hechos—. Y yo también le he visto por mi cuenta. Dos veces. Una, cuando os vi a Ish y a ti juntos, estaba observándome, y luego el otro día, ya después del incendio: cuando pasé por delante de la tienda, lo encontré ahí plantado mirándola.

Entonces me paré, jadeando un poco. Las palabras habían salido de mi interior con la fuerza de un torrente.

—De acuerdo.

Lo dijo en voz tan baja que casi no lo oí.

9. El hombre del mono

- Nunca te mira a los ojos
- Es raro
- Se le ve sucio y huele mal
- No tiene amigos (aparte de Neil y Reece, que no son buena gente precisamente)
- Siempre está vigilando la tienda

35

Miv

El domingo siguiente, a la salida de la iglesia, cogimos un cubo del garaje de Sharon y nos encaminamos hasta Thorncliffe Road. Yo había inventado una historia sobre recaudar fondos para la parroquia a cambio de servicios que ofrecíamos a la gente, lo que nos proporcionaba la excusa perfecta para llamar a la puerta de los Lockwood.

Sharon iba andando detrás de mí, suspirando. Me constaba que se arrepentía un poco de haberse prestado a seguir con esto. Por fin la hice parar.

—Mira, deja que yo lleve la voz cantante. He planeado todo lo que voy a decir y estoy segura de que saldrá bien. Tú solo tienes que sonreír y aparentar inocencia.

Había decidido que iba a demostrarle a Sharon que yo también sabía usar la voz. Llamamos a la puerta del número 75 y esperamos, con los corazones a toda marcha.

—¿Qué quieren estas zagalas?

Fue Valerie, vestida con una bata profusamente estampada, quien abrió la puerta. Nos miró con una sonrisa. Noté cómo Sharon se encogía a mi lado mientras yo explicaba que estábamos haciendo una colaboración especial con la iglesia.

—Podemos realizar cualquier tarea —le dije, e intenté mirar hacia dentro de la casa a ver si lograba vislumbrar a Brian, algo que no conseguí—. Cualquier cosa que se le ocurra: cocinar, limpiar, quitar el polvo...

—Vaya, esta semana tengo turno de noche —interrumpió ella al tiempo que se señalaba la bata—. Necesito dormir de día. ¿Podéis volver el viernes? Podríais pasar el plumero por los muebles.

Casi di un salto al aceptar la oferta. Quitar el polvo significaría que estaríamos en la casa y que, de ser necesario, podríamos llevar a cabo un registro. De golpe había recuperado todo mi entusiasmo por la lista, aunque el de Sharon seguía brillando por su ausencia.

De camino a casa decidí preguntar a tía Jean por qué le daban pena Valerie y Brian. Sentía curiosidad por descubrir qué tenía aquella pareja que había logrado despertar su compasión, una emoción que no prodigaba demasiado. Sin embargo, en cuanto abrí la puerta, percibí el aroma de la discordia en casa. Incluso el aire parecía tenso. Me arrastré despacio hacia el interior.

El televisor estaba puesto con el volumen bajo, y al asomar la cabeza en la salita vi que mamá estaba sentada ante él, con aquella mirada inexpresiva que no parecía ver. Entonces me percaté de que la puerta trasera estaba abierta y que papá y la tía Jean habían salido al jardín, donde discutían en voz baja y sibilante. Me quedé helada. En nuestra casa los conflictos nunca afloraban a la superficie, más bien se hundían en el silencio. Intenté afinar el oído por si mencionaban mi nombre. La tía Jean llevaba la voz cantante, sus susurros estaban cargados de furia. La voz de papá era más tranquila, más a la defensiva, y cuando me acerqué a la puerta le oí decir:

—Tú no entiendes lo duro que ha sido todo esto.

—¿Que no entiendo lo duro que ha sido? —El tono de la tía Jean expresaba incredulidad y opté por retroceder en cuanto empecé a oírla mejor, señal de que entraba en casa—. Ha sido duro para todos, hermano, pero lo que estás haciendo está mal. Y tiene que acabar.

Ella empezó a vaciar el escurreplatos de todas las sartenes y cubiertos, para luego colocarlos con determinación en su sitio.

—Quizá ha llegado el momento de que deje que te las apañes solo.

Se me había olvidado que la tía Jean hubiera vivido alguna vez en una casa que no fuera la nuestra; que tenía alquilado un pisito de protección oficial, de una sola habitación, en uno de los edificios grises con aspecto de caja que había a las afueras de la ciudad. De hecho, me sorprendió descubrir lo poco que sabía de la tía Jean más allá del papel que desempeñaba en nuestra familia. ¿Se había enamorado alguna vez? ¿Había querido fundar su propia familia? Aún me sorprendió más la revelación de que no quería que se marchara a ninguna parte. En algún momento de esos años, la tía Jean se había convertido en el pegamento que nos mantenía juntos. Subí a mi cuarto sin hacer ruido y cerré la puerta a todos esos sentimientos; en su lugar me centré en la libreta y en la lista. Era más fácil dedicarse a eso. Cazar a un asesino era un asunto menos peliagudo.

El viernes, después del colegio, Sharon y yo volvimos a casa de los Lockwood.

—Es la última vez —dijo Sharon—. Y lo digo en serio.

Sabía que era así. Era mi última posibilidad de demostrar que yo tenía razón.

Esa vez una mujer distinta abrió la puerta, tan grande como Valerie, con los cabellos oscuros rizados e inmóviles como si fueran de cemento.

—Tienes visita, Valerie —gritó al tiempo que giraba la cabeza hacia el interior—. Entrad, jovencitas —nos indicó.

Nos limpiamos las suelas de los zapatos en la alfombrilla y obedecimos.

La casa era casi una réplica exacta de la nuestra, con una salita, un salón delantero y la cocina abajo, y dos dormitorios y un cuarto de baño arriba, con la única diferencia de que, como sucedía en algunas de las casas de nuestra calle, tenía un retrete exterior.

El interior era una combinación de estampados ajados en alfombras y paredes, electrodomésticos y muebles que habían tenido mejores días, a pesar de que se veían escrupulosamente limpios, algo que me extrañó dada la apariencia desaliñada que lucía siempre Brian.

Un grande y ruidoso reloj de carruaje ocupaba el estante central del aparador del salón delantero. El resto de la sala estaba repleto de toda una variedad de labores hechas a ganchillo: mantelitos en estantes y mesas, mantas a base de cuadrados cosidos entre sí en las sillas raídas. Estaba claro que Valerie adoraba los mantelitos tanto como lo había hecho Doreen, la esposa de Arthur. Yo no lograba verles el interés. No conseguía encontrarles ninguna utilidad, y, según la tía Jean, eran objetos para personas pagadas de sí mismas. No le gustaba nada que fuera puramente decorativo. La estancia se veía poco usada, como si toda la actividad del hogar se desarrollara en la cocina y en la salita. Justo como pasaba en nuestra casa antes de que la tía Jean se mudara a ella.

Era aquí donde Valerie quería que quitáramos el polvo mientras ella y tres de sus amigas tomaban el té en la salita contigua. Yo estaba encantada. Pese a que no había rastro del hombre del mono, nos hallábamos perfectamente colocadas para cotillear. Miré a Sharon con una sonrisa en los labios. Ella me la devolvió a medias: seguía sin sentirse cómoda con la situación, pero lo importante era que estaba allí. Y yo se lo agradecía.

Nos pusimos a trabajar. Cogíamos los distintos adornos y los fregábamos con bayetas amarillas y un limpiador multiusos. Yo intentaba seguir la conversación de la sala contigua, que me llegaba salpicada de pausas para dar caladas a los cigarrillos y estallidos de risa. La charla versó un rato sobre el trabajo (todas trabajaban en la fábrica de galletas de la ciudad, la más importante de la zona) y luego pasó a tratar de toda una variedad de dolencias y medicamentos. Los misterios de los cuerpos femeninos despertaron en mí a la vez sensaciones de incomodidad y vergüenza.

Tuvimos más suerte cuando la conversación abordó el tema de las familias y Valerie dijo:

—Estoy preocupada por mi Brian. No es el mismo, y no consigo llegar a él.

Las dos nos quedamos paralizadas, escuchando con atención.

—No es que nunca haya sido muy locuaz, pero ahora es como vivir con un maldito fantasma. No dice ni una palabra. Se limita a vagar por aquí, come y se acuesta. Ya ni siquiera sé adónde va cuando sale. A ver, no puede trabajar, y el único lugar al que solía ir solo era a la tienda de la esquina.

—¿Crees que es eso lo que lo tiene alterado? Lo que le pasó a la tienda, quiero decir. Ya sabes que él adora sus rutinas —dijo una voz que no reconocí.

—Sí, quizá tengas razón —dijo Valerie.

Dejé escapar el aliento que había estado conteniendo mientras hablaban y asentí en dirección a Sharon. Ella me imitó.

—¿Todavía vas a coger el autobús cuando sales del turno de noche? —preguntó la señora que nos había abierto la puerta.

—Yo pienso seguir con mis costumbres —dijo otra del grupo—. No pienso dejarles ganar.

—¿Dejarles? —intervino Valerie.

—Sí —prosiguió la otra—. Me refiero a los hombres. Deberían ser los putos hombres los que tuvieran prohibido salir de noche, no las mujeres. Nosotras no matamos a nadie.

—¡Antes de que nos demos cuenta estarás quemando el sujetador! —comentó la primera mujer, para hilaridad general.

—Mi Brian viene a recogerme a la parada del autobús hasta que pillen a ese malnacido —dijo Valerie, y sus palabras fueron recibidas con un montón de advertencias de silencio. Las imaginé señalándonos desde la habitación de al lado.

—Mi Jeff ya no me deja ir sola a ninguna parte... Es todo un detalle por su parte —dijo la primera mujer—. Seguro que lo que más le preocupa es que, si me pilla el Destripador, ya no tendrá a nadie que le haga la cena.

Unas fuertes risas corearon su intervención y la charla pasó a abordar las quejas habituales de las mujeres que llevan muchos años casadas. Pero yo había percibido que las risas no eran del todo sinceras; contenían una nota forzada, de ansiedad, algo que no esperaba de unas mujeres tan imponentes. Volví a pensar en la tía Jean en su pisito. ¿Cómo se sentiría si volviera a él? ¿Estaría asustada también?

Prolongamos nuestra tarea tanto como pudimos, pero al final nos quedamos sin nada que limpiar y fuimos hacia Valerie para obtener nuestra paga.

—¿Podemos hacer algo más por usted, señora Lockwood?

—Pues sí, una cosa —dijo ella—. A Brian le gustaría ver su cobertizo limpio. ¿Qué os parece si le pregunto cuando llegue? Pasaos mañana y os diré qué me ha contestado.

Yo casi temblaba de la emoción.

—Eso sería estupendo, señora Lockwood. ¿Quiere que vayamos a echarle un vistazo ahora mismo? Para ver cuánto tiempo necesitaríamos…

Nos acompañó al jardín, que en tamaño y forma recordaba a un sello de correos, completamente ocupado por el retrete exterior y un desvencijado cobertizo de las mismas medidas. Eché un vistazo a mi alrededor. La hierba que había estaba inesperadamente cuidada, bien recortada y libre de maleza. La puerta del cobertizo crujió con fuerza cuando Valerie la abrió y me aferré con fuerza a la mano de Sharon. Atisbamos el interior oscuro inhalando el olor a humedad que, enseguida me di cuenta, venía cargado de una nota química.

—¿Huele a gasolina? —pregunté con los ojos muy abiertos para que Sharon notara que me parecía importante.

—Sí, mi Brian guarda aquí una lata de repuesto —dijo Valerie señalando hacia un pequeño contenedor verde que había en un rincón.

Entré en el cobertizo y me dediqué a observarlo, como si

evaluara la cantidad de trabajo al que nos enfrentaríamos, aunque todas las herramientas estaban limpias y ordenadas. En cuanto Valerie se dio la vuelta para volver a su casa, cogí algo que había visto junto a la lata de gasolina y seguí sus pasos y los de Sharon.

—Así que Brian no es el mismo últimamente —dije mientras caminábamos hacia casa—. Me pregunto por qué.

—Podría ser porque se ha quedado en el paro —repuso Sharon—. Piensa en tu padre y en lo que le pasó.

Pensé en ello. Antes de entrar en la empresa de reparto, papá había trabajado en el sector siderúrgico y se había quedado sin empleo. Le costó casi un año encontrar otro, y, aunque por aquel entonces yo era pequeña, aún recordaba las cenas a base de puré de patatas y los escasos trozos de carne que mamá lograba comprar baratos en la carnicería. Papá saltaba a la mínima, y a menudo daba un portazo y se marchaba a dar largos paseos. Yo iba con los mismos pies de plomo que ahora, aunque alrededor de un progenitor distinto.

—¿Ya no te parece sospechoso? —pregunté.

Habíamos llegado al cruce donde se separaban nuestros caminos, Sharon se iba a su casa y yo a la mía. Se detuvo y permaneció en silencio durante unos instantes.

—No sé si nunca me lo ha parecido —dijo—. No tengo claro que ninguno de nuestros conocidos lo sea, o si solo intentan llevar adelante sus vidas. Quizá deberíamos dejar que la policía descubra a los culpables del incendio. Hasta mañana.

Me sentí como si me hubiera dado una bofetada y la vi alejarse, atónita. Cuando se perdió de vista, me eché la mano al bolsillo y saqué el objeto que había cogido en el cobertizo. Fruncí el ceño al olerlo. Era una camiseta vieja y gastada, cubierta de grasa y de suciedad, que seguramente se usaba a modo de trapo. El olor a gasolina que despedía era abrumador. Me planteé la posibilidad de llamar a Sharon, pero opté por demostrarle que le hacía caso. En lugar de ir hacia casa, me dirigí a la ciudad, hacia la comisaría de policía.

Permanecí en la puerta durante unos minutos observando el edificio. Lo había visto en la tele, de fondo, cuando se ocupaban del tema del Destripador. En pantalla se veía serio e imponente. En la vida real era más bien sucio y desolado. Me costó un poco dar el último paso, pero por fin logré hacer acopio del coraje suficiente para entrar y acercarme a la recepción.

En su interior el edificio me hizo pensar en el colegio. Las paredes y los muebles eran insulsos, funcionales; a nadie le importaba su aspecto. Estaba lleno, con muchos hombres de uniforme entrando y saliendo, y gente esperando en las sillas de plástico. Nadie me prestó la menor atención.

—Me gustaría hablar con el sargento Lister, por favor.

El agente del mostrador me miró con una sonrisa maliciosa en los labios.

—¿Y para qué querrías hablar con el sargento Lister? —preguntó.

—Es importante —insistí—. Ya le conozco.

—A ver, ¿qué cosa importante podría tener que decir una jovencita como tú?

Sin perder aquella media sonrisa, se metió en uno de los despachos y sentí que las mejillas me ardían. Me pregunté si la policía manejaba así la información relevante, o si eso dependía de quién se la llevara. Me senté en una silla y esperé unos minutos, hasta que el sargento Lister apareció.

—Ven conmigo —me dijo, invitándome a seguirle.

Traía una expresión severa y se le veía fatigado, sin afeitar y con muchas ojeras. Empecé a hablarle de Brian incluso antes de sentarme en aquel cuartito cerrado al que me llevó: de lo raro que estaba, de cómo le había visto mirando la tienda después del incendio, de la lata de gasolina del cobertizo. La historia salió de mis labios de manera atropellada, y la terminé tendiéndole el trapo.

—Esto es una prueba —dije, usando de repente un tono fuerte y claro, aunque levemente ronco después de tanto hablar.

Debo admitir que el sargento Lister no se rio de mí como había hecho su colega. En su lugar, contempló el trapo; luego me miró y me explicó que él no llevaba ese caso, pero que pasaría la información a quien correspondiera.

—Has hecho bien viniendo a verme —dijo.

Me dirigió una sonrisa, y cualquier temor o duda que yo hubiera albergado antes de ir a verle quedaron reemplazados por una sensación de alivio y de ánimo.

Cuando salía de la comisaría, distinguí una silueta lánguida y conocida apoyada en la pared exterior, rascando el suelo con las zapatillas de deporte. Era Paul. Levantó la vista; la expresión de su cara era tan impenetrable como la primera vez que lo había visto. Sus mejillas se sonrojaron un poco al verme y, por un instante, me pregunté el porqué.

—Ey —me dijo—. ¿Qué estás haciendo aquí?

Me encogí de hombros vencida por un súbito ataque de timidez.

—Una cosa del colegio —murmuré—. ¿Y tú? ¿Qué haces por aquí?

—Oh —dijo él, y la expresión de su cara volvió a cerrarse—. Estoy esperando a que el novio de mi madre me lleve a casa en coche.

Empezó a patear el bordillo de nuevo y, de repente, supe exactamente dónde había visto al sargento Lister. Era el hombre que iba de la mano de Hazel Ware el día que la vi en el mercado desde el carro de Arthur.

La tarde siguiente volví a Thorncliffe Road sola. Sabía que Sharon no quería acompañarme y también me preocupaba la posibilidad de que, al limpiar el cobertizo, destruyéramos alguna prueba, pero al final eso no importó.

—Hola, cielo.

Valerie me abrió la puerta, pero su pelo alborotado y su tono alicaído me indicaron al momento que algo no iba bien. Apenas me miró, parecía importarle más la calle vacía.

—¿Se encuentra usted bien, señora Lockwood? —pregunté preocupada.

—Mi Brian no ha venido a dormir esta noche y eso me tiene inquieta —contestó; su voz era casi un murmullo y sus ojos no paraban de escrutar la calle.

—¿Hay algo que pueda hacer por usted? ¿Quiere que la ayude a buscarlo? —dije en voz bien alta. Entonces Valerie me miró por fin.

—Que Dios te bendiga. Ya lo están buscando, así que no debes preocuparte. No es la primera vez que se va sin decir nada —me explicó—. Cuando haya regresado, puedes volver y ocuparte del cobertizo.

Me despedí y bajé la calle, tarareando algo para mis adentros para acallar la sospecha de que todo esto pudiera tener algo que ver con mi visita a comisaría. Quizá hubiera huido porque era el Destripador. O quizá porque no era feliz, como había apuntado la amiga de Valerie. Tal vez no hubiera desaparecido propiamente, sino que solo se había ido a pasear sin decir adónde, como acababa de sugerir Valerie.

Entonces no lo sabía, pero Brian nunca regresaría al número 75 de Thorncliffe Road.

36

Helen

No era solo la molestia de tener que meterse en el centro de la ciudad para comprar la más mínima cosa, pensó Helen mientras se ajustaba el pañuelo de la cabeza y se cerraba el cuello del impermeable para protegerse del viento; era que echaba de menos el bienestar que le producía la atención tranquila de Omar. Cuando se desvanecieron las marcas de los últimos golpes y ella regresó a la tienda, Omar le había dado *tuppers* llenos de comida para su padre, que se había aficionado a los sabores especiados de la cocina de Omar.

—Y estos para usted —había añadido.

Ella los había aceptado, a pesar de que sabía que no podría probar la comida para que Gary no notara el menor rastro de ese sabor en sus labios al besarla.

No sin sentirse turbada por ello, cayó en la cuenta de que Omar era algo más que una presencia reconfortante en su vida. Era una de las pocas personas con quienes ella se atrevía a ser ella misma. Su manera de preguntarle cosas sobre ella, sobre lo que le gustaba y lo que no, sobre sus sueños y esperanzas, le brindaba también espacio para hablar. Además estaba segura de que, de alguna manera, él conocía su secreto. Se preguntó cómo podría encontrar el medio de ponerse en contacto con él, quizá enviándole una postal o algo así. A lo mejor las dos niñas lo sabían: eran amigas de su hijo. Se lo preguntaría la próxima vez que las viera.

El único aspecto positivo de esa situación era que podía ausentarse durante más rato. Se tardaba lo suyo en ir y venir del supermercado de la ciudad. Si salía antes de que Gary volviera de trabajar, como había hecho ese día, podía evitar el ofrecimiento de su marido de llevarla en coche, algo que hacía en un tono de voz que sugería el enorme sacrificio que eso le suponía. Aunque era viernes, así que daba lo mismo: él volvería tarde y demasiado ebrio para conducir.

Notó que la garganta se le cerraba, como era habitual, y concentró su atención en el entorno, con el deseo de eliminar el menor rastro de él en su mente y llenarla en su lugar de lo que veía mientras andaba. Encontraba un enorme sosiego al hacerlo. No había demasiados colores en la calle donde residían, en un piso de alquiler de alguien a quien ni siquiera conocían, pero, a lo largo del camino, se fijó en las texturas de las casas: la piedra oscura y gastada que proclamaba el paso de los años. Por el estado de las ventanas y las puertas de cada inmueble podía deducir qué casas eran amadas por sus habitantes y cuáles aguantaban sin que nadie las cuidara.

Estaba inmersa en sus pensamientos cuando notó el rumor en el aire. Voces de mujeres que hablaban, que exclamaban algo, en un tono bajo y nervioso que significaba que el tema era serio. ¿Otro ataque del Destripador?, se preguntó.

Pensó de repente en Omar y en su hijo. Tal vez hablaran de ellos… ¿Habría pasado algo más? Por regla general evitaba el cotilleo, a sabiendas de que podía convertirse en el foco de atención de esas mujeres si no iba con tiento. Pero hoy tenía que saber. Hizo acopio de valor, se palpó el pañuelo de la cabeza, y se dirigió hacia el grupito que se había congregado en el escalón de una casa cercana deseando que alguna le resultara conocida. Así iban las cosas en una ciudad pequeña como esa.

—Helen —dijo Marjorie Pearson al tiempo que movía la cabeza en dirección a ella. El resto del grupo se separó un poco y se volvió a mirarla.

—¿Qué tal? —dijo ella.

—Es terrible —exclamó Marjorie, como si Helen hubiera estado presente durante toda la conversación.

—Sí —repuso ella, mientras el resto del mujeres prorrumpían en un nuevo murmullo y asentían con la cabeza al unísono, como si lo hubieran ensayado.

Helen se descubrió observándolas, intentando mirarlas a los ojos, y asintiendo con ellas.

—¿Se sabe por qué lo hizo? —preguntó una de ellas, alguien a quien Helen no reconoció, pero que vestía el mismo uniforme de color marrón, totalmente abotonado, de la fábrica de galletas.

—Bueno, nunca estuvo muy bien de la cabeza, ¿no? —dijo Marjorie, y en su voz se percibía una autoridad que dejaba claro que ella era la lideresa a la que todas hacían caso. En ese momento, asintieron de nuevo—. Es Valerie la que me da lástima. Un hijo nunca debería fallecer antes que su madre, no está bien. Y ya sabes lo que dicen… —Bajó la voz hasta reducirla a un murmullo—. El suicidio es la reacción de los cobardes.

—Perdona —dijo Helen—, ¿podrías repetirlo?

—Me has oído bien —repuso Marjorie—. Brian ha puesto fin a su vida. Al parecer, lo encontraron anteayer. Se había colgado en el bosque.

37

Miv

Me enteré del suicidio de Brian por papá. Antes de que amaneciera el sábado, lo sabía todo el mundo. Las señales de que pasaba algo malo ya eran patentes cuando la tía Jean me mandó a mi cuarto, con la excusa de que mi madre se encontraba peor, y me acarició el pelo sin darse cuenta. Entonces comprendí que era algo grave.

Sabía lo que era el suicidio. Era la palabra que había oído murmurar muchas veces para describir lo que mamá había intentado hacer el día que la encontré en el suelo.

Cuando papá subió a decírmelo, parecía vencido y agotado. No paraba de mirar hacia el techo, como si esperara ayuda de las alturas, mientras me explicaba lo que le había sucedido a Brian. Tuve la sensación de que todo lo que yo debía decir se había hecho un ovillo y se me había atascado en la garganta.

—¿Por qué lo haría? —susurré por fin, mareada, e incapaz de dejar de pensar en mi visita a la comisaría del fin de semana anterior.

—A veces los adultos sienten mucho dolor, y creen que la manera de acabar con él es haciéndose daño —dijo él. Hizo una pausa, como si sopesara la necesidad de pronunciar las palabras que pronunció a continuación—. Mamá también lo pensó una vez, ¿te acuerdas? ¿El día en que la encontraste? Por eso está tan disgustada. Se ha enterado de lo de Brian.

El pánico crecía en mi interior y lo sofoqué para que no me consumiera. Aquel era un momento en el que me esforzaba en no pensar. Un día que no quería recordar. Pero tampoco quería pensar en Brian. Intenté con todas mis fuerzas convencerme de que tal vez su muerte no tuviera nada que ver conmigo.

A lo mejor era realmente el Destripador.

Cuando papá se marchó, después de darme un beso en la frente, algo que no pasaba desde hacía tiempo, intenté pensar en otra cosa, la que fuera, pero cada vez que lograba distraerme veía algo de color amarillo y en mi mente aparecía la imagen de Brian, colgado, con el viejo gorro de lana en la cabeza. La visión me cortaba el aliento y lo único que podía hacer era parpadear con fuerza para intentar disiparla.

Más tarde, la tía Jean preparó una bolsa de viaje y envolvió a mamá en una manta. Desde la ventana de mi cuarto vi a papá llevarla hacia el coche. En sus brazos parecía una niña pequeña. Esa vez no se habló de reposo. Todos sabíamos que iba al hospital. Cuando se hubieron marchado, la tía Jean me llamó. Había hecho galletas de mantequilla y nos sentamos delante de la tele a comerlas, algo inédito en nuestra casa. Resistí la tentación de señalar que, según ella, esto suponía «rebajar nuestros estándares».

Cuando se acercó a darme un beso de buenas noches en mi habitación, ya no pude contener las lágrimas. Debía haber sido un momento glorioso, pero yo no creía merecerlo.

Sabía que tenía que contarle a Sharon lo que había hecho, así que me encaminé hacia su casa despacio a la mañana siguiente, antes de ir a misa, sin dejar de repasar mentalmente la conversación con el sargento Lister y de preguntarme si habría tenido algo que ver con las acciones de Brian. Me abrió la puerta con los ojos enrojecidos e hinchados y subió hacia su cuarto antes de que yo hubiera tenido tiempo de decirle hola.

La seguí arriba y me senté en la cama, jugueteé con el borde de la colcha de cuadros mientras ella me miraba desde el tocador. Su expresión era difícil de entender. Respiré hondo.

—Necesito hablar contigo —dije—. Es sobre Brian.

—Ya sé lo que le ha pasado —repuso en el tono más átono que le había oído nunca.

Las manos empezaron a temblarme.

—No es solo eso —continué. Era consciente de que hablaba demasiado alto, de que las palabras me salían demasiado deprisa, pero también sabía que no podía ocultárselo. Si lo hacía y ella llegaba a descubrirlo, nuestra amistad habría terminado si es que eso no había sucedido ya. Me sentí físicamente enferma, como si el suelo se moviera bajo mis pies. ¿Qué había hecho?—. Fui a la policía. Para hablarles de Brian y del fuego.

Esperé a que procesara la información y vi cómo su cara se arrugaba como si fuera un papel que estuviera estrujando con mis manos.

—¿Quieres decir que tal vez fueron a verle? ¿Y que luego él...?

Asentí y cerré los ojos, como si al hacerlo pudiera también dejar fuera las consecuencias.

Cuando los abrí, ella estaba pálida y su cara volvía a mostrarse inexpresiva. Por un momento me recordó a mi madre.

—Pero... es verdad que pudo ser él quien provocó el incendio —dije sin saber muy bien a quién intentaba convencer. Había estado absolutamente convencida de ello cuando fui a ver al sargento Lister el sábado pasado, pero ya no podía aferrarme a esa certeza.

Sharon meneó la cabeza despacio; en sus ojos se leía una mirada de lástima... ya fuera por Brian y su destino o por mis patéticos intentos de justificarme. No era capaz de adivinarlo.

—Creo que deberías irte —me dijo, y su voz sonó como la de una extraña.

Así que me marché.

Esa noche, cuando papá apareció en la puerta de mi cuarto, solo tuvo que mirarme para estrecharme entre sus brazos.

—Chis —susurró mientras yo lloraba—. Todo saldrá bien.

Pero él ignoraba lo que yo había hecho. Y que las cosas ya nunca volverían a estar bien.

El lunes por la mañana me levanté más temprano de lo habitual, aturdida y mareada por la falta de sueño. Fui a buscar a Sharon para ir al colegio. Normalmente no me hacía falta llamar al timbre: ella me esperaba abajo, con la puerta abierta, antes de que yo hubiera pisado el sendero hacia su casa.

Ese día no.

Fue Ruby quien me abrió la puerta.

—Sharon no irá hoy al colegio —me dijo—. No se encuentra bien.

Fui a buscarla todos los días de esa semana. En alguna ocasión vi que se movía la cortina de su habitación cuando llamaba al timbre. A veces Ruby contestaba y me decía que Sharon seguía enferma. A veces no había respuesta alguna.

Lo único que sabía era que había perdido a Sharon y que no podía imaginar cómo encontrarla.

38

Miv

El número diez

El día que Sharon volvió al colegio yo había ido a buscarla como de costumbre. Hacía un frío que pelaba y todo estaba tan oscuro que parecía que siguiéramos en plena noche. De camino a su casa me sentí inquieta, como si el paisaje hubiera cambiado, y deseé haber llevado conmigo la linterna; al menos me habría proporcionado luz y un poco de tranquilidad. La tía Jean me había dado gachas aquella mañana y me había dicho que me pusiera el gorro antes de salir, «para conservar el calor».

Pero yo solo podía pensar en Brian y en su gorro amarillo. Y, mientras caminaba hacia la casa de Sharon, decidida a hablar con ella tanto si estaba enferma como si no, noté el calor de las lágrimas en la cara. Me estaba esperando cuando llegué, y, cuando me dio un pañuelo de papel para que me secara los ojos, lo que hice fue sonarme con fuerza. Daba la impresión de que no había comido durante la semana que había estado enferma, sus líneas redondeadas se habían agudizado en forma de ángulos parecidos a los míos. No llevaba maquillaje y el cuello de la blusa del uniforme le quedaba holgado, pero no me atreví a preguntarle. Era como si nuestra amistad se balanceara encima de algo, como uno de esos cochecitos de las montañas rusas cuando ascienden despacio hasta lo más alto, y no quería ser yo quien lo despeñara por la bajada. Fue Sharon quien empezó.

—Quiero hablarte de la lista —dijo con voz inusitadamente firme, sin mirarme a la cara, de camino al colegio.

Permanecí callada.

—Sé lo mucho que te importa, y sé que quieres atraparle, pero...

—No pasa nada —dije, sin querer oír lo que venía después.

—No voy a seguir con eso —terminó ella de todos modos.

Asentí.

—No está bien —prosiguió—, lo que hemos estado haciendo no es correcto. Hemos estado metiéndonos en las vidas de la gente.

Se paró por un instante y se giró para mirarme.

—Un hombre ha muerto —dijo—, y nunca podremos saber el papel que jugamos en eso.

Cerré los ojos, sintiendo que esas palabras se clavaban en todas las partes de mi cuerpo.

Ella reemprendió el camino y tuve que correr para alcanzarla.

—Además, Ishtiaq ha vuelto. Quiero pasar más tiempo con él, con personas que son reales, no con el Destripador. Bueno, ya sé que es real, pero no... Oh, ya ni sé lo que digo.

Me sorprendió la noticia del regreso de Ishtiaq; pensar en él y en el señor Bashir me reconfortó durante un momento.

—Esto no significa que las cosas vayan a cambiar. —Sharon hablaba ahora más deprisa—. Seguiremos quedando y...

—Pero no es así. —Me obligué a decirlo en voz alta—. Esto sí que cambia las cosas. ¿Y si ya no quieres volver a ser mi amiga? Sería... sería...

Quería contarle lo mal que me sentía por lo de Brian. Que no podía conciliar el sueño. Que me acusaba a mí misma de ser una persona horrible y que solo su amistad podría convencerme de que no lo era. Pero, como no lograba detener las lágrimas, me resigné solo a llorar. Sharon me cogió de la mano y la apretó con fuerza.

—Eres la persona más lista, más divertida y más leal que conozco. Siempre seremos amigas —dijo ella—. Siempre. Pero tienes que acabar con esto, con esta… obsesión.

Asentí y, durante el resto del camino, medité en silencio sobre la lista. ¿Sharon tenía razón? Las imágenes de Brian seguían apareciendo en mi mente, por mucho que intentara disiparlas. Eran como moscas. Siempre que pensaba en él (parado enfrente de la tienda, deambulando con Neil y Reece, acariciando el morro de Mungo), me recordaba a mí misma que podía haber sido el responsable del incendio, o incluso el mismo Destripador, y me decía que tal vez su muerte no había tenido, al fin y al cabo, nada que ver conmigo.

Pero los pensamientos no paraban.

Ishtiaq nos esperaba en el patio y Sharon le cogió de la mano. Juntos recorrieron el pasillo hasta el aula. Nuestros compañeros de clase se hicieron a un lado, como en una escena bíblica, para dejarlos pasar. Yo iba unos pasos por detrás de ellos y me esforcé por no ver las miradas de reojo y los comentarios que suscitaron.

Reece y Neil, que estaban apoyados en la puerta del aula mientras nosotros entrábamos, rezongaron en voz baja algo que, a juzgar por su expresión, contraída por el odio, debían de ser amenazas contra Ishtiaq e insultos contra Sharon. Resultaba más difícil no fijarse en ellos. Desde hacía un tiempo daba la impresión de que algo había cambiado en los dos; de que, en algún momento, se habían endurecido, agriado, como la leche cuando la dejas fuera de la nevera. Recordé un artículo sobre el Destripador en el que se afirmaba que sus actos habían ido subiendo de nivel. Tuve la impresión de que esos chicos también iban subiendo de nivel, aunque no habría sabido decir hasta dónde podían llegar.

Esa misma semana, días después, salía del ensayo del coro cuando vi que una de las cantantes más jóvenes, Alison, una chiquilla silenciosa con los ojos de un brillante color azul y la cara llena de pecas, estaba llorando, sola, plantada en medio del aparcamiento. Alison me caía bien. Su timidez y su expresión intensa me recordaban a mí misma.

—¿Qué te pasa? —pregunté.

—No me gusta que me haga cosquillas —murmuró ella entre sollozos. Miré en derredor, no había nadie más por allí.

—¿De quién hablas?

—De ese hombre —dijo—. El tío Raymond. Cuando nos da el zumo de naranja. No me gusta. No para. Siempre le digo que eso no me gusta, pero él sigue haciéndolo.

—¿Por qué te disgusta? Solo es un juego —afirmé para tranquilizarla.

—No quiero que me toque —dijo ella, y, al oírla, di un paso atrás. Su furia me desestabilizó por un momento. Alison agitó la mano en dirección a un coche que acababa de entrar en el aparcamiento y la vi correr hacia él; su madre se volvió a besarla en las mejillas cuando entró en el asiento trasero.

En el siguiente ensayo empezamos a preparar el concierto de Navidad, para el que faltaban ya solo unas semanas. Cantaríamos un popurrí de villancicos, y tenía la esperanza de convencer a papá y a la tía Jean de que asistieran ya que me habían adjudicado una interpretación en solitario de «Noche de paz». El tío Raymond andaba por allí, con la cámara, sacando fotos para la revista parroquial, y yo estaba delante, en el centro del escenario, por mi papel destacado en el concierto. Una vez hubo terminado con las fotos, el tío Raymond dijo:

—Buen trabajo, chicos. Miv, inclina la cabeza.

En lugar de inclinar la cabeza, a modo de saludo, lo que me salió fue una reverencia torpe; apoyé demasiado peso en el pie izquierdo y la cadera se inclinó. Avergonzada, miré a mi alrededor para asegurarme de que nadie se había fijado, pero el resto del coro seguía riéndose y saludando, sin percatarse de nada. El tío Raymond, sin embargo, se lamió los labios y me dirigió una sonrisa rara que me hizo incorporarme de golpe, sonrojada.

Me miraba como no lo había hecho nunca nadie.

Todo eso sucedió en cuestión de segundos, ya que enseguida volvió a comportarse como el alegre tío Raymond, y solo entonces fui consciente del nudo que se me había formado en el estómago. Entendí al instante por qué Alison no quería que la tocase.

Pensé en todo lo que Sharon había dicho sobre la lista.

Pensé en Chapeltown.

Pensé en los Bashir y en el incendio.

Pensé en Brian.

Pensé en mamá.

Sabía que ya era tarde para reparar lo que ya había sucedido.

Pero no lo era para enmendar esto.

De manera que seguí adelante y añadí al tío Raymond a la lista.

10. El tío Raymond de la iglesia

- Las cosquillas
- No es el tío de nadie
- Los periódicos decían que el Destripador debía de estar ocultándose a plena vista
- Hay algo en él que no me da buena espina

39

Miv

Cuando empecé a observar al tío Raymond, me sorprendió descubrir la de cosas que pueden pasar bajo nuestras narices sin que nos demos cuenta de ellas. Según el *Yorkshire Chronicle*, el fracaso de la policía a la hora de identificar a ningún sospechoso creíble tenía que significar que el Destripador «se ocultaba a plena vista». Yo no había entendido qué querían decir con eso. Ahora lo sabía.

El tío Raymond tenía tres o cuatro niñas favoritas en el coro. Alison era una de ellas, y, con sus nueve años, era también la más pequeña. Les añadía más zumo de naranja y les servía antes cuando hacíamos cola al final de los ensayos. Les alborotaba el cabello, las cogía de la barbilla y jugaba a hacerles cosquillas. Mientras cantábamos, las buscaba con la mirada y les guiñaba un ojo. Ellas parecían incómodas en su presencia, lo aguantaban un rato y terminaban huyendo cuando se hartaban.

Observarle también me hacía sentir físicamente incómoda, pero el significado de sus actos seguía quedando fuera de mi comprensión.

Una noche, terminado el ensayo, me puse a escribir mis impresiones en la libreta, apoyada en la pared de la iglesia. Intenté evitar las páginas anteriores y los recuerdos de hacia dónde nos había llevado esa lista..., sobre todo los referentes a Brian. Al levantar la vista, me encontré con Paul Ware plantado delante de mí, mirándome con curiosidad.

—¿En qué andas? —preguntó.

Cerré la libreta y emprendimos juntos el camino a casa.

De vez en cuando recorríamos un tramo juntos, iniciando así una especie de proyecto de amistad tan frágil que apenas me atrevía a pensar en él por miedo a que se hiciera pedazos. Se había puesto gafas, y la montura negra le daba un aire universitario que aún lo hacía más guapo. Tenerlo cerca era embriagador.

—¿Qué opinas del tío Raymond? —pregunté.

No respondió enseguida.

—¿En qué sentido? —dijo por fin—. Si te refieres a si hay algo raro en él, entonces sí. Sin lugar a dudas.

Asentí, satisfecha de que él también lo notase.

—Ten cuidado con él, ¿vale? —Lo dijo con la mirada puesta al frente y me alegré de ello. Así no se percató del sonrojo que me subió a las mejillas.

—¿Por qué lo dices?

—Es…, bueno, no sé.

Tuve que contener la sonrisa cuando se me ocurrió la idea de que Paul se parecía a Julián, de los Cinco: era sensato y maduro.

—No te preocupes —le dije, solazándome en la sensación de que alguien quería cuidarme. Pero entonces volví a pensar en el tío Raymond. El problema era que todas las sospechas no eran más que presentimientos. Ambos sabíamos que había algo raro en el tío Raymond y en su interés por las niñas del coro, pero no teníamos el valor de decirlo en voz alta, ni siquiera a nosotros mismos.

Esa misma noche, después de cenar, decidí sacar el tema del tío Raymond con papá y la tía Jean. Era una manera de sonsacar más información, y a la vez de romper el hielo entre ambos, que se había convertido en una capa gruesa desde la discusión que mantuvieron unas semanas atrás. Por una vez, la ausencia de mamá parecía empeorar la tensión en lugar de disiparla.

—¿Conocéis al tío Raymond, de la iglesia? —empecé.

—¿Te refieres al Raymond de las gafas? ¿El que está casado con Sylvia? —dijo la tía Jean, acompañando sus palabras de un bufido que expresaba su desaprobación. Me pareció interesante que un hombre como él, decente y temeroso de Dios, mereciera uno de sus bufidos y eso me dio valor para continuar.

—Sí. ¿No os parece peculiar?

—¿Peculiar estilo divertido o peculiar estilo raro? —preguntó ella al tiempo que apoyaba la taza de té en la mesa y me miraba con los ojos entornados.

—Estilo raro —dije.

—¿En qué sentido? —inquirió papá—. Vamos a necesitar más datos para continuar.

Ambos me miraron fijamente.

—Bueno. Les hace cosquillas a las chicas del coro, y a mí me hace sentir incómoda.

—¿Cosquillas? ¿Eso es todo? —dijo la tía Jean, y acto seguido se levantó y empezó a quitar los platos de la mesa, rompiendo el hechizo—. Hay pecados peores que ese.

Papá me miró sonriendo.

—¡Tú sí que eres rara! —exclamó, y la tía Jean meneó la cabeza y puso los ojos en blanco.

Cuando me marché de la mesa, poco después, oí que la tía Jean decía:

—A ver, la niña tiene su parte de razón. Es un hombre peculiar. Yo siempre había pensado que estaba destinado a ser un eterno solterón, hasta que se casó con la pobre Sylvia.

Imaginé sus cejas enarcadas al pronunciar las palabras «eterno solterón».

Papá soltó una carcajada.

Me sonreí para mis adentros de camino a mi cuarto. Al menos mi pregunta había tenido la virtud de provocar una tregua entre los dos.

El fin de semana siguiente, Sharon e Ishtiaq me invitaron a pasar el día con ellos, pero les dije que no y, en su lugar, me decidí a seguir al tío Raymond. Noté que mi respuesta más bien los aliviaba y eso me dolió más que si no me lo hubieran pedido.

Sabía que el tío Raymond vivía frente a un parque, y, aunque las chicas de alrededor de trece años solían reunirse en las paradas de autobús o en la zona de tiendas, deseé no quedar muy fuera de lugar entre los columpios y carruseles, ya que desde allí podría observar sus movimientos. La casa donde vivían el tío Raymond y la tía Sylvia era una vivienda gris de una sola planta, de los años cincuenta, que emanaba la misma pulcritud que la de Valerie Lockwood y nada de su encanto. Me aseguré de que me quedaba a la vista antes de subirme a un columpio, y deseé haber cogido los guantes, ya que las manos se me quedaron casi heladas al tocar las cadenas metálicas que sostenían el desvencijado asiento de plástico azul.

Tenía la mirada tan fija en la puerta de la casa del tío Raymond que casi me perdí a dos siluetas familiares que bajaban por la calle. El señor Andrews iba delante, con paso decidido y la mandíbula apretada. La señora Andrews lo seguía detrás, cargada con un montón de bolsas de la compra y con los ojos puestos en la acera.

Vi que el señor Andrews abría la puerta de una casa grande de aspecto decadente y se metía en su interior. La puerta se cerró ante las narices de la señora Andrews. Entonces ella dejó las bolsas en el suelo, es de suponer que para tener las manos libres y sacar la llave, y al hacerlo miró a su alrededor, como si quisiera comprobar si alguien había visto lo sucedido. No me vio y estuve a punto de anunciar a voces mi presencia, pero tuve la intuición de que ella no quería ser vista. Así que me callé.

Al otro lado del parque, en uno de los viejos carruseles metálicos, aparecieron dos crías. Las conocía de vista. Pasados unos minutos me saludaron, con las caras brillantes de frío. Yo les devolví el saludo.

—¿Qué haces por aquí? Tú no eres de la zona —dijo una.

Lo pensé un momento y decidí compartir una parte de la verdad.

—Estoy vigilando al señor que vive ahí —dije señalando la casa del tío Raymond.

—¿Y por qué? ¡Es un guarro!

—¿Qué quieres decir?

Una de las niñas sacó la lengua y se abrazó a sí misma.

—Le gusta toquetear a las niñas.

—¿Cómo lo sabes?

La otra niña me miró a los ojos.

—¡Lo sabe todo el mundo! Lo intentó conmigo y le di una patada en los huevos.

Contuve el aliento. Yo tenía razón. Y ahora contaba con un testigo real.

—¿Se lo dijiste a alguien? —pregunté.

—¿Para qué? No consiguió hacer nada y ya no va a volver a acercarse a nosotras —dijo la misma niña y ambas estallaron en risas; fingieron doblarse de dolor, como si representaran el impacto sufrido por Raymond después del puntapié.

Por fin las niñas se fueron y yo evaluaba si merecía la pena quedarme durante más tiempo, y aguantar el dolor en las manos, que se me iban poniendo azules, cuando la reluciente puerta blanca de la casa se abrió y por ella salió el tío Raymond, vestido de uniforme, y anduvo en dirección a la parada de autobuses. Salté del columpio para seguirle, manteniendo una distancia prudente, deseando que Sharon estuviera a mi lado.

La abarrotada estación de autobuses me complicó la tarea, pero el sombrero, el uniforme y sus peculiares gafas me ayudaron a no perderlo de vista, y, cuando se montó en un autobús, me sumé a la cola. Él charlaba con todo el mundo, a veces se levantaba del asiento del conductor para ayudar a alguna anciana con sus bolsas, y tocaba las barbillas de los niños ante las miradas complacidas de sus madres.

Finalmente conseguí subir.

—No sé si llevo bastante dinero para el billete —dije, y en ese momento vi en la cara del tío Raymond la misma sonrisa extraña que cuando me hizo la foto.

—¡Vaya! No seas tonta, mujer… —dijo él—. Veamos, ¿cuánto tienes?

Sus ojos seguían fijos en los míos. Vacié el monedero y le sonreí, aunque su mirada me provocaba un torbellino en el estómago. Me esforcé por controlar el temblor que me sacudía las manos.

—Oh, lo tienes justo —dijo el tío Raymond. Cogió el dinero y me acarició la mano al mismo tiempo—. Si no, habría tenido que pedirte que me trajeras el resto otro día.

Me guiñó un ojo, y estuve a punto de salir corriendo, pero en su lugar encontré un asiento en las primeras filas. Durante todo el rato, el tío Raymond fue mirándome por el espejo. En la siguiente parada volví a levantarme y esa vez sí que corrí. Solo me detuve para vomitar entre los arbustos.

40

Omar

No había tenido la intención de volver. Había decidido que se quedarían en Bradford, darían por zanjado su fallido experimento y empezarían de cero. Le habría resultado fácil trabajar para el hermano de Rizwana en su negocio. Pero la tristeza de Ishtiaq había alcanzado cotas insoportables. Al final, había sido Ishtiaq quien le dijo que debían regresar: se lo expuso con una cara solemne mientras desgranaba sus razones, todas relativas a sus estudios, en un orden lógico. Por supuesto, Omar no tenía la menor duda de cuál era la auténtica razón y se habría reído de no haber percibido el dolor que había en los ojos de su hijo mientras intentaba convencerlo.

Encontrar un lugar donde vivir, aunque fuera de manera temporal, había supuesto todo un reto, en absoluto nuevo para él: las visitas a posibles pisos se cancelaban en cuanto daba su nombre. Era algo que ya había olvidado desde que se instalaron en la tienda. Sin embargo, había tenido la suerte de que un pariente lejano poseía un piso en la ciudad que estaba dispuesto a alquilarles, al menos por un tiempo, lo que les dejaba margen para buscar algo más permanente. Él también necesitaba tiempo para pensar si le quedaban ánimos para emprender otro negocio similar al que había tenido. Una parte no pequeña de él quería hacerlo, como desafío, para demostrar a todo el mundo que no iban a echarlo de allí.

En cuanto regresaron, lo primero que hizo fue ir a dar el pésame a Valerie Lockwood. La noticia del suicidio de Brian le había afectado mucho: esa clase de sucesos activaban enseguida su dolor por la muerte de Rizwana. Lo había sentido como un puñetazo en la boca del estómago.

Pensó que encontraría a una Valerie distinta, consciente de cómo el dolor lo había envejecido a él, pero su aspecto fue impactante de todos modos. La solidez y el vigor que la caracterizaban la habían abandonado por completo, dejando tan solo un cuerpo sin sustancia que parecía a punto de deshacerse, en la misma butaca donde estaba sentada, ante la más leve presión. Las flores que llenaban los jarros y macetas agonizaban y el olor a rancio que despedían se sumaba a la tristeza que emanaba de ella.

—¿Cómo se encuentra? —le preguntó.

—Es usted el primero que me lo pregunta —dijo ella—. ¿No le parece gracioso?

Omar meneó la cabeza.

—Recuerdo que me pasó lo mismo —respondió él—. Nadie quiere saber la respuesta.

Ella asintió con la cabeza y los ojos empezaron a llenársele de lágrimas que dejó correr por las mejillas. No había la menor vanidad en la pena.

—No tuvo nada que ver con el fuego, ¿lo sabe? —le dijo ella.

Las habladurías también habían llegado a oídos de Omar. Las malas lenguas de la ciudad parecían haber decidido señalar a Brian como el principal sospechoso. Omar lo atribuía a que Brian era distinto. No albergaba la menor esperanza de que la policía capturara a quienes habían provocado el incendio, ni siquiera de que se esforzaran demasiado en hacerlo. Descartó aquella posibilidad con un gesto, pero Valerie continuó.

—No, necesito contárselo. Necesito que lo sepa. Brian estaba conmigo cuando sucedió el incendio. Por raro que parezca, aquel día fuimos a Morrisons. Para variar. Lo siento —añadió, como si la avergonzara la traición de haber ido a un supermercado.

Él volvió a menear la cabeza.

—No tiene ninguna importancia.

—Para mí sí. Me importa que sepa que mi Brian nunca habría hecho nada en contra de usted, o de su hijo. Usted era una de las pocas personas que lo aceptaba tal y como era.

—Eso ya lo sabía, Valerie —repuso él, y, movido por el instinto, se inclinó hacia ella para cogerla de la mano—. Era un buen chaval.

—Sí —dijo Valerie, y apretó su mano antes de soltarla—. Siempre pensé que esto podía pasar. Que algún día se haría daño de verdad. Empezó cuando era un crío. La tristeza, quiero decir. Nunca supe cómo ayudarle.

Se produjo un silencio más largo.

—¿Cómo lo consigue? —preguntó Valerie por fin—. Seguir adelante, quiero decir.

Omar lo meditó; dejó que el silencio ocupara la estancia de nuevo, como si fuera una ligera nevada. Quería darle una respuesta que le apaciguara el sufrimiento, pero no estaba seguro de tenerla.

—Supongo que lo que hago es intentar no pensar a largo plazo —dijo por fin—. Si me hubiera planteado, aunque hubiera sido solo durante un segundo, que tenía que vivir meses, incluso años, sin ella… —Omar se paró y carraspeó—. No estoy seguro de que hubiera podido seguir adelante. Pero si me limito a pensar en el día que tengo ante mí, a veces en la hora o incluso el minuto… Entonces lo consigo. Puedo seguir viviendo.

—Me alegra que haya vuelto —dijo ella cuando él se disponía a marcharse.

Mientras regresaba andando hacia el piso, Omar se preguntaba si estaba de acuerdo con ella. Entonces vio a Ishtiaq, a unos pasos de distancia. Estaba con Sharon, los dos cogidos de la mano, balanceando los brazos de manera exagerada. Sharon se inclinó para decirle algo a Ishtiaq, con expresión seria, y él la escuchó con atención al tiempo que usaba la mano libre para apartarle con suavidad una mosca de la cara. Los dos parecían brillar, en contraste con el gris asfalto de la calle, y Omar sintió la abrumadora pulsión de protegerlos. Se dijo que, en ese momento, pasara lo que pasase, él también se alegraba de que hubieran vuelto, y decidió hacer cuanto estuviera en su mano para lograr que este lugar, esta ciudad, este mundo, fuera un espacio seguro para su hijo.

41

Miv

Comprendí que tendría que pillar al tío Raymond a solas, a poder ser con las manos en la masa. El momento ideal sería cuando recogía las tazas después del ensayo del coro, ya que la tía Sylvia pocas veces asistía a ellos, pero, en ausencia de Sharon, iba a necesitar ayuda. Lo primero que se me ocurrió fue pedírselo a Paul, pero enseguida descarté la idea, no solo porque era demasiado sensato y maduro, sino porque lo que necesitaba eran niñas.

En el siguiente ensayo busqué con la mirada a dos de las favoritas del tío Raymond, Linda y Gail. Ambas eran menudas y parecían más pequeñas que yo. Linda llevaba el cabello castaño recogido en una gruesa trenza que le llegaba a la cintura mientras que Gail se hacía un moño estilo bailarina que acentuaba su aspecto frágil; un puñado de pecas le cubrían la nariz. Les pregunté qué opinaban del tío Raymond, sin saber muy bien cuál sería su respuesta puesto que las había visto muchas veces riéndose con él. Se quedaron calladas. Se miraron y en ese momento se estableció una especie de acuerdo tácito.

—Yo hablé con mi hermana mayor de él porque no me dejaba en paz —dijo Linda por fin—. Y ella me dijo que no debía quedarme con él a solas, que me asegurara de tener siempre a alguien al lado, así que se lo comenté a Gail y ahora estamos siempre juntas.

—¿Por qué no se lo contaste a tu madre?

—¿Contarle qué? —intervino Gail—. ¿Que no nos gusta que un hombre nos haga cosquillas? Nos dirían que somos unas lacias.

Recordé mi intento de hablar del tema con papá y la tía Jean. Era difícil transmitir la incomodidad que el tío Raymond nos provocaba. ¿Qué podíamos esperar que hicieran al respecto?

—¿Qué os parecería quedaros con él cuando termine el ensayo del coro? Yo estaría escondida; así podríamos pillarle haciendo lo que sea que quiere hacer y podríamos contárselo a alguien.

—Ni hablar. —Linda meneó la cabeza.

—Yo sí —dijo Gail—. Quiero que pare. No puedo soportarlo más.

Así pues acordamos que, después del siguiente ensayo, Gail, la más menuda y la más joven de todas, se ofrecería a ayudar al tío Raymond a recoger. Linda y yo nos iríamos juntas, pero encontraríamos algún escondrijo para así poder oír, e incluso hasta ver, lo que sucedía. En cuanto él hubiera actuado reapareceríamos, fingiendo que nos habíamos dejado algo olvidado. Rescataríamos a Gail e iríamos directas a la policía a denunciar lo sucedido. Por lo poco que sabía de él, estaba casi totalmente segura de que el tío Raymond intentaría algo.

Cuando la siguiente sesión se acercaba a su fin, esperamos a que saliera todo el mundo. Entonces Linda y yo anunciamos en voz alta que nos marchábamos, con las miradas puestas en Gail. En cuanto salimos de la sala, nos paramos en el pasillo, atentas a que sucediera lo que temíamos y, en parte, también esperábamos. Mi corazón latía con tanta fuerza que el rumor me llegaba a los oídos.

—¿Le ayudo a recoger? —escuchamos decir a Gail, y nos esforzamos por oír la respuesta de Raymond.

—¿Qué hacéis deambulando por aquí?

La pregunta nos sobresaltó: procedía de la señora Spencer que, tras salir del cuarto de baño, se dirigía directamente hacia donde nos encontrábamos.

—Esto…, estábamos esperando a nuestra amiga —dijo Linda—. Está ayudando a limpiarlo todo.

—¿Y se puede saber por qué no la ayudáis vosotras también? El demonio busca siempre las manos ociosas. Vamos. Adentro —ordenó mientras señalaba la puerta de la sala.

Ambas obedecimos. Gail no estaba a la vista y Raymond se dedicaba a barrer la sala.

—He reclutado a estas dos jovencitas para que te ayuden, Raymond —dijo la señora Spencer—. ¿Por qué no aprovechas para salir temprano e irte a casa, con Sylvia? Ya me ocupo yo de que las niñas acaben el trabajo.

El tío Raymond no lo dudó y Gail reapareció de la cocina, donde había estado fregando los platos. Las tres nos pusimos a trabajar bajo la atenta mirada de la señora Spencer. Intenté intercambiar miradas intencionadas con las otras, frustrada por la ineficacia del plan. Cuando por fin nos marchamos, resultó que la llegada de la señora Spencer no se había cargado el superplán, porque a Gail no le había sucedido nada. De hecho, el tío Raymond más bien se había mostrado ansioso de acabar con la tarea. Nos sentimos confundidas, sin saber qué pieza nos había fallado. No tardamos en descubrirlo.

Unos días después, nadie hablaba de otra cosa más que de la noticia de que el tío Raymond había sido arrestado el día anterior, aunque nadie decía el porqué. El asunto se comentaba en voz baja. Al parecer, la noticia era tan sorprendente y el cotilleo tan jugoso que el señor Spencer abordó el tema en el sermón dominical, en el cual quedó patente la ausencia de las flores de la tía Sylvia. El señor Spencer parecía ahora tan tieso como su mujer, y lleno de aplomo, después de haber pasado un tiempo fuera, «en tratamiento por una enfermedad desconocida», me había dicho la tía Jean mirando de soslayo a papá. «Me pregunto cuánto durará la mejoría ahora que tiene a mano el vino de misa», había añadido con un suspiro.

Esa semana la iglesia estaba más llena de lo habitual y, cuando todos nos sentamos, la tensión flotaba en el aire. Los padres sujetaban a los niños de las manos. Incluso papá asistió en lugar de dejarme en la puerta como solía hacer. El señor Spencer se situó en el púlpito y se dedicó a reordenar una y otra vez sus notas, a revisar la Biblia y a colocarse bien las gafas.

—Sois muchos los que habéis preguntado por Raymond y por su reciente detención —comenzó por fin—. Aunque no sería apropiado discutir el delito del que se le acusa, ni especular sobre su culpabilidad o inocencia, hay algo que debo decir.

Hizo una pausa y luego prosiguió en un tono más alto y más contundente:

—Ninguno de nosotros teníamos la menor sospecha o conocimiento de esos actos, y esos supuestos delitos jamás se produjeron bajo este techo.

Estalló un mar de murmullos y busqué a Paul con la mirada; estaba sentado con Hazel al otro lado del pasillo, a la misma altura que nosotros. Me encogí de hombros en un intento de mostrar que no sabía nada de todo eso. Pero en mi interior sentía una mezcla de curiosidad y horror por lo ocurrido, alegría porque eso demostraba que yo tenía razón respecto al tío Raymond y una cierta frustración de no haber sido nosotras quienes lo atrapáramos. Me sentí redimida por el hecho de que era, sin lugar a dudas, un hombre malo, y me pregunté si se revelaría como el Destripador de Yorkshire. Incluso pensé en decírselo a Sharon, con la idea de que eso compensara lo sucedido con Brian.

No tuve que esperar mucho para obtener nueva información. Esa noche me estaba acostando cuando la tía Jean llamó con suavidad a la puerta de mi cuarto. Pensé que era papá que venía a darme las buenas noches, y el hecho de que apareciera en mi habitación fue tan inesperado que, por un momento, me quedé sin habla. Se sentó al final de la cama, cogió uno de los libros de los Cinco que había al lado y se puso a hojearlo mientras hablaba.

—¿Te acuerdas de que el otro día preguntaste por el tío Raymond? ¿Por si creíamos que era raro? —preguntó—. Bueno, pues tu padre y yo nos preguntábamos si… ¿alguna vez te hizo algo?

Seguía con la vista puesta en el libro en lugar de mirarme.

—No —le dije, y luego pensé en cómo expresar lo que había ocurrido—. Pero me ponía nerviosa. ¿Le ha hecho daño a alguien?

Por fin me miró, aunque solo por un momento antes de devolver la vista al libro, que dejó con cuidado sobre la manta de mi cama.

—¿Conoces a Alison Bullen, del coro?

Asentí y encogí las piernas en un esfuerzo de protegerme contra lo que ya sabía que vendría a continuación.

—Bueno. Pues la metió en su coche y la..., bueno, le hizo daño. Ella se pondrá bien —añadió enseguida al percibir mi desazón—, pero es posible que tardes un poco en volver a verla. —Hizo una pausa y luego suspiró—. Prométeme que si alguna vez alguien intenta tocarte..., ya sabes, tocarte de una manera que no está bien, vendrás a decírnoslo —dijo mientras me levantaba la barbilla y me miraba directamente a los ojos.

Estoy segura de que no era la primera vez que hablaba conmigo en un tono tan afectuoso y serio al mismo tiempo, pero la verdad es que no recuerdo ninguna otra. Tuve la sensación de que le importaba. Sin pensarlo mucho, me puse a contar lo que había pasado aquella tarde y la trampa que le tendimos al tío Raymond, sin mencionar el tema de fondo, es decir, la búsqueda del Destripador. Ella me miró como si me viera con claridad por primera vez.

—¿Pergeñaste todo eso?

—Sí.

—¿E intentaste cazarlo?

—Sí.

Ella meneó la cabeza.

—Creo que ahora tendría que regañarte, pero, si te digo la verdad, te felicito.

Me arropó con un abrazo y un beso en la frente.

Mis pesadillas se presentaron a capas aquella noche. Despertaba de una persecución, aliviada de comprobar que no había sido más que un sueño, y al momento me percataba de que seguía soñando y de que sufría una persecución distinta. Dormí hasta muy tarde: me despertó un toque ligero en la puerta. La cara de papá apareció tras ella.

—Despierta, corazón. Necesito que bajes, puedes dejarte el pijama —me dijo.

Un hombre y una mujer vestidos con el uniforme policial se hallaban en la salita. Reconocí al hombre, que paseaba con las manos a la espalda. La mujer, que se había sentado en el sofá, palmeó el asiento contiguo. Papá me hizo señas de que me sentara allí.

—Hola —dijo ella—. Mi nombre es Beverley. Agente Beverley Halliwell. Soy de la policía.

Asentí.

—Y mi compañero es el sargento Lister.

Él me saludó con una sonrisa breve. Para alivio mío, no mencionó que ya nos conocíamos.

—Hemos venido a hablar contigo sobre Raymond.

El sargento Lister se sentó en la butaca, al lado del sofá, y la agente Halliwell se inclinó hacia mí con gentileza para que nuestras cabezas quedaran a la misma altura.

—Creemos que podrías ayudarnos y explicarnos qué pasó esa tarde, después del ensayo del coro.

Me erguí y, despacio y con cuidado, fui relatando los hechos de ese día.

—Yo le estaba vigilando. Al tío Raymond, quiero decir —afirmé.

La agente Halliwell me miró, claramente confundida. El sargento Lister no se inmutó, su mirada seguía fija en mí.

—¿Por qué? ¿Por qué le vigilabas? —preguntó ella.

Sabía que no podía hablarles de la lista. No después de lo de Brian. Y mucho menos con papá delante.

—Porque hacía llorar a Alison. Le hacía cosquillas aunque ella no quería —dije, con un escalofrío, sin saber si me entenderían, pero los dos intercambiaron una mirada y papá asintió, lo cual me animó a seguir.

321

—¿Y qué pasó? —preguntó la agente Halliwell.

—Bueno, otras dos niñas y yo decidimos intentar atraparlo haciendo... algo...

Se hizo un silencio y oí que papá respiraba hondo.

—Así que intentamos quedarnos a solas con él, pero se marchó igualmente... ¿Hice algo malo? —dije con voz temblorosa. Si mis acciones habían provocado lo que luego le pasó a Alison, ya no sería capaz de vivir conmigo misma. No después de lo de Brian.

—No, corazón —intervino papá—. Es solo que fue la misma noche en que se llevó a Alison. Debió de ser después de irse temprano... Ella seguía en el aparcamiento, esperando a que la recogieran.

Me estremecí. Mis suposiciones en torno a lo que le había pasado a Alison eran oscuras y borrosas, como una fotografía mal revelada. No quería tener una imagen más nítida.

Decidí no decir nada a Sharon sobre todo eso, o sobre el hecho de que la policía había venido a casa. Me parecía demasiado similar al caso de Brian, aunque en esta ocasión yo hubiera tenido razón. Por suerte, estaba tan absorta en el retorno de Ishtiaq que apenas prestó atención a los cotilleos sobre el tío Raymond, y las únicas personas que sabían de mi conexión con todo eso, aparte de papá, la tía Jean y la policía, eran Linda y Gail.

No tuve oportunidad de hablar con ellas hasta el siguiente ensayo. Estaba ansiosa por contarles todo lo de la policía y quería saber si les había pasado lo mismo, pero, antes de que pudiera abrir la boca, Linda tomó la palabra.

—Le conté a mi madre lo que hicimos —dijo—. Se enfadó mucho y me dijo que no deberíamos habernos involucrado en eso.

A su lado, Gail asentía, y en sus caras se leía una mezcla de seriedad con algo más que yo no lograba identificar. Linda inspiró profundamente.

—Mi madre dice que eres una mala influencia, y que no le extraña, con el panorama que tienes en casa.

Sus palabras salieron como una ráfaga, atropelladas, y entonces comprendí que la expresión de sus caras era de desprecio. Ambas se cogieron de la mano para dejar clara su solidaridad. Por un momento me quedé perpleja. ¿No era al tío Raymond a quien había que culpar?

En los días siguientes esperé que se produjera el anuncio de que el tío Raymond era el Destripador. Pero este no se produjo y la búsqueda del Destripador continuó.

Gail y Linda no volvieron a dirigirme la palabra.

42

Miv

El día de mi decimotercer cumpleaños empezó exactamente igual que cualquier otro. Faltaba poco para la Navidad, y yo siempre me había sentido engañada de celebrar el cumpleaños en esas fechas, ya que tanto los regalos como la celebración se solapaban con la fiesta navideña.

Mamá había vuelto a casa hacía unos días, pero se la notaba menos presente que nunca y apenas salía de su cuarto. La tía Jean me estaba enseñando a cocinar y a realizar más labores domésticas, lo cual parecía una señal de que seguía con la idea de dejarnos o de una posible mudanza. No me atrevía a preguntarlo, así que me preparé las gachas en la cocina, dejé suficientes para el resto en la cazuela, y salí temprano hacia el colegio.

Caminé despacio hasta la casa de Sharon. En mi mente bullía, por un lado, la emoción de ser por fin adolescente y la ansiedad por la partida de la tía Jean o por nuestro traslado, y por otro, los sentimientos complicados que albergaba hacia Sharon, Ishtiaq, Paul, Brian, el Destripador y la lista. Daba la impresión de ir pasando de una emoción a otra a una velocidad vertiginosa. Sharon me esperaba al final de la calle, con un paquetito y una tarjeta en la mano. Hice el último tramo corriendo para alcanzarla.

—¡Feliz cumpleaños! —exclamó ella—. Te he comprado algo que creo que te encantará.

Me apresuré a abrir el regalo: con una sonrisa tan enorme que casi me dolía, lo desenvolví y me encontré con un brillo de labios con sabor a cereza y un colorete rosa chicle. Quise darle las gracias, pero el nudo que tenía en la garganta solo me permitió asentir.

Sharon asintió con la cabeza también. Le brillaban los ojos.

Fuimos andando y charlando de tonterías, sin hablar de asesinatos, incendios e investigaciones. Se había reinstaurado entre nosotras una especie de armonía frágil. Cuando nos acercamos a las puertas del colegio, vi que Ishtiaq estaba esperando a Sharon, como de costumbre, pero me sorprendió encontrar allí a Paul Ware, leyendo con atención. La visión de Paul disparó todas mis alertas; subí el tono de voz y Sharon sonrió, como si supiera exactamente el porqué. Llegamos hasta los chicos y ambos me entregaron sendos sobres al mismo tiempo.

—Esto trae mala suerte —dijimos Sharon y yo a la vez. Me sentía incapaz de hablar o de moverme. Se produjo un silencio un poco incómodo hasta que Sharon presentó a los chicos. Yo no había caído en la cuenta de que aún no se conocían.

—Vale —dijo Paul mirando a Ishtiaq a través de su largo flequillo.

—Vale —dijo Ishtiaq—. ¡Pinta bien ese libro! —añadió al tiempo que señalaba la cubierta.

—Sí, es buenísimo.

Mientras hablaban de aquella manera vacilante que suelen usar los chicos, miré el título del libro de Paul: *Kes*, de Barry Hines. Me lo apunté mentalmente para sacarlo de la biblioteca. Volví a prestar atención a los chicos y me encantó verlos charlando.

—¿No vas a mirar las tarjetas antes de entrar? —dijo Sharon.

La de Ishtiaq era de su parte y de la del señor Bashir; ambos habían estampado sus firmas con bolígrafo.

—Gracias, Ish —dije, muerta de ganas de llorar sin saber por qué.

Sacar la de Paul me costó más, dado que las manos habían empezado a temblarme, pero conseguí hacerlo con cuidado, sin desgarrar el sobre, decidida a guardarlo todo. Había escrito solo dos palabras: «Paul» y «x». Esa equis tenía para mí más valor que cualquier otro regalo y la contemplé como si fuera un beso de verdad.

El sobre contenía, además, una notita de Hazel.

«Ven a comer el domingo», decía, y en los ojos de Paul percibí su expectación ante mi respuesta.

—Me encantará —dije bajando la cabeza para disimular la sonrisa que amenazaba con quedárseme pegada a la cara para siempre.

Esa tarde, cuando abrí la puerta de casa, noté el dulce aroma a limpio que venía acompañado de la fragancia del horno, y la casa, que siempre estaba impoluta, por supuesto, parecía aún más reluciente. Entré en la cocina, y la tía Jean se quitó el delantal con gesto teatral, dejando a la vista su mejor conjunto de falda y chaqueta.

—¡Sorpresa! —anunció. Señaló una tarta Victoria que había en la mesa. Estaba un poco maltrecha, pero le salía una capa de crema batida por el centro—. Le he puesto extra de crema porque sé cuánto te gusta.

Sin pensarlo dos veces, le di un beso en la áspera y seca mejilla, lo cual nos sobresaltó un poco a ambas.

Ella y papá entonaron un animado «Cumpleaños feliz» mientras yo soplaba las velas que papá había comprado en la cooperativa.

—Formula un deseo —dijo él.

Recordé el deseo que había pedido meses atrás, en el pozo de la Madre Shipton, y me pregunté si atrapar al Destripador seguía siendo mi prioridad o si prefería solicitar algo que fuera más personal. Al final no pedí nada. Los deseos solo traían problemas.

Después de la cena, papá y yo nos quedamos solos en la cocina; él me dio su regalo, unos vaqueros pitillo que sustituyeran a los de campana y que yo quería desde hacía mucho tiempo. Di un salto, incapaz de contener la emoción, y estaba a punto de subir corriendo a mi cuarto para probármelos cuando papá anunció que tenía algo que decirme. Parecía nervioso, se removía en la silla y no terminaba de mirarme a los ojos. Del estómago me subió una bocanada de pánico, que, mezclada con el azúcar de la tarta, me hizo sentir náuseas.

—¿De qué se trata? —pregunté antes de que él pudiera decir nada.

—Bueno, me han ofrecido un nuevo empleo. Un puesto de encargado. Menos horas, más dinero. Y sería un jefe de verdad, creo.

Me desconcertó que me estuviera contando eso, como si me pidiera permiso. Me encogí de hombros, muerta de ganas de ir a probarme los vaqueros.

—¿Y bien? —dije con la confusión dibujada en la cara.

—El tema es que… —Hizo una pausa, y entonces sí que me miró a la cara—. Tendríamos que mudarnos.

Eso me dejó atónita.

—¿Por qué?

—Bueno, porque el empleo no es en Yorkshire.

No conseguí entender el sentido de las palabras. Me sentí frágil, inestable, y me pregunté si le habría oído bien. Después de todos mis esfuerzos con la lista y con la amenaza que lo había puesto todo en marcha, ¿iba a suceder de todos modos?

—¿Qué?

—El nuevo trabajo no es en Yorkshire. Tendríamos que mudarnos a otro sitio. A una casa más grande…, una más bonita, en la que tendrías una habitación más espaciosa. E irías a un nuevo colegio donde podrías hacer amigos nuevos —señaló, como si hacer nuevos amigos fuera una ventaja.

—¿Por qué dices esto? —pregunté, deseando que se desdijera.

Él me entendió mal y se echó a reír.

—Bueno, has entrado oficialmente en la adolescencia a partir de hoy y pensé que debería hablarlo contigo, dado que ya casi eres mayor.

—¿Mamá está al tanto? —pregunté señalando en dirección al televisor, frente al cual ella estaba sentada en silencio. La única señal de que se había enterado de mi cumpleaños era que había bajado y se había vestido para la ocasión.

—Sí, y creo que le parece una buena idea para todos.

—¿Y la tía Jean?

—Hum.

Deduje que aquel era el tema de su discusión.

—Solo piénsalo —concluyó él.

Una vez arriba, me senté en la cama, con el cuerpo tieso, embargado por la sorpresa y por una furia creciente, mientras me preguntaba cómo había sido él capaz de soltar la noticia de una manera tan natural. La tía Jean me había regalado un ejemplar del *Manual para señoritas*. En la tarjeta que lo acompañaba había escrito: «Ahora ya eres una jovencita». El libro contenía instrucciones para coser, hacer bien la cama, preparar varios platos y cuidarte el pelo y la piel. Mientras lo hojeaba pensé que no contenía ningún consejo útil sobre qué hacer cuando la vida se te pone patas arriba.

Acostada en la cama, hecha un ovillo, estaba leyendo cuando oí los pasos de papá en las escaleras. Cerré los ojos para fingir que dormía cuando la puerta se abrió un poco. Él permaneció allí durante un momento y luego se fue, pero no sin antes murmurar: «Feliz cumpleaños. Buenas noches, corazón».

43

Helen

A principios de esa semana, Helen había ido a visitar a Valerie Lockwood para llevarle unos libros. Se había visto sorprendida por las ganas de Valerie de hablar de Brian, de la tristeza que lo embargaba y del dolor que padecía ella, ya que había esperado encontrarse con la estoica reacción habitual de Yorkshire, con aquel «Vamos tirando». Le había hecho bien oír a aquella mujer hablar con tanta insistencia y tanto afecto sobre su hijo.

—Era demasiado sensible para este mundo —le había dicho—. Siempre lo supe. Supe que la vida lo superaba, ¿me entiendes?

Helen había asentido. La entendía.

Durante la conversación, Valerie había mencionado que Omar había pasado a verla, que él e Ishtiaq habían vuelto a la ciudad y que, de hecho, vivían en un piso que estaba cerca del de ella y Gary. Eso encendió una pequeña chispa de felicidad que la reconfortó mientras volvía a casa y le hizo comprender cuánto le había echado de menos. Esperó hasta el viernes, cuando sabía que Gary iría al pub después del trabajo, y se decidió a ir a verlos.

Hacía un tiempo gélido, esa clase de frío que atraviesa la ropa y se te mete en los huesos, así que se abrigó mucho. Camiseta, blusa, jersey y una trenca. El invierno era su estación favorita por más de un motivo. Le permitía cubrirse los morados sin llamar la atención; se ahorraba esas preguntas mudas que flotaban en el aire.

Cuando salía por la puerta del edificio donde vivían, se cubrió la cara. A pesar del frío, el brillo del sol era cegador. Se esforzó por identificar el coche que se detuvo junto a ella, pero no supo de quién se trataba hasta que el conductor bajó la ventanilla y soltó una bocanada de humo. Al final debía de haber decidido ir directamente a casa.

—¿Adónde vas? —preguntó Gary.

—A comprar. Nos faltan… bolsas de té.

—Ah, ¿sí? No me había fijado. No me gustaría que te fatigaras con paseos innecesarios. ¿Por qué no subes al coche y te llevo?

No tenía excusa. No había ninguna razón que justificara no aceptar el ofrecimiento. Él se inclinó para abrirle la puerta.

—No me importa andar —dijo ella con voz débil—. Así me da un poco el aire, ya sabes.

Él se limitó a seguir mirándola sin abrir la boca. Ella montó en el vehículo, casi ahogándose por el humo, y él se puso en marcha; el silencio llenaba el coche, como si fuera una entidad palpable.

—Me preocupas —dijo él—. ¿Seguro que estás bien? ¿No te pasa nada?

Ella asintió.

—Es solo que no andabas en la dirección correcta para ir a la tienda.

Ella se tensó.

—¿Crees que deberíamos volver al médico? Puedo pedir hora y vamos los dos a hablar con él.

Fue entonces cuando supo que estaba en un lío.

Cuando volvieron de la tienda, él abrió la puerta del piso y ella se dirigió a la pequeña cocina, con las bolsas de té en las manos. Temblando. Estaba asustada. Expectante.

—¿Sabes? Si hubieras seguido andando en esa dirección, a lo mejor te habrías tropezado con el tío que llevaba la tienda de la esquina. Ese que te caía tan bien. ¿Cómo se llamaba? Hablo del paki…

Ella respiró hondo, angustiada.

—Al parecer, ahora vive en Featherstone Place, en uno de los pisos de allí. Bueno, al menos habrías aprovechado el paseo.

—Ah. Sí.

La voz de Helen era aguda, vacilante. No podía controlarla, a pesar de que cada palabra la delataba.

—¡Qué pena lo que pasó en la tienda! ¿Cómo puede haber gente que le haga una cosa así a un tipo tan amable?

Helen se quedó helada.

—A ver, es de esas personas que escuchan, ¿no? Que se preocupan…

Gary pronunciaba cada una de las palabras con una claridad que se clavaba como un cuchillo.

—¿Fuiste tú? —dijo ella. La pregunta le salió sin pensar y al instante deseó no haberla formulado.

—¿Yo? ¿Por quién me tomas? ¿Por qué diablos iba a cometer un acto tan horrible? A ver, debería existir una muy buena razón para hacer algo así. El hombre debería haber hecho algo muy feo para ganárselo. Algo…, no sé, algo como intentar liarse con la esposa de otro.

Helen se encaró con él.

—Nunca hizo nada, salvo ser amable, escuchar, tratarme bien. Todas esas cosas que tú nunca…

No llegó a terminar la frase. El primer golpe la calló.

44

Miv

El número once

Le conté a Sharon lo de la mudanza al día siguiente. Estábamos en su cuarto, un espacio que me resultaba tan familiar como mi propia habitación. Ella me bombardeó a base de preguntas y me fijé en que su cara se había puesto pálida. Quizá la mía también palideció cuando hablé con papá.

—¿Pero adónde os vais? —preguntó—. ¿Cuándo? ¿A qué distancia está?

Eran cosas que, debido al impacto de la noticia, no se me había ocurrido preguntar, así que me encogí de hombros y murmuré que lo averiguaría, aunque al mismo tiempo sabía que no me atrevería a preguntarlo. No quería conocer los detalles. Prefería pensar que no pasaba. Entonces le propuse ir a ver a Arthur y a Jim, porque hacía siglos que no sabíamos nada de ellos. Fueron como una botella de agua caliente para el alma. La decisión de visitarlos fue acertada. Jim abrió la puerta con falsa ceremonia y declaró:

—Un pajarito me ha contado que hay alguien que ayer entró en la adolescencia.

Él y Arthur se lanzaron a una desafinada interpretación del «Cumpleaños feliz», cambiando parte de la letra. Los dos me abrazaron y Sharon se unió a ellos. Yo era incapaz de contener las lágrimas, que cayeron silenciosas en sus brazos. Pensé en todas las veces que había llorado en los últimos meses y me pregunté si, ahora que era una adolescente, las lágrimas pararían algún día.

Esa noche, ya en la cama, estaba a punto de dormirme cuando sonó el teléfono. Papá contestó. No era la primera vez que recibía llamadas a esas horas intempestivas. Me desperté al instante y bajé de puntillas hasta la mitad de las escaleras para escuchar. Mi padre hablaba con voz tensa y levemente impaciente.

—¿Cómo iba a decírtelo antes? ¿Antes que a mi propia hija? —decía. Hubo una pausa larga, y luego añadió—: Claro que pensaba hablar de ello contigo. Ya sabíamos que pasaría algún día. Esto no podía durar para siempre.

Deseaba con todas mis fuerzas saber quién estaba al otro lado del teléfono. Presté más atención.

—Hay algo más de lo que tenemos que hablar. —Incluso desde las escaleras alcancé a oír el suspiro de papá—. Han venido de nuevo a la empresa. La policía. Querían hablar con nosotros, uno por uno. Preguntarnos por dónde habíamos estado y todo eso.

Con un sobresalto me percaté de que hablaba sobre la investigación del Destripador.

—Dijeron que preferían vernos en el trabajo para no formular preguntas que podrían causar problemas en las casas. —Soltó una carcajada breve—. Dijeron que, cuando van a las casas de la gente, piden una taza de té para que las mujeres se vayan a la cocina. Así pueden hacer las preguntas importantes sin que ellas estén presentes. —Se calló—. El tema es que me han dado una lista de fechas y quieren saber qué estaba haciendo en todas y cada una de ellas. No sé qué voy a decirles.

No pude contener la exclamación que me salió de la boca y dejé de respirar al instante, para asegurarme de que papá no lo había oído.

—Espera un minuto… Tengo…, chis…, tengo que ir mirar algo.

Corrí de puntillas hacia mi habitación mientras sus pasos resonaban en el pasillo.

Acostada ya en la cama, el corazón me latía a mil por hora. ¿Por qué se preocupaba papá de lo que debía decir a la policía? ¿Por qué iba alguien a preocuparse de eso a menos que…?

Resultaba impensable, y sin embargo todos los momentos en que papá había actuado de manera extraña se agolparon en mi mente. ¿Había optado por no verlos? Las llamadas nocturnas, los paseos en plena noche… Y ahora, los interrogatorios de la policía.

¿Papá debería estar en la lista?

Saqué la libreta de debajo de la cama. Repasé las fechas y las horas de todos los crímenes y pensé en todas las noches en que papá había salido a tomar una pinta o simplemente a dar una vuelta. Era frustrante: si bien podía recordar dónde estaba yo cuando oí la noticia de cada uno de los asesinatos, no tenía manera de saber si él había estado o no en casa cuando se llevaron a cabo.

Las palabras de George Oldfield resonaron en mi mente como la campana de una iglesia: «El Destripador es vecino de alguien. Es el marido o el hijo de alguien. Alguien tiene que conocerlo».

¿Y si era el padre de alguien? ¿Y si ese alguien resultaba ser yo?

Quise levantarme, impulsada por la conmoción, pero fue como si me faltaran las piernas. No me sostenían, así que me deslicé despacio hacia el suelo y me acurruqué como si fuera un erizo, como si esa posición pudiera mantenerme a salvo.

Pasé la noche allí.

11. Papá

- Guarda secretos
- Está continuamente desapareciendo
- La policía lo ha interrogado
- ¿Se está «ocultando a plena vista»?

45

Miv

El aire fresco y sano de la mañana trajo consigo una cierta claridad mental. Mi padre no podía ser el Destripador. Yo me habría dado cuenta de algo. Pero esa tarde, cuando llegué a casa del colegio, tuve la impresión de estar contemplando el interior por primera vez.

La visión familiar de las botas de trabajo de papá, viejas y sucias de barro, que reposaban en el recibidor bajo los abrigos colgados en la percha, cobraron entonces un significado nuevo. Dejé allí mi abrigo, y por primera vez me fijé en que había una recia chaqueta azul marino entre ellos. Saqué la libreta para anotar ese hecho, y al hacerlo descubrí que mamá estaba en el umbral de la puerta de la salita, con una taza de té en las manos que acusaba el ligero temblor de su cuerpo. Parecía estar mirándome sin verme de veras.

Cuando se volvió para entrar en la salita, se me ocurrió la posibilidad de que su silencio tuviera algo que ver con papá. ¿Era esa la razón por la que nos íbamos? ¿Estábamos huyendo en realidad? Me quedé inmóvil en el recibidor, con los pies paralizados por el miedo, preguntándome qué debía hacer a continuación. Necesitaba desesperadamente hablar con Sharon sobre todo esto, pero era consciente de que era imposible. Por un lado, ella no quería saber nada de la lista. Y por otro... ¿y si me equivocaba? Todo eso me quedaba muy grande.

En ese momento eché de menos a mamá, a la madre que solía estar en todas las células de mi cuerpo. ¿Cómo puedes añorar físicamente a alguien que tienes ahí delante? Aunque con toda seguridad no habría sido capaz de abordar este tema con ella, necesitaba sentir sus brazos alrededor de mi cuerpo, perderme en el sonido de su voz.

Allí parada, me vino a la memoria la cara de la señora Andrews, junto con el ofrecimiento que me hizo semanas atrás. Decidí que, puesto que ella tenía sus propios secretos, era alguien capaz de escuchar y de comprender, y que podía correr el riesgo de hablar con ella de todo. Salí por la puerta casi sin darme cuenta. No había caído en ponerme el abrigo, así que corrí por las calles oscuras para vencer la mordedura del viento, con las mejillas enrojecidas y la sangre latiéndome en las venas.

Cuando me acercaba al edificio en el que había visto entrar a los Andrews el día que estaba vigilando al tío Raymond, reduje la velocidad. Me planteé si estaría bien presentarme allí sin haber sido invitada. En Yorkshire todo el mundo lo hacía, pero algo me sugería que el hogar de la señora Andrews era un poco como el mío: plagado de situaciones que una no quería que vieran los ojos ajenos.

La puerta se abrió y eso me hizo retroceder de un salto. Sin embargo, la persona que salió por ella no era ni el señor ni la señora Andrews, sino un hombre, fumando un cigarrillo, que dejó la puerta abierta. Entonces me percaté de que se trataba de un bloque de pisos. Me colé en el interior antes de que se cerrara la puerta y me encontré en el vestíbulo de lo que antaño había sido un caserón. Al mirar en derredor de aquel espacio mal pintado y con una moqueta barata, conté cuatro puertas en la planta baja y vi las escaleras al fondo. Debía de haber más pisos arriba. A un lado de la puerta principal había un teléfono gris de pago, con la agenda de teléfonos colgando de una cadenita.

Deseé haberle preguntado al hombre que salía en qué piso vivían los Andrews, pero enseguida me di cuenta de que, a la derecha de la puerta que me quedaba más cerca, había un timbre, y, encima de este, una tarjeta con un nombre. Apenas había dado un paso hacia esa puerta para leer el nombre cuando oí un golpe que fue seguido de un grito. Procedía del piso de arriba y subí corriendo, casi sin pensarlo, por aquellos escalones empinados y desiguales. Cuando llegué a la primera puerta vi el nombre de los Andrews escrito sobre el timbre. El corazón me latía a toda velocidad, como si hubiera vuelto corriendo a casa.

Vacilé en el momento de llamar al timbre. ¿El golpe y el grito habían salido de ese piso? Pegué el oído a la puerta. La señora Andrews lloraba, con esa clase de llanto ronco que indica que algo va realmente mal. Quise consolarla y estaba a punto de llamar a la puerta cuando oí la voz del señor Andrews.

—Cierra la puta boca.

No gritaba. Ni siquiera parecía enfadado. Pero el corazón se me desbocó todavía más y me aparté de la puerta, alejándome así de él. El ojo morado que le habíamos visto a la señora Andrews volvió a mi memoria, y ese recuerdo me hizo seguir escuchando. Hubo otro golpe, y esa vez el grito de ella expresó tanto dolor que me estremecí. Los golpes continuaron, y también los chillidos, hasta que se produjo uno que resonó con más fuerza y que me hizo dar un respingo. Todas las fibras de mi cuerpo parecían estar alerta. Sabía que la estaba golpeando, una y otra vez.

Bajé corriendo las escaleras y marqué el número de emergencias en el teléfono del vestíbulo. Las manos me temblaban tanto que tuve que concentrarme para mantener el dedo en el dial. Me llevé el auricular al oído.

—Tienen que ayudarla —susurré cuando la operadora me preguntó qué deseaba—. Necesita una ambulancia.

En cuanto hubieron tomado nota de todos los detalles que podía darles, volví a subir hasta la puerta de su piso. Silencio absoluto. Pensé en llamar y poner cara de no haber oído nada. Por un instante me pregunté si me habría equivocado. Pero sabía que no era así. Al final me marché del inmueble, me planté al otro lado de la calle y vi llegar la ambulancia unos minutos más tarde. Solté un grito al ver salir de la escalera una camilla, con la señora Andrews tumbada en ella. Su cuerpo era tan menudo que parecía una cría pequeña. El señor Andrews iba a su lado, le cogía la mano y la acariciaba. Cuando la metieron en la ambulancia y tuvo que soltarla, siguió mirándola fijamente. Por primera vez en bastante tiempo, supe que había hecho lo que tenía que hacer.

En cuanto llegué a casa fui a llamar a Sharon. No me importaban las reprimendas de papá, que siempre se quejaba de que llamábamos para decirnos tonterías. «Os habéis visto hace cinco minutos, ¿cómo puedes tener algo importante que contarle?», decía siempre.

Fue Ruby quien respondió, con la voz tomada.

—¿Puede ponerse Sharon? —pregunté.

—Ahora está ocupada.

—Ah…, ¿puede decirle que la he llamado? —dije, cortada. No era propio de Ruby hablarme en un tono tan brusco.

—Sí, ya se lo diré.

—Pues vale. Adiós —dije con voz débil.

Pero Ruby ya había colgado. Me quedé allí, casi mareada, escuchando el pitido de la línea, con el auricular pegado al oído. Nadie se comportaba de manera normal. Primero papá, luego el señor Andrews, y ahora Ruby. Tuve la sensación de que el mundo me dejaba atrás. Por suerte, la tía Jean sí que cumplió todas mis expectativas cuando llegó a casa con noticias frescas.

—Helen Andrews está hospitalizada… Al parecer se ha caído por las escaleras y se ha roto el brazo. Cuando salga se instalará en casa de Arthur y de Jim. Así podrán cuidar de ella mientras Gary trabaja.

Miré el reloj. Solo habían pasado unas horas desde que llamé a la ambulancia. Siempre me sorprendía de la cantidad de rumores que la tía Jean era capaz de enterarse, pero esa vez había batido su propio récord. A veces lamentaba no haberle dicho nada de la lista. Nunca hubiera dado su aprobación a mis pesquisas, tachándolas de peligrosas, pero sin duda habría descubierto al Destripador en un periquete.

—No lo entiendo —dijo Sharon, y se volvió para mirarme a la cara—. ¿Estás segura?

Era sábado por la tarde y nos dirigíamos a casa de Arthur a ver a la señora Andrews. Acababa de contarle lo sucedido a Sharon y ella frenó en seco para procesar la información.

—Lo estoy —dije—. ¿Y te acuerdas del día en que la vimos en la biblioteca con el ojo morado?

Sharon asintió despacio mientras en su cerebro se hacía la luz.

—Pero ¿qué estabas haciendo tú allí? —preguntó poniéndose en marcha de nuevo.

No respondí, consciente de que aún no estaba lista para confesarle mis sospechas sobre papá. Ni siquiera las tenía claras yo misma. Me parecía imposible, y, a la vez, las palabras de George Oldfield seguían resonando en mi mente: «Alguien tiene que conocerlo».

—Oh, ¿era algo relacionado con la lista? —dijo ella. Asentí, aliviada de poder ahorrarme la respuesta. Ninguna de las dos añadió nada más hasta que llegamos a casa de Arthur.

La señora Andrews estaba acostada en una cama plegable que habían montado en el salón delantero de Arthur. Jim se había ido a ver a sus hijos y Arthur andaba atareado por la casa, encantado de tener a su hija menor allí a pesar de las circunstancias. Cuando nos sentamos junto a la cama, él le ahuecó los cojines y se aseguró de que el brazo estuviera en una posición cómoda antes de ir a prepararnos unas bebidas.

Entonces contemplé a la señora Andrews por primera vez. Llevaba un camisón floreado de manga corta. Supuse que había sido de Doreen, ya que la señora Andrews parecía una niña que hubiera saqueado el guardarropa de su madre: sus bracitos sobresalían como ramas. Además del brazo escayolado, que llevaba en cabestrillo, tenía un morado en el otro brazo, la mejilla hinchada y un ojo casi cerrado, cubierto por un fuerte hematoma violáceo.

La conversación avanzaba a trompicones. A mí me costaba encontrar algo que decir y Sharon parecía haber perdido su carisma habitual.

—Siempre ha sido igual —dijo Arthur desde el umbral—. Ha salido torpe como yo. Siempre nos caemos. Aunque yo nunca me rompí un brazo.

Depositó las bebidas en una mesita auxiliar.

—Voy a por las galletas —añadió y se volvió a la cocina.

—Señora Andrews —dijo Sharon—, ¿cómo se hizo esos morados?

Di un respingo y me llevé la mano a la boca. La señora Andrews palideció.

—No puedes preguntar eso, Sharon. —Por mis propias circunstancias había aprendido a no hablar de cosas dolorosas, a no sacarlas a la luz. Era mejor fingir que no existían.

—Claro que puedo y voy a hacerlo —replicó ella—. ¿Cómo se dio esos golpes?

El silencio pareció estirarse hasta que la señora Andrews se decidió a responder.

—Ya sabes cómo me los hice —dijo en voz baja—. Me caí.

—Esos moretones no son fruto de una caída —rebatió Sharon al tiempo que señalaba las marcas de los dedos, nítidas como un dibujo del parvulario—. Eso es que alguien la agarró con fuerza.

—Sí. Sí, tienes razón. Eso fue Gary, cuando intentaba evitar la caída.

Todas las cosas no dichas espesaban el aire.

—Señora Andrews —dijo Sharon, casi en un susurro—, sabemos que esto se lo hizo Gary.

Me dio un codazo fuerte y yo asentí con la cabeza.

—Fui yo quien llamó a la ambulancia —expliqué—. Oí lo que le decía.

Un sollozo estrangulado salió de la boca de la señora Andrews. Era como si ya no pudiera contener la emoción.

—¿Helen?

Ninguna de las tres se había dado cuenta de que Arthur había vuelto de la cocina. La expresión de su cara era la misma que le habíamos visto cuando lo conocimos en el desguace: macilenta, entristecida. La señora Andrews se lo quedó mirando y sus mejillas perdieron todo rastro de color.

—¿Papá? Papá, por favor, no llores. Él lo lamenta mucho. Te lo prometo. No quería hacerlo, de verdad. Y no volverá a hacerlo —murmuró ella entre sollozos.

Él avanzó hacia ella y la estrechó entre sus brazos.

—¿Os importa dejarnos solos, niñas? —dijo, sin que sus ojos se apartaran de los de su hija.

Los dejamos a los dos fundidos en un fuerte abrazo.

Al día siguiente era domingo, el día previsto para la comida en casa de los Ware. Esa mañana, a la vuelta de la iglesia, me cambié de ropa y me puse delante del espejo, a contemplar mi reflejo.

Llevaba los vaqueros pitillo nuevos y una blusa de cuello alto con volantes, que era la prenda de ropa más bonita de todo mi armario y solía estar reservada para los conciertos del coro y otras ocasiones especiales. Por si a la tía Jean o a papá se les ocurría hacer alguna pregunta embarazosa, tenía una excusa preparada: les diría que el coro estaba haciendo pruebas de vestuario para el concierto de Navidad. Me apresuré a echarme encima la trenca y salí de casa sin ser vista, lo cual supuso todo un alivio.

Mientras caminaba hacia la casa de los Ware, notaba las piernas frágiles como las de un cervatillo recién nacido. Era consciente de los nervios que me embargaban con cada paso que daba. No había estado en casa de Paul desde que le siguiera aquel día meses atrás, y aún no tenía muy clara la situación en que vivían sus padres. Así que, cuando llamé a la puerta, me llevé una sorpresa al ver que quien la abría era el sargento Lister. Se le veía distinto sin el uniforme: los vaqueros y el suéter le daban un aire más amable y menos intimidante.

—Puedes llamarme Guy —dijo.

Seguía siendo muy guapo y noté que me ruborizaba. Ya no necesitaba colorete, eso seguro. Pero me percaté de que Paul también se sonrojaba al salir de su habitación y de que tartamudeó al saludarme.

Durante la comida me dediqué a observar con atención cómo se comportaban todos, ansiando encajar entre esas personas a las que tanto admiraba. Hacían las cosas de manera distinta a como las hacíamos en casa. La comida se servía de las fuentes de la mesa y no había pan ni mantequilla para mojar en la salsa. El sargento Lister y la señora Ware bebían vino en lugar de las tazas de té que solían tomar mamá, papá y la tía Jean. Me percaté con agrado de que el sargento Lister hablaba con Paul sobre música, su tema favorito, y que le dejó trinchar la ternera. Lo trataba como si también fuera un adulto. Aun así, permitió que fuera Hazel quien sirviera y se ocupara de retirar los platos de la mesa. Quizá las cosas no eran tan diferentes al fin y al cabo.

Paul estuvo callado, pero Hazel mantuvo la conversación en marcha haciendo preguntas a todos, incluida yo, y, aunque mis respuestas eran más bien torpes, nadie pareció darse cuenta ni se rio de mí. Empezaba a sentirme a mis anchas y a relajarme un poco cuando, de manera indeseada, la idea de que pronto nos mudaríamos volvió a mi cabeza con la fuerza de un golpe, y comprendí que tal vez esa sería la única ocasión que tendría de comer allí. Dejé los cubiertos por un instante: necesitaba apoyar las manos en los bordes de la mesa para calmarme.

—Bueno, ya sabemos que Paul va a ser una estrella del pop, pero ¿qué me dices de ti? —preguntaba Hazel cuando volví a conectarme a la conversación.

Antes de que pudiera responder, el sargento Lister intervino, sonriente:

—Creo que te gustaría ser detective, ¿no? Ya has estado haciendo un buen trabajo como aficionada. —Y me guiñó un ojo.

—Quiero ser detective —dije, sorprendida por la claridad con que esas palabras salieron de mi boca. No estaba habituada a que la gente se interesara por mí así y nunca había pensado en serio en lo que quería hacer. Paul me miró, asombrado: no sé si por mi tono contundente o por el deseo de ser detective.

—Bueno, pues ahora tienes la oportunidad de preguntar a Guy sobre el tema —dijo Hazel dándole un suave codazo—. Estoy segura de que le encantará responderte.

Pensé en la lista y en que ninguna de nuestras pesquisas había tenido éxito a la hora de capturar al Destripador.

—¿Cómo lo hacen? —quise saber—. ¿Cómo investigan los crímenes? ¿Cómo se hace algo así?

—Te aseguro que es mucho menos emocionante de lo que la gente piensa. No tiene nada que ver con las series de televisión —dijo él—. Se trata de un trabajo mucho más metódico. Debes tener en cuenta cada retazo de información, estudiarlo en detalle, sin dejarte llevar por la emoción ni anticipar la respuesta. No puedes pasar nada por alto.

Pensé en papá y en el hecho de que tal vez yo había estado pasando por alto a un sospechoso que tenía delante de las narices porque no quería que lo fuera. Noté que la sangre me abandonaba la cara y mi voz parecía venir de muy lejos cuando pregunté:

—¿Y por qué cree que aún no han cogido al Destripador?

Hazel abrió mucho los ojos y me planteé si había sobrepasado la línea de la buena educación que impone una comida dominical.

—Buena pregunta —dijo el sargento Lister, aparentemente impertérrito. Bebió un sorbo de vino y se repantigó en la silla un instante—. A veces hay tanta información que resulta difícil encontrarle el sentido —dijo tras una pausa—. Y lo que he comentado antes de las emociones también juega su papel. La presión de todas partes, de la prensa, del público, incluso de Thatcher, acaba conllevando errores. Todo ese ruido nos distrae.

De camino a casa, pensé en lo que había dicho el sargento Lister. Ya no quería dejarme engañar por mis sentimientos. Por mucho que me costara aceptarlo, debía tratar a papá como a cualquier otro sospechoso de la lista y proceder a investigarlo. Eso significaba descubrir qué hacía y adónde iba por las noches, cuando salía de casa.

Supe que pasaba algo raro en cuanto abrí la puerta. Los domingos por la tarde tenían un ritmo especial: papá se sentaba en el sofá, a leer los periódicos y a escuchar la radio; la tía Jean solía tararear mientras planchaba la colada, y el olor a ropa recién lavada intentaba cubrir los restos del aroma del asado de la comida; mamá estaba en su butaca o arriba en su cuarto.

En lugar de esa escena familiar me recibió un silencio y una sensación de quietud, como si la casa hubiera sido abandonada. El mismo aire que se respiraba en Healy Mill.

—¿Hola? —grité.

La puerta de la habitación de la tía Jean estaba abierta, y eso era poco habitual. Siempre insistía en cerrar todas las puertas y nos regañaba a papá y a mí de manera regular diciendo: «¿Acaso habéis nacido en un establo?», para luego cerrar con gesto teatral cualquier puerta que hubiéramos dejado abierta. Eché un vistazo al interior y lo que vi me dejó helada. Su cuarto estaba siempre impoluto y la mayoría de sus cosas no se hallaban a la vista, un poco como ella misma. Nunca había dado la sensación de que viviera allí; era como si se considerara aún una invitada, a pesar de que ya llevaba un par de años con nosotros. Ese día, sin embargo, no había en la estancia el menor rastro de ella. No estaban ni el cepillo ni las gafas de leer, ni siquiera la foto del abuelo que solía tener enmarcada en la mesita de noche. No llegué a conocerlo (papá siempre decía que «se fue antes de tiempo», algo que yo no terminaba de entender), pero había visto la foto muchas veces. Era un hombre tieso y altivo, como la tía Jean, y guapo, como papá. La ausencia de la foto me indicó que ella se había ido.

Recorrí el resto de la casa, de puntillas, como si no quisiera romper el silencio. El aire no olía a comida, abajo no había nadie, así que subí despacio a mi cuarto. Me fijé en que la puerta de la habitación de mis padres estaba cerrada, lo que significaba que al menos mamá seguía allí.

Cuando papá llegó por fin a casa, unas horas después, procedió a cerrar la puerta sin hacer ruido. Desde la barandilla de las escaleras le vi cerrar los ojos y menear la cabeza antes de decir hola. Me acerqué al último escalón.

—¿Adónde se ha ido la tía Jean? —pregunté sin darle tiempo a que dijera nada más. No logré disimular el tono acusatorio de mi voz. Él se encogió visiblemente.

—Se ha vuelto a su piso por el momento —dijo—. Con los planes que tenemos de la mudanza y todo eso...

Quise decirle que esos eran sus planes, no los míos, pero algo en su expresión derrotada me frenó. Pese al propósito de no dejarme llevar por las emociones, noté las lágrimas arañándome la garganta.

—Vale —dije, y me metí en mi habitación, desde donde oí que ponía un disco. Los acordes de «Leaving on a Jet Plane», su canción favorita, llenaron la casa.

«No sé cuándo voy a volver», cantaba papá coreando a John Denver.

Sentada en mi cuarto, tracé un plan. Decidí seguir a papá a la salida del colegio, al día siguiente, pero al final ni siquiera tuve que esperar tanto. Estaba tan absorta en mis pensamientos sobre todas esas cosas que casi me pasó desapercibido el ruido del teléfono al marcar, mucho después de que me hubiera acostado. Me acerqué de puntillas a las escaleras y desde allí le oí.

—Llegaré en unos diez minutos —dijo.

Mientras se ponía el abrigo y las botas, volví a mi cuarto y me eché el anorak por encima del pijama, me puse unas deportivas y me colgué al cuello la cinta donde llevaba la llave de casa. La puerta principal se abrió y se cerró; muy despacio, me dispuse a ir tras él. Cuando salí, él ya estaba a media calle. Cerré la puerta y miré a ambos lados para asegurarme de que no había nadie más.

La pálida luz de la calle era apenas suficiente para detectarlo y procuré ir por las sombras mientras lo seguía. Tenía la sensación de que mi corazón se había salido de su sitio: notaba los latidos en todas partes, desde los dedos de los pies hasta la cabeza. Ni siquiera me atrevía a imaginar adónde iba.

Las calles conocidas se volvían fantasmagóricas y amenazantes en la oscuridad. Los pasos de mi padre, firmes y decididos, eran el único ruido. Luché contra la tentación de llamarlo, me metí la mano en la boca para evitarlo. Al final de la calle, giró a la izquierda y yo corrí hasta la esquina para no perderlo, agradecida de haber escogido unas zapatillas de suela blanda.

Ya se alejaba cuando doblé la esquina, pero alcancé a verlo girar a la derecha, por un callejón que yo conocía bien ya que era el que solía tomar para ir a casa de Sharon. Aceleré el paso y llegué justo a tiempo para verlo tirar hacia la izquierda al final del callejón. Mientras recorría ese último tramo, una pregunta empezó a asomar en mi cerebro: ¿y si iba a casa de Sharon?

Confundida, mis pasos cubrieron un camino que podría haber recorrido con los ojos vendados. Contuve la respiración cada vez que papá llegaba a un cruce, casi esperando que tomara una dirección distinta, pero con cada paso nos íbamos acercando más y más al lugar donde vivía mi amiga. Cuando llegamos a la esquina de su calle, me quedé ligeramente atrás, oculta entre los arbustos, y desde allí observé cómo papá llamaba a la puerta y Ruby salía a abrirle. Miraron a ambos lados antes de que le dejara entrar, y, al pasar, los labios de papá se unieron a los de ella.

El significado de ese beso era inconfundible.

Permanecí allí parada durante lo que me parecieron horas, con el corazón latiéndome a toda prisa, mientras intentaba dar sentido a lo que había visto. Por fin di media vuelta y anduve despacio hacia casa, con la mente llena de ideas. Algunas conversaciones, algunos hechos, algunas llamadas de teléfono empezaron a aparecer con claridad en mi cerebro: como si hubiera agitado una de esas bolas de nieve y los copos se hubieran posado ya en el suelo, permitiéndome ver la escena.

Me pregunté si Sharon lo sabría. Su casa era más grande que la nuestra, y el dormitorio de Sharon estaba situado en una extensión que construyeron encima del garaje. ¿De verdad podría no haber oído nunca a mi padre entrando y saliendo de su casa cuando Malcolm estaba de viaje?

¿Qué debía hacer yo ahora?

Las lágrimas empezaron en cuanto abrí la puerta. El alivio de saber que papá no era el Destripador se fundió en un mar de ira caliente que burbujeaba en mi interior cada vez que pensaba en lo que había hecho. ¿Cómo había sido capaz de algo así?

Busqué una bufanda suya que estaba colgada entre los abrigos y me la llevé a mi cuarto. Tras quitarme el anorak y las zapatillas, me acosté con la bufanda pegada a la cara y aspiré con fuerza. Olía a él. Un olor a sudor, desinfectante y una especie de nota de madera típica de él.

O al menos de la persona que yo creía que era.

Me di cuenta de que ya no lo conocía en absoluto.

46

Miv

El número doce

El amanecer del día siguiente me pilló despierta, repasando mentalmente todo lo sucedido en los últimos meses. Mis intenciones habían sido buenas, pero, al parecer, lo único que había logrado había sido romper cosas. Ahora estaba al tanto de un gran secreto de papá y Ruby. Al pensar en Sharon, supe que no quería partirle el corazón de la misma manera que el mío, que se agrietaba poco a poco.

Tomé una decisión. Tracé un plan. Iba a ocuparme de lo que había dejado a medias en la lista y luego pararía, tanto si encontraba al Destripador como si no. Ya era hora de centrarse en la vida real. Saqué la libreta y la leí entera, estremeciéndome ante algunos recuerdos y con los ojos llenos de lágrimas cuando llegué a la parte de Brian. Todo parecía quedar zanjado excepto una cosa.

Ya de mañana, aunque resultaba imposible saberlo dado que la oscuridad exterior seguía siendo absoluta, me sentí extrañamente ligera, como si flotara. Era como ver el mundo en nuestro televisor en blanco y negro con el volumen y el contraste al mínimo. Durante el desayuno observé a mamá, que se había levantado temprano para variar: se preparaba una taza de té, mientras en su mente se encontraba muy lejos. Ahora yo sabía qué era eso. Papá pasó por la cocina a toda prisa, llegaba tarde al trabajo, y cogió solo una tostada.

—Adiós —dijo con la boca llena de pan con mantequilla mientras yo intentaba mirarlo con objetividad. Siempre había sabido que la gente lo consideraba guapo. En una ocasión había oído que Valerie Lockwood comentaba que le recordaba al moreno de *El sheriff chiflado*, y me hacía gracia la manera en que algunas mujeres se comportaban en su presencia. La verdad es que nunca se me había ocurrido que él lo aprovechara de alguna manera. Esa mañana lo único que fui capaz de decirle fue un adiós rápido.

El hielo brillaba, blanco y reluciente, sobre las calles grises y sobre los edificios. Caminé hacia la casa de Sharon, con la esperanza de no encontrarme a Ruby. Llamé a la puerta y me quedé entre sorprendida y aliviada cuando comprobé que no había respuesta. Había olvidado que Sharon iba al dentista y llegaría tarde al colegio. Estuve a punto de llorar del alivio.

Mientras seguía en dirección al colegio, el frío me recorrió las venas y envió una descarga de energía y decisión por todo mi cuerpo. Me repetí el plan que había trazado. Después de clase iría a Healy Mill y lo investigaría a fondo, con fantasma o sin él. Al fin y al cabo, nos habían interrumpido cuando fuimos la primera vez. Todos los demás elementos de la lista habían sido tachados. Este era el único que quedaba.

12. Healy Mill

- Es lo único que queda en la lista

47

Miv

Pasé el día como si estuviera envuelta en bruma, y en más de una ocasión Ishtiaq tuvo que darme un codazo para devolverme a la realidad cuando alguno de los profesores decía mi nombre. Ese día todos me parecían el maestro de las historietas de Charlie Brown. Abrí los libros y fingí que hacía algo, pero las palabras me bailaban delante de los ojos.

A la hora de comer fui a la cantina del colegio y me instalé en un rincón discreto donde poder estar sola, ya que Sharon aún no había aparecido. Apenas podía tragar la comida y estaba absorta en mis pensamientos cuando Paul vino a sentarse a mi lado.

—¿Estás bien? —preguntó, y me miraba tan fijamente que tuve que bajar la vista.

Asentí y él se comió su plato en silencio mientras yo removía con el tenedor la comida en el mío.

—¿Haces algo después de clase? ¿Quieres que vayamos juntos al coro? ¿Que demos una vuelta antes? —propuso cuando me levanté para irme.

—Tengo cosas que hacer con Sharon —le dije.

Estaba tan decidida a terminar lo que había empezado que se me había olvidado el ensayo del coro y ahora no pensaba alterar mis planes. Tendría que ir después, más tarde. Paul parecía tan decepcionado que casi me eché a reír. Había pasado años deseando que alguien se fijara en mí, pero precisamente ese día era lo último que me hacía falta.

A la salida del colegio le dije a Sharon que había quedado con Paul para ir al coro y que iría directa a la iglesia, y me fui hacia Healy Mill. Pasé por delante de la antigua tienda, ahora cerrada: la estructura del edificio seguía en pie y había carteles que indicaban «Peligro» y «No pasar» por todas partes. Evoqué la cara sonriente del señor Bashir y los rasgos delicados de Ishtiaq con un nudo en la garganta. Los había echado mucho de menos mientras estuvieron en Bradford.

Ese pensamiento abrió las compuertas de la memoria, y con cada paso me fueron asaltando imágenes de la gente que habíamos conocido mientras investigábamos la lista. Iban pasando por mi mente como si fueran diapositivas. Hazel Ware, el sargento Lister, Arthur, Jim, la señora Andrews. Una parte de mí veía con tristeza el final de todo eso, a pesar de ser consciente de lo que había provocado. De lo que yo había provocado. Me paré un momento y un coche que me resultaba conocido se detuvo a mi lado. El conductor fue bajando despacio la ventanilla del copiloto y, en cuanto estuvo abierta del todo, del interior salió una nube de humo de tabaco.

—Hola, hola, hola —dijo una voz que reconocí como la del señor Andrews.

Me puse a andar de nuevo, con la vista fija en la acera, y el coche me siguió, muy despacio.

—¿Qué pasa? —Su voz, fingiendo ligereza, me recordó a la de los chicos malos del colegio—. He oído que tú y tu amiga habéis estado metiendo las narices donde no debéis otra vez. Creía que habíamos llegado a un acuerdo. Debo de haberme confundido.

Casi me puse a defender lo que habíamos hecho. Luego pensé en cómo había tratado a la señora Andrews y me paré. El coche se detuvo también y miré hacia el interior. El señor Andrews había perdido aquel aire atractivo: se le veía desaliñado, como si no se hubiera lavado ni hubiera dormido en varios días.

—Usted le pegó —le dije en voz baja pero firme.

—¿Qué? —exclamó él.

—¡Usted le pegó! —repetí en tono más alto.

—Sube —dijo él mientras abría la puerta del coche—. Charlemos un rato. Podríamos ir a ver a mi encantadora esposa. Ella te dirá que no fui yo. De hecho ahora iba para allá. Ya es hora de que vuelva a casa. No queremos que Arthur y Jim la malcríen, ¿no?

Observé aquellos ojos, claros, de un tono verde azulado, que en el pasado encontré simpáticos, y vi en ellos el brillo frío del acero. Una especie de instinto de supervivencia se apoderó de mí y salí corriendo hacia un pasadizo cercano. En cuanto me cercioré de que no me seguía, reduje la marcha y reflexioné. El mismo instinto de supervivencia me indicaba que la señora Andrews estaba en peligro.

Por un momento me planteé la posibilidad de ir a advertir a Arthur y a la señora Andrews, pero comprendí que, si lo hacía, ya no me daría tiempo de ir a la fábrica. En su lugar corrí hasta una cabina cercana. Saqué una moneda de dos peniques del monedero, la metí en la ranura y marqué el número de Arthur.

—¿Arthur? —dije en cuanto descolgó el teléfono, antes de que pudiera decir ni una palabra.

—Sí, cielo. ¿Estás bien?

Debía haber reconocido mi voz y percibido la nota urgente, asustada, que resonaba en ella.

—Sí. No. Bueno, es que acabo de cruzarme con el señor Andrews.

—¿Dónde estaba?

—Va hacia tu casa. Me ha dicho que iba a buscar a Helen.

—Gracias, cielo. Voy a llamar a la policía en cuanto cuelgue. Has hecho bien en avisar.

Colgó el teléfono y yo exhalé el aire despacio, como si suspirara. Sentía una seguridad renovada. Quizá acababa de salvar a la señora Andrews. Quizá sí que era capaz de hacer algo bueno. Proseguí el camino hacia Healy Mill.

48

Omar

Como siempre, pensó en lo que Rizwana habría hecho si se hubiera enterado de las heridas de Helen. Habría preparado algo de comer, se lo habría llevado y habría hablado con ella, de mujer a mujer. De manera que él hizo *biryani* y *gulab jamun*, puso el curri y las albóndigas en *tuppers* distintos, y el sirope en una taza que cubrió con papel film. Ya lo tenía todo listo para ir a casa de Arthur. En el último momento envolvió unos chapatis en papel de aluminio y los añadió al resto de la comida.

La historia de la caída por las escaleras le había llegado desde más de una persona distinta, y el relato siempre iba acompañado de gestos con la cabeza y miradas al techo, los típicos ademanes que solían reemplazar a las cosas que la gente no se atrevía a decir. De camino hacia la casa, decidió que iba a hablar del tema con Helen, por incómodo que resultara. También quería abordar el asunto de los chicos de la cabeza ahora completamente rapada con Arthur. Estaba decidido a averiguar si habían sido los responsables del incendio. Según Ishtiaq y las niñas, esos chicos habían agredido a Arthur. Ya estaba harto de las costumbres de Yorkshire, de ese esquivar los temas importantes. Pensaba llegar hasta el fondo.

Jim abrió la puerta y le hizo pasar. Omar solo lo había visto un par de veces en la tienda, pero le había parecido un hombre amable y parlanchín. Hoy, sin embargo, se le veía poco locuaz, casi tímido. Sus ojos no se cruzaron con los de Omar.

—Adelante —le dijo, nada más.

Helen levantó la vista cuando él entró en la sala. Omar intentó disimular el impacto que le produjo verla en ese estado. También ella parecía comportarse con él de una manera distinta: le falló la voz al saludarlo y no terminaba de mirarlo a la cara. Sus ojos se posaron en él, luego en Jim y, finalmente, en el suelo. Omar se dijo que era comprensible, con todo lo que le había pasado... Helen le señaló la butaca que tenía al lado y él tomó asiento. Se sentó en el borde, invadido por una súbita incertidumbre sobre si esa visita había sido oportuna, y por una timidez que no sabía explicar del todo. Cogió la bolsa con la comida, como si eso le diera algo de lo que hablar.

—Le he traído esto —dijo—. Lo he hecho yo.

Se sentía avergonzado, su voz sonaba como la de un niño.

Jim dio un paso adelante para coger la bolsa. Daba la impresión de que agradecía tener algo que hacer, algo que le sacara de la estancia, que le alejara de aquel ambiente incómodo, y llevó la bolsa a la cocina.

—¿Está Arthur en casa? —preguntó Omar.

—Está en el patio trasero, con las palomas —dijo Helen. Sonrió y puso los ojos en blanco, y el gesto logró que Omar se relajara un poco. Era la sonrisa de siempre.

—¿Cómo se encuentra? —preguntó él.

Ella asintió, con los labios muy juntos. Omar comprendió que estaba haciendo esfuerzos por no llorar. Quiso abrazarla, decirle que todo iba a salir bien, que no dejaría que volviera a pasar.

—Mire, sé que no es asunto mío —dijo en cambio—, pero...

La frase quedó interrumpida por un sollozo tan fuerte que lo sobresaltó.

—Ya sé que lo sabe. Siempre lo ha sabido.

Él asintió despacio.

—Ahora papá también lo sabe. Y vamos..., bueno, voy a acudir a la policía.

Él volvió a asentir, sin saber muy bien qué decir.

—El tema es que creo que hay algo más —dijo ella.

—¿Algo más? —preguntó él, sorprendido.

Ella suspiró y miró al techo, intentando sacar fuerzas para seguir hablando. Él le concedió el tiempo que necesitaba.

—Creo… —dijo ella por fin ahogando otro sollozo—, creo que tuvo algo que ver con el incendio.

Al principio no comprendió las palabras. Se limitó a mirarla.

—¿Qué ha dicho? —preguntó él, y luego meneó la cabeza, como si quisiera despejarse los oídos.

—Creo que tuvo algo que ver con el fuego. Me dijo algunas cosas mientras me hacía esto. —Ella miró el brazo roto—. Me parece que podría haber sido cosa suya. Iba a decírselo. Bueno, voy a decírselo a la policía también. Solo tenía que aclararme un poco antes. Y hablar con mi padre.

Omar se puso de pie casi sin darse cuenta. La ira le quemaba las manos y las piernas.

—¿Omar?

Arthur apareció en la puerta, procedente del jardín. Miró a Helen.

—¿Ya se lo has dicho? —dijo con expresión resignada.

En ese momento sonó el teléfono y Arthur fue hacia el pasillo para contestar.

—Sí, cielo. ¿Estás bien? —dijo, y enseguida añadió—. ¿Dónde estaba? Gracias, cielo —dijo unos segundos después—. Voy a llamar a la policía en cuanto cuelgue. Has hecho bien en avisar.

Colgó el teléfono y lo descolgó al instante mientras cerraba la puerta que separaba el pasillo del salón delantero. Omar solo podía pensar en una razón que justificara que Arthur llamase a la policía, y apretó los puños ante la perspectiva. Poco después, Arthur volvió a entrar y se sentó. Jim iba tras él.

—Gary viene hacia aquí. Acabo de llamar a la policía. Les he hablado de ti —dijo señalando a Helen— y de la tienda. También les he dicho que estaba usted aquí —añadió mirando a Omar.

Los cuatro permanecieron sentados en el salón, esperando.

Solo se oía el minutero del gran reloj de pie del pasillo. Fue Helen quien rompió el silencio.

—Lo siento tanto, Omar.

Él la miró con incredulidad. ¿Acaso pensaba que le echaba la culpa de algo?

—¿Por qué dice eso? No tiene nada por lo que disculparse.

—Debería habérselo dicho enseguida. Debería haber avisado a la policía enseguida.

Él meneó la cabeza. No había confiado en la policía. Por diferentes razones, tal vez, o quizá las mismas. Sabía lo que uno sentía al notar que no les importaba. También sabía lo que era estar paralizado por unos sentimientos tan fuertes que no lograbas manejarlos. Quiso decirle todo eso, pero por una vez las palabras lo habían abandonado. En su lugar, estiró el brazo y le acarició la mano; la apartó al instante, no sabía si el gesto había sido apropiado.

Jim les hizo incontables tazas de té mientras esperaban. Cuando sonó el timbre y un puño golpeó la puerta, había pasado más de una hora. Omar se puso de pie antes de que nadie pudiera detenerlo y corrió a abrir la puerta. Al otro lado se encontró con un agente de policía uniformado.

—¿Le han pillado? —preguntó.

El agente parecía desconcertado.

—¿Podemos entrar y hablar un momento? —dijo.

Y Omar comprendió entonces que aquello no estaba relacionado con Gary.

49

Miv

La nieve empezó a caer con fuerza, y mientras subía hacia Healy Mill me detuve un momento para contemplar la escena. Recordaba a una felicitación de Navidad victoriana. Bajo la limpia capa blanca se escondía suciedad y deterioro, por supuesto, pero en ese instante la fábrica tenía un aspecto casi pintoresco. Entrar me costó un poco más que la última vez. La puerta que había estado abierta antes aparecía ahora cerrada, de manera que tuve que rodear el edificio, buscando alguna vía de acceso. De repente vi que una tabla que cubría una de las grandes ventanas de la planta baja estaba solo parcialmente clavada y eso hacía posible deslizarse hacia el interior.

Recordé de inmediato el miedo que nos había atenazado en nuestra primera visita, aunque aquello parecía ahora un simple eco. La atmósfera húmeda se veía aún más densa con el frío invernal. El aire parecía sólido, como si pudieras morderlo. Encendí la linterna y miré a mi alrededor, nerviosa, en busca de cualquier detalle sospechoso.

Distinguí lo que parecía un cuartito lateral al final de la planta baja y me encaminé hacia allí, pisando con cuidado los polvorientos suelos de madera, esquivando las inmensas columnas y la maquinaria abandonada. En un momento dado me paré en seco. Había una gran bolsa de deporte en una esquina del cuarto.

Me acerqué de puntillas, como si la bolsa pudiera oírme, y abrí la cremallera despacio. En el interior había pasquines, montones de ellos, junto con varios pedazos de tubería de distinta anchura y longitud. Mientras los observaba recordé algo. Arthur había dicho que la noche del asalto al desguace Howden se habían llevado trozos de tubería.

Me concentré en discernir qué significaba todo eso. Los pasquines y las tuberías podían llevar mucho tiempo allí, pero, de no ser así, cabía la posibilidad de que allí hubiera compañías indeseadas. Sentí un escalofrío, las lágrimas amenazaban con superar la adrenalina por primera vez desde que salí del colegio. Decidí registrar primero el piso superior, con la esperanza de que, si alguien venía a buscar la bolsa, no llegara tan lejos. Busqué la mano de Sharon a mi lado en un gesto instintivo, pero solo palpé aire vacío y frío.

La otra vez no llegamos al piso de arriba, de manera que ignoraba que estaba compuesto de una serie de salas. En una de ellas se amontonaban muebles viejos (estantes, mesas, sillas) y tomé nota de ello. Al menos había lugares donde esconderse si me hacía falta y una puerta que daba al tejado y que me llevaría a la escalera exterior del edificio si necesitaba escapar. Con todo eso claro, empecé a revisar el resto de las salas, todas tan decadentes y sucias como la primera. El polvo me hizo toser.

No estaba segura de cuánto tiempo pasó antes de que oyera las voces. Caer en la cuenta de que había más gente en la fábrica me conmocionó; apagué la linterna y me dirigí sigilosamente hacia la puerta de la estancia en la que me encontraba, para asegurarme de ello. Pensé que debían de estar en el piso de abajo, pero resultaba difícil saberlo porque el sonido viajaba de una manera extraña en aquel viejo edificio. Sin moverme, esperé a que mis ojos y oídos se acostumbraran al espacio y a que esas personas empezaran a hablar de nuevo, con la esperanza de averiguar cuántos eran y dónde se hallaban.

Se oyó un grito que sonó parecido a: «¡Por aquí!».

El corazón me subió hasta la garganta al comprender que la

voz se acercaba. Con cuidado y de puntillas, volví a la sala donde estaba la puerta que conducía al tejado; subí los cuatro peldaños que me separaban de este, con la intención de usar la escalera de hierro que había fuera para bajar a la calle.

El aire frío me golpeó primero. Caía la noche y el cielo oscuro estaba lleno de estrellas que proyectaban su gélida luz en el techo cubierto de nieve de la fábrica. Si no hubiera estado tan ansiosa por huir, habría sido una vista preciosa.

Iluminé el tejado con la linterna, buscando la entrada de la escalera, y descubrí que había sido bloqueada con grandes tablas de madera clavadas. Me acurruqué a su lado, sin preocuparme del suelo mojado, y me abracé las rodillas mientras rezaba para que quienesquiera que anduvieran por la fábrica no subieran al tejado. No había ningún lugar donde esconderse allí, ni otro camino distinto al que había usado para llegar.

Empezaba a respirar de nuevo cuando la puerta del tejado se abrió y por ella asomó la cabeza de un chico. El flequillo le caía sobre los ojos.

—¡Está aquí! —gritó en dirección a sus acompañantes.

Era Paul.

Me levanté despacio, mirándolo, incapaz de encontrar las palabras. Él tampoco apartó los ojos de mí; ambos mantuvimos el contacto visual hasta que aparecieron dos personas más. Sharon e Ishtiaq. Sharon corrió hacia mí y me abrazó con fuerza. Al principio mantuve los brazos rígidos, pero luego correspondí a su gesto.

—Estábamos preocupados —dijo ella—. Ishtiaq y yo nos encontramos con Paul a la salida del colegio y descubrimos que no nos habías dicho la verdad. Al principio no supe adónde podías haber ido, pero luego caí en la cuenta de que estarías aquí. Lo supe. —Me estrechó aún más entre sus brazos y susurró—: Era el único elemento que quedaba de la lista.

—Me alegra tanto que te hayamos encontrado —dijo Ishtiaq.

Paul, que había retrocedido cuando Sharon corrió hacia mí, dio un paso adelante.

—Supe que te pasaba algo cuando te vi —comentó—. ¿Por qué me mentiste?

Meneé la cabeza. Había demasiadas cosas que contar y no había palabras para hacerlo.

—Deberíamos irnos a casa —dijo Sharon—. Se está haciendo tarde.

—¿Podemos quedarnos… solo un minuto? —sugerí—. ¿A contemplar las estrellas?

Los tres se miraron, y en sus caras se dibujó una expresión de condescendencia, así que nos tumbamos juntos como ángeles de nieve, con la vista puesta en el cielo. Nuestras cabezas se tocaban, los cabellos mojados entremezclándose en la nieve, y solo se oían nuestras respiraciones. Sentí que el calor de sentirme aceptada borraba el frío.

—Deberíamos volver a la lista —dijo Sharon poco después con firmeza—. Nunca se sabe, a lo mejor lo atrapamos.

—Yo os ayudaré —afirmó Ishtiaq.

—Y yo —añadió Paul. Estaba claro que Sharon se lo había contado todo.

Nos habíamos sentado ya, y yo estaba a punto de contarles mis últimas investigaciones, cuando el ruido de una puerta al cerrarse nos hizo callar.

—¿Habéis oído eso? —preguntó Paul.

—¿Oír qué? —dijimos Sharon y yo a la vez, y luego nos echamos a reír.

—Ese ruido.

Cuando se abrió la puerta del tejado, todos nos volvimos hacia allí y vimos dos caras conocidas. Reece Carlton y Neil Callaghan.

—¿Qué estáis haciendo? —dijo Reece—. ¿Habéis montado una reunión de frikis?

Caminó hacia nosotros, pavoneándose, y con un brazo a la espalda. Neil le seguía, con una sonrisa cínica en la cara. Paul se levantó y se sacudió los vaqueros, e Ishtiaq le imitó. Luego lo hicimos nosotras dos.

—Que os jodan —dijo Paul, y sus palabras me sorprendieron. Nunca le había imaginado capaz de decir algo así.

Reece se rio; fue una carcajada ronca que me removió algo por dentro. El mismo instinto que me había llevado a huir del señor Andrews se manifestó de nuevo. En ese momento comprendí que era peligroso, más de lo que yo había creído hasta entonces.

—Venga, vámonos —dije.

—Eso, sí, marchaos, volved a vuestras tristes vidas —dijo Reece—. Ah, todos menos ella.

Señaló a Sharon con el brazo que había mantenido escondido. En la mano llevaba un trozo de tubería. Sharon bajó la vista.

—Ella puede quedarse a pasar un rato con nosotros.

Al ver el arma, todos nos quedamos paralizados; el vaho de nuestras respiraciones flotaba hacia el cielo.

—Sí. Aunque, pensándolo bien, ¿te has estado enrollando con él? —dijo Neil y su media sonrisa pasó a ser una mueca de asco cuando señaló a Ishtiaq—. No quiero pillar nada.

—Seguro que sí. Zorra —dijo Reece mirando a Sharon con los ojos medio cerrados.

—Eso no es asunto vuestro —respondió Sharon y dio un paso hacia la puerta. Reece la empujó con la tubería.

—¡No la toques! —exclamó una voz que apenas reconocí como la de Ishtiaq.

Vi que le temblaban las manos, aunque no habría sabido decir si era de miedo o de rabia. Paul se adelantó. Reece echó la cabeza atrás y se echó a reír.

—¿Y qué pensáis que vais a hacer para detenerme?

Dio un paso adelante y tocó el pelo de Sharon con la mano que tenía libre, deslizando los dedos por su melena.

—Tú deberías quedarte con los tuyos —dijo escupiendo las palabras—. Es una pena que te malgastes con alguien como él.

Sharon sacudió la cabeza para librarse de su mano y dio un paso atrás. Al ver que Paul e Ishtiaq se adelantaban, Reece empujó al primero y golpeó a Ishtiaq. Este se tambaleó y cayó sobre su tobillo mientras alargaba las manos para intentar recuperar el equilibrio. Paul y yo fuimos a agarrarlo. Mientras lo hacíamos, Reece saltó hacia Sharon. Ella retrocedió al verlo acercarse, blandiendo la tubería con aire amenazador. Tuve la impresión de que todo pasaba a cámara lenta. Ishtiaq, de nuevo firme sobre sus pies, intentó apoderarse del pedazo de tubería, pero Reece lo sacudió con fuerza, obligándonos a retroceder y a apartarnos de su camino, levantando los brazos para protegernos.

No me había dado cuenta de lo cerca que estábamos todos del borde hasta que el grito de Ishtiaq me atravesó de la cabeza a los pies.

—¡No! —gritó, y entonces me di cuenta de que Sharon no estaba. Por un momento todos nos quedamos paralizados y luego oí una voz que gritaba su nombre una y otra vez. Tardé unos segundos en comprender que esa voz era la mía.

Ishtiaq se apoyaba en mí mientras yo miraba hacia el suelo desde el borde del tejado. Con las manos temblorosas y el corazón desbocado, enfoqué la linterna hacia abajo. Nada.

—Tenemos que bajar —dijo Paul.

Moví la linterna hacia él y el foco se reflejó en su cara pálida. Incluso Neil y Reece parecían presas del pánico.

Todos bajamos por la escalera interior de la fábrica, sirviéndonos de la linterna para iluminar el camino. Estuve a punto de tropezar por las prisas y fui perdiendo la sensibilidad en las manos y en los pies, ya fuera por el frío, por la conmoción, o por ambas cosas. Solo oía el eco de nuestros pasos en la escalera metálica y mi corazón latiendo a toda máquina. Cuando llegamos al final, Reece y Neil se fueron corriendo mientras Ishtiaq, Paul y yo nos deteníamos un momento en la entrada de la fábrica.

—Espera aquí —dijo Paul, jadeante—. Ishtiaq y yo iremos a ver.

—¡No! —dije—. No, no, no, no, no.

Salí la primera hacia la oscuridad, moviendo la linterna en todas direcciones. Fuimos rodeando la fábrica despacio, llamando a Sharon. El aire gélido me enronquecía la voz. Presentí más que vi su cuerpo cuando llegamos hasta él, y me paré. Era como ella, pero a la vez se veía distinta, como si fuera un maniquí o una figura de cera.

Su rostro parecía sereno, salvo por la sangre que le manaba de la nariz y el color macilento de su piel.

—Voy a buscar ayuda —dijo Paul, y se perdió en la noche. El sonido de sus pasos desapareció y nos quedamos envueltos en silencio.

Me arrodillé junto a mi amiga y cogí su mano blanca. El frío de la noche me caló los huesos y los dientes empezaron a castañetearme con tanta fuerza que pensé que todo mi cuerpo vibraba.

—Se morirá de frío —dije—. Deberíamos taparla.

Me saqué el abrigo y se lo eché por encima.

—Así, así —susurré mientras iba dándole palmadas en el hombro, como si hablara con una de las muñecas con las que solíamos jugar no hacía tanto tiempo—. Ya sabes que la tía Jean siempre nos dice que debemos abrigarnos.

Me levanté de nuevo. Seguía mirándole la cara, recorriendo con los ojos todas aquellas pecas que tan bien conocía. Ishtiaq se hallaba a mi lado, nuestros hombros se rozaban, y oí sus sollozos quedos y desesperados. Le cogí la mano.

Pareció que transcurría una eternidad hasta que Paul volvió con Hazel y el sargento Lister, seguidos de cerca por las sirenas de una ambulancia. Hazel nos abrazó a todos, con los ojos llenos de lágrimas y una expresión de horror en la cara.

El sargento Lister habló por la radio de su coche y nos llevó al hospital detrás de la ambulancia. Conectó la luz azul en el techo del coche, algo que habría sido muy emocionante en otras circunstancias. En cuestión de minutos, me encontré sentada en una silla de plástico de la sala de espera, viendo a gente que entraba y salía. Vi llegar a Ruby, seguida de cerca por Malcolm. Vi aparecer al señor Bashir y también que abrazaba a Ish.

Solo me percaté de que estaba temblando sin el menor control cuando alguien me echó una manta sobre los hombros y mi cerebro, asombrado, reconoció una voz inesperada.

—Miv. Mi Miv. Mi pobrecita Mavis. Dijeron que había una chica herida. Y yo pensé que eras tú. Pensé que eras tú.

Cuando me abrazó, las lágrimas brotaron por fin.

Era mi madre.

50

Helen

Ante la noticia de que se había producido un accidente en la fábrica en el que Ishtiaq estaba involucrado, aunque indemne hasta donde sabía la policía, Omar se había hundido. La rabia de los instantes previos desapareció al momento. Jim había tomado enseguida las riendas de la situación; averiguó cuál era la mejor manera de llegar al hospital a pesar de la nevada, mientras Helen cogía la mano de Omar entre las suyas. Deseaba decirle tantas cosas, esperaba transmitirle tantos sentimientos con ese roce, sobre todo la confianza en que su hijo estaría bien.

Jim había insistido en llevar a Omar al hospital y se marcharon casi enseguida. Tras unos minutos de ansiedad, Helen y Arthur decidieron ir también. Ella se levantó despacio de la cama y dejó que su padre la vistiera, tal y como hacía cuando era una niña, sin dejar de llorar.

—Todo irá bien —dijo Arthur cuando ambos estaban ya en el coche. Apartó la mano del cambio de marchas para acariciarle la rodilla. Los pensamientos de ella volvieron de inmediato a los niños. Se preguntaba quién habría resultado herido y cómo había sucedido.

Para cuando llegaron a Urgencias, Omar e Ishtiaq estaban sentados uno al lado del otro en sendas sillas de plástico de color naranja. Ishtiaq se abrazaba a su padre. No podías saber dónde empezaba uno y terminaba el otro. Helen suspiró aliviada por Omar. Él levantó la vista y ambos intercambiaron una breve sonrisa.

Jim estaba a un lado y Miv al otro. Su padre y Jean también estaban allí, y Helen los saludó. Los ojos de Jean estaban vidriosos por las lágrimas cuando respondió al saludo. Miv estaba sentada junto a alguien que ella no reconoció: una mujer pálida y delgada que parecía no haber visto el sol en mucho tiempo. Casi daba la impresión de flotar en el aire. La mujer acariciaba los cabellos de Miv. Levantó la vista y sus miradas se cruzaron.

¿Era la madre de Miv?

No había rastro de Sharon ni de sus padres. Era de suponer que debían estar juntos en otro lugar. Helen se estremeció, no quería pensar en dónde se hallaban. Una enfermera apareció en la puerta, como si buscara a alguien. Tenía la mirada fatigada y la piel macilenta. Miv e Ishtiaq se levantaron de un salto.

—¿Cómo está?

—¿Hay alguna noticia?

La enfermera los miró a los dos. En su expresión dolida y cansada se leía la compasión.

—Lo siento mucho, queridos.

Fue entonces cuando Miv empezó a gritar.

Las secuelas

1

Miv

No recuerdo aquellas Navidades.

Las semanas que siguieron al funeral las pasé en una especie de bruma. Mamá me ayudó a sobrellevarlas. Era como si su luz hubiera vuelto a encenderse; se ocupaba de todo como si nunca hubiera estado desaparecida. Su resplandor menguaba de vez en cuando, yo lo notaba, y el dolor cedía el paso a la inquietud, pero nunca se prolongaba mucho. Había vuelto para quedarse.

La tía Jean ayudó a Ruby.

En una de las escasas ocasiones en que salí de mis propias sombras me las encontré a las tres preparando montañas de sándwiches de carne en conserva para después del funeral, hablando en susurros mientras lo hacían, un equipo de lo más inesperado que trabajaba de manera organizada, unidas en el dolor y la pena. Al observar a la tía Jean, tuve la impresión de que sus ángulos se habían suavizado un poco.

El señor Spencer hizo el responso. Por un momento me sorprendió verlo allí, subido en el púlpito. Era como si le hubiera olvidado, tanto a él como al hecho de que había estado en la lista. Habló de Sharon con mucho amor y ternura, casi como si hubiera sido su mejor amiga, pero eso no me molestó. Pensé que era así como debía ser.

Le observé con atención mientras hablaba. Se mantenía tieso, con los ojos claros y brillantes; se le veía casi guapo. Recordé su estado el día del concierto, y, en ese momento, comprendí que era posible volver de tu peor pesadilla.

Terminado el funeral, me sentí como si la vida se hubiera encogido, de manera que solo era capaz de ver el día que tenía por delante. A veces, tan solo la hora. Así fui superándolo. Una de las cosas que más me costó asumir fue el hecho de que, ahora que estaba muerta, podía ver a Sharon con más claridad que cuando vivía, y deseaba más que nunca contarle las cosas que apreciaba ahora y que entonces se me habían pasado por alto: su elección de ser mi amiga, contra la opinión general; su carácter fuerte, que la llevaba a alzar la voz para defender a otros, como Stephen o Ish; su voluntad de seguirme en todos mis planes, tanto si le apetecían como si no, solo para apoyarme.

Pero, sobre todo, comprendí que siempre había pensado en ella como en un estereotipo (una niña mona y afortunada), cuando era mucho más que eso. Era como el caleidoscopio que le regalaron en un cumpleaños, con el que jugamos horas y horas: estaba llena de color, y era inclasificable, cambiante, en constante movimiento, pero siempre terminaba en un lugar hermoso.

Lo mejor de tener una gran amiga es que, en algún momento, se convierte en una parte de ti. Como un brazo más. Y si la pierdes, te ves obligada a aprender a hacer todo lo que hacías sin esa ayuda. Aprender a vivir sin Sharon era como aprender a caminar de nuevo. Había días en los que no podía levantarme. En otros solo era capaz de dar unos pasos. En algunos no conseguía mantener el equilibrio y me sentía caer. Sin embargo, sin que me diera cuenta, los días fueron convirtiéndose en semanas y estas en meses.

Y la vida continuó.

En el colegio me dediqué a observar a Ish, como lo había hecho antes. Le veía en clase, donde a veces hacía los ejercicios con la cara llena de lágrimas. Hablaba de ella a todas horas, con cualquiera que quisiera escucharle.

—¿Cómo puedes hacerlo? —le pregunté.

—Ya lo había hecho antes —dijo él.

—¿El qué?

—Sobrevivir a que me partieran el corazón.

Aprendí a vivir con la pena gracias a él.

Todos los fines de semana, él y Paul venían a buscarme, tanto si yo estaba de humor para salir como si no. La mayoría de los días nos envolvíamos en abrigos, bufandas y guantes, y nos dedicábamos a dar vueltas por las calles de la ciudad, como si andar nos alejara del dolor. Los llevé a todos los lugares de la lista y les conté las historias de nuestras investigaciones. Eso fue una ayuda.

Empecé a escribir algunas historias, junto con mis recuerdos de Sharon, hasta que un día me planté en la nueva tienda del señor Bashir y me compré otra libreta. Era más bonita que la anterior, la tapa llevaba un colorido estampado que hacía pensar en un caleidoscopio. Me recordaba a Sharon. Con mi mejor letra empecé una lista nueva. Una lista de cosas maravillosas. Una lista de todo lo que adoraba de ella y de las aventuras que habíamos vivido juntas, y de todos los rasgos en que podía parecerme más a ella. Cuando escribía cómo había ayudado a Stephen Crowther en su estilo de correr, las palabras se emborronaron por las lágrimas.

Dejé de lado la primera libreta y me quedé con la nueva.

Había días en los que la culpa pesaba demasiado.

Nadie me decía nada, pero yo sabía que todos debían de pensar que había sido culpa mía. Yo lo creía. Durante mucho tiempo había evitado sentir el dolor que tenía en casa, refugiándome en otra persona, y había terminado trayendo el dolor a casa, de la peor manera posible.

En esos días, me tomaba la vida minuto a minuto; me acurrucaba en la cama, alternaba entre leer y dormir. En esos días, a veces me despertaba y me encontraba a papá sentado en mi cuarto, con el periódico o una taza de té. En esa época estaba siempre en casa. Había dejado de ir al pub. Un día me desperté y él estaba allí, y las palabras salieron de mi boca casi sin pensarlas.

—Papá —dije—, ¿puedo hablar contigo de algo? ¿De algo importante?

Él se sorprendió.

—Claro que sí. ¿Qué pasa?

—Te vi. La noche de antes. Con Ruby.

Su cara palideció y luego se tiñó de un rojo intenso.

—No sé a qué te refieres. ¿Cuándo? ¿De qué hablas?

Noté en su voz una nota de ira que casi me hizo parar por miedo a avivarla, pero entonces recordé lo decidida que se había mostrado Sharon cuando abordaba conmigo el tema de la lista. No iba a achicarme.

—Papá, no tiene sentido que finjas. Te vi. Te vi besarla. Besarla en serio, no como un amigo. —Noté que el enfado me hacía subir la voz e intenté respirar hondo.

Él me miró fijamente. Casi le veía sopesar las opciones y decidir la manera de hacer frente a mi acusación. Me mantuve tiesa, imperturbable por fuera y temblorosa por dentro, imaginando la cara de Sharon. Papá empezó a deshincharse como un globo, su cara se arrugó. Lo intentó de nuevo.

—No sé lo que crees que viste, pero te equivocas —insistió él, paseando la mirada por toda la habitación.

—Papá, ya no soy una niña —dije en tono áspero—. Sé lo tuyo con Ruby. Sé que solías llamarla por las noches. Sé que no ibas al pub cuando decías que lo hacías.

La voz empezaba a temblarme por la furia que intentaba ocultar, y noté que mi cara se sonrojaba.

Él exhaló un profundo suspiro y permanecimos unos instantes en silencio.

—Se acabó. Te prometo que se acabó. Y lo siento mucho. —Me miró con los ojos llenos de lágrimas.

Me quedé atónita. No estaba segura de qué había esperado que pasara, pero sin duda no era eso.

—¿Por qué? —pregunté, ya sin contener el llanto—. ¿Por qué lo hiciste?

—Todavía eres demasiado joven para entenderlo —dijo él—. Pero algún día lo harás. Tu madre. El estado en el que se encontraba. Era difícil. No es una excusa. —Meneó la cabeza—. No debería hablar contigo de esto. Pero se acabó. Te lo prometo, cielo. Terminó esa noche.

—¿Terminó por… por lo que pasó al día siguiente? —Aún no podía referirme en voz alta a la muerte de Sharon. Papá me miró a los ojos.

—No, Miv. Esa noche, cuando nos viste, había ido a despedirme. No tuvo nada que ver con lo de Sharon. —Respiró hondo antes de continuar—: No sé si lo entiendes, pero la policía había estado investigando, haciendo preguntas. Y yo…, bueno, tuve que mentirles. No podía decirles dónde había estado. Y luego no conseguía vivir con esa mentira. Me convertía en alguien que no era mejor que él.

Quise responder algo, pero las palabras se me quedaron atascadas en la garganta.

—No quería ser esa clase de persona. Esa clase de hombre —dijo, y en sus ojos brillantes se reflejaban los míos—. Quería ser alguien de quien tú, tu madre y la tía Jean pudierais estar orgullosas.

Y en ese momento, consciente de lo que había hecho yo para que las mismas personas estuvieran orgullosas de mí, lo entendí.

El 20 de agosto de 1980, Marguerite Walls, una mujer de cuarenta y siete años que trabajaba en el Departamento de Educación y Ciencia de Pudsey, en Leeds, salió tarde de la oficina. De camino a su casa, alguien la golpeó en la nuca con un martillo y la estranguló con una cuerda. Unos jardineros hallaron su cuerpo al día siguiente.

El 17 de noviembre de 1980, fue asesinada Jacqueline Hill, de veinte años. Era una estudiante que había asistido a un seminario y que regresaba a su residencia universitaria de Leeds cuando la golpearon con un martillo; luego la arrastraron hacia un campo y la apuñalaron repetidas veces con un destornillador. Su cuerpo fue descubierto al día siguiente por un tendero que iba a trabajar.

Fue la decimotercera y última víctima del Destripador.

Yo no me enteré. Solo podía pensar en Sharon. Las noticias de esos crímenes no lograron atravesar las oleadas incesantes de mi dolor.

2

Austin

La primera vez que vio a Ruby a solas después del funeral fue a instancias de Marian, lo cual hizo que la situación fuera más embarazosa aún. Él se resistía a ir a esa casa, pero ella insistió.

—Ve a arreglarle la nevera a Ruby. Ya tiene bastantes cosas en la cabeza para preocuparse encima de eso.

—¿Y qué hay de Malcolm? —preguntó él, a lo que su mujer se encogió de hombros y alzó la mirada al cielo—. Vale, lo haré —dijo imitando su expresión y sonriendo a la vez. Le sorprendía lo rápido que habían vuelto al esquema de un matrimonio clásico, casi como si los últimos años no hubieran existido. Casi, no del todo.

Decidió ir andando, y recorrió aquel camino conocido con una abrumadora sensación de nostalgia, a pesar de que solo habían pasado unos meses desde la última vez que lo hizo. A medida que se acercaba a su destino, la boca se le iba secando y el corazón le latía con tanta fuerza que se preguntó si los demás transeúntes podrían oírlo. Era casi como si hubiera sido la primera vez, pero por razones muy distintas. Todo parecía haber sucedido en una vida pasada, o quizá en otra vida.

Ella le abrió la puerta cuando él subía por el sendero (Marian debía de haberla llamado para avisarla de su llegada) y eso le concedió la oportunidad de ver sus ojos hundidos y su silueta demacrada antes de que entrara de nuevo en la casa, dejando la puerta abierta para que pasara él. La encontró sentada a la mesa de la cocina, con una taza de té en las manos, contemplando su contenido, y se sentó a su lado.

—Entiendo que Malcolm no está. —Sabía que era una pregunta obvia, pero no se le ocurría una manera mejor de iniciar la conversación.

—No. —La voz de Robin era átona, carente de emoción—. Ha vuelto a trabajar. Cree que es mejor retomar la vida normal.

Ruby soltó una carcajada amarga.

—¿Cómo estás? —preguntó él, y la voz se le quebró al decir las palabras. La miró con atención por primera vez. Los últimos meses parecían haberla menguado y sintió la tentación de abrazarla, aunque sabía que él era el menos indicado para ofrecerle consuelo.

Ella suspiró.

—Ni siquiera sé cómo contestar a esa pregunta. —Sus ojos se encontraron con los de él cuando levantó la vista del té, ya frío, y dijo—: ¿Sabes una cosa? En el pasado solía pensar en Marian y juzgarla. Me decía que debía hacer acopio de fuerzas para reponerse. Pensé que eso justificaba lo que hacíamos.

Se produjo una pausa larga y él contuvo la respiración.

—Ahora comprendo que no tuvo elección. Que a veces pasan cosas que no se pueden superar, ni olvidar. Ahora solo siento admiración por el hecho de que siguiera adelante, de que se mantuviera con vida hasta que estuvo preparada para volver a ser ella.

Austin sintió que le fallaban las fuerzas, el peso de la culpa era demasiado fuerte para soportarlo. Al mismo tiempo, supo que Ruby tenía razón.

—Lo siento mucho —dijo, sin saber muy bien por qué se disculpaba. Tal vez por todo.

—¿Por qué, Austin? Lo hecho, hecho está. Y, de nosotros dos, fuiste tú quien tomó la decisión correcta.

Él iba a negar con la cabeza, pero ella apoyó una mano sobre la suya y le detuvo.

—Está bien, Austin. De verdad.

Le preparó una taza de té mientras él reparaba la puerta de la nevera y se fue arriba, dejándolo solo en la cocina. Austin la oía moverse, deambular por la habitación de Sharon. Acababa de terminar cuando ella reapareció; llevaba una pequeña y vieja muñeca de trapo en la mano.

—Es para Miv —dijo ella, ofreciéndosela—. No he sido capaz de... —Se calló, como si necesitara reunir fuerzas para expresar el resto de la frase—. Aún no he sido capaz de ocuparme de sus cosas, pero he pensado que a Miv le gustaría.

Él asintió, sin poder hablar, y extendió la mano para coger la muñeca, pero Ruby la retiró.

—Creo que necesito quedármela un poco más —dijo ella, y entonces él se acercó a abrazarlas, a Ruby y a la muñeca. Fue solo un segundo. Y se marchó.

Cuando llegó a casa, el espacio estaba lleno de las mujeres de su vida. Jean y Marian discutían de algo en la cocina y Miv leía en el sofá. Su rostro estaba concentrado y serio. Le sorprendió lo mucho que empezaba a parecerse a Marian. Alta, de tez blanca y rasgos refinados, sus movimientos habían perdido la torpeza y habían adquirido elegancia. Mientras la observaba, notó que le invadía la emoción que había reprimido en casa de Ruby. Miv sintió su presencia y le miró.

—¿Estás bien, papá? —preguntó arrugando la nariz.

Él quiso ir a darle un beso en la frente, tal y como había hecho durante muchos años todas las noches a la hora de acostarse, pero tuvo la impresión de que ella se había hecho demasiado mayor para eso. Había visto demasiado. En su lugar, se sentó en el sofá, a su lado, y se sorprendió cuando ella cerró el libro y se apoyó en él, doblando las piernas. Así que la besó en la frente de todos modos.

3

Miv

Fue justo después del primer aniversario del accidente. Yo lo llamaba así. Ponerle otro nombre habría sido demasiado. Habíamos celebrado la Navidad, más o menos, aunque el sentimiento de culpa por pasarlo bien y recibir regalos seguía rondándome de vez en cuando, recordándome lo que había perdido. En esos momentos optaba por hablar con Sharon, por contarle lo que hacía y cuánto la echaba de menos.

Al final no nos mudamos. La tía Jean se instaló con nosotros de manera permanente, y aquel día de principios de enero papá estaba en la sala, montando unos estantes para que ella guardara sus libros. Hasta mí llegaba algún juramento cuando se golpeaba la mano con el martillo, además del rumor bajo de la tele. Mamá estaba cocinando y la tía Jean había salido, a visitar a alguna de las personas de las que tenía que ocuparse ahora que nosotros ya no la necesitábamos. Al menos, en la ciudad tenía donde escoger: Ruby, Valerie, e incluso Arthur, ahora que Helen y el señor Bashir habían empezado a salir juntos. Se esforzaban por incluir a Arthur en todos sus planes, pero él insistía en que «los jóvenes tienen que estar solos». Yo estaba en mi cuarto y, por un momento, me paré a escuchar, reconfortada por la normalidad de los ruidos domésticos. Había tardado bastante en volver a percibirlos, en ser consciente de que la vida seguía, incluso bajo el peso de una pérdida inimaginable.

El día del aniversario, Ruby me había dado algunas cosas de Sharon que creyó que me gustarían, y ahora las estaba mirando. Había pensado que me culparía por lo sucedido, pero en cambio lo que al parecer quería era hacerme feliz. Estar rodeada de las cosas de Sharon me hizo sentir más cerca de ella, y, cuando me acerqué la muñeca Holly Hobbie a la nariz, el único vestigio de la niña que conocí en el pasado, imaginé que podía aspirar su olor, una mezcla de desodorante Impulso y jabón Imperial, a pesar de que eso era imposible: había transcurrido demasiado tiempo. Miré también mi nueva lista. Me ayudaba a mantenerla conmigo y a intentar ser más como ella había sido.

Desde abajo llegó de repente un grito triunfal.

—¡Por los clavos de Cristo! Lo han pillado.

Mamá y yo nos unimos a papá, delante del televisor. Él aún tenía el martillo en la mano. Sobre el fondo de una foto de un hombre de pelo moreno, ojos oscuros y bigote, el locutor anunció: «El día 2 de enero, agentes de la policía de South Yorkshire estaban llevando a cabo un registro de tráfico rutinario en el Distrito Rojo de Sheffield y se encontraron con un hombre que usaba una matrícula falsa. Iba acompañado de una mujer. El hombre en cuestión, Peter Sutcliffe, fue arrestado. Durante el interrogatorio confesó los asesinatos de trece mujeres».

Mientras todos procesábamos la información, me di cuenta de que papá seguía paralizado, con la mirada puesta en la pantalla.

—¿Qué pasa, papá?

—Lo conozco —dijo él con voz temblorosa—. Joder, lo conozco. Trabajaba con nosotros. Lo veía todos los días.

Se dejó caer en una silla.

—Vio todo lo que pasó con Jim Jameson y jamás se le notó nada.

Me eché a llorar.

—Tú le conocías, y aun así no lo atrapamos, y ahora Sharon ya no está y todo es por mi culpa.

Mamá me estrechó en sus brazos. Mis sollozos eran incontrolables.

—Chis… Miv, está bien, está bien.

Papá apagó el televisor y puso la radio mientras mamá me acariciaba el pelo. Le temblaban las manos. Nos sentamos las dos en el sofá; ella me mecía y empezó a tararear una canción. En la radio, Johnny Cash cantaba «You Are My Sunshine».

—Lo siento tanto, Sharon —susurré en voz baja. Pensé en Brian y pronuncié una breve oración por él también.

Papá nos observaba. Vi que los ojos se le llenaban de lágrimas cuando le decía a mamá:

—Creo que ha llegado el momento.

—Sí —confirmó ella.

Papá apagó la radio y se unió a nosotras en el sofá. Yo seguía con la cabeza apoyada en el regazo de mamá, con el corazón latiéndome a toda marcha.

—Miv, querida, tenemos algo que contarte —empezó papá.

Mamá exhaló un suspiro profundo y ronco, y apoyó la mano que tenía libre en su brazo. Con la otra seguía acariciándome el pelo.

—No, Austin, esto es algo que debo hacer yo. —Calló un momento al tiempo que se erguía en el sofá—. Sabes que estuve mal durante mucho tiempo…

—Sí —susurré.

—Bien. Algo me sucedió. Algo… algo muy doloroso.

Respiró hondo mientras papá la cogía de la mano. Cuando siguió hablando, sus palabras sonaban cortantes.

—Aún me parece que fue ayer, pero supongo que han transcurrido años. Yo había salido, solo al bingo con unas amigas. Pero hacía mucho tiempo que no salía de noche sin ti o sin tu padre. Tomé un par de copas. Apenas nada, en serio, pero me sentía un poco mareada. También hacía mucho que no bebía. Decidí volver a casa a pie para despejar la cabeza. Y…, bueno…, alguien me atacó.

Permanecimos en silencio mientras yo procesaba esas palabras al tiempo que escuchaba la respiración tranquila de mamá. Mi corazón se acompasó con el suyo. Lo notaba a través de su regazo, de su mano.

—Logré escapar. Pero solo después de que me agrediera. Y entonces, cuando llegué a casa…, bueno, ya sabes lo que pasó al día siguiente.

—Pero ¿por qué?

—Porque sentía que había sido culpa mía. Que no debería haber andado por la calle a esas horas. Que no debería haber bebido. Que no debería haber vuelto sola a casa de noche —dijo mamá—. Luego, cuando vi lo que la policía decía sobre las víctimas del Destripador y cómo parecían creer que era culpa de ellas, decidí que nunca podría denunciarlo.

De repente caí en la cuenta de las implicaciones de su relato.

—¿Fue… fue él? —pregunté sin aliento.

—No lo sé, cielo —contestó ella—. Lo único que sé es que yo me culpaba a mí misma. Y, cuanto más me culpaba, más me encerraba. Cuando comprendí que no podría hablar de ello, dejé de hablar del todo.

Hizo una pausa, sin dejar de mirarme, buscando con los ojos algo que yo no sabía ofrecerle.

—No espero que lo entiendas del todo, cielo —dijo por fin—, pero tu padre y yo pensamos que te debíamos una explicación. Has sufrido mucho.

Me abracé a ella con fuerza, apretándome contra su cuerpo, como si así pudiéramos convertirnos en una sola. Así seríamos más fuertes. Y, en mi interior, comprendía más de lo que ella creía.

—¿Crees que fue culpa mía? —preguntó mamá en voz baja.

Mi respuesta fue visceral, casi violenta.

—¡No!

—Entonces ¿entiendes que la muerte de Sharon no fue culpa tuya, Miv? La culpa la tiene el hombre que me atacó, la culpa es del chico que atacó a Sharon.

Asentí con la cabeza. La comprensión se abrió paso a través del manto de dolor. Pensé en Sharon. En su lealtad hacia sus seres queridos. En su indignación ante las injusticias y en su fortaleza a la hora de denunciarlas. En cómo me ayudó con la lista porque me quería y deseaba hacerme feliz. Pensé en todas esas cosas, y en las que había escrito en mi nueva lista, y supe que anhelaba hacerlo todo mejor, ser mejor persona. Quizá mamá tuviera razón. Quizá no fuera culpa mía, pero eso no me impedía intentar mejorar.

Cuando sonó el teléfono, horas después, yo estaba en mi cuarto.

—Miv —me llamaron desde abajo—, es para ti. Paul.

Bajé corriendo a coger el teléfono. De repente sentí un ataque de timidez al mantener una conversación con él en medio del vestíbulo con mis padres cerca. Tiré del cordón hacia las escaleras, buscando un poco de intimidad, y papá me sonrió, me guiñó un ojo y cerró la puerta de la salita.

—Eh, ¿qué tal? —dijo Paul. Se estaba convirtiendo en un auténtico habitante de Yorkshire, todo el pijerío de su escuela anterior se había ido borrando.

—Eh, ¿qué tal? —dije, oyendo un estrépito de fondo.

—Perdona el ruido —continuó él. Paul e Ishtiaq habían montado un grupo. Ahora la mayoría de nuestras conversaciones versaban sobre sus ambiciones de llegar a la lista de *Top 40*. Su amistad me recordaba a los mejores momentos que había vivido yo con Sharon—. Ish está ensayando un solo de batería, aunque me parece que el señor Bashir no está muy contento. Ya se enfadó cuando le dijimos que no tocaremos solo temas de Elton John.

Me reí al imaginarlo. La tienda nueva tenía un garaje adosado donde ensayaban los chicos. El señor Bashir podía poner los ojos en blanco y menear la cabeza, pero nunca se lo impedía.

—Salúdalo de mi parte.

—Lo haré. En fin, te llamaba para decirte que vamos a necesitarte para los coros. Cuando pase el juicio.

En una especie de eco macabro de los chicos involucrados en la muerte de John Harris, Reece había sido acusado de homicidio. El juicio empezaría pronto, y nosotros debíamos asistir en calidad de testigos. El sargento Lister dijo que se ocuparía de nosotros. Tendría lugar en la misma sala donde habían juzgado al tío Raymond y donde el señor Andrews se sometería a juicio también. Me resultaba reconfortante que, si bien no habíamos capturado al Destripador, al menos habíamos ayudado a llevar al tío Raymond y al señor Andrews ante la justicia. Me pregunté si juzgarían también allí al Destripador.

—¿Vendrás el sábado? ¿Quieres que vaya a buscarte? —dijo Paul.

—Claro —dije, y me sonrojé.

El primer sábado de cada mes todos nos reuníamos en casa de Valerie Lockwood para comer. Éramos un grupo de personas que habíamos perdido a alguien, aunque nunca lo expresamos así, nunca le pusimos nombre. Sucedió sin más. El señor Bashir y Valerie lo organizaban, y preparaban un bufé entre los dos. Era gracioso ver samosas y sándwiches de carne en conserva en la mesa de Valerie, junto con el radiocasete del señor Bashir, que reproducía canciones de Elton John mientras comíamos. Aunque se celebraba en casa de Valerie, era el señor Bashir quien llevaba la voz cantante y todos le seguíamos. Llevábamos fotos y recuerdos de las personas a las que habíamos perdido, y hablábamos de nuestras experiencias y sentimientos hacia ellos.

«Un puñado de almas perdidas», nos llamaba la tía Jean. Ella nunca venía.

El sábado por la mañana, Paul vino a buscarme temprano y, cogidos de la mano, caminamos hacia Thorncliffe Road. Arthur siempre me daba un codazo cuando nos veía juntos. «El amor es cosa de jóvenes», decía él, y Paul y yo nos sonrojábamos; aún nos sucedía a menudo. La puerta de casa de Valerie ya estaba abierta, y desde fuera oíamos el rumor de la charla y el tintineo de los cubiertos. Además de Valerie y del señor Bashir, también estaban todos los habituales: Helen, a quien ya me había acostumbrado a llamar así, Ishtiaq, Ruby, el señor Ware (que, aunque nunca decía nada, parecía distinto del profesor que yo recordaba, más triste y, en cierto sentido, también más amable), Arthur y Jim. A veces venía tanta gente que faltaban sillas y el señor Bashir tenía que ir a buscarlas a casa de Arthur.

Después de los saludos de rigor, todos tomamos asiento en el atestado salón delantero. Había gente en todas las superficies posibles, desde el viejo sofá hasta las sillas de la cocina, y un puf de ganchillo en el que se apoyaba el señor Bashir. Paul, Ishtiaq y yo nos sentamos en la alfombra. Ishtiaq tenía en las manos dos cucharas que había cogido de la mesa y ensayaba un ritmo nuevo a base de golpes en las rodillas cuando se percató de que todo el mundo se había quedado en silencio y de que su padre le pedía que lo dejara con la mirada. Soltó las cucharas y nosotros nos tragamos las ganas de reír. Luego, mientras el señor Bashir nos daba la bienvenida, una cara apareció en la puerta y solté una exclamación de sorpresa antes de poder evitarlo.

La tía Jean estaba más arreglada e insegura que nunca, vestida con su mejor abrigo de color verde botella y con el bolso de piel marrón, rectangular, pegado al cuerpo, como si fuera la reina. Solo sus ojos, empañados por las lágrimas, expresaban su necesidad de estar allí. La voz del señor Bashir se diluyó en el fondo mientras observé a Jim, que se levantó para ofrecerle su silla a la tía Jean. Ella le sonrió, con las mejillas arreboladas, y se sentó, no sin antes sacar del bolso una vieja foto en blanco y negro, la foto de mi abuelo que solía tener en su mesita de noche. Se me ocurrió entonces que quizá la tía Jean también sabía lo que era perder a alguien. Y eso significaba que podía curarse. Como yo. Levantó la vista y nuestros ojos se cruzaron. Nos sonreímos. Jim, que se había quedado de pie detrás de ella, apoyó una mano en su hombro y ella la acarició durante un momento.

Cuando llegó mi turno, hablé de Sharon y de las cosas que habíamos hecho juntas, provocando sonrisas y también gestos de tristeza. Miré a Ruby y, por un momento, el amor que expresaban sus ojos me dejó sin palabras. Por alguna razón, todo eso la había convertido en una mujer más cariñosa e indulgente. En general, se me daba cada vez mejor hablar de ello. Las palabras mantenían con vida a Sharon. También escribía todo lo que recordaba en mi libreta nueva, y con el tiempo las palabras empezaron a tomar la forma de esta historia, esta que os estoy contando ahora, la historia de la lista de las cosas sospechosas. Pero no solo eso. La historia de una amistad.

La tarde siguiente fui a la tienda del señor Bashir. Era más grande que la vieja, y también lo era la vivienda, lo cual resultaba útil no solo para los frecuentes ensayos del grupo sino porque Helen prácticamente se había instalado allí, para horror, o para fascinación, de las cotillas municipales. Helen estaba detrás del mostrador, atendiendo a los clientes, cuando entré.

—¿Quieres quedarte a cenar? —preguntó y, por un momento, me sentí tentada a aceptar. Entre los dos hacían unas comidas deliciosas, y hacía tiempo que no pasaba un rato a solas con Ishtiaq (él siempre estaba detrás de la batería o con Paul), pero al final negué con la cabeza. Tenía una misión que cumplir. Iba a conseguir ejemplares de todos los periódicos para recortar todos los artículos sobre la captura de Peter Sutcliffe y pegarlos en la libreta vieja. Me parecía que debía terminarla así.

Llegué a casa poco después y oí risas al entrar. El sonido procedía de la cocina. Papá estaba sentado a la mesa de fórmica amarilla, riéndose y moviendo las manos delante de la cara.

—¡No me metáis en esto! —dijo, mientras mamá y la tía Jean discutían sobre cuánto brandy añadir al *trifle* que estaban preparando para celebrar el cumpleaños de Arthur. Había ingredientes esparcidos por todas partes, incluida la cara de mamá. Era una cocinera creativa, y caótica, pero todos sabíamos que la tía Jean lo tendría todo limpio y recogido en cuanto terminara. No dejaría ni rastro de que se había cocinado algo allí.

«Formamos un equipo excelente, Jean», declaraba a menudo mamá.

Para mi sorpresa, era la tía Jean la que defendía con vehemencia la opción de más brandy.

—Si algo hemos aprendido en estos últimos años es a divertirnos cuando se tiene ocasión de hacerlo —decía.

Todos nos paramos un segundo, disfrutando del momento; luego mamá me abrazó, pero, como aún sostenía con una mano la cuchara de palo llena de masa, el gesto disparó su contenido en todas direcciones. Papá tuvo que agacharse para esquivarlo. Mamá me besó en la mejilla y, entretanto, la tía Jean añadió otra cucharada de licor a la mezcla y me guiñó un ojo.

Con el corazón reconfortado, los dejé en la cocina y subí a mi cuarto. Tardé un poco en dar con ella, pero por fin saqué la libreta vieja de la caja de zapatos del armario. Cuando lo hacía, una fotografía cayó de entre sus páginas. Era la que había tomado en el parque, con la cámara de Ishtiaq. En ella aparecían Sharon e Ishtiaq, sentados en la manta de cuadros. Sharon echaba la cabeza hacia atrás, riéndose de algo, y sus rizos rubios le enmarcaban la cara, e Ishtiaq también reía, con la mirada puesta solo en ella. Se la veía tan hermosa y tan feliz que no pude evitar sentir una punzada en el corazón, pero al mismo tiempo me alegré de que hubiera sido tan querida y supe que mi vida era mejor por haberla conocido. Colgué la foto en la pared y cerré la libreta por última vez.

Ya no quedaba nada pendiente en la lista.

Agradecimientos

Me siento tan agradecida. Esta es una lista de LAS MEJORES personas, y todas han jugado un papel a la hora de llevar este libro a buen puerto. Aprecio mucho vuestra ayuda.

Debo empezar por la mujer que cambió mi vida con un correo electrónico. Nelle Andrew, eres la agente de mis sueños. Gracias por darme una oportunidad, por tu trabajo y apoyo incansables, sobre todo durante nuestro año de «campamento literario». Gracias también a Charlotte Bowerman y a Alexandra Cliff, de RML, por todo.

Luego llegamos a la leyenda literaria, Venetia Butterfield («me pillaste con el gel de manos»), quien ha convertido todo el proceso en un sueño, y cuya habilidad editorial, junto con la de la bella Ailah Ahmed, ha conseguido llevar el libro a otro nivel. Ambas habéis sido increíbles y he aprendido muchísimo de vosotras.

Charlotte Bush, con quien mantuve mi primer almuerzo editorial, y que disipó mis nervios con su calidez y su amabilidad. Has sido una constante durante todo el proceso, además de una gran experta en tu campo. Gracias.

Gracias al gran equipo de Hutchinson Heinemann, en especial a Isabelle Ralphs, Claire Bush y Rebecca Ikin, quienes han demostrado una inmensa generosidad y talento a la hora de trabajar esta novela, ¡y a Joanna Taylor, por su infinita paciencia con mis sucesivas versiones definitivas!

Me he sentido arropada por un maravilloso equipo humano desde el principio. Debo destacar aquí a Ceara Elliot por la increíble ilustración de la cubierta.

Luego están también las personas que me animaron mientras escribía el libro. Nunca sabréis cuánto han significado para mí vuestro apoyo y vuestra confianza.

Mi estupenda y generosa amiga Maddy Howlett, quien desde que leyó las primeras frases me dijo que esto sería algo importante. Te lo agradezco mucho.

Cathi Unsworth, mi tutora en Curtis Brown Creative, quien me dio la confianza de pensar que podía hacerlo.

Simon Ings, que escribió el primer informe de feed-back, y, con sus palabras, me alentó a seguir adelante.

A todo el equipo de CBC (sobre todo a Anna Davis), porque realizan un excelente trabajo de apoyo a los autores y me han ayudado mucho.

A Hannah Luckett y Laina West, a quienes conocí en uno de los cursos de CBC y que se convirtieron en mi primer grupo de escritura: dos mujeres llenas de talento cuyas aportaciones contribuyeron a dar forma al libro. Nuestra amistad siempre será especial.

A mis lectores beta: Maddy Howlett, Jo Tomlinson, Sarah Lawton, Neerja Muncaster y Tiffany Sharp. Fuisteis estupendas en los elogios y concienzudas en las críticas.

A Phil Daoust, del *Guardian*, quien supervisó mi primer relato publicado y me dijo que podría ser escritora en un momento en el que yo no tenía la menor idea de qué me depararía el futuro. Sus palabras significaron mucho para mí. Y a la enorme escritora Joanna Cannon, que dijo lo mismo al leer ese relato. Ambos cambiasteis mi vida sin saberlo.

También estoy muy agradecida a la magnífica editora Phoebe Morgan, que en una muestra de generosidad ofreció un concurso en Twitter (cuyo premio era una crítica de los primeros tres capítulos de un libro) que gané yo. Tus consejos fueron de gran valor.

Luego está la increíble Marian Keyes, cuyo trabajo ha sido para mí una fuente de inspiración desde que *Rachel se va de viaje* cambiara mi vida, pero que también me dio el valor necesario para escribir cuando dijo que «los lectores prolíficos pueden aprender a escribir por ósmosis» en la presentación de *La familia y otros líos*. Sus palabras resonaron en mí y al día siguiente me puse a escribir esta novela.

Gracias a Will Dean (no solo por los libros de Tuva, de los que soy fan), cuyos vídeos de YouTube sobre el proceso de escritura y de consulta fueron de lo más útiles y generosos.

También hay varias personas talentosas cuyo trabajo contribuyó mucho en mis investigaciones para este libro:

Liza Williams, cuya serie documental ganadora de un BAFTA *The Yorkshire Ripper Files* he visto muchas veces, y quien me recordó a una época de mi vida de una manera tan visceral que supe que tenía que escribir sobre ello.

M. Y. Alam, cuyo libro *Made in Bradford* contiene transcripciones de las entrevistas con paquistaníes de Bradford durante las revueltas de 2001. Su trabajo me resultó muy clarificador, al igual que el de Tawseef Khan en *Muslim, Actually*.

Jane Roberts, cuya página web *Past to Present Genealogy* me proporcionó valiosísima información sobre las fábricas de West Yorkshire, incluida la historia de John Harris (cuya ubicación y detalles he alterado un poco para adaptarlas a los propósitos de la ficción).

Luego está la gente que he conocido gracias a escribir y que me han ayudado aunque no fueran conscientes de ello.

Sophie Hannah, cuyo programa Dream Author me mantiene cuerda y cuyos consejos fueron de gran ayuda en los momentos cruciales, y Johanna Spiers, a quien conocí en mi primer retiro en Dream Author y cuya amistad conservo desde entonces.

Todos los autores, lectores y blogueros de Twitter que comparten mi obsesión con los libros y que han seguido mi viaje, además de permitirme que siguiera los suyos. Me gustaría hacer una mención especial a Chloe Timms (y a su grupo de escritura de los jueves por la noche) y a Julie Owen Moylan, quienes me han apoyado con sus consejos y su amistad.

A la doctora Jo Nadin, la supervisora de mi tesis doctoral, amiga y escritora brillante, gracias por tus sabios consejos.

Al equipo de Taunton Waterstones (¡sobre todo a DAVE!), por oírme hablar sin parar sobre mi libro (y también sobre otros).

A Georgia y Karen, del pódcast *My Favourite Murder*, cuyo concepto de los sucesos locales fue la chispa que activó todo esto.

A Elizabeth Day, nunca sabrás lo mucho que tu pódcast *How to Fail* me ayudó a seguir adelante (y aún lo hace). Siempre seré una fan acérrima.

A Hattie Crissell, cuyo pódcast *In Writing* me llevó de la mano en el primer borrador.

También me gustaría agradecer a John El-Mokadem, cuya pregunta «¿De verdad quieres seguir haciendo esto?» me llevó a abandonar la vida de empresa para dedicarme a escribir. Cambiaste el curso de mi vida. Y a Michael Neill, por salvarme cuando me fallaban las fuerzas.

Gracias a mi familia, que me ha inspirado tanto para el libro (incluidos los nombres), sobre todo a mi padre, cuya experiencia me inspiró la novela, y a mi hermana mayor, Susan, que me enseña a vivir el momento.

Gracias también a mi familia elegida:

A los Barker (en especial Adele y Herbie), cuyo constante afecto práctico (y el alquiler de la casa) posibilitaron que escribiera este libro. ¡Pedid ya la placa azul conmemorativa!

A la glamurosa Helen Smith, cuya amistad y apoyo desde los inicios del proceso han significado mucho para mí, y con la que sigo pasando los mejores fines de semana.

A Maddy Howlett (¡de nuevo!), Faye Andrews y Olivia Sharp (la IC), con quienes comprendí que era capaz de escalar montañas y correr maratones. Mención especial para la familia de Faye, los Andrews, que son lo contrario de sus homónimos en la novela, sobre todo a Veronica. Siempre habéis sido un ejemplo de lo que es el amor.

Mis amigas Sophi Bruce, Emma Canter, Sharpie, «mi prima» Chloe Haines, Amanda Gee y Peggy «Pegmina» Shaw, cuyo amor y aceptación me sostuvieron desde antes de que este libro apareciera en mi mente.

Y, por último, este libro va dedicado a Rachel, Guy, Eva y Hugo Farley, sin cuyo amor y apoyo jamás habría sido escrito, y a Sam, mi más antiguo amigo, que siempre, siempre, tiene una habitación preparada para mí.

Recordatorio de las víctimas

Wilma McCann, 28 años, asesinada el 30 de octubre de 1975
Emily Jackson, 42 años, asesinada el 20 de enero de 1976
Irene Richardson, 28 años, asesinada el 5 de febrero de 1977
Patricia Atkinson, 32 años, asesinada el 23 de abril de 1977
Jayne MacDonald, 16 años, asesinada el 26 de junio de 1977
Jean Jordan, 20 años, asesinada el 1 de octubre de 1977
Yvonne Pearson, 21 años, asesinada el 21 de enero de 1978
Helen Rytka, 18 años, asesinada el 31 de enero de 1978
Vera Millward, 40 años, asesinada el 16 de mayo de 1978
Josephine Whitaker, 19 años, asesinada el 4 de abril de 1979
Barbara Leach, 20 años, asesinada el 2 de septiembre de 1979
Marguerite Walls, 47 años, asesinada el 20 de agosto de 1980
Jacqueline Hill, 20 años, asesinada el 17 de noviembre de 1980